SVEA TORNOW
eXXXtrem

Über die Autorin:
Svea Tornow studierte Amerikanistik und Psychologie. Sie jobbte auf drei verschiedenen Kontinenten, u.a. für ein internationales Modelabel. Heute arbeitet sie in einem Medienunternehmen. Hamburg kennt sie aus ihrer Studienzeit in allen seinen Facetten, von Reeperbahn bis Rathaus.

Die Romane von Svea Tornow bei LYX

1. ExXxit
2. ExXxtrem

SVEA TORNOW

ExXxTREM

Roman

LYX
EGMONT

Originalausgabe März 2016 bei LYX
verlegt durch EGMONT Verlagsgesellschaften mbH,
Gertrudenstr. 30–36, 50667 Köln

Dieses Werk wurde vermittelt durch die Montasser
Medienagentur, München

1. Auflage
Redaktion: Stefanie Zeller
Umschlagillustration: Guter Punkt, München | www.guter-punkt.de
Umschlagmotiv: © Guter Punkt unter Verwendung
eines Motivs von © Elm Haßfurth | www.elmstreet.org
Satz: Greiner & Reichel, Köln
Printed in Germany (670421)
ISBN 978-3-8025-9593-6

www.egmont-lyx.de

MIX
Papier
FSC® C083411

1

»Guck mal, meinst du nicht, die passt ganz wundervoll auf …?«

Michelles Mutter hielt eine schlanke Vase hoch und ließ die Frage unbeendet. Das war ihre Art, nicht anzuecken – ihre Gesprächspartner konnten die Sätze selbst zu Ende führen, wie es ihnen gefiel.

»Ja, Mama, *wo* würde die denn ganz wundervoll draufpassen?«, fragte Michelle gereizt.

Monika hatte un-be-dingt zu Ikea fahren müssen. Un-bedingt! Und jetzt spazierten sie schon über eine Stunde durch die Verkaufshalle, und sie hielt ihrer Tochter Vasen und Lampen, Kissen und Bilderrahmen hin, aber im Einkaufswagen lagen bislang nur die unvermeidlichen Teelichter und ein Bratenwender aus grünem Plastik.

»Ich dachte ja nur!«, schnaufte Monika beleidigt und stellte die Vase wieder weg.

»Was? *Was* dachtest du?«, fragte Michelle und hob die Hände. Sie war nicht sicher, ob es eine Geste der Verzweiflung war oder ob sie ihre Mutter am liebsten erwürgt hätte. Wahrscheinlich beides. »Du musst auch mal *sagen*, was du meinst, Mama!«

Monika presste die Lippen aufeinander. Sie schlang die Arme um ihren Oberkörper und schloss die Augen. Eine einzelne Träne drang unter dem rechten Lid hervor, hing einen Moment lang an den Wimpern und rollte dann über die Wange.

Michelle hatte das Gefühl, als würden alle Geräusche um sie herum verschwinden, sich in nichts auflösen. Es gab nur noch sie und ihre Mutter. Und sie hatte Schuld daran, dass ihre Mutter traurig war.

»Mama!«, sagte Michelle und streckte die Hand aus. Sie berührte ihre Mutter am Oberarm.

»Lass mich. Lass mich einfach. Ich verstehe schon. Du … ich … Du hast dein eigenes Leben. Ich falle dir zur Last. Ich wollte es uns nur … aber du …« Ihre Stimme wurde immer leiser. Dann trat Monika einen Schritt zurück und verstummte.

Michelle beugte sich vor, als könnte sie ihre Mutter schlecht verstehen. »Du wolltest nur *was*, Mama? Und du fällst mir nicht zur Last. Überhaupt nicht.« Sie holte Atem. Es musste gesagt werden. »Du gehst mir nur manchmal auf die Nerven. Ich dir bestimmt auch. Wir werden das schon hinkriegen. Wir werden uns aneinander gewöhnen.«

Ihre Mutter öffnete vorsichtig ein Auge. »Aber ich dachte … na ja.«

Michelle schüttelte den Kopf. Sie raufte sich mit beiden Händen die langen Locken. »Mama. Ich kann keine Gedanken lesen. Du musst schon *sagen*, was du denkst.«

»Das sagt Raimund auch immer.«

Mist. Raimund nun wieder. Hörte sie sich etwa an wie Raimund, dieses Arschloch?

»Und dass wir uns doch lieben.«

Wer? Wir? Sicher. Aber … Dann erst fiel bei Michelle der Groschen. Ihre Mutter redete nicht mehr von sich und ihrer Tochter, sondern von ihrem Freund. Ihrem Lebensabschnittsgefährten. Wie auch immer. Raimund. Sie liebten und sie schlugen sich. Also, eigentlich schlug nur er sie, und sie liebte ihn. Immer noch, offenbar. Obwohl es dafür wirklich keinen Grund gab.

»Verstehe ich dich jetzt richtig, du wolltest mir die Vase zeigen, weil du findest, sie würde richtig gut auf Raimunds Quadratschädel passen?« Ein kleiner Scherz. Um die Stimmung zu lockern.

Doch ihre Mutter sah sie verständnislos an. Sie ließ die Arme sinken und sagte: »Nein. Natürlich nicht. Was denkst denn du von …? Nein.« Jetzt sah sie wieder zu der Vase im Verkaufsregal. »Ich dachte, die passt vielleicht ganz gut …« Sie zögerte. »… auf das Sideboard im Wohnzimmer«, setzte sie dann leise hinzu, als kostete es sie große Mühe, die Worte auszusprechen.

Michelle nahm die Vase in die Hand, drehte sie. Eine elegante, schlanke Form mit einem langen Hals. Die Farbe irgendwo zwischen rosa und orange. Sie warf einen Blick auf das Preisschild, dann legte sie die Vase in den Wagen.

»Es ist eine von diesen Dekovasen, weißt du? Man kann vielleicht einige Zweige hineinstellen, aber man muss nicht. Sie sieht auch so gut aus. Weißt du? Ich habe das mal in einer Zeitschrift gesehen und dachte …« Ihre Mutter gestikulierte hektisch. Es sah aus, als wären ihre Hände kleine Vögel, die nicht wussten, wo sie hinsollten.

»Mama«, sagte Michelle. »Es ist alles okay. Die Vase ist schön. Du hast recht. Das ist ein toller Vorschlag. Sie sieht sicher gut aus. Und wenn nicht, können wir sie immer noch zurückbringen. Mach dir keine Sorgen.«

Sie fing die rastlosen Hände ihrer Mutter ein. »Ganz ruhig. Ich freue mich, dass du bei mir wohnst. Nicht für immer, dafür ist es zu klein. Aber jetzt, und so lange es nötig ist. Du fällst mir nicht zur Last, aber du musst mir das auch glauben. Sonst machst du uns beide verrückt.«

Ihre Mutter stieß den Atem aus und sackte leicht in sich zusammen. Wenigstens hielt sie die Hände still. Schließlich sagte sie leise: »Das hat er auch immer gesagt. Dass ich ihn verrückt mache.«

Wieder schloss sie die Augen. Wieder lief eine einzelne Träne über ihre Wange.

Michelle wusste nicht recht, was sie tun sollte. Einerseits hatte sie Mitleid mit ihrer Mutter. Unglücklich verliebt zu sein war schrecklich. Sich unsicher und schuldig zu fühlen war auch schrecklich. Aber andererseits ging Monika ihr mit dieser angstvollen Opferrolle auch verdammt auf die Nerven. Michelle konnte doch nichts dafür, dass ihr Vater sich umgebracht hatte. Sie konnte nichts dafür, dass ihre Mutter sich danach einen Typen wie Raimund ausgesucht hatte. Sie konnte nichts dafür, dass ihre Mutter immer von allen anderen hören wollte, dass sie in Ordnung war – und es dann doch nicht glaubte.

Sie selbst hatte sich nach dem Tod ihres Vaters die Augen aus dem Kopf geheult. Tagelang. Wochenlang. Und danach nie wieder. Das Leben musste weitergehen. Notfalls auch bei Ikea.

»Komm«, sagte sie. »Lass uns mal die Stoffe angucken.«

Monika schlug die Augen auf und wischte sich mit dem Handrücken über die Wange. »Ja, okay. Klar.«

Wortlos gingen sie nebeneinanderher. Michelle schob den Wagen, während ihre Mutter immer wieder mal Dinge aus den Verkaufskörben nahm – Ablagen, Wandhalterungen, bizarr geformte Gummiuntersetzer. Manchmal kam es Michelle vor, als hätten sie und Monika in den letzten Wochen die Rollen getauscht. Sie war jetzt die Mutter, die sagte, wo es langging, und ihre Mutter war die Tochter auf der Suche nach dem rechten Weg. Wenn es nicht so traurig wäre, hätte sie lachen müssen. Als wäre sie auf dem rechten Weg.

Monika glaubte, sie arbeitete in der Nachtschicht für eine Versicherung.

Doch in Wahrheit …

Jetzt wurde sie schon wie ihre Mutter und ließ Sätze unbeendet ins Nichts driften. Aber in diesem Fall war es besser so.

»Guck mal, der wäre doch was für dein Schlafzimmer«, schlug Monika vor und hielt eine Stoffbahn hoch.

»Ich hab doch immer die Rollläden zu, weil ich so spät komme und dann lange schlafe«, wandte Michelle ein.

»Das muss dich doch nicht daran hindern, es dir schön zu machen.«

»Ach Mama. Ich *schlafe* in meinem Schlafzimmer. Dabei hab ich die Augen zu!«

Monika ließ die Stoffbahn sinken und schüttelte den Kopf. »Aber man weiß doch nie, wann vielleicht mal jemand ... du weißt schon. Es muss doch auch bei euch im Büro nette junge Männer geben. Oder in deinem Chor. Oder ...« Sie zuckte ratlos mit den Achseln.

Das Letzte, wonach Michelle am Ende ihres Arbeitstages war, war Sex. Was an ihrem Job lag. Aber das konnte ihre Mutter natürlich nicht wissen.

»Mama, du lebst echt hinterm Mond«, sagte Michelle. »Wenn ich *wirklich* einen Mann mit nach Hause bringe, meinst du, der geht wieder, weil ich keine Vorhänge im Schlafzimmer habe?«

»Das vielleicht nicht. Aber wer weiß, ob er noch mal wiederkommt. Männer mögen ... du weißt schon ... den häuslichen Typ«, rang ihre Mutter sich ab.

»Soll ich dich jetzt dafür loben, dass du gesagt hast, was du denkst – oder soll ich sauer sein darüber, *was* du gesagt hast?«, fragte Michelle mit einem Grinsen.

Statt einer Antwort zog Monika eine weitere Stoffbahn hervor. »Oder den hier? Der ist doch auch schön. Zeitlos elegant, ein Klassiker. Gibt's schon lange, aber gefällt mir immer noch.«

Michelles Herz setzte einen Schlag aus.

Genau aus diesem Stoff waren die Vorhänge in Fleurs Schlafzimmer gewesen. Fleur. Ihre ehemalige Kollegin. Ihre ehemalige beste Freundin. Die doch so viele Geheimnisse mit ins Grab genommen hatte.

Ihre Knie wurden weich, vor ihrem inneren Auge blitzten schreckliche Bilder auf. Fleurs nackte Leiche, die Michelle gefunden hatte. Ihr schwarzes Haar wie ein Fächer auf dem Kissen. Fleurs Wohnung, in der sie mit Paul nach Hinweisen auf den Mörder gesucht hatte. Fleurs Mörder – ein perverses Pärchen – im Folterkeller des *Pretty Woman.* Sie schlugen mit der Peitsche auf Michelle ein, sie quälten sie aus Lust, sie wollten sie töten, um sich zu retten.

Fleurs Bruder, der ihr im letzten Moment zu Hilfe kam.

Blut. So viel Blut.

Schmerz.

Schmerz und Blut.

»Ist dir nicht gut? Ist dir schwindelig? Das kommt davon, wenn man nicht richtig frühstückt, ich sag es dir. Und der Nachtdienst bringt auf die Dauer auch den Körper ganz durcheinander. Das ist bewiesen, kam neulich gerade wieder im Fernsehen«, drang Monikas Stimme zu ihr durch.

Unwillkürlich hatte Michelles Hand sich um den Haltegriff des Einkaufswagens gekrampft.

»Es … es geht schon«, murmelte sie.

Sie durfte jetzt nicht umfallen. Nicht ohnmächtig werden. Nicht das Bewusstsein verlieren.

Sie war gut darin, Schrecken und Entsetzen zu verdrängen und in ihrem Innersten unter Verschluss zu halten. Das würde sie auch diesmal wieder schaffen. Es ging nicht anders.

Die Vergangenheit war nicht zu ändern.

Es war zum Kotzen, aber wahr.

»Hey«, kam plötzlich eine markante Stimme von hinten, und eine Pranke landete auf Michelles Schulter. »Na, ganz allein hier?«

Oh Gott, was war das denn für ein Spruch? Sie hörte ja viel, aber das … Michelle wirbelte herum.

Quadratschädel, breite Schultern, flacher Bauch, kurzes Haar. Und diese Augen!

Wieder wurde ihr flau im Magen. Aber diesmal aus einem anderen Grund.

Paul grinste sie an.

2

Paul betrachtete zufrieden die doppelte Portion Köttbullar auf seinem Teller.

Vor Michelle standen ein Stück Apfelkuchen und ein schwarzer Kaffee.

Monika hatte sich unbedingt noch die Bäder ansehen wollen. Michelle war klar, dass sie versuchte, ihr ein wenig Privatsphäre zu geben. Ihre Mutter schien Paul zu mögen.

Michelle seufzte. »Tut mir leid. Ich komme mir vor wie mit zwölf. Mit meiner Mutter bei Ikea.«

»Ach, mach dir keine Gedanken. Ist doch schön, dass ihr euch gut versteht. Und was gemeinsam unternehmt.«

»Genau. Zu Ikea gehen.« Sie lachte.

»Egal.« Er steckte eines der Fleischbällchen in den Mund und kaute. »Mit meinen Eltern geht das nicht mehr.«

Seine Eltern waren im Pflegeheim, das wusste sie. Er hatte es ihr erzählt.

»Yolo. Carpe diem. Leb jeden Tag, als wär's dein letzter. Schon klar«, entgegnete Michelle. »Aber Teelichter bei Ikea kaufen ist ja keine Städtereise nach Paris.«

»Egal«, sagte er noch einmal. Dann sah er sie direkt an. Sie starrte zurück. Diese Augen! »Wie geht es dir?«

Er wartete einen Moment, dann senkte er den Blick und aß weiter.

Michelle war froh, dass er ihr Raum ließ. Sie nicht drängte.

»Gut«, sagte sie und war selbst überrascht, als sie merkte, dass es der Wahrheit entsprach. Wie konnte es ihr gut gehen, wenn Fleur nicht mehr lebte? Wenn Raimund ihrer Mutter blaue Augen schlug und die zu ihrer Tochter fliehen musste? Wenn ihr geliebter Porsche 928 – ihr einziges Erinnerungsstück an ihren Vater – halb schrottreif in der Werkstatt stand und sie nicht mal genug Geld hatte, den Wagen wieder instand setzen zu lassen.

Sie waren mit dem Bus zu Ikea gefahren. Mit dem Bus! Zu Ikea!

Obwohl … in den Kofferraum des Porsches passte auch nicht viel mehr als eine Tüte Teelichter. Aber trotzdem.

Sie hatte kein Auto und wohnte mit ihrer Mutter zusammen. Sie saß da, starrte auf ihr Kuchenstück und brachte kein Wort heraus.

Dabei kannte sie Paul doch.

Sie hatten miteinander geschlafen. Er war einer ihrer Kunden.

Aber seit sie gemeinsam den Mord an Fleur aufgeklärt hatten, war er nicht mehr bei ihr gewesen.

Dabei hatte sie gedacht … Einmal waren sie tanzen gewesen. Salsa. Er hatte für ihre Zeit bezahlt. Denselben Stundensatz wie immer.

Er tanzte gut. Seine Frau hatte ihn verlassen, eine Spanierin, das war schon ein paar Jahre her. Die beiden hatten Turniere gewonnen.

Es war ein schöner Abend gewesen. Sie fragte sich, warum er seitdem nicht wieder bei ihr gewesen war. Oder wenigstens mal angerufen hatte.

»Doch, mir geht es gut«, bekräftigte sie dann. »Und dir?«

»Isst du gar nichts?«, fragte Paul. Sein Teller war bereits halb leer.

Michelle nippte an ihrem Kaffee. Aus reiner Höflichkeit aß sie ein Stück vom Kuchen. »Doch, siehst du?«, sagte sie.

»Mir geht's auch gut«, entgegnete er. »Läuft alles, gerade. Arbeit und so.«

»Freut mich zu hören.« Sie legte ihre Gabel hin. »Und was treibt dich her?«

Paul sah sich um, als würde ihm erst durch ihre Frage wieder bewusst, wo sie waren. »Zu Ikea?«

Michelle nickte. »Ja, klar. Wohin denn sonst?«

»Ich brauche ein Regal. Zu viel Papier, zu wenig Platz. Oder genau genommen, zu wenig Regale. Platz ist ja da.«

Er lachte. Sie lachte.

Das frühere Vertrauen stellte sich langsam wieder ein. Es war angenehm, mit Paul zu reden. Er war nett. Er war einfühlsam, freundlich. Und er war … sie traute sich kaum, es zu denken. Niemals persönliche Bindungen zu Kunden eingehen, niemals, niemals, niemals.

Er war gut im Bett. Nicht zu entschlossen, nicht zu soft. Er wusste, was wohin gehörte – und wann.

Paul sah sie mit seinen dunkelbraunen Augen an, als könnte er ihre Gedanken lesen.

»Ich … äh …«, murmelte Michelle und errötete.

Auf einmal bemerkte sie, dass sie eine Locke um den rechten Zeigefinger wickelte.

Flirtete sie etwa mit Paul? Bei Ikea?

Über Apfelkuchen und einem Teller Fleischbällchen?

Erschrocken ließ sie ihre Locke los. Sie war doch sonst nicht so ein Girlie.

»Ich glaube, wir … also, wir müssen dann mal«, sagte sie. »Termine, Termine.«

»Was machst du denn …« Er zögerte. »… heute noch so?«, fragte er dann aber doch.

Es war Freitagabend. Andere Frauen würden antworten: Kino, Freundinnen, Fernsehen, Disco.

Oder besser noch: Nichts – und du?

»Arbeiten«, sagte sie.

Er kratzte sich im Nacken. »Ich auch«, sagte er dann. »Und übrigens …« Er zögerte. »Ich weiß nicht, ob du schon davon gehört hast. Aber es heißt, eine junge Frau vom Kiez sei verschwunden. Schlank, blond, schulterlange Haare.« Sein Blick huschte über ihr Gesicht, wanderte weiter. »Noch ein Grund, warum ich mich gefreut habe, dich heute hier zu treffen.«

Fehlte nur noch, dass er ihr riet: Sei vorsichtig.

Aber das verkniff er sich dann doch. Gut.

Stattdessen schob Paul sich den letzten Köttbullar in den Mund und griff nach dem Tablett. »Ist dein Auto eigentlich wieder heil?«, wechselte er das Thema.

Michelle schüttelte nur stumm den Kopf. Ihre Augenbrauen zogen sich vor Wut und Trauer zusammen. Paul hatte mit ihr im Porsche gesessen, als der Unfall passiert war.

»Wie seid ihr denn dann hier?«, fragte Paul. Er deutete auf ihr Kuchenstück. »Willst du das noch?«

Michelle schüttelte den Kopf.

Paul zog den Kuchenteller zu sich heran. »Darf ich?«

»Klar.« Michelle lachte auf. Sein Leben war so viel einfacher als ihres. Sie dachte über ihre Mutter und die Zukunft nach. Er freute sich über ihr halb gegessenes Stück Apfelkuchen. Sie beneidete ihn.

»Soll ich euch nach Hause fahren?«, fragte Paul dann. »Ich bin mit dem Auto da.«

Ihr wurde klar, dass er alles über sie wusste – wo sie wohnte, wie sie nackt aussah – und sie über ihn fast nichts. Und dass sie mehr wissen wollte.

»Nee, nicht nötig«, sagte sie und hätte sich dafür ohrfeigen können. Obwohl sie wusste, dass es die richtige Entscheidung war.

»Wirklich, das ist kein Problem«, sagte er.

Michelles Kuchen war verschwunden.

»Was ist kein Problem?«, fragte Monika, die auf einmal neben ihrem Tisch stand.

»Nichts, nur ...«, begann Michelle.

Im gleichen Moment sagte Paul: »Ich hatte angeboten, Sie beide nach Hause zu fahren.«

»Oh, das ... ist ja reizend von Ihnen!«, rief Monika. »Gerne! Dann könnten wir ...« Jetzt wandte sie sich ihrer Tochter zu. »Dann könnten wir Stoff kaufen *und* dieses kleine Beistellschränkchen, das wir vorhin gesehen haben!«

Michelle bemühte sich um ein Lächeln. »Ja, Mama. Okay. Klar. Machen wir.«

Was soll's. Früher oder später würde ihre Mutter wieder ausziehen, da konnte sie die Zeit mit ihr bis dahin ebenso gut genießen. Damit hatte Paul ganz einfach recht.

»Freut mich«, sagte der. »Ich brauche nur ein weißes Billy. Aber ich habe es nicht eilig.«

»Dann kommen Sie. Ich zeige Ihnen mal, welchen Stoff ich Michelle gerade für ihr Schlafzimmer vorgeschlagen habe«, sagte ihre Mutter.

Oh Gott. War das peinlich. Michelle spürte, wie ihre Wangen sich röteten.

Paul grinste mitfühlend.

3

»Hier«, sagte Ingolf und legte eine unbeschriftete DVD auf den Schreibtisch seines Chefs. »Ich hab was für dich.«

Raimund Krämer sah auf. »Was ist das?«

»Wirst du ja sehen.« Ingolf grinste. »Aber sagen wir mal so, ich würde es mir an deiner Stelle nicht hier ansehen. Besser zu Hause. Allein. Wenn du verstehst, was ich meine.«

»Hm«, machte Raimund. »Du musst mir nicht deine Pornos kopieren, nur weil Monika ausgezogen ist. Die kommt schon zurück. Das hat sich bisher noch jedes Mal eingerenkt.«

»Auch keine schlechte Idee. Aber: nein. Es ist eine Vorschau auf … du weißt schon.« Er sah sich um. Die Tür stand offen, aber die übrigen Mitarbeiter waren alle beschäftigt. Dennoch senkte er die Stimme. »Für unseren Film.«

Raimunds Handy piepste, aber er beachtete es nicht weiter.

Ingolf Teschke war Raimunds bester Freund. Sie kannten sich noch aus der Zeit, bevor sie ihre ersten Freundinnen gehabt hatten. Als Raimund sich vor dreißig Jahren selbstständig gemacht hatte, war Ingolf von Anfang an dabei gewesen. Zuerst als Prokurist und stiller Teilhaber. Später hatte er seine Anteile an Raimund verkauft, um seine erste Frau auszubezahlen und sich für die zweite Ehe standesgemäß einzurichten.

Raimund war der mutige Unternehmer mit den verrückten Ideen. Ingolf sorgte dafür, dass die Zahlen stimmten. Sie waren ein gutes Team. Aktuell beschäftigte RI SAILING sieben Mitarbeiter in Vollzeit. In den fetten Zeiten waren es auch schon mal ein paar mehr gewesen. Aber man soll nicht klagen.

Sie waren beide Mitte fünfzig. Raimund sah man an, dass er Genussmensch war – guter Wein, gutes Essen und gute Zigarren hinterließen ihre Spuren. Aber das war es wert!

Ingolf wirkte dagegen wie ein Asket. Bohnenschlank, fast mager und beinahe zwei Meter groß. Er lief Marathon, Triathlon, träumte vom *Iron Man* auf Hawaii.

Raimunds Jeans hing tiefer, als vom Designer gedacht. Dazu trug er Turnschuhe und ein weißes Leinenhemd. Das Haar verwuschelt, Dreitagebart, Seglerbräune. Es war schließlich seine Firma.

Ingolf kam seit seinem Fünfzigsten nicht mehr im Anzug in die Firma, aber noch in Schlips und Kragen. Dazu eine schwarze Stoffhose mit Bügelfalte und schwarze Schuhe, die aus dünnen flachen Lederriemen geflochten waren. Stylish war das nicht, aber er war ein guter Buchhalter, auf den man sich verlassen konnte.

Vor ein paar Monaten hatte Ingolf von einem todsicheren Geschäft erzählt. Eine unabhängige Filmfinanzierung. Raimund hatte gezögert, aber war dann doch mit ein paar Tausend eingestiegen. Wenige Wochen später hatte er über Ingolf eine DVD und seinen Einsatz plus zehn Prozent erhalten.

Auf der DVD war ein banaler Wichsfilm gewesen. Dass man damit immer noch Geld verdienen konnte … Aber: Sex sells! Raimund hatte schon überlegt, ob sie mal eine Sonderedition mit einer nackten Nixe auf dem Segel auflegen sollten.

»So schnell kann das doch gar nicht …«, begann er nun.

»Doch, klar. Die wollen ja keinen Oscar«, unterbrach Ingolf. Dann beugte er sich zu Raimund hinunter und setzte noch leiser als zuvor hinzu: »Ich war mal am Set. Die schaffen echt was weg. Guck's dir mal an. Vielleicht willst du ja auch mal … du weißt schon.« Er grinste schief. »Zuschauen«, sagte er dann.

Und es war eindeutig, dass er damit ganz sicher nicht *zuschauen* meinte.

Erst als Ingolf gegangen war, griff Raimund nach seinem Handy.

Monika hatte geantwortet.

Er hatte 19:30 bei ihrem Stammitaliener vorgeschlagen. Sie war einverstanden. Raimund hätte es nicht einmal Ingolf gegenüber zugegeben, aber er war erleichtert.

4

»Ich komme mit.«

»Auf keinen Fall.« Monika starrte ihre Tochter einen Moment lang verärgert an. Dann aber ließ sie den Blick sinken.

»Doch«, sagte Michelle mit fester Stimme.

»Nein.« Das klang schon leiser. »Was soll er denn dann denken?« Noch leiser.

»Dass ich ihn für ein Arschloch halte, das meine Mutter geschlagen hat. Dass er von Glück sagen kann, dass du keine Anzeige erstattet hast. Dass ich ihn am liebsten auf den Mond schießen würde. Mir doch egal. Aber du triffst dich nicht allein mit diesem Kerl. Viel zu gefährlich.«

»Aber … es ist doch … wir sind doch in einem Restaurant …«

»Und?« Michelle zwang sich zur Ruhe. Tief atmen, tief und ruhig atmen. »Ich befürchte ja auch nicht ernsthaft, dass er dich umbringt. Aber …« Jetzt war sie es, die ihre Gefühle nicht in Worte fassen konnte. »Ich trau ihm nicht. Und ich traue ihm zu viel zu. Er hat dich nicht gut behandelt, und jetzt will er …« Sie zögerte. Strich sich eine Haarsträhne hinters Ohr. »Ja, was will er eigentlich?«

Monika zuckte mit den Schultern. »Sich … versöhnen vielleicht?«

»Iih!« Michelle rümpfte in gespieltem Ekel die Nase.

Ihre Mutter wedelte sofort abwehrend mit den Händen. »So doch nicht! Michelle! Du immer mit deiner schmutzigen Fantasie! Wir gehen essen. Beim Italiener. Sonst nichts. Das ist …« Sie hob die Hände, als wäre es offensichtlich, was das war.

»Das ist mindestens mal schlechter Stil«, beendete Michelle den Satz. »Man schlägt doch nicht einer Frau ein blaues Auge, meldet sich wochenlang nicht, und dann bringt eine Pizza Hawaii alles wieder ins Lot!« Sie schüttelte den Kopf. »Vergiss es. Ich komme mit. Oder du bleibst hier.«

»Meinetwegen«, gab Monika nach. »Wenn es sein muss.«

Doch Michelle konnte die Erleichterung in ihrer Stimme hören.

»Aber hast du nicht gesagt, du musst zur Arbeit?«, fragte sie dann.

»Gleitzeit«, behauptete Michelle.

Ihre Mutter nickte beruhigt. »Ach so. Okay.«

5

Wenn sich niemand mehr an uns erinnert, sterben wir zum zweiten Mal.

Deshalb wollen so viele Menschen ihre Geschichte bewahren – sie füllen Tagebücher mit ihren Erlebnissen, horten Andenken und Erinnerungsstücke, hängen an der Vergangenheit. Sie fahren immer wieder dorthin, wo sie einmal glücklich waren, schauen stets dieselben Serien, bestellen jahrzehntelang immer die gleiche Pizza.

Veränderung ist notwendig, aber gerade dass sie zwangsläufig erfolgt, macht sie beängstigend.

Festzuhalten, Beständigkeit zu erzwingen ist das Gegengift zur Wirklichkeit.

Alles ändert sich, aber wenn wir einfach tun, als ob nicht – vielleicht bleibt dann alles, wie es war.

Im Team, als Paar lässt sich die Zukunft noch besser vermeiden. Jeder Sonntag verläuft gleich, man kennt einander und gibt sich Halt. Der Nippes, die gemeinsamen Habseligkeiten festigen noch das Bollwerk der Zeitlosigkeit. Die Geschichte der Beziehung wird auf diese Weise fassbar, also muss sie wahr sein.

Je instabiler die Gemeinschaft, desto wichtiger der äußere Halt.

Deswegen können wir so schwer zurücklassen, was wir angehäuft haben. Deshalb ist der Besitz uns überhaupt so wichtig. Er zementiert unser Jetzt, das wir für zeitlos halten. Je mehr wir haben, je schwerer wir sind, desto geringer die Gefahr, von einer Flutwelle weggespült zu werden.

Bücher, Kleidung, Geschirr, Küchenmaschinen – je schwerer, größer und mehr, desto sicherer sind wir vor den Unwägbarkeiten des Lebens. Wenn wir genug Trinkgläser haben, um die große Glaskrise von 2025 ungerührt überstehen zu können, verschafft das Sicherheit, Erleichterung, mindert die Angst.

Und es überhaupt so weit gebracht zu haben, Reserven für jede noch so unvorstellbare Krise anhäufen zu können, ist ein Triumph für sich. Die Dinge schützen uns vor dem Leben.

6

Raimund reagierte wie erwartet.

»Hast du dich nicht allein getraut?«, begrüßte er Monika. »Schön, dich zu sehen.« Er streckte Michelle die Hand hin, aber es blieb unklar, wen er mit seinem Satz meinte.

Romeo's Ristorante in Nienstedten war ein Speckgürtel-Edelitaliener. Lauter behäbige Althippies in karierten Sakkos, die um diese Zeit bereits beim Dessert angelangt waren.

»Setzt euch«, sagte Raimund und deutete auf seinen Zweiertisch. Darauf standen schon zwei Gläser Rotwein und die halb leere Karaffe.

Hauswein zur Versöhnung. Der Wein musste ja nicht schlecht sein, aber eine große Geste war es nicht.

Michelle zog sich einen Stuhl vom Nachbartisch heran.

»Tja«, sagte Raimund und nahm einen Schluck Roten.

»Ja«, entgegnete Monika deutlich leiser. Sie zögerte, dann griff sie ebenfalls nach ihrem Glas.

Raimund gurgelte den Wein, als wäre er beim Zahnarzt, und kam sich garantiert wie ein weltmännischer Kenner vor.

Monika nippte zaghaft.

Keiner von beiden kam darauf, Michelle ein drittes Glas zu bestellen.

Monika stellte ihr Glas ab und starrte auf die Tischdecke. Die Hände lagen in ihrem Schoß. Michelle konnte sehen, dass sie nervös ihre Finger knetete.

Der Kellner kam. Auch er brachte kein Glas für Michelle.

Ohne zu fragen, orderte Raimund: »Eine Pizza Margherita,

die isst sie immer. Und für mich Spaghetti Vongole.« Dann erst warf er einen Blick auf Michelle. »Und die junge Dame bestellt selbst.« Als wäre sie vierzehn und man hätte sie widerwillig ins Restaurant mitgenommen, weil sie keine Freunde hatte. *Bitte einmal den Kinderteller.*

»Haben Sie auch Fisch?«, fragte sie.

Der Kellner nickte eifrig. »Für die junge Fräulein vielleicht eine Steinbeißer in Senfsoße?«, schlug er vor. »Oder eine Lachs-Carpaccio. Oder …«

»Ich nehme den Steinbeißer. Und ein Glas Weißwein, bitte. Trocken. Und aus der Flasche.«

Mit einem Lächeln, das ihre Verachtung ausdrückte, warf sie einen Blick auf die Karaffe.

»Natürlich, gerne.«

»Und eine Flasche Wasser. Drei Gläser. Oder?«

Sie sah ihre Mutter an. Die wagte kaum, sich zu rühren, nickte dann aber.

Erst in diesem Moment begriff Michelle, welche Angst ihre Mutter vor Raimund hatte. Welche Macht er über sie ausübte.

Was sie nicht verstand, war: Wieso schoss sie dieses aufgeblasene Arschloch nicht in den Wind und – wenn sie schon nicht allein leben wollte – suchte sich jemand, der sein Ego nicht durch Gewalt an Schwächeren aufbessern musste?

Schweigen. Monika schaute weiter auf die Tischdecke. Raimunds Pranken lagen auf dem Tisch. Michelle sah ihn herausfordernd an, aber er wich ihrem Blick aus.

An den umliegenden Tischen wurde bereits abgeräumt. Zehn Euro Trinkgeld, sah Michelle aus dem Augenwinkel, waren hier durchaus nicht unüblich. Provinzprahlerei.

»Und? Wann kommst du wieder nach Hause?«, fragte Raimund auf einmal.

In seiner Stimme lag eine Gutsherrenherablassung, dass Michelle ihm am liebsten eine Gabel in die Hand gerammt hätte. Arroganter Sack.

»Ich … ich dachte mir … vielleicht …«, murmelte ihre Mutter.

»Ach komm schon«, setzte Raimund nach. »Du weißt doch, wie gut wir es …«

»Jetzt lass sie doch mal ausreden!«, fuhr Michelle ihm in die Parade.

Sein Kopf zuckte zu ihr herum, seine Augen wurden schmal. Verärgert musterte er sie – für ihn war sie wirklich nur eine nervige Göre, der niemand Manieren beigebracht hatte.

Instinktiv wollte Michelle ihn herausfordern. Sollte er doch versuchen, sie zu erziehen. Sollte er sein wahres Gesicht zeigen! Dann würde ihre Mutter schon erkennen, was für ein Typ das war.

Doch Raimund riss sich zusammen. Sein Lächeln war gelogen, aber er sagte: »Natürlich. Du hast recht.« Dann sah er Monika an. »Entschuldige. Bitte! Was wolltest du sagen?«

»Ich … ich dachte …«

Michelle hätte ihre Mutter am liebsten gepackt und aus ihr herausgeschüttelt, was sie sagen wollte. Sie konnte Raimunds Ungeduld durchaus verstehen. Aber das war noch lange kein Grund, sie zu schlagen.

Monikas Pizza und Raimunds Spaghetti erlösten sie von dem Diskussionsversuch. Sekunden später kam der Steinbeißer samt Weißwein.

»Guten Appetit!«, wünschte Monika.

Raimund hatte bereits angefangen zu essen und nickte kauend.

Er hatte vielleicht Geld – und für sein Alter sah er nicht wirklich schlecht aus –, aber trotzdem. Er benahm sich, als wäre er der Mittelpunkt der Welt. Und alle anderen müssten ihm zu Diensten sein.

Unzufrieden stellte Michelle fest, dass ihr Steinbeißer ganz hervorragend schmeckte. Die Soße elegant, die Gemüsebeilage bunt und geschmackvoll, der Fisch selbst buttrig zart.

»Also komm, das ist doch nichts, in deinem Alter bei der Tochter unterzukriechen. Geht ihr euch nicht schon auf die Nerven?«, setzte Raimund mit vollem Mund nach.

Michelle konnte es nicht lassen. »Also, ich freu mich, dass Mama bei mir wohnt. Wir hatten es, wie du sicher weißt, nicht immer leicht miteinander – da ist es schön, jetzt als Erwachsene noch einmal füreinander da sein zu können.«

Monika schaute auf und sah sie verwundert an. »Wirklich?«, fragte sie.

Raimund war fast fertig mit seinen Spaghetti, auf Monikas Teller lagen noch mehr als drei Viertel ihrer Pizza.

»Ja, Mama.« Michelle legte ihre Linke auf die rechte Hand ihrer Mutter. »Ich freu mich. Meinetwegen musst du nicht zu Raimund zurück.«

»Was heißt denn hier ›müssen‹?«, sprang der sofort darauf an. »Als wäre es so eine Zumutung, mit mir zu leben! Das ist doch …« Er starrte Michelle wütend an. »Deine Mutter hat es gut bei mir«, sagte er dann. »*Wir* hatten es gut miteinander. Bis sie sich in den Kopf gesetzt hat, ihr eigenes Leben leben zu wollen.«

»Äh … bitte?«, fragte Michelle.

»Ich habe vielleicht ein wenig überreagiert. Aber es muss doch auch Grenzen geben. Und was geht dich das überhaupt an, hm? Wieso mischst du dich in Dinge ein, von denen du nichts verstehst?«

Michelle wurde klar, dass sie ihre Mutter nie danach gefragt hatte, was eigentlich an jenem Abend geschehen war, als sie mit ein paar Klamotten, ihrem Aquarium und einem blauen Auge bei ihr vor der Tür gewartet hatte. Und es interessierte sie auch nicht. Wer ihre Mutter schlug, hatte bei ihr verschissen, so einfach war das.

»Jetzt lass Michelle in Ruhe! Sie meint es nur gut!«

»Aber so kommen wir nicht weiter. Du musst einsehen, dass wir gut zueinanderpassen. Wir können gleich deine Sachen holen und …«

»Hör auf, sie so unter Druck zu setzen!«

»Ich setze sie gar nicht unter Druck. Ich sage nur, was ich denke. Das wird doch noch erlaubt sein. Wir leben immer noch in einem freien Land!«

»Ich sag dir auch mal, was ich denke. Ich denke, dass du eine arme Wurst bist, die es nötig hat, sich daran aufzugeilen, stärker zu sein als eine über fünfzigjährige Frau. Und du schämst dich noch nicht mal dafür, sondern bist insgeheim stolz darauf. So. Das denke ich von dir!«

»Was ist eigentlich in deine Tochter gefahren? Und wieso lässt du sie so mit mir reden?«, wandte Raimund sich nun an Monika. »Ich fasse es nicht. Da gibt man sich Mühe … ich habe dich immerhin zum Essen eingeladen. *Ich* habe dir den Ölzweig entgegengestreckt, und jetzt …«

Auf einmal nahm Monika ihre Serviette aus dem Schoß, faltete sie sorgsam wie ein Origami, während Michelle und sogar Raimund gebannt zuschauten, legte sie auf den Tisch, stand auf und sagte mit einer Stimme, in der nur ein leiser Hauch des Zitterns lag: »Komm, Michelle, wir gehen.« Dann mit Blick auf Raimund: »Es war ein Fehler, dass ich gekommen bin. Entschuldige, wenn du dir Hoffnungen gemacht hast. Ich dachte, es könnte wieder … aber das ist ja auch egal. Du bist, wie du bist. Ich bin, wie ich bin. Ich komme in den nächsten Tagen meine restlichen Sachen holen.«

Raimund saß da und starrte seine ehemalige Lebensgefährtin an. »Das wagst du nicht«, sagte er schließlich.

Michelle traute ihren Ohren kaum. Sie wollte gerade zurückschießen, da wiederholte ihre Mutter: »Komm. Lass uns fahren.«

Michelle nickte. In einem Zug trank sie ihr Glas leer, dann gingen sie.

Von draußen durch die Scheibe sah sie noch, wie Raimund anfing, mit dem Kellner zu diskutieren. Wahrscheinlich würde er jetzt behaupten, das Essen sei so schlecht, dass die Damen gegangen seien. Hauptsache, keine Eigenverantwortung.

»Wie bist du eigentlich an den geraten?«, fragte sie ihre Mutter auf dem Weg zum Metrobus.

»Ach, na ja«, sagte die. »Immerhin hat er sich nicht meinetwegen umgebracht. Das ist doch schon mal ein Vorteil.«

Michelle hätte fast ihren halben Steinbeißer ins Wartehäuschen gekotzt. Sollte das heißen, ihre Mutter liebte Raimund mehr als Michelles Vater, weil der Selbstmord begangen hatte? Als ob Wolfgang eine Wahl gehabt hätte.

Ihr war zum Heulen. Oder zum Schreien. Wie konnte ihre Mutter so etwas sagen?

Wie konnte sie es überhaupt wagen, Wolfgang und Raimund miteinander zu vergleichen?

Sie war so wütend, am liebsten hätte sie sich ein Taxi herangewunken und ihre Mutter am Straßenrand stehen gelassen.

7

Michelle und Mina-Cheyenne begrüßten einander mit einer Umarmung. Mina-Cheyenne war keine Fleur, aber Michelle und sie verstanden sich gut.

»Alles gut mit Raven?«, fragte Michelle nach Mina-Cheyennes Sohn.

Sie gingen gemeinsam die Treppe hinunter, um ihre Wertsachen in den Schließfächern zu verstauen.

»Er ist bei Dirk. Der war tatsächlich mal … na ja, pünktlich ist was anderes. Aber er ist gekommen und hat den Jungen mitgenommen. Raven hat sich wahnsinnig gefreut. Er hat gestrahlt, ach … wenn er nur *einmal* so gucken würde, wenn ich ihn wieder abhole.« In Mina-Cheyennes Stimme schlich sich eine tiefe Trauer, die ihr wahrscheinlich gar nicht bewusst war. Sie war vier Jahre jünger als Michelle und hatte es nicht leicht. Ravens Vater war Musiker.

Mina-Cheyenne trug ihr kinnlanges Haar pechschwarz gefärbt mit einer neonpinken Strähne. Ihre Kleidung passte dazu: eng anliegendes Schwarz mit einem Touch Wahnsinn. Sie trug mehrere Piercings in der linken Augenbraue, der Nase und beiden Ohren. Ob noch woanders, war Michelle nicht bekannt – so gute Freundinnen waren sie nun auch nicht.

»Sein Papa ist eben noch ein Held für ihn«, sagte Michelle mitfühlend. »Ist doch schön.«

Mina-Cheyenne nickte langsam. »Da hast du recht. So habe ich es noch gar nicht gesehen. Aber er wird früh genug merken, was für eine Pfeife Dirk ist. Dazu habe ja selbst *ich* nur ein paar Wochen gebraucht. Also sollte ich ihm das Vergnügen lassen.«

»Beiden«, sagte Michelle und nickte. »Beiden.«

Sie öffnete ihren Spind und legte Handy, Schlüssel und Geldbörse hinein. Dann nahm sie ihre Kette ab.

»Okay. Stimmt.« Jetzt lächelte Mina-Cheyenne wieder. Ihre Launen wechselten schnell wie das Wetter. »Übrigens, weißt du, was ich vorhin gehört habe?« Sie senkte die Stimme und sah sich um, obwohl sie allein in dem kleinen Kellerraum standen.

Michelle schüttelte den Kopf. »Nein.« Aber sie hatte eine Befürchtung. Sie klappte die Metalltür zu und ließ das Schloss einschnappen.

Als sie zur Seite trat, öffnete Mina-Cheyenne ihren Spind, der sich zwei Fächer neben Michelles befand. »Angeblich ist ein Mädchen verschwunden. Einfach so. Du weißt schon, was ich meine, oder?« Ohne auf eine Antwort zu warten, fuhr sie fort. »Also, kein Schulmädchen. Eine Kollegin. Jung, hübsch, schlank. Den einen Tag ist sie noch zur Arbeit gekommen. Danach hat niemand sie mehr gesehen. Nie-mand!« Wie um das letzte Wort zu betonen, drehte sie den Kopf und sah Michelle an.

Im Neonlicht war Mina-Cheyennes Haut ungesund bleich. Michelle wusste, dass sie selbst hier unten genauso aussah. Und dass es nur eine Frage der Beleuchtung war.

Dennoch überkam sie das Gefühl, dass sie alle dem baldigen Tod geweiht waren. Jede einzelne armselige Hure in dieser verfluchten Stadt.

8

Michelle hatte ihr Fenster gekippt und schaute hinaus. Normalerweise hätte sie jetzt eine geraucht. Nur ein paar Züge, um sich zu entspannen. Aber seit ein paar Wochen bekam sie dabei Hustenanfälle. Fleurs Mörder hatten sie fast erstickt, sie konnte noch immer nicht richtig tief ein- und ausatmen.

Also musste sie so mit dem Leben klarkommen. Ohne Hilfe.

Der Tag war echt anstrengend gewesen.

Ikea. Paul. Raimund. Ihre Mutter. Mina-Cheyenne mit ihrer Panik.

Am liebsten hätte sie die Augen zugemacht, sich ins Bett gelegt und geschlafen. Aber dafür wurde sie nicht bezahlt.

Draußen grellte Neon durch die Nacht. Rot, gelb, blau, grün. Ein flackerndes Feuerwerk, das die Sinne doch nur immer weiter abstumpfte. Nimm mich! Nimm mich! Nimm mich …

Eine dunkle Trauer ballte sich in Michelles Bauch. Sie wusste nicht, wo dieses verdammte Gefühl herkam, aber sie fand es scheußlich und wollte, dass es wieder verschwand.

Stattdessen entdeckte sie auf einmal auf der anderen Straßenseite eine ihr bekannt vorkommende Silhouette. Ein Mann mit breiten Schultern und kurzen Haaren redete mit einer Frau, die einen viel zu kurzen Rock, eine Fischnetzstrumpfhose und hohe Absätze anhatte.

Michelle kannte die Frau vom Sehen.

Der Mann sagte etwas, die Frau sagte etwas, dann berührte sie den Mann am Oberarm und lachte. Michelle konnte die beiden nicht hören – und doch wusste sie genau, wie das Gespräch lief. Die Hand am Oberarm, so weit musste man kommen, dann war der Deal besiegelt. Kaum einer drehte sich danach noch um und ging – es wäre unmännlich gewesen, wie eine verlorene Mutprobe.

Die Frau dort unten machte alles richtig, aber gerade weil der Mann offensichtlich darauf ansprang, öffnete sich die Faust in Michelles Innerem und ließ die Düsternis frei wie schwarze Tinte in einem Glas Wasser.

Der Mann, das war doch … aber warum sollte …

Auf einmal spürte sie, wie sie die Stirn an die Scheibe presste, ihre Hand krampfte sich um die Fensterbank, ihr ganzer Schultergürtel war verspannt.

Ärgerlich stieß sie den Atem aus. So ein Quatsch. Das war er nicht. Gerade wollte sie sich abwenden, da setzten sich die beiden dort unten in Bewegung. Sie gingen in das neonbeschriftete Haus hinein, vor dem die Frau gestanden hatte. Das war ja auch nicht anders zu erwarten gewesen.

Der Mann kehrte Michelle den Rücken zu, aber dann drehte er sich auf einmal ins Profil und schaute zu ihr hoch – direkt zu ihrem Fenster –, und sie schreckte zurück. Sie wusste nicht, ob er sie gesehen hatte, schließlich stand sie im Dunkel.

Paul. Er war es doch gewesen. Oder?

Warum sollte Paul …?

Andererseits – warum nicht?

Sie kannte doch die Männer.

Vielleicht fühlte er sich schuldig ihr gegenüber. Oder …

Nimm mich! Nimm mich … flehte eine leise Stimme in ihrem Inneren, die sie nicht abschalten konnte, sosehr sie sich auch bemühte.

Nein, es musste jemand anders gewesen sein. Nicht Paul. Irgendwer. Irgendein dahergelaufener Kerl, wie sie täglich zu Tausenden über die Reeperbahn kamen. Es wäre doch ein viel zu großer Zufall, Paul gleich zweimal an einem Tag zu begegnen.

Wütend stapfte sie hinunter auf die Straße und machte sich wieder an die Arbeit. Keine fünf Minuten später war sie zurück auf ihrem Zimmer. Zu beschäftigt für irgendwelche blöden Gefühle und mit ein paar Scheinen mehr im Portemonnaie.

Nur einmal noch drifteten ihre Gedanken zu Paul ab. *Wer nicht will, der hat schon,* rief sie sich mit ironischer Bitterkeit zur Ordnung.

Und der Laden auf der anderen Straßenseite war echt ein übler Puff. Da würde sie im Leben keinen Schritt reinsetzen.

9

»Fuckscheiße«, urteilte Gordon fachmännisch. »Das geht nicht. Das geht auf keinen Fall.«

Er strich hektisch über den Fusselbart am Kinn, den er sich seit ein paar Tagen wachsen ließ. Der machte die Sache zwar auch nicht besser: Übergewicht, Pferdeschwanz, Hängejeans und uralte Turnschuhe – aber Gordon musste ja auch nicht gut aussehen, er musste nur aufpassen, dass im *Pretty Woman* alles lief. In seinem Aufzug machte er den Kunden wenigstens keine Konkurrenz. »Ich halte die Augen offen. Macht euch mal keine Sorgen.« Er tätschelte Mina-Cheyenne väterlich die Wange.

Michelle schüttelte kaum sichtbar den Kopf. Mina-Cheyenne sagte: »Sorry. Ich dachte nur …« Sie kicherte unsicher. »Na ja, ich geh wieder raus. Nächste Woche ist Monatsanfang – Miete fällig.«

Sie war in Ballerinas gekommen, jetzt trug sie Glitzer-Plateauschuhe, auf denen sie kaum das Gleichgewicht halten konnte. Gordon und Michelle sahen ihr hinterher.

Es war kurz nach Mitternacht, und Mina-Cheyenne war Michelle jedes Mal, wenn sie sich trafen, mit ihren Angstgeschichten auf die Nerven gegangen. Bis die sich schließlich bereit erklärt hatte, mit Gordon zu sprechen. Auch wenn es sinnlos war. Was sollte der denn machen? Aber wenigstens war Mina-Cheyenne jetzt beruhigt.

»Tut mir echt leid, unsere kleine Mina«, brummte Gordon. »Ich verstehe nicht, wieso sie dauernd blank ist. Die verdient auch nicht weniger als … die meisten anderen. Ein bisschen weniger als du. Aber nicht viel.«

»Schleimer«, entgegnete Michelle mit einem Lächeln. Sie war gut im Geschäft, zufriedene Stammkunden brachten zuverlässig Umsatz. Offiziell war Michelle immer noch für Betriebswirtschaftslehre eingeschrieben, und das ein oder andere war in den ersten Semestern doch hängen geblieben. Als sie noch zu den Vorlesungen gegangen war. Premiumpositionierung beispielsweise.

Sie war der Typ »natürliches Mädchen von nebenan«. Freundlich. Berechenbar. Hübsch, aber nicht aufgedonnert. Anspruchslos. Jederzeit bereit.

Die ideale Freundin.

Dafür waren Männer bereit zu zahlen.

Und warum auch nicht? Wenn sie im Fitnessstudio eine Frau kennenlernten, mussten sie erst mal drei teure Dates lang ausloten, ob man zueinanderpasste. Da war es preiswerter und effektiver (und in gewisser Weise auch ehrlicher), gleich ins *Pretty Woman* zu kommen.

»Ich glaub, sie füttert Ravens Vater noch mit durch. Der ist Musiker, das ist ein hartes Brot.«

»Hm, hm«, machte Gordon und kratzte sich am Hintern. »Schön doof. Schön doof.«

»Wo die Liebe hinfällt«, sagte Michelle. Sie hatte den Glauben an das Gute noch nicht verloren.

»Liebe. Auch das noch. Hast du heute deinen Philosophischen?«, schnaufte Gordon. Er schaute hoch zu dem Fernseher in der Ecke des Eingangsbereiches und murmelte: »Schieß doch, du Idiot. Wozu kriegst du denn die Millionen?«

Michelle sah ebenfalls auf den Bildschirm. Ein kleines weißes Männchen stolperte über den Ball und stürzte.

»Ach, das kann doch nicht wahr sein!«

»Was ist das? Hobbyrunde?«, fragte sie.

»Peru gegen Vietnam. Die sind wahrscheinlich beide froh, wenn sie elf Spieler zusammenbringen. Auch egal.« Jetzt wandte er sich wieder ihr zu. »Wir können nicht zulassen, dass sich das rumspricht. Nicht unter den Kolleginnen. Nicht unter den Kunden. Das ist schlecht fürs Image. Ganz schlecht. Mit Entführungen will niemand was zu tun haben. Sex sells. Verschwundene Mädchen *sellen* überhaupt nicht.«

Michelle grinste. »Was glaubst du eigentlich, wo du arbeitest? Im Apple Store?«

»Pfft«, prustete Gordon. Dann setzte er leiser hinzu: »Ich hab noch nie davon gehört, dass so was *wirklich* passiert ist. Immer nur Hörensagen. Aber trotzdem. Man weiß nie. Also, sei vorsichtig, okay? So was ist echt Fuckscheiße.«

Michelle nickte.

Keiner glaubte *richtig* daran. Aber trotzdem. Auf einmal fühlte sich die Sache verdammt ernst an.

10

Das Ende.

Der größte Gleichmacher.

Das Einzige, was sicher ist.

Unsere größte Angst – und zugleich die größtmögliche Motivation, etwas aus dem Leben zu machen.

Niemand weiß, wie lange man lebt.

Wochen, Monate.

Jahre.

Jahrzehnte.

Oder eben doch nur noch ein paar Tage.

Und was macht schon ein gutes Leben aus? Leb jeden Tag, als wäre es der letzte. Was soll das heißen? Keine Arbeit, lieber tanzen?

Wenn sich der Vorhang senkt, worauf wollen wir zurückblicken? Angeblich hat jeder Mensch ein Ziel, ein Talent, eine Aufgabe. Aber woher soll man wissen, worin die eigene Aufgabe besteht? Und wer hat sie gestellt?

Schulden wir am Ende einem himmlischen Lehrvater Rechenschaft? Oder sind wir nur Ameisen, winziger als Staubkörner, die zufällig auf einem blauen Planeten umherirren und einander daran hindern, glücklich zu sein?

Was ist der Sinn des Lebens? Gibt es ihn überhaupt?

Hört deine Freiheit dort auf, wo meine beginnt?

Sind die glücklichsten Menschen diejenigen, die mit sich und der Welt in Einklang leben – die nicht mehr verlangen, als sie bereits besitzen?

Oder sind die freiesten und glücklichsten Wesen vielleicht eher jene, die keine Rücksicht kennen, keine Gnade, deren Ich heller lodert als der Tag, die sich ihre Welt erschaffen und jeden anderen untertan machen? Unzweifelhaft bringen sie Leid über ihre Mitmenschen, aber die könnten sich ja wehren. Entsteht eine neue Welt vielleicht erst im Gleichmaß dieser Kräfte statt in hippiehaftem Rückzug?

Müssen wir überhaupt Angst vor dem Tod haben?

Oder ist er nicht in Wahrheit unser größtes Glück? Denn sonst müssten wir ewig leben. Ewig leiden.

Das ganze verdammte Leben war eine einzige offene Wunde, von der niemand wusste, wie sie zu heilen ist.

11

Raimund Krämer erwachte vom Klirren des Weinglases, das er mitsamt der Flasche vom Couchtisch gestoßen hatte.

Er war auf dem Sofa eingeschlafen.

Ärgerlich kniff er die Augen zusammen, das ganze Gesicht. Er fühlte sich alt und verbraucht.

Und er musste pissen.

Diese undankbare Kuh. Er stemmte sich hoch, saß einen Moment da, erhob sich dann und stampfte Richtung Klo. Überall glommen Lichter: der Fernseher, der Computer, das Telefon, durch das Fenster sickerte ein Rest Straßenlaterne. Raimund stützte sich mit der rechten Hand an der Wand ab und zielte mit der linken. Es dauerte einen Moment, bis der Urin zu tröpfeln begann. Diese blöde, undankbare Kuh. Jetzt musste er wieder von vorne anfangen, sich jemand anders suchen. Er war nicht gern allein.

Raimund war nun mal eine Unternehmerpersönlichkeit. Ein Alphamann. Das hatte doch nicht nur Schattenseiten, verdammt noch mal!

Er stand da und starrte gegen die Wand.

Und die Tochter. Noch schlimmer als die Mutter.

Vielleicht war es besser so. Auch wenn es Mühe machte.

Sie hatten es doch gut gehabt, so was warf man doch nicht einfach weg, mal eben so. Aber wenn sie es so wollte, dann würde er auch ohne sie klarkommen. Er würde ihr ganz sicher nicht hinterherlaufen. Hatte man ja heute gesehen, dass das ein Fehler war.

Und die Tochter stachelte sie nur auf.

Weil er nicht ihr Papa war, natürlich. Niemand war so toll wie der Herr Papa, der aber nicht mit dem Leben klargekommen war und sich die Birne rausgepustet hatte.

Raimund hatte das nie verstehen können. Warum Menschen sich umbrachten. Das Leben war doch lebenswert. Da konnte man doch was draus machen. Sogar aus Krisen. An denen konnte man wachsen, da musste man doch nicht gleich den Stecker ziehen.

Auf einmal saß er wieder auf dem Sofa. Keine Ahnung, wie er hierher zurückgekommen war.

Die Uhr unter dem Fernseher zeigte halb drei. Draußen fuhr ein einsames Auto vorbei. Es war eine gute Gegend, in der die meisten Leute früh zu Bett gingen. Man hatte seine Ruhe und man ließ einander in Ruhe.

So ließ es sich doch leben.

Er war müde und wach zugleich.

Beinahe hätte er sich wieder auf die Couch zurücksinken lassen. Aber dann stützte er sich doch wieder hoch. Er schlief doch nicht wie ein Penner seinen Rausch aus!

Auf der Treppe wäre er beinahe gestolpert, fing sich aber rechtzeitig. Als er auf sein Schlafzimmer im ersten Stock zuging, schwankte die Welt ein wenig, und er ließ vorsichtshalber die Hand an der Wand entlanggleiten.

Schließlich hatte er es geschafft. Raimund sank rücklings ins Bett, strampelte seine Hose ab und überlegte, ob er sich das Hemd ausziehen sollte oder nicht, entschied sich dann aber dagegen, zog die Decke bis zum Kinn hoch und schloss erschöpft die Augen.

Dass es ihm jetzt so mies ging, war alles nur die Schuld dieser undankbaren Kuh. Dabei hätten sie es so gut haben können. Alles nur ihre Schuld.

12

Amira Zhao kam um vier Uhr morgens zur Arbeit. Auf diese Weise war sie zurück, um ihre Schwester May-Lin zur Samstagsschule zu schicken. Chinesisch, die Sprache ihrer Eltern.

Auf der Reeperbahn konnte man rund um die Uhr alles kaufen – von Waffen über Drogen bis zu Sex. Nur Liebe war selten im Angebot.

Doch das Hauptgeschäft endete um drei. Dann schickte Gordon die Mädchen nach Hause und schloss ab.

Amira öffnete den Notausgang und ging den Reinigungskarren holen, der in einem abgeschlossenen Raum im Keller stand. Sie kippte das Fenster, denn die Luft im Raum war mief-feucht. Mit einem alten Lastenaufzug fuhr sie in den zweiten Stock.

Nur die Notbeleuchtung brannte. Es roch nach Schweiß und … ja, vor allem nach Schweiß. Und nach Körpern, nach Haut auf Haut, vielleicht nach Bier und Auspuffgasen, den Ausdünstungen der Nacht. Das vergitterte Fenster am Ende des Flurs war auch geschlossen, auf der anderen Straßenseite blinkte seelenlos eine grellbunte Neonreklame. Davor ein halb toter Ficus.

Der Teppich im Flur war abgetreten. Amira leerte zügig die Mülleimer in den Zimmern, wechselte Handtücher und Bettlaken. Sie saugte einmal durch den Flur, dann ein Stockwerk tiefer dasselbe.

Als sie den Karren wieder wegstellte, hörte sie durch das gekippte Kellerfenster eine männliche Stimme. »Hallo? Hallo? Arbeiten Sie hier?«

Amira schaute auf.

Durch den Fensterspalt war ein halbes Männergesicht zu sehen. Der Mann musste dort draußen auf dem Boden knien, um sie ansehen zu können.

»Entschuldigung«, sagte der Mann mit gepresster Stimme. »Ich suche meine Schwester. Sie …« Er machte eine Pause, blinzelte. »Ich glaube, sie hat hier in der Gegend gearbeitet. Sie heißt Sarah. Haben Sie sie vielleicht gesehen?« Er hob ein Foto und schob es durch den Fensterspalt.

Amira zögerte, danach zu greifen. Man wusste ja nie. Aber was sollte der Kerl ihr durchs Fenster schon antun? Und er guckte wie ein trauriges Hündchen.

Auf dem Foto war ein hübsches Mädchen mit dunkelblondem Haar und einem freundlichen Lächeln. In wenigen Jahren würde May-Lin im selben Alter sein.

»Ich … nein!«, sagte sie und schüttelte den Kopf. »Nein. Tut mir leid.«

Sie wandte sich ab. Der Mann rief ihr hinterher: »Sind Sie sicher? Ich kann Ihnen meine Nummer geben! Sarah muss doch irgendwo sein!«

»Tut mir leid«, rief Amira noch einmal über die Schulter und verließ schnell den Raum.

Sie dachte an ihre kleine Schwester. Und dass sie alles, wirklich alles dafür tun würde, niemals in die Situation des Mannes dort draußen zu geraten.

Armer Kerl.

Deswegen kam sie jede Nacht hierher. Sie musste diesen Job behalten und Geld für sich und May-Lin verdienen. Sonst drohten Jugendamt, Waisenhaus, Adoption, die schiefe Bahn – auf die Amira fast selbst geraten wäre. Auf jeden Fall würde man sie auseinanderreißen. Und niemand konnte so gut für May-Lin sorgen wie sie. Niemand.

Seit dem Tod ihrer Eltern lebte Amira in ständiger Angst. Lange hatte sie die mit Gewalt und Drogen betäubt. Das ging jetzt nicht mehr. Was gut war für May-Lin. Aber an manchen Tagen furchtbar für Amira.

13

Monika hatte die Frühstücksnische in der Küche aufgehübscht. Bunte Schneidebretter, bunte Eierbecher, Teller mit bunten Punkten, gemusterte Servietten. Wie bestellt blühte eine der Geranien auf der Fensterbank.

»Ist Ostern, oder was?«, murmelte Michelle verschlafen.

»Ich dachte … ich mache mich mal …«, entgegnete Monika mit einem Hauch Angst in der Stimme.

»Schon gut, Mama, schon gut. Es gefällt mir ja. Es ist nur … du überraschst mich immer wieder. Ich hatte gar nicht mitbekommen, wie du alle diese Sachen in den Wagen gepackt hast.«

»Aber es gefällt dir? Ja?«

»Ja. Wirklich sehr hübsch. Fröhlich. Ganz anders als ich am Morgen.«

»Ja, ich dachte, vielleicht …«

Wie so oft ließ Monika ihren Satz unbeendet.

»… hilft das gegen meine Muffigkeit?«, vollendete Michelle ihn.

»Das habe ich nicht gesagt!«

»Aber gedacht!« Michelle ließ sich auf einen der Stühle sinken, die in der Küchenecke vor dem kleinen Tisch standen. Ihre Mutter schenkte ihr Kaffee ein. »Hast du etwa auf mich gewartet?«, fragte Michelle, als sie entdeckte, dass der Teller ihrer Mutter noch unbenutzt war.

Die Küchenuhr zeigte kurz nach elf.

»Natürlich!«

»Mach das nicht. Dann kriege ich nur ein schlechtes Gewissen.«

»Ich habe Eier gekocht«, ignorierte Monika ihre Tochter. Sie griff nach einem Körbchen auf dem Küchentresen, in dem ein Handtuchpäckchen lag. »Und ich kann dir sagen, wessen Eier ich auch gern kochen würde!«, setzte sie dann mit einem Lächeln und in ganz normalem Gesprächston hinzu.

»Was?«, fragte Michelle entgeistert, während sie das Geschirrhandtuch aufschlug und sich ein Ei nahm. »Was hast du gesagt?«

»Ich habe gesagt, ich wüsste schon, wessen Eier ich gern kochen würde«, entgegnete Monika liebenswürdig. »Dieser sexversessene alte Bock.«

»Mama, was … Moment mal. Du redest von Raimund, oder?«

Ihre Mutter nickte, stellte das Körbchen mit den Eiern zurück und zog für sich eine Scheibe Knäckebrot aus einer Packung, die Michelle bestimmt nicht gekauft hatte.

»Und was … wie meinst du das, er ist ein sexversessener alter Bock, und du willst seine Eier kochen? So kenne ich dich ja gar nicht?«

»Na ja, er ist … du weißt ja, wie Männer so sind …«, entgegnete Monika und bestrich ihr Knäckebrot so sorgfältig mit Butter, als hinge das Wohlergehen der gesamten zivilisierten Welt davon ab.

Allerdings, dachte Michelle. *Du hast ja keine Ahnung, wie genau ich das weiß*.

Sie war erstaunt, dass für einen kurzen Augenblick die Erinnerung daran aufblitzte, wie sie Paul gestern ins *SexxUp* gegenüber hatte gehen sehen. Falls es nicht jemand anders gewesen war.

»Wieso? Was hat er getan? War das der Grund, warum er

dir … warum ihr …?« Jetzt war Michelle diejenige, die ihre Sätze nicht zu Ende führen konnte. Sie hatte nie gefragt, warum Raimund ihre Mutter geschlagen hatte. Es war ja auch nicht das erste Mal gewesen.

Ihre Mutter saß reglos da, als fürchtete sie, zu zersplittern, wenn sie die Wahrheit sagte. »Er schaut Pornos. Schmutzige Filme. In denen Frauen …« Ihre Stimme wurde immer leiser. »In denen Frauen … es war ekelhaft. Ich habe ihn …«

Michelle musste sich vorbeugen, um ihre Mutter noch verstehen zu können.

»Ich bin vom Tennis gekommen, und da saß er auf dem Sofa – auf *unserem* Sofa –, die Hose runter, und auf dem Fernseher …« Ihr Blick war fest auf das Knäckebrot gerichtet. »Auf dem Fernseher …«, setzte sie erneut an, konnte sich aber nicht überwinden, den Satz zu Ende zu sprechen.

Michelle stieß den Atem aus. »Ich dachte, er hätte dich betrogen«, sagte sie beschwichtigend.

Ihre Mutter schaute sie entgeistert an. »Aber das hat er doch auch. Mit jeder von ihnen. Bei jeder dieser Frauen, die in seinen Filmen … du weißt schon … bei jeder von ihnen hat er sich doch vorgestellt, *er* wäre es, der … *er* würde seinen verdammten dreckigen …«

Verzweifelt verbarg sie das Gesicht in den Händen.

»Es war so abstoßend, das zu sehen. Er mit seinem … seinem … in der Hand … Und seine Entschuldigung war: Alle Männer würden es tun.« Sie schnaubte. »Hält der mich für blöd? Singles vielleicht. Aber wenn man doch eine Frau zu Hause hat …« Sie sah Michelle mit großen Augen an.

Michelle zuckte mit den Achseln und senkte den Blick. Sie hatte nie über die Sexualität ihrer Eltern nachgedacht. Natürlich hatten sie sich geliebt, das sah man an den Blicken auf den alten Fotos. Und ganz offensichtlich hatten sie Sex gehabt, sonst wäre sie ja nicht hier. Doch über diese Selbstverständlichkeiten hinaus hatte sie das Thema ignoriert. Erst recht nach dem Selbstmord ihres Vaters.

Sie hatte danach Sex gehabt. Viel Sex. Um sich abzulenken von dem unendlichen Schmerz.

Michelle war damals so sehr mit sich beschäftigt gewesen, dass es in ihrer Wahrnehmung keinen Platz für den Schmerz ihrer Mutter gegeben hatte. Für deren Leid, deren Leben. Von einem Tag auf den anderen waren sie zu Fremden geworden, die nicht mehr lange in einem Haus wohnten.

Und danach … ja, wenn sie sich die Mühe gemacht hätte, wäre ihr klar gewesen, dass ihre Mutter nicht als Nonne versauern wollte. Und warum sollte sie auch?

Andererseits regte da sofort der alte unausgesprochene Vorwurf sein grausames Haupt: Wenn *du* Vater eine bessere Frau gewesen wärst – wenn *du* ihn nur so geliebt hättest, wie er es brauchte –, dann hätte er sich nicht erschossen, dann wäre er heute noch am Leben, dann wäre ich nicht so verkorkst, dann … wäre ich glücklich. Dann wäre es mir erlaubt, glücklich zu sein.

Sie wusste, der Vorwurf war ungerecht – zumal sie gleichzeitig davon überzeugt war, hätte ihr Vater nur *sie*, seine Tochter, *wirklich* geliebt, hätte er ihr das niemals antun können … und trotzdem. Warum sollte ihre Mutter Spaß haben, und ihr Vater war tot?

Vor allem aber hatte sie, wie alle Kinder, überhaupt nicht daran gedacht, ob ihre Mutter nun Sex hatte oder nicht, und wenn ja, mit wem und wie oft.

Sie hob wieder den Blick. »Aber das ist doch …« Sie zögerte. »… nicht so schlimm«, setzte sie dann hinzu.

»Findest du?«, fuhr Monika sie an. »Wirklich? Vielleicht weil du keinen Freund hast. Oder weil du … du bist anders. Du warst schon immer anders. Du kannst … konntest … vielleicht ist es auch eine Generationsfrage. Ihr könnt Sex haben ohne Gefühle. Jedenfalls ohne dass es gleich Liebe sein muss. Aber ich … für mich … ist das unmöglich. Seit Wolfgang …«

Michelle hielt den Atem an.

Schließlich fuhr Monika fort: »… seit Wolfgang fällt es mir erst recht schwer, Unverbindlichkeit in Beziehungen zu akzeptieren. Damals ist in mir etwas zerbrochen. Ich habe das nicht … ich wusste nicht, wie es ihm … dass er …«

Und auf einmal begann sie zu weinen. Große Tropfen fielen auf das Knäckebrot, auf den Frühstücksteller, und ohne weiter darüber nachzudenken, sprang Michelle auf und nahm ihre Mutter fest in die Arme, und es war richtig so, und schön.

»Ich bin wirklich froh, dass du nicht auf die schiefe Bahn geraten bist«, sagte Monika schließlich und wischte sich mit dem Handrücken die Tränen ab. »Eine Weile habe ich mir große Sorgen um dich gemacht. Weißt du noch? Du warst fast nicht mehr zu Hause, und alles drehte sich nur noch um Jungs. Aber dann hast du angefangen zu studieren, und jetzt hast du einen tollen Job und … ach, ich bin einfach froh!« Sie drückte Michelle nun ihrerseits noch einmal fest an sich.

Auf einmal klingelte es an der Tür. Michelle fuhr zusammen.

»Das werden die Umzugskartons sein«, rief ihre Mutter und sprang auf, um zur Tür zu laufen.

»Umzugskartons?«, rief Michelle ihr hinterher.

»Habe ich vorhin bestellt. Ich habe beschlossen, morgen bei Raimund endgültig auszuziehen. Hilfst du mir? Ich habe sogar einen Kombi gemietet. Fürs ganze Wochenende.«

Michelle sank auf ihren Stuhl zurück und betrachtete ihr halb gepelltes hart gekochtes Ei.

»Klar helfe ich dir, Mama«, rief sie. »Selbstverständlich.«

Ihre Mutter verließ Raimund, weil der Pornos guckte.

Damit war klar, dass sie auf keinen Fall je erfahren durfte, was Michelle machte. Auf keinen Fall. Denn wie sie ihr Geld verdiente, musste ihrer Mutter noch viel schlimmer erscheinen als Pornos gucken.

Und dann wäre jede Nähe, jedes bisschen Vertrauen zwischen ihnen für immer zerstört.

14

Verdammte Unordnung. Neben dem Sofa lag die umgekippte Weinflasche. Gut, dass sie leer gewesen war. In der Küche stand eine schmutzige Pfanne schräg in der Spüle. Vor der Kellertür lag ein Berg Schmutzwäsche.

Der Farn auf der Fensterbank hatte auch schon bessere Tage gesehen. Und diese komische Pflanze daneben, die irgendwann mal viele rote Blüten gehabt hatte, war sicher schon hinüber.

Dienstag kam die Putzfrau. Und es war ja nicht so, als lebte er wie ein Wilder. Er war nicht verwahrlost. Aber … dem Haus fehlte der weibliche Touch, das war schon zu sehen.

Gedankenverloren fuhr Raimund mit dem Finger über den unteren Rand eines Bilderrahmens im Flur. Irgendeine Herbstlandschaft, die Monika und er gemeinsam auf einem Künstlermarkt erstanden hatten.

Er betrachtete seinen Zeigefinger.

Ganz eindeutig zu wenig weiblicher Touch.

Er fuhr zum Bäcker, kaufte zwei Schrippen und ein *Hamburger Abendblatt.* Er hatte schon fast wieder die Haustür erreicht, als ihm seine Aktentasche einfiel. Er kehrte zum Mercedes zurück und holte das gute Stück aus dem Kofferraum.

Danach frühstückte er in Ruhe mit Honig und Nutella. Auf die dritte Brötchenhälfte packte er großzügig alle noch im Kühlschrank aufzufindenden Salamischeiben. Gemächlich blätterte er die Zeitung durch. Er konnte nicht verstehen, wie Leute die Tageszeitung auf dem iPad oder am Computer lasen.

Die Welt ging vor die Hunde, und man hatte den Eindruck, die Stadt Hamburg lief begeistert vorneweg. Einbrüche, Drogendeals, Unfälle. Wirtschaftsbetrug, Schulskandale, Politgequatsche. Alles wie immer. Und doch immer schlimmer.

Er lächelte, amüsierte sich über seinen eigenen Reim. Alles wie immer – und doch immer schlimmer. Das war gut. Das hatte was. Und es entsprach der Wahrheit.

Raimund dachte an etwas, das Monika vor Jahren mal gesagt hatte, auf einer dieser Ausstellungen, in die sie ihn damals noch gezerrt hatte. Nein, fairerweise musste man sagen: Zu denen er damals noch gern mitgekommen war. »Kunst ist, wenn es schmerzt«, hatte sie gesagt. »Den Künstler ebenso wie den Betrachter.«

Er hatte das damals schon albern gefunden, aber lieber den Mund gehalten. Wozu streiten, hatte er damals noch gedacht. Aber man konnte sich auch nicht ewig verstellen.

Aus seiner Sicht war es Kunst, wenn etwas dem Betrachter Freude machte.

Oh, gleich noch ein Reim. Er war heute *on a roll!*

Das Geschirr wanderte in die Spülmaschine, die Krümel fegte er einfach vom Tisch. War ja nur für ein paar Tage.

Und jetzt? Insgeheim war er fest davon ausgegangen, Monika würde gleich gestern mit zurück zu ihm kommen. Nach Hause. Die letzten Wochenenden hatte er sich zum Golf verabredet oder war Motorrad gefahren. Aber dieses hatte er unwillkürlich freigehalten für sie beide, weil er sich gar nicht hatte vorstellen können, dass sie nicht mitkäme.

Es war ihm schwer genug gefallen, sich bei ihr zu melden. Sich sozusagen zu entschuldigen. Eigentlich hatte er damit gerechnet, dass sie irgendwann, früher oder später, angekrochen kam. Aber als sie eisern schwieg, war er zu dem Schluss gekommen, dass es besser war, wenn er sich meldete, als alles an ihrem Trotz kaputtgehen zu lassen.

Und jetzt ... saß er da. Mit zwei leeren Tagen vor sich.

Er warf einen Blick zum Fenster hinaus. Obwohl er eben erst Brötchen geholt hatte, hätte er nicht sagen können, wie das Wetter war. Blau, Federwölkchen. Vielleicht sollte er einfach auf seine Maschine steigen und nach Norden brettern, ans Meer.

Ans Meer war immer gut.

Den Blick noch zum Fenster gewandt ließ er sich aufs Sofa sinken und hob seine Aktentasche in den Schoß. Er ließ die Verschlüsse aufspringen, und die DVD, die Ingolf ihm gestern zugeschoben hatte, rutschte heraus.

Ingolfs Frau war eine von und zu, er hatte die Treppe raufgeheiratet. Das Paar wurde zu allen möglichen Partys und Vernissagen eingeladen, und irgendwo hatte er mal Leute kennengelernt, die Investoren suchten. Ingolf war erst misstrauisch gewesen, hatte sich dann aber doch überzeugen lassen und eine kleinere Summe investiert.

Ein halbes Jahr später bekam er sie mit zwölf Prozent Rendite zurück. Das machte vierundzwanzig Prozent im Jahr.

Er setzte den doppelten Betrag und strich wieder einen hübschen Gewinn ein. Dann noch mal. Daraufhin erzählte er Raimund die ganze Geschichte und überredete ihn, mitzumachen.

»Was soll denn das?«, hatte der gesagt. »Wir haben doch genug Geld. Wozu ein solches Risiko eingehen? Das klingt ganz und gar nicht koscher.«

Aber Ingolf hatte nicht lockergelassen. »Glaub mir, die Sache ist sauber. Läuft alles über einen Anwalt. Die investieren in Immobilien, in Auslandsexpansionen, aber auch in ...« Er hatte kurz gezögert. »... gewinnbringende Filmprojekte. Wenn du verstehst, was ich meine.«

»Nee«, hatte Raimund entgegnet. »Versteh ich nicht. Soll nicht jedes Filmprojekt Gewinn bringen?«

»Ja, schon. Aber es gibt eben Genres, die laufen besser als andere. Sichere Investments. Wie sagt man so schön? *Sex sells!*«

Raimund hatte nur irritiert geguckt, und Ingolf hatte erklärt: »Pornos. Die drehen Pornos. Und meine Kontaktperson hat gesagt, wenn ich … also, ich könnte auch mal mit zu einem Dreh.«

Daher wehte also der Wind. Wenn Ingolf genug Geld einsetzte, durfte er ins Pornostudio und die Hauptdarstellerin »kennenlernen«.

»Alles sauber«, versicherte er. »Alle über achtzehn. Niemand wird zu irgendwas gezwungen. Letztlich dienen solche Filme doch sogar der Allgemeinheit. Überleg mal, wenn jeder Typ, der heute Abend einen Porno guckt, stattdessen loszöge und eine Frau vergewaltigt …«

»Na ja, die meisten würden das ja wohl hoffentlich nicht tun«, sagte Raimund.

»Aber manche vielleicht doch. Auf jeden Fall ist alles total legal. Und wie gesagt, es läuft über einen Anwalt, da ist überhaupt kein Risiko dabei.«

Beim ersten Mal hatte Raimund fünftausend investiert und fünftausendsechshundert zurückbekommen.

Und eine DVD, die zugegebenermaßen nicht schlecht war – aber ihn einen Monat später seine Beziehung gekostet hatte.

Beim zweiten Mal waren es zwanzigtausend gewesen. Und nun hatte er eine neue DVD bekommen.

Dabei waren erst drei Monate vergangen.

Ingolf hatte gesagt, es wäre nur eine Vorschau auf den fertigen Film.

Mal sehen, in was er diesmal sein Geld gesteckt hatte.

Er schob die DVD in den seitlichen Schlitz des Fernsehers.

Mit einem leisen Sirren erwachte das Gerät zum Leben und gab dann, nach dem Aufblinken des Herstellerlogos, damit an, was es alles konnte. Schließlich startete die Vorschau.

»eXXXtrem geiiil« erschien in roter Schrift auf schwarzem Grund. Die drei I's waren stilisierte Penisse. Der Buchstabe X trug oben dicke Busenkreise, unterhalb der sich kreuzenden Linien war etwas Schamhaar skizziert.

Abrupt setzte Stroboskopflackern ein, begleitet von einem brutalen Elektrosoundtrack. Nine Inch Nails auf 45.

Raimund kniff die Augen zusammen. Man konnte gar nicht genau erkennen, was passierte.

Eine junge Frau. Schlank mit großen Brüsten und einem schmalen Haarstreifen im Schambereich. Rannte durch … barfuß … durch den Wald. Hunde hetzten hinter ihr her, stürzten sich auf sie. Blut. Einer der Hunde schnappte zu, aber es war nicht auszumachen, was er biss. Ein Schrei, ein helles Kreischen, Angst. Nackte Schenkel, die krampfhaft zuckten, dann Männer in Tarnanzügen mit Schlagstöcken und Sturmhauben. Auf einmal ein Keller, vielleicht ein Bunker, auf dem Boden eine dreckige Matratze, auf der sich das Mädchen krümmte, nackt, eine Kapuze über den Kopf gezogen. Die Brüste gerötet. Männer, die ihre erigierten Penisse in der Hand hielten, standen um die Matratze herum. Es war klar, was bevorstand.

Immer noch in dem rasenden Puls des Hell-Dunkel-Effekts in Kombination mit der kopfschmerzinduzierenden Wirkung der hämmernden Musik folgten Aufnahmen von … das war kein Sex mehr, das war Folter. Doppelpenetrationen, dazu musste das Mädchen durch ein Loch in dem Sack über dem Kopf einen Schwanz lutschen, dann zwei. Die Männer schlugen sie, spuckten sie an. Ein weiterer drängte sich zwischen ihre Beine, zwängte seinen Penis auch noch in ihre Scheide, und als wäre all das in ständig wechselnden Konstellationen und schwindelerregenden Perspektivwechseln noch nicht schlimm genug, tauchte auf einmal ein Mann mit einem Skalpell in der Hand auf, er trug einen Anzug und stand neben der Matratze, er nahm eine Brustwarze des Mädchens zwischen die Finger, er zog daran und setzte das Skalpell an und …

In rascher Folge wurden nun Schnitte in nacktes Fleisch gezeigt, aufklaffende Wunden, hohe Spermabögen, mehrere Männer, die sich auf dem blutbesudelten Mädchen wälzten, dazu immer noch die donnernde Musik, Schreie, Keuchen, Blut, die Kamera tanzte wie benommen, Großaufnahmen und Totalen im schnellen Wechsel, der Mann im Anzug packte das lange dunkle Haar des Mädchens und trennte es mit einem schnellen sauberen Schnitt ab, er reckte es wie eine Trophäe des Schreckens in die Höhe.

Raimund starrte auf den Bildschirm, unfähig sich zu regen, er konnte nicht verarbeiten, was er da sah, eine Mischung aus Sex- und Horrorfilm, so täuschend echt, dass ihm richtiggehend übel wurde, Fleischfetzen flogen durch die Gegend, etwas sah aus wie ein Stück Lippe, wie hatten die nur …

Und zwischendurch immer wieder Fickbilder, Schwänze in jeder nur denkbaren Körperöffnung, Sperma und immer mehr Blut, und dann setzte der Mann im Anzug in einer fast zärtlichen Bewegung sein Messer am Hals des Mädchens an, das mittlerweile kraftlos zwischen zwei Männern klemmte, die sich von vorn und hinten an ihr vergingen, eine ruckartige Bewegung, eine grellrote Blutfontäne klatschte von innen gegen den Bildschirm.

Dann nichts mehr.

Stille.

Raimund hörte seinen eigenen Atem, sein panisches Keuchen.

Er wusste nicht einmal, ob er am Ende einen Schrei gehört hatte oder nicht.

Er wusste nicht, ob er seinen eigenen Augen trauen konnte oder ob das nur raffinierte – ekelhafte – Tricktechnik war.

Trotz allem war er stark erregt, sein Schwanz drückte heftig gegen seine Unterhose. Dafür schämte er sich. Der Gewaltexzess, den er gerade gesehen hatte, durfte niemanden erregen.

Das überschritt jede, aber auch jede Grenze.

15

Michelle zögerte. Sie hatte die SMS schon dreimal umformuliert.

»Ist das Mädchen wieder aufgetaucht?«, lautete der aktuelle Text.

Was würde Paul denken, wenn sie ihm die Nachricht schickte? Dass sie ein mitfühlender Mensch war und sich Sorgen machte? Oder würde er vermuten, sie wäre ein Angsthase?

Würde er sich freuen, von ihr zu hören – oder sich fragen, was sie von ihm wollte?

»Ist das verschwundene Mädchen, von dem du mir erzählt hast, wieder aufgetaucht?« Das war besser. Klarer.

Aber sie konnte sich nicht überwinden, den grünen »Senden«-Button zu drücken. Man fing einfach keine Beziehung zu einem Kunden an. Niemals und unter keinen Umständen. Außerdem hätte Paul ja von sich aus … nach der Sache mit Fleur hatte er sich nicht bei ihr gemeldet, war auch nicht wieder ins *Pretty Woman* gekommen.

Etwas hatte sich zwischen ihnen verändert.

Aber was?

Sie warf das Handy neben sich aufs Bett und ließ sich rücklings nach hinten sinken. Starrte an die Decke.

Bei Ikea hätte sie auch gleich mal eine neue Lampe mitnehmen können. Ihr Schlafzimmer war wirklich bemerkenswert schmucklos und langweilig – weißer Schrank, weißes Bettgestell, hellgrauer Teppich, weißer Nachttisch, weiße Nachttischlampe. Da hatte ihre Mutter schon recht.

Andererseits hatte außer ein paar Möbelpackern, als sie eingezogen war, noch nie ein Mann dieses Zimmer betreten.

Sie griff nach ihrem Handy, las die Nachricht ein letztes Mal durch. Und löschte sie.

Denn was sie eigentlich fragen wollte, konnte sie nicht fragen: Warst du gestern bei einer anderen? Willst du nicht mehr zu mir kommen?

Auf einmal piepste ihr Handy und zeigte einen verpassten Anruf sowie eine Mailboxnachricht an, beide von gestern Nacht. Warum es manchmal Stunden dauerte, bis diese Infos erschienen, war ihr unklar, aber es war eben so.

Ihr Herz klopfte schneller. Vielleicht hatte Paul versucht, sie zu erreichen?

Doch in der Anrufliste stand nur »Unbekannt«. Und als sie die Mailbox abhörte, verkündete eine künstliche Frauenstimme: »Keine Nachricht hinterlassen.«

Michelle legte auf. Noch frustrierter als zuvor.

16

Raimund drückte das Schnurlostelefon ans Ohr und starrte zum Wohnzimmerfenster hinaus, während es klingelte. Auf dem Couchtisch vor ihm stand ein halb voller Becher kalter Kaffee. Unruhig erhob er sich und ging zwei Schritte in Richtung Fenster.

Er war immer noch stinksauer auf Ingolf.

»Hallo! Wie geht's?«, meldete Ingolf sich gut gelaunt.

»Hast du das Video gesehen?«, herrschte Raimund ihn ansatzlos an.

Draußen führte eine Nachbarin ihren Mops aus. Bei der Hitze hing dem armen Tier die Zunge fast bis auf den Bürgersteig.

Ingolf blieb locker. »Klar. Wie findest du's?«

»Sag mal, bist du noch ganz bei Trost?«

Raimund drehte sich um, runzelte die Stirn, starrte den schwarzen Fernsehbildschirm an, als wären die Bilder von vorhin dort noch zu sehen.

»Wieso? Ist was nicht in Ordnung? Gibt's Probleme mit der DVD? Die sind ja gebrannt, das klappt nicht immer richtig. Ich kann dir gerne …«

»Nein, nein, ich konnte alles sehen«, unterbrach Raimund. »Aber das ist …« Er zögerte kurz. »Ich meine, haben sie dafür wirklich …«

Jetzt wurde er doch unsicher. Stellte er sich nur an? Ingolf ging mit der Sache so selbstverständlich um.

Ein Porno, okay, dagegen hätte er nichts gesagt. Er hatte ja gewusst, wie ein Teil seines Geldes vermehrt wurde. Und ihm machte sein Job ja auch nicht jeden Tag irren Spaß. Solange dabei niemand zu Schaden kam ... Aber das war ja genau das, was ihn an der neuen DVD so entsetzte.

»Es ist einfach ...«

»Sag mal, was ist denn? Du hörst dich ja an, als wäre es ein Schwulenfilm.«

»Quatsch«, entgegnete Raimund. »Und wenn schon. Das wäre mir egal. Aber ich hab da ... der Film ist ja nur zwei Minuten lang, oder so. Nur eine Vorschau, wie du gesagt hast. Aber es sieht aus, als würde das Mädchen ...«

»Ja, es sieht alles richtig echt aus, findest du also auch, oder?«, rief Ingolf. »Ist doch Wahnsinn, was heutzutage geht.«

Raimund schüttelte den Kopf, was sein Gesprächspartner aber natürlich nicht sehen konnte.

»Ingolf«, sagte er mit müder Stimme. »Nicht, dass ich was davon verstehe. Aber für mich sah es aus, als ob ...« Er räusperte sich. »Also, als ob das alles echt war. Und als ob sie das Mädchen am Schluss ... du weißt schon. Ich ...«

Er zögerte.

»Ich denke, das muss man melden. Als Selbstanzeige oder so. Anders geht es nicht«, sagte er schließlich.

»Ach, Unsinn!« Ingolf lachte. »Da siehst du nur, was die Tricktechnik heute alles kann. Mach dir mal keine Sorgen. Das ist schon alles Okay.« Als Raimund nicht antwortete, fragte er: »Bist du heute Abend zu Hause?«

»Hm«, machte Raimund.

»Ich komme nachher vorbei«, sagte Ingolf. »Dann können wir darüber sprechen. Wir klären das. Glaub mir, es ist alles in Ordnung. Ganz sicher.«

»Okay«, knurrte Raimund nur. »Meinetwegen. Wie du willst.«

17

»Esto es el cuento de nunca acabar«, krächzte Joaquin, der Beo, den Pauls Exfrau Carmen ihm hinterlassen hatte. Er kannte jede Menge spanische Sprichwörter.

Paul hatte den Vogel ebenso satt wie seinen Frust darüber, dass Carmen ihn verlassen hatte. Aber er konnte ihn ja schlecht zu den gemeinsamen Fotos in den Keller stellen. Also musste er so gut wie möglich mit ihm auskommen.

»Ist ja gut, ist ja gut«, murmelte er und trat vor den Käfig. Der Beo reckte ihm sofort den Kopf entgegen und ließ sich kraulen. Besonders gern hatte er es von hinten unter den Federn im Nacken. Eigentlich war so ein Tier ja auch ganz nett.

Auf dem Wohnzimmerteppich lagen die Bauteile des Ikearegals, das er gestern gekauft hatte. Ein halb hohes Billy, in das Paul ein paar Bücher stellen wollte, und obendrauf kamen Telefon und Anrufbeantworter. An der Wand standen schon zwei solche Regale.

Es war nicht schwer zusammenzubauen, aber wenn er damit fertig war, was dann? Das Wochenende war noch lang. Also ließ er sich Zeit.

»Más vale malo conocido que bueno por conocer«, behauptete Joaquin.

»Du hast gut reden«, meinte Paul, der immer nur Bruchstücke verstand. Der blöde Vogel sagte sie wild durcheinander auf, als wäre er monatelang mit einer spanischen Sprichwörter-CD allein zu Haus gewesen.

Paul schaute auf die Uhr. Schon fast zwei, immerhin.

»Ich bin bald wieder da«, sagte er zu Joaquin.

Ein Blick aus dem Fenster, die Sonne schien überdurchschnittlich hell. Er zog nur eine dünne Jacke über, bevor er zum Supermarkt ein paar Straßen weiter ging, um sich einen Salat zu holen.

Danach würde er das Regal zusammenbauen und einräumen. Und dann war der Samstag auch schon beinahe rum.

Nicht, dass Paul Hinnerken sich Mord und Totschlag in der Stadt wünschte. Aber wenn beruflich viel los war, dann fielen wenigstens die Wochenenden aus und er fühlte sich nicht so einsam. Er war auch gar nicht der Typ, der Trübsal blies oder meinte, eine Frau zu brauchen.

Aber manchmal …

So wie gestern, nach der Begegnung mit Michelle …

»El que sabe nada, de nada duda«, lautete Joaquins Kommentar.

»Das kannst du laut sagen«, murmelte Paul. »Das kannst du laut sagen.«

Der Beo tat ihm den Gefallen. Danach hopste er stolz auf seiner Stange herum, während Paul mit einem Pfeifen in den Ohren die Wohnung verließ.

18

Auf dem Weg zur Arbeit stieg Michelle an der Rellinger Straße aus und ging hinüber zu »Joe's Garage«, wo ihr kaputter 928 stand und in der feuchten Hamburger Luft langsam vor sich hin rostete.

»Ich hol dich hier raus, verlass dich drauf«, flüsterte sie ihrem Wagen zu, während sie zärtlich mit der Hand über die geschwungene Dachkante fuhr. »Nicht mehr lange, dann ist es so weit. Dann bist du wieder frei.«

Michelle hatte den Wagen von ihrem Vater geerbt, der darin seinem Leben ein Ende gesetzt hatte. Später hatte ein Freund ihn – zum »Freundschaftspreis«, also für ein paar heiße Nummern – auf Vordermann gebracht.

Aber jetzt … sie konnte kaum hinsehen. Beide Seiten waren verschrammt und eingedrückt. Die Außenspiegel abgerissen, die Leuchten gesprungen, das Beifahrerfenster herausgebrochen und notdürftig mit Folie verschlossen, die Windschutzscheibe hatte einen Sprung. Nur das Chassis selbst, die Reifen und der Motor waren noch in Ordnung. Und natürlich die Innenausstattung. Außerdem war es sowieso keine Frage, dass sie den Wagen wieder instand setzen ließ.

Sie brauchte nur das nötige Kleingeld. Ein paar Tausend fehlten ihr noch.

Erschöpft schloss sie die Augen. Manchmal hatte sie das Gefühl, als würde ihr einfach alles zu viel. Job. Auto. Leben. Mama.

Aber es half ja nichts. Das Leben ging weiter.

Und wer nicht kämpft, hat schon verloren.

19

Jeden Samstag vor der Arbeit sang Michelle im Chor der Martin-Luther-King-Gemeinde. Es war eine evangelische Kirche, aber der Chor, der sich in einem zweckdienlichen kastenförmigen Nebengebäude traf, war überkonfessionell. Sie sangen Kirchenlieder, aber auch Pop, Klassik, a cappella. Hauptsache, es machte Spaß.

Michelle sang gern, und im Augenblick war dieses Treffen zugleich der einzige Moment der Woche, in dem sie nicht arbeitete oder bei ihrer Mutter war.

Als sie hereinkam, standen zwei der Teilnehmerinnen, die Michelle vom Sehen kannte, vor dem Tisch mit der Thermoskanne und unterhielten sich leise. Die eine verfügte über eine volltönende Altstimme. Ihr Oberkörper war fast quadratisch, und sie trug Rüschenbluse, Filzweste, Perlenkette, Dauerwelle, dazu eine graue Stoffhose mit Bügelfalte und orthopädische Schuhe. Die andere Frau hieß Regina oder Regine und sang Sopran. Ihre Lippen waren stets grellrot geschminkt. Der fett aufgetragene Lippenstift betonte allerdings auch die intensive Faltenbildung ober- und unterhalb der Lippen. Michelle vermutete, Regina oder Regine war sehr stolz auf ihr stimmliches Talent und hatte sonst nicht mehr viel im Leben.

»… heute Nacht auf dem Hof. Unerhört. Hier laufen ja die merkwürdigsten Leute herum. Oft ist es ja besser, man mischt sich nicht ein, sonst wird man noch in etwas verwickelt«, hörte Michelle die Altstimme sagen, als sie sich selbst einen Tee holte.

Die Sopranistin nickte. Ihr Leuchtmund monierte spitz: »Ja, ich muss sagen, ich wohne jetzt schon fast zwanzig Jahre hier in der Gegend. Nie hat eine dieser Frauen, die hier arbeiten, ein Problem bereitet. Wirklich nie. Aber die Männer, ach, die Männer … die urinieren sogar gegen die Reifen von geparkten Autos vor unserem Haus. Ich habe es selbst gesehen. Es ist schrecklich mit den Männern.«

»Wenn es dunkel wird, fühlt man sich inzwischen seines Lebens nicht mehr sicher«, bestätigte die mit der Dauerwelle.

»Ja, die Welt ist so viel gefährlicher geworden, seit ich jung war«, behauptete die Sopranistin jetzt. »Drei Kinder habe ich großgezogen« – das allerdings sah man ihr nun doch nicht an –, »bin bereits zweifache Großmutter, ich weiß, wovon ich rede. Die Menschen haben keinen Halt mehr in der Familie. Sie tun einfach, was sie für richtig halten, rücksichtslos. Vor allem die Männer.«

Michelle nahm einen Schluck Kaffee. Falls der Mann, mit dem diese Frau drei Kinder bekommen hatte, noch am Leben war, ging er garantiert in den Puff. Kein Wunder. Es war wirklich kein Wunder.

Mittlerweile waren die übrigen Chormitglieder eingetroffen, ebenso wie der Chorleiter. Er räusperte sich. Es wurde still, dann begannen sie mit dem ersten Song: »Nobody Knows the Trouble I've Seen«.

Danach kam »Einmal um die Welt« von Cro.

Die Mischung allein sorgte für gute Laune.

20

»Hier.« Ingolf hielt Raimund ein Sixpack *San Miguel* hin – ihr gemeinsames Lieblingsbier seit einem Spanienurlaub vor vielen Jahren.

Raimund rührte sich nicht. Ingolf ließ das Sixpack wieder sinken. »Kann ich reinkommen?«

»Deswegen bist du doch hier.«

»Meine Güte, du bist heute aber wirklich empfindlich. Alter!« Im Vorbeigehen klopfte Ingolf seinem Freund beruhigend auf den Rücken.

Woraufhin Raimund direkt explodierte. »Weißt du was? Ich habe mir diesen Scheiß noch zweimal angesehen. Einmal sogar in Zeitlupe. Danach hätte ich fast gekotzt. Wie kann jemand nur so etwas Ekelhaftes, Widerliches …«

»Nun reg dich doch mal ab. Es ist ein Horrorporno. Schön für dich, wenn du nicht drauf stehst. Ich persönlich auch nicht. Aber weißt du, wie viel Kohle wir damit machen werden? Das ist ein Nischenmarkt. Premiumpreise! Ich schwöre dir, das werden weit mehr als die läppischen zwanzig Prozent, die es die letzten Male gab. Diesmal ist richtig Schwung dahinter!«

Er war in die Küche gegangen, stellte das Sixpack auf den Tresen und riss es auf. Er öffnete die erste Flasche und hielt sie Raimund hin. Der zögerte einen Moment, dann nahm er sie.

Ingolf öffnete eine zweite Flasche und wollte schon mit Raimund anstoßen – zögerte dann aber doch. Vermutlich, weil ihm klar geworden war, dass Raimund wirklich richtig sauer war.

Sie tranken schweigend.

Dann wischte sich Raimund über die Lippen und sagte: »Vor allem … das ist doch nicht nur Ketchup. Die haben das Mädchen doch …« Er schüttelte den Kopf. Dann sprach er es aus: »Du kannst sagen, was du willst. Aber für mich sieht es eindeutig so aus, als hätten sie das Mädchen gequält und umgebracht.«

Ingolf lachte laut. »Soll es doch auch. Da siehst du mal, wie gut die Technik heute ist!« Er schüttelte nachsichtig den Kopf. »Wahrscheinlich war das noch nicht mal wirklich ein Mädchen, sondern, was weiß ich, ein Schäferhund oder so. Der Rest ist Tricktechnik. Deine alte Gurke kann das noch nicht, aber jeder aktuelle Laptop.«

»Das glaube ich nicht«, sagte Raimund jetzt wieder mit festerer Stimme. Er holte tief Luft. »Und selbst wenn. Ich will mit solchen Sachen so oder so nichts zu tun haben. Es ist ekelhaft. Krank. Und wie gesagt, ich fürchte, es ist außerdem noch kriminell.«

»Und was willst du jetzt machen?« In Ingolfs Stimme lag ein angespannter Unterton. »Zur Polizei gehen, oder was? Weswegen? Weil es dir nicht passt, dass du eine ordentliche steuerfreie Rendite einstreichen kannst?«

Raimund stellte sein halb leeres Bier weg. Es schmeckte sowieso nicht wie sonst. Er stützte sich auf der Arbeitsplatte ab und sagte: »Nein. Ich will einfach nur mein Geld zurück. Keine Rendite, nichts. Ich kann die Welt nicht retten. Um das zu versuchen, bin ich zu alt. Mach du, was du willst. Aber ich will raus aus der Sache. Ich will aussteigen. Sofort.«

Ingolf starrte ihn an. Raimund wusste nicht recht, wie er den Blick deuten sollte. Bislang war er immer derjenige gewesen, der den Ton angab. Er hatte nicht mit ernsthaftem Widerstand gerechnet.

Aber irgendetwas war anders als sonst. Ingolf wirkte steif

und brüchig wie ein Stück ausgeblichenes Treibholz. Mit einer eckigen Bewegung hob er die Flasche zum Mund und legte den Kopf in den Nacken. Das Klirren, mit dem die Flasche danach auf dem Tresen endete, war etwas zu laut.

»Das geht nicht«, sagte Ingolf schließlich. »Bei der nächsten Runde musst du ja nicht wieder mitmachen. Aber man kann nicht einfach einen Rückzieher machen. Das ist ja keine Bank, wo man sein Geld abheben kann, wann man will. Du hast investiert. Ich hatte gedacht, du freust dich, wenn ich dir die DVD gebe und du siehst, was für eine Goldgrube wir da haben. Ich weiß überhaupt nicht, was in dich gefahren ist. Wenn ich dir die DVD nicht gegeben hätte, hättest du das Geld doch auch genommen. Komm. Am besten, du schläfst mal drüber. Morgen sieht die Sache schon ganz anders aus. Garantiert. Und dann wirst du froh sein, dass du nicht aussteigen konntest.«

»Sag mal, bist du taub? *Du* hast mir diese Scheiße eingebrockt. *Ich* will mein Geld wiederhaben. Also wirst *du* es mir besorgen. Und zwar ein bisschen zackig. Sonst gehe ich eben doch zur Polizei. Was bitte soll ich denn zu verlieren haben? Ein paar Hundert Euro Steuerhinterziehung? Als würde mich das kratzen.« Er ging einen Schritt auf Ingolf zu, sodass er wenige Zentimeter vor ihm stand. Er musste zwar zu Ingolf aufsehen, aber das rührte ihn nicht. »Ich glaube, *du* bist derjenige, der nicht ganz versteht, was Sache ist. Ich bin bereit, dir zu glauben, dass es alles nur Tricktechnik ist, dass da niemand zu Schaden gekommen ist. Aber *nur*, wenn ich am Dienstagmorgen eine Tüte voller Bargeld auf dem Tisch stehen habe. Verstanden?«

Ingolf zögerte einen Augenblick. Raimund hatte das Gefühl, die Rädchen in seinem Hirn arbeiten sehen zu können. Der Blick seines Freundes – seines ehemaligen Freundes, musste man jetzt wohl sagen – veränderte sich auf einmal. Als wäre

Beton ausgehärtet. »Okay«, sagte Ingolf. »Verstanden. Wie du willst. Selbst schuld. Wer nicht will, der hat schon.«

Er griff nach dem restlichen Sixpack, um es wieder mitzunehmen. Eine der Flaschen rutschte heraus und zersplitterte auf den Küchenfliesen. Bier schäumte auf dem Boden.

»Ich geh dann mal«, schnauzte Ingolf, aber es war kein so cooler Abgang, wie er ihn offenbar vorgehabt hatte.

21

»Ich habe gehört, in Berlin ist dasselbe passiert. Einfach so verschwunden, von einem Tag auf den anderen«, sagte die dicke Dagny. Sie schüttelte sich vor übertriebener Sorge, und ihre Kinne und Rettungsringe schwabbelten. Jetzt im Sommer trug sie nur noch ein pinkes Spaghettitop, durch das man ihre handtellergroßen Nippel sehen konnte, und eine schwarze Leggins. *What you see is what you get*, nannte man das im Computerzeitalter. Die dicke Dagny hatte ihre Nische gefunden, das Geschäft lief gut, manche Kunden warteten geduldig und plauderten freundlich mit den Kolleginnen, bis Dagny wieder frei war. Vermutlich strahlte sie eine Mütterlichkeit aus, die diesen Männern fehlte.

Michelle traute ihr nicht so richtig. Dagny tat immer so, als wäre sie happy – aber Michelle konnte sich nicht vorstellen, dass jemand, der glücklich war, achtzig Kilo zu viel mit sich rumschleppte.

»Angeblich ist sie in einen Lieferwagen gestiegen«, stimmte nun Mina-Cheyenne ein. Sie standen vor dem *Pretty Woman* und warteten auf Kundschaft. »Einfach so, am hellen Tag. Also, wenn das stimmt …«

Selbst schuld, lag in der Luft.

Sie waren ja hier nicht auf dem Straßenstrich. Aus gutem Grund.

»Davon habe ich noch nichts gehört«, meinte Dagny. »Ich frag mal meine Freundin in Berlin. Vielleicht war es da ja genauso.«

»Leute! Glaubt ihr im Ernst, irgendwer fährt mit 'nem Van durch die Straßen deutscher Großstädte, um Nutten zu fangen?«, fuhr Michelle auf. »Das ist doch jetzt nicht euer Ernst.«

Dagny und Mina-Cheyenne starrten sie an. Mina-Cheyenne zwirbelte verlegen eine Haarsträhne um den Finger. Schließlich fragte Dagny: »Schaust du eigentlich nie Fernsehen? Und ich persönlich bezeichne mich als Sexualdienstleisterin. ›Nutte‹ klingt so abwertend. Michelle, siehst du dich selbst etwa so?«

Sie sah Michelle mitfühlend an.

Michelle lachte auf. »Lass mal. Aber ich kann mir kaum vorstellen, dass jemand mit einem Lieferwagen durch die Straßen fährt, um … Prostituierte zu entführen. Und dann auch noch in zwei unterschiedlichen Städten. Vor allem, wenn man das schon will, dann doch einfach an der Süderstraße. Alles andere wäre doch ein irres Risiko. Und wozu? Was soll das denn?«

»Weißt du, du bist noch jung«, blieb Dagny unbeirrt bei ihrem Thema. »Jung genug, um auszusteigen. Das ist okay. Du darfst deine Seele nicht verleugnen.«

Michelle starrte ihre Kollegin entgeistert an. »Was wird das denn jetzt hier? Gesprächstherapie am Arbeitsplatz?«

Als Dagny den Mund öffnete, sprach Michelle schnell zwei junge Männer an, die mit gesenktem Blick vorbeigingen. »Na, ihr zwei Hübschen, ist euch auch so heiß wie mir?« Lasziv schob sie eine Hüfte vor und spitzte den rot geschminkten Schmollmund.

Wenigstens sahen die beiden auf, auch wenn sie nicht stehen blieben. Das wäre ja sonst auch zu peinlich gewesen.

Was sollte das überhaupt heißen, sie war noch jung genug, um auszusteigen? *Natürlich* würde sie aussteigen, in ein paar Jahren. Das war für sie ganz selbstverständlich.

Die dicke Dagny sah sie offenbar anders.

22

Geldverdienen ist ein Nullsummenspiel. Die Inflationsrate einmal außen vor gelassen kann einer nur gewinnen, wenn ein anderer verliert. Die Gesamtsumme des Geldes, das sich im Umlauf befindet, steigt nicht.

Ein teureres Handy als letztes Jahr kann sich nur leisten, wer mehr einnimmt oder weniger ausgibt als früher. Vielleicht, weil er oder sie besser geworden ist im Job – schneller, weniger Fehler. Oder weil anderswo irgendwelche armen Schweine durch Computer und Roboter ersetzt wurden und deshalb Milch oder Brot, Bahnfahren oder Urlaubsreisen weniger kosten. Wenn Arbeit ins Ausland abwandert, wird das Produkt günstiger, oder der Gewinn steigt, oder beides.

Das nützt aber nur denen, die oben schwimmen.

Wer Arbeit hat, muss sie immer brutaler verteidigen, muss immer mehr leisten – kann sich dafür aber auch immer mehr leisten. Immer weniger Menschen verdienen immer mehr Geld. Und immer mehr Menschen haben immer weniger Geld.

Denen – den verarmenden Massen – das Geld aus der Tasche zu ziehen ist die Kunst.

Geld machen kann man mit wenigen teuren Deals. Oder mit Tausenden und Abertausenden von kleinen Nummern.

Hauptsache, man dreht ein Rad. Ein möglichst großes, oder man dreht es möglichst schnell.

Damit man selbst zu den Gewinnern gehört, die ihr Geld dann anderen in den Rachen werfen können, die ein noch größeres oder noch schnelleres Rad drehen.

Ob billige Diamanten oder drei T-Shirts zum Taschengeldpreis – wir profitieren vom Leid anderer.

Wenn einer Aktien billig kauft und teuer verkauft, haben andere sie billig verkauft und teuer gekauft. Anders geht es nicht.

Wenn einer Gewinn macht, macht ein anderer Verlust. Entweder in Scheinen oder in Leben.

Am Abend gibt es nicht mehr Geld als am Morgen – es hat nur den Besitzer gewechselt. Geldverdienen ist ein Nullsummenspiel, dessen Regeln zu gleichen Teilen aus Glück und Skrupellosigkeit bestehen.

23

Raimund starrte auf die Fernsehkomödie und massierte sich den Nacken. Irgendwelche Schauspieler, die er schon mal in irgendwelchen anderen ebenso unbedeutenden Streifen gesehen hatte, stritten sich darüber, wer der Vater eines dermaßen überniedlichen kleinen Mädchens war, dass nicht einmal Raimund nachvollziehen konnte, dass keiner von diesen Pennern »Hier!« schrie.

Aber vielleicht hatte er die Story auch nur nicht kapiert.

Denn er dachte die ganze Zeit an Ingolf, an ihren Streit in der Küche, an den DVD-Trailer von vorhin, an Geldanlagen. Und an Moral. »Geld stinkt nicht«, freuten sich schon die alten Römer über ihre Latrinensteuer.

Wo war die Grenze? Er hatte noch nicht einmal gewusst, dass es eine Grenze gab, zumindest für ihn. Dafür allein verfluchte er Ingolf. Dass der ihn in die Lage gebracht hatte, Ekel vor sich zu empfinden, vor ihm, vor der Welt.

Oder war er wirklich nur ein alter Sack, längst überholt von der Wirklichkeit? Er konnte sich noch nicht einmal damit rausreden, dass er sich seinen eigenen Kindern zuliebe besonders anständig benehmen wollte und daher was gegen Pornos und Gewalt hatte.

Keine eigenen Kinder.

Nichts gegen Pornos.

Und Gewaltfilme waren ihm bislang komplett egal gewesen.

Was störte ihn so an dem Trailer?

Im Gegensatz zu Ingolf brauchte er das Geld nicht. Doch in

dieser Hinsicht hielt er sich an die alte hanseatische Handelsregel: Mehr ist besser. Aber nicht so.

Selbst wenn der Dreh an sich nicht schon kriminell gewesen war – an Leuten zu verdienen, die sich solche Sachen anschauten, hatte er nicht nötig.

Er starrte auf den Bildschirm, fand die Situation aber überhaupt nicht zum Lachen. Natürlich würde der Film gut ausgehen, aber das interessierte ihn nicht im Geringsten.

Außerdem war ihm kalt.

Blöde Bude. Tags zu warm, abends zu kalt.

Er schaltete den Fernseher aus, dann das Licht. Ging ein Stockwerk hoch ins Schlafzimmer. Dann weiter ins angrenzende Bad.

Auch dort war es kühl.

Sein Blick blieb an der Badewanne hängen. Er konnte sich nicht daran erinnern, wann er das letzte Mal gebadet hatte.

Natürlich ging er, wenn es sich ergab, mal in die Sauna. Aber gebadet … wahrscheinlich vor ein paar Jahren mit Monika, als sie noch romantisch verliebt gewesen waren.

Letztes Jahr zum Geburtstag hatte sie ihm sogar einen Badezusatz geschenkt, irgend so was Fruchtiges. Obstsalat für die Wanne. Wo war das Zeug nur?

Er schaute in das Schränkchen unter dem Waschbecken, zog die Schubladen der Bastkommode heraus, die sie unbedingt hatte haben wollen. Da! Orange-Maracuja, gegen Verspannungen.

Raimund kam sich ein bisschen albern vor, aber es sah ihn ja keiner.

Und er hatte es sich verdient. Erst der Stress mit Monika und ihrer zickigen Tochter. Dann der Film und der Streit mit Ingolf. Und die Sache war ja noch nicht ausgestanden. Selbst wenn er sein Geld wiederbekam, wäre ihre Freundschaft beschädigt und davon bliebe sicher auch ihre berufliche Beziehung nicht unbelastet.

Er stellte das Wasser an, öffnete die Flasche mit dem Badezusatz. Darin waren irgendwelche Kristalle, gar keine Flüssigkeit. Egal. Zwei Kappen voll, das sollte reichen.

Achtlos warf er seine Klamotten auf den Boden und stieg in die Wanne. Schön! Heiß! Er schloss die Augen.

Das Wasser schäumte und stieg. Sehr angenehm. Sehr, sehr angenehm. Viel besser, als wenn er diese dämliche Komödie zu Ende geschaut hätte.

Er legte den Kopf in den Nacken, ließ sich tiefer sinken.

Das Wasser erreichte seine Oberschenkel, seinen Bauch. Es roch intensiv nach Orangen. Gar nicht schlecht, eigentlich. Hätte er ruhig früher mal machen können. Monika hätte sich gefreut. Rücken und Nacken entspannten sich langsam.

Er beugte sich vor, drehte den Hahn zu, ließ sich wieder genüsslich zurücksinken in den Schaum. Die süße Wärme umfing ihn und vermittelte ihm eine lange vermisste Geborgenheit.

Als er die Augen wieder öffnete, stand eine Gestalt ganz in schwarz neben der Badewanne. Raimund erschrak und war gleichzeitig der Überzeugung, dass er sich irren musste, dass es nur eine Halluzination sein konnte.

Es folgten eine ruckartige Bewegung, ein heller Blitz, Dunkelheit, beißender Schmerz.

Danach nichts mehr.

Nichts.

Nicht einmal Schwarz.

Bloß Schritte, die sich leise entfernten. Aber Raimund hörte sie nicht mehr.

24

Michelle saß müde auf der schmalen Holzbank unten im Keller, als Amira ihren Wagen holte. Alle anderen waren schon gegangen.

»Hey«, sagte Amira.

»Hey«, antwortete Michelle.

Sie mochte die junge Asiatin, die seit Neuestem hier putzte. Amira hatte Schultern wie ein Kerl, aber einen Blick wie eine Madonna. Irgendetwas an ihr war Michelle sympathisch. Vielleicht ganz einfach diese Mischung aus bodenständiger Zuverlässigkeit, unter der sich eine ordentliche Ladung Trotz und Widerstand zu verbergen schien. Als wären dem Mädchen diese Eigenschaften vom Leben in die Seele tätowiert worden.

Manchmal, wenn Amira es nicht eilig hatte und Michelle noch nicht nach Hause wollte – so wie heute –, unterhielten sie sich eine Weile.

»Du bist noch hier?«, fragte Amira.

Michelle nickte. »Ja. Muss morgen meiner Mutter beim Umzug helfen. Und heute war 'ne anstrengende Nacht. Irgendwie wollte keiner nur poppen. Die wollten alle reden. Als wäre ich Therapeutin. Ist manchmal so.«

»Hm«, machte Amira. Sie lehnte im Türrahmen. Sie wirkte nie ganz entspannt, sondern immer, als müsste sie vielleicht im nächsten Augenblick schon fliehen. Oder angreifen.

»Manchmal ist das ja auch ganz gut«, fuhr Michelle fort. Sie erhob sich, begutachtete ihre Frisur im Spiegel. »Manchmal ist mir ja gar nicht nach … du weißt schon. Aber heute hatte ich keine Lust zu reden. *Meine Frau ist so kalt. Meine Freundin hat mich verlassen. Ich hab Stress im Büro und verliere vielleicht meinen Job.* Die Kerle tun mir echt leid. Aber trotzdem.« Sie setzte sich wieder. »War einfach anstrengend, irgendwie.«

»Ja, wenn man immer hinhören und sich einfühlen muss. Kann ich verstehen«, sagte Amira.

Michelle schaute erstaunt auf. Das Mädchen war bestimmt noch nicht volljährig. Aber ganz schön klug.

»Sag mal«, begann Amira dann und knickte ein Bein ein, um mit der Fußspitze auf dem Boden herumzubohren. »Ich hab gehört, es soll ein Mädchen entführt worden sein. So mein Alter. Und … na ja, ich muss ja für May-Lin da sein. Wegen unserer Eltern.« Amira hatte Michelle vor ein paar Wochen erzählt, dass ihre Eltern bei einem Unfall ums Leben gekommen waren und sie sich ganz allein um ihre kleine Schwester kümmerte. »Deshalb dachte ich … also, meinst du, ich muss mir echt Sorgen machen deswegen?« Jetzt erst schaute sie auf. Der Fuß bohrte besorgt weiter. »Oder ist da nichts dran? Ich komm mir richtig albern vor, so was zu denken, aber andererseits …«

Michelle schüttelte den Kopf. »Irgendwas macht jedem Angst. Es gibt bestimmt sicherere Orte für ein Mädchen wie dich als den Kiez mitten in der Nacht. Aber solche Stories werden immer wieder mal erzählt.« Sie seufzte. »Also ich halte das Ganze für ein Gerücht. So eine Gruselgeschichte, weißt du? Wie auf Facebook. ›Bitte teilen: Dieses Mädchen wird seit Samstag vermisst, die Polizei weigert sich, nach ihr zu suchen.‹ Aber in Wahrheit war sie nur mit ihren Freunden im Wald kiffen und ist schon längst wieder zu Hause, und die Polizei hatte völlig recht, nicht gleich eine Hundestaffel loszuschicken, nur weil eine hysterische Dorfmutti ihr kleines Schatzimausi mal nicht auf dem Handy erreichen kann.«

Sie rieb sich mit den Händen über die Oberschenkel. Amira sah noch genauso besorgt aus.

»Das ist glaub ich so eine Geschichte, die wächst und wächst. Vorgestern hat jemand erzählt, eine Kollegin würde vermisst. Dann waren es auf einmal zwei, eine hier und eine in Berlin. Und jetzt plötzlich heißt es, sie sind entführt worden … Aber hier vom Kiez? Was soll das bringen?«

Amira zuckte mit den Achseln. Aber das Argument schien ihr einzuleuchten.

»Und wieso war niemand dabei? Hier ist doch zu jeder Tages- und Nachtzeit was los. Aber alle kennen die Story nur vom Hörensagen. Inzwischen habe ich auch schon eine Version mit …« Sie unterbrach sich. Eigentlich hatte sie Amira sagen wollen, dass Paul und sie von einer Blondine sprachen, Mina-Cheyenne aber erzählt hatte, das Opfer sei schwarzhaarig gewesen. Aber ein Blick auf Amiras Haar machte klar, dass ihr diese Version nur noch mehr Angst einflößen würde.

»Egal. Weißt du, was ich an deiner Stelle machen würde?«, fuhr Michelle fort. »Dasselbe, was du deiner kleinen Schwester raten würdest. Aufpassen, nicht durch dunkle Gassen gehen, sich nicht in Diskussionen mit Fremden verwickeln lassen. Die Wahrscheinlichkeit, dass einer dir deinen Pass und deine Kohle klaut – oder dir ein Messer an den Hals hält und dir die Klamotten runterreißt –, ist echt höher als alles andere. Und was einen davor schützt, hilft auch sonst. Davon abgesehen … wir leben nun mal in der Großstadt.« Sie zuckte mit den Achseln. »Aber eine erwachsene Frau hier vom Kiez? Vergiss es. Mach dir keine Sorgen. Das ist alles Quatsch. Die Leute wollen reden. Ich sag's ja, heute ist so ein Tag, da wollen die Leute irgendwie alle reden.«

Sie ließ den Kopf sinken und spürte auf einmal, wie kaputt sie war. Es fehlte ihr, mit dem Porsche nach Hause zu fahren.

Einmal, am Ende der Nacht, ihrem Vater nahe zu sein. Geborgenheit zu empfinden.

»Okay. Danke«, sagte Amira und stieß sich vom Türrahmen ab. »Ich muss dann mal.« Von draußen rief sie Michelle noch zu: »Und außerdem kann ich Wing Tsun!«

25

Halb zwei am Sonntagnachmittag. Monika klingelte bei Raimund. Michelle stand neben ihr. Die Umzugskartons hatten sie erst mal im Kofferraum gelassen.

Nichts regte sich. Niemand öffnete.

Ein Eichhörnchen huschte den Kirschbaum neben dem Küchenfenster hinunter und musterte sie halb misstrauisch, halb neugierig. »Das ist ja süß! Was das wohl über uns denkt?«, fragte Michelle amüsiert.

Der Schwanz des Eichhörnchens zuckte ruckartig. Michelle ging vorsichtig einen Schritt in seine Richtung. Der Schwanz zuckte.

Noch ein Schritt. Zucken.

Ein dritter Schritt.

Husch, war es den Stamm hinaufgerannt, einen Ast entlanggesprungen und hinter dem Stamm des nächsten Baumes verschwunden.

»Wow, sind die schnell.«

Monika schüttelte lächelnd den Kopf. »Großstadtkind«, sagte sie.

»Was soll das denn heißen?«

»Na ja, für dich ist unser Eichhörnchen schon aufregend wie ein Besuch im Zoo. Wir haben die Fische und die Siamkatze, aber sonst gibt es da, wo du wohnst, nur Schäfer- und Kampfhunde, habe ich das Gefühl.«

»Und Meerschweinchenhamster. Stehen in jedem Kinderzimmer auf der Fensterbank«, sagte Michelle.

»Siehst du«, sagte Monika. »Meerschweinchenhamster ist kein Tier. Es gibt Meerschweinchen. Und es gibt Hamster. Aber keine Meerschweinchenhamster. Das meine ich mit Großstadtmädchen.«

»Ich bin froh, dass es nicht immer nach Bauer riecht, wenn ich sonntags ausschlafe«, konterte Michelle.

Tatsächlich lag ein gewisser stechender Duft in der Luft, der nicht gut zum Frühstück auf der Terrasse passte.

»Wahrscheinlich ist er segeln«, sagte Monika nun, während sie noch zweimal die Klingel drückte. Aus dem Inneren des Hauses konnten sie ein Gongen hören. »Oder golfen. Ist ja gutes Wetter.«

Ein Auto fuhr die Straße entlang.

Michelles Wohnung lag mitten in Eidelstedt, und das Rauschen der Kieler Straße war Tag und Nacht zu hören. Hier war ein ganz normaler VW auf dem Weg zum Sonntagskaffee schon eine Ruhestörung.

Während sie warteten, sah Michelle sich um. In Raimunds Vorgarten stand mittig eine Bank, neben der einige Blaurauten und Dahlien blühten. Der Rest war Rasen. Zur Straße hin ein Metallgitter. Das automatische Tor hatte Monika mit ihrem Zahlencode geöffnet.

Zu den Seiten hin schirmten Thujenhecken das Grundstück ab. Linker Hand stand der Kirschbaum mit dem Eichhörnchen, dahinter eine Eberesche. Im Sommer könnte man zwischen den beiden Stämmen eine Hängematte spannen. Nicht, dass sie Raimund zutraute, Besitzer einer Hängematte zu sein.

Sie sah genauer hin. Nicht mal in den Beeten neben der Bank konnte sie die von ihr erwarteten – natürlich ironisch gemeinten – Gartenzwerge entdecken. Michelle spähte über den Zaun hinweg auf die andere Straßenseite. Noch mehr gepflegter Rasen. Ein paar Büsche. Blumen. Ein gewundener Kiespfad, als wäre es kein Vorgärtchen in Iserbrook, sondern ein Zengarten in Tokio.

Keine Gartenzwerge.

Monika zog ihren Schlüsselbund aus der Tasche und schloss die Tür auf. »Ich leg ihm einen Zettel hin, falls er nicht noch kommt, während wir hier sind.«

Sie trat ins Haus, Michelle kam nach. Das Lämpchen der Alarmanlage blinkte grün. »Aber mich hat er immer angeschrien, wenn ich es vergessen habe«, sagte Monika.

»Dir ist klar, dass Typen wie Raimund in Wahrheit keinen Grund brauchen, um dich rumzuschubsen, oder?«, fragte Michelle. »Egal, worum es vordergründig geht – in Wahrheit ist ihnen Macht, Dominanz wichtig. Ihr krankes Ego.«

Monika lachte auf. »Bist du neuerdings Psychotherapeutin?« Dann wurde sie wieder ernst. »Aber du hast recht. Und ja, ich weiß das. Es ist eine Sache … es tut trotzdem weh, weil es sich so persönlich anfühlt. Das ist ja der Trick.«

Sie atmete tief durch. Rief laut: »Raimund? Bist du da?«

Keine Antwort.

»Komm«, sagte sie. »Wir holen die Kisten.«

Monika nahm zwei Kisten aus dem Kofferraum und trug sie mit ausgestreckten Armen vor sich her ins Haus. Michelle packte ein ganzes Bündel Umzugskartons und zerrte sie neben sich her. Die Pappen scharrten über den Boden, und Monika mahnte: »Ach, so machst du doch alles schmutzig. Das muss doch nicht …«

Michelle blieb stehen und musste sich auf die Zunge beißen, um ihre Mutter nicht anzuschnauzen. Freu dich doch, dass ich dir helfe. Freu dich doch, dass du bei mir bleiben kannst. Wo sind denn deine ganzen anderen Freunde?

»Oh, hallo – sind Sie wieder da? Waren Sie im Urlaub?«, rief eine Frauenstimme über das Gartentor. Sie klang piepsig und schrill wie Fingernägel auf Tafelfarbe.

»Frau Westermann-Dielenburg!«, flötete Monika in einem Tonfall, den Michelle bei ihr seit Jahren nicht mehr gehört hatte und auf den sie auch gut verzichten konnte. »Wie geht es Ihnen? Und *Racer*?«

Sie wandte sich an Michelle und deutete auf den Mops, der neben Frau Westermann-Dielenburgs Gesundheitstretern träge hechelte. »Ihr Hund«, erklärte Monika.

Offenbar eine Nachbarin. Michelle war nicht sicher, ob sie die Dame für irre oder cool halten sollte. Wer nannte denn seinen Mops *Racer*?

»Wir mussten eine kleine Lidstraffung machen lassen, aber jetzt geht es ihm wieder blendend. Gut sehen Sie aus! Waren Sie im Süden?«

Redete die Frau ernsthaft über eine Schönheits-OP an ihrem Mops? Manche Leute hatten wirklich keine Ziele mehr im Leben.

Michelle hatte keine Lust, sich das gegenseitige Geschleime anzuhören. Sie redete im ganzen Jahr nicht so viel mit ihren Nachbarn, wie ihre Mutter jetzt schon auf der Uhr hatte, und das war ihr recht so. Sie trug die restlichen Kisten ins Haus, dann sah sie sich drinnen um. Die Küche roch nach Bier. Michelle rümpfte die Nase. Männer. Kein Wunder, dass Raimund wollte, dass ihre Mutter zu ihm zurückkam.

Im Wohnzimmer lag dunkelgrüner Teppichboden. Das Sofa und die beiden Sessel daneben waren in hässlichem dunklen Leder bezogen, sahen aber bequem aus. Wo vermutlich der Hausherr zu thronen pflegte, befand sich eine tiefe Mulde im Sitzkissen. Vor dem Sofa stand ein übergroßer Couchtisch mit fetten Louis-XV-Löwenfüßen. Dunkles Holz natürlich, bestimmt Mahagoni aus nicht nachhaltigem Anbau. Darauf lag eine Glasplatte, die auch mal wieder gewischt werden könnte. Ein paar Zeitschriften, ein Buch über Physik, ein Zollstock.

Der Fernseher hing an der Wand wie tot. Jetzt erst fiel Michelle auf, dass sie überhaupt keine Leuchtanzeigen sehen konnte: keine Digitaluhren, Anrufbeantworter, Stand-by-Leuchten. Das Haus wirkte merkwürdig zeitlos dadurch.

Sie drückte auf den Lichtschalter. Nichts.

Michelle ging zurück in den Hausflur. Auch hier bewirkte der Lichtschalter nichts. Stromausfall. Oder Sicherung rausgeflogen.

Gegenüber der Garderobe führte eine Tür in den Keller. Am oberen Ende der Kellertreppe befand sich der Sicherungskasten. Klug geplant.

Sie öffnete den Kasten. Oben in der Mitte war ein breiter Kippschalter, der nach unten zeigte. Sie drückte ihn mit dem Daumen hoch. Das Licht hinter ihr im Flur ging an, dann klackte es, das Licht erlosch, und der Schalter war wieder nach unten geflippt.

Michelle schüttelte den Kopf und drückte den Schalter ein zweites Mal nach oben. Wieder ging das Licht an. Diesmal blieb der Schalter oben.

»Geht doch«, murmelte sie, schloss die Kellertür und kehrte ins Wohnzimmer zurück.

Eine ganze Reihe E-Geräte erwachten blinkend und klickend zum Leben.

Im hinteren Drittel des Wohnzimmers stand vor dem Fenster ein Esstisch für acht Personen, an dem Michelle ein paar Mal an den Weihnachtsfeiertagen gesessen hatte. Neben dem Tisch ein schwarzes Klavier, das weder Raimund noch Monika spielen konnten. Angeberdeko. Daneben führte eine Tür in ein weiteres Zimmer, von dem Michelle wusste, dass es Raimunds »Arbeitszimmer« war, obwohl er ja ein Büro in der Firma hatte. Dort standen ein Regal voller Aktenordner, ein Schreibtisch mit Computer und seine Musikanlage, die Monika aus dem Wohnzimmer verbannt hatte. Raimund hatte ein unseliges Faible für Classicrock von AC/DC bis Queen.

An den Wänden im Wohnzimmer hingen ein Ölschinken, der einen alten Schoner zeigte, und etliche kolorierte Stiche Hamburgs aus dem neunzehnten Jahrhundert. Dahinter eine hanseatisch dezent gemusterte Tapete.

Sie fragte sich, warum sie eigentlich hier waren. Sie konnte absolut nichts entdecken, was ihrer Mutter gehören könnte, noch nicht mal ein Taschenbuch.

26

Gabriel Bakker raufte sich die Haare. Zum tausendsten Mal rief er bei seiner Schwester an. Inzwischen klingelte es nicht mehr, sondern die Mailbox sprang gleich an.

»Hallo, hier ist Sarah«, hauchte sie. »Willst du eine Nummer mit mir, hinterlass mir deine Nummer hier!«

Gabriel wurde immer ganz schlecht, wenn er den Schüttelreim hörte. »Sarah. Ich mache mir wirklich Sorgen, ruf mich an«, sagte er. »Bitte. Ich …« Er wusste nicht, was er noch sagen sollte.

Die Elektronik war zu ungeduldig für sein ratloses Schweigen und schaltete sich mit einem Piepsen ab.

Nicht, dass Sarah die zuverlässigste Schwester aller Zeiten war. Es kam schon mal vor, dass sie sich ein paar Tage nicht meldete. Aber sonst reagierte sie immer irgendwann auf seine Anrufe oder schickte ihm wenigstens eine Textnachricht.

Er machte sich ernsthafte Sorgen.

Die Freundinnen – und Freunde – seiner Schwester kannte er nicht. Er hatte schon versucht, sich in das Online-Backup ihres iPhone-Adressbuchs einzuloggen. Aber keines der Passwörter, die er probiert hatte, stimmte, und jetzt war der Zugriff ganz gesperrt.

Ihr Vater war vor sechs Jahren gestorben, ihre Mutter hatte wieder geheiratet und war zu ihrem neuen Mann nach Mannheim gezogen. Er wollte sie nicht unnötig beunruhigen. Und sie wüsste ohnehin noch weniger als er, wo Sarah steckte.

Sie hatte seinen Wohnungsschlüssel, weil er sie mal gebeten

hatte, im Urlaub seine Blumen zu gießen. Hinterher hatte er das vertrocknete Grünzeug wegschmeißen müssen. Ehrlich gesagt war es auch eher ein Versuch gewesen, sie zu stabilisieren. Er hätte die Topfpflanzen auch problemlos und erfolgreicher einer Nachbarin anvertrauen können.

Er hingegen hatte keinen Schlüssel von ihr. Und es hätte ihn auch gewundert, wenn sie Pflanzen besäße. Er hatte sich ins Haus geklingelt. Ihre Nachbarn hatten sie »lange nicht gesehen«, aber »das ist nicht ungewöhnlich«, denn »wir achten hier nicht so aufeinander«. Das alles in dem Ton, mit dem ein Fleischer gelangweilt seine Blutwurst feilbot.

Hatte sie wieder angefangen, Tabletten zu nehmen? Versehentlich eine Überdosis geschluckt?

Möglich, aber unwahrscheinlich. Sarah hatte ihre Probleme, klarzukommen – aber sie war nicht depressiv, sondern wild aufs Leben.

Auf dem Kiez wusste auch niemand etwas. »Ja, die war hier mal, aber das ist lange her, bestimmt vier Monate oder so.« Vier Monate waren auf der sündigen Meile eine Ewigkeit.

War Sarah ausgestiegen und lebte von Sozialhilfe? Oder jobbte sie? War sie aufgestiegen in einen Edelpuff, wo sie mehr verdiente? Oder abgestiegen in einen der abgefuckten Kästen am Stadtrand, wo man zum Sex noch kostenlos Tripper bekam?

Vielleicht war sie auch umgezogen, ihre Wohnung stand leer, und sie hatte einfach nur keinen Bock auf einen überprotektiven Bruder … alles war denkbar, nichts auszuschließen. Bald würde er endgültig durchdrehen.

Er hatte jeden und jede gefragt, die ihm über den Weg liefen. Er war sogar durch die Straßen gelaufen und hatte ihren Namen gerufen.

Natürlich hatte er auch im Internet nach »$arah« gesucht, wie sie sich nannte – aber dort nur ein paar Fotos gefunden, die er von seiner Schwester lieber nicht gesehen hätte, und die ihm bekannte Handynummer, unter der sie sich nicht mehr meldete.

Die Polizei hatte sich geweigert, tätig zu werden. Auf der Wache hatte man eine Vermisstenanzeige aufgenommen, eine Personenbeschreibung, zwei Fotos eingescannt.

Gabriel hatte wissen wollen, was nun geschah. »Alle Beamten können die Vermisstenanzeige einsehen. Und falls die Personalien Ihrer Schwester festgestellt werden, erhält der Kollege automatisch eine Information.«

»Das ist alles?«

»Was sollen wir denn sonst machen? Sie zur Fahndung ausschreiben? Junger Mann, Ihre Sorgen in allen Ehren – aber Ihre Schwester ist über achtzehn, sie ist schon mehrfach mit dem Gesetz in Konflikt geraten« – das wusste Gabriel selbst, und es war noch freundlich ausgedrückt –, »mehr können wir nicht tun.«

»Aber ich …« Ratlos hatte er die Hände gehoben.

»Besteht Verdacht auf ein Gewaltverbrechen?«

Er hatte den Kopf geschüttelt. Die Wohnungstür seiner Schwester war unversehrt gewesen.

»Na sehen Sie. Die taucht schon wieder auf. Das ist bei den meisten so.«

Bei den meisten. Wie beruhigend.

Gabriel starrte sein Telefon an.

Er hatte getan, was er konnte.

Machte er sich unnötige Sorgen? Sollte er wirklich in Ruhe abwarten?

Oder …?

Es gab noch einen Menschen, der ihm vielleicht weiterhelfen konnte. Der sich in der Szene auskannte und mit etwas Glück bereit wäre, mit ihm zu reden.

Er suchte den entsprechenden Eintrag im Adressbuch seines Handys heraus. Seit Jahren hatten sie nicht mehr miteinander gesprochen. Aber vielleicht stimmte die Nummer noch.

Sein Daumen schwebte über dem grünen Button.

Wählen?

Oder machte er sich dann endgültig zum Affen?

Wählen oder abwarten?

Er drückte auf den Einschaltknopf des Handys, um die Bildschirmsperre zu betätigen. Legte es beiseite.

Überlegte es sich anders, gab den Freischaltcode ein und drückte den grünen Wählknopf.

Freizeichen. Immerhin.

27

Michelles Handy klingelte. Sie zog es aus ihrer Hosentasche.

An den Namen im Display hatte sie seit Jahren nicht mehr gedacht.

»So, das ist die Kiste mit den Vasen«, sagte ihre Mutter gerade und stellte einen Umzugskarton auf den Beifahrersitz.

Es waren doch mehr Kisten geworden, als Michelle geglaubt hatte. Sie würden zweimal fahren müssen.

Monika sollte hierbleiben und die letzten Sachen packen, während Michelle nach Hause fuhr und die erste Ladung auslud. Es waren viele Kisten und Tüten und Taschen, aber sie waren nicht schwer.

Michelle drückte auf »Nachricht senden« und wählte den Eintrag »Rufe später zurück«.

Sie steckte das Handy weg. Monika wischte sich den Schweiß von der Stirn, rieb sich zufrieden die Hände und sagte dann energisch: »Okay. Den Rest schaffe ich allein.« Sie sah auf die Uhr und runzelte die Stirn. »Aber vielleicht …« Sie vollführte mit der Hand eine wellenförmige Bewegung von links nach rechts, dann wieder zurück.

Manchmal fragte Michelle sich, wie es ihr meist doch gelang, tatsächlich zu verstehen, was ihre Mutter sagen wollte. Nämlich, dass Raimund irgendwann nach Hause käme und sie ihm nicht alleine begegnen wollte.

»Klar, Mama. Ich bin gleich zurück.«

Gabriel würde sie auch heute Abend oder morgen zurückrufen. Wie dringend konnte es nach drei oder vier Jahren schon sein?

Sie ließ den Motor an.

Wie er wohl darauf gekommen war, sie anzurufen?

28

Michelle war noch neu bei der Telefonhotline gewesen. Studieren war ja gut und schön, aber sie wollte gern hin und wieder auch mal etwas Sinnvolles tun. Also hatte sie sich auf den Aushang im Audimax gemeldet, dass die studentische Telefonseelsorge Verstärkung brauchte. »Du magst Menschen? Du willst helfen? Du teilst dir deine Zeit gern frei ein?« Klang alles super.

Und damals hatte sie noch kein Geld verdienen müssen. Ihr Freund … aber das war eine andere Geschichte. Und keine schöne.

»Schönen guten Tag – wie können wir Ihnen helfen?«, sagte sie.

»Ja, ich …«, sagte eine Stimme, die warm und weich klang wie ein Kaschmirpullover. »Ich …«

Der Stimme nach zu urteilen war es ein junger Mann. Vielleicht ihr Alter plus/minus ein paar Jahre.

So ging es meistens los, hatte man ihr erklärt, mit Herumstottern. Als wüssten die Leute selbst nicht, warum sie die Helpline angerufen hatten. Michelle lächelte und begann, die Telefonschnur um ihren Zeigefinger zu zwirbeln.

»Wie kann ich Ihnen helfen?«, fragte sie schließlich. Und setzte nach: »Sie können sicher sein, alle Angaben werden anonym und vertraulich behandelt.«

Das war meist die größte Sorge der Anrufer. Sie hatten niemanden, dem sie sich anvertrauen konnten. Aber solange sie ihr Geheimnis für sich behielten, konnte niemand ihnen helfen.

»Also, es ist so …« Der Anrufer schien jetzt etwas Mut zu fassen. »Es geht um … meine Schwester. Sie ist … ich weiß nicht, wie ich das sagen soll.«

Michelle konnte hören, wie er etwas trank – um diese Tageszeit vermutlich eher Kaffee als Bier. Aber wer weiß? Wenn die Probleme groß genug wurden, war alles möglich.

»Also, sie ist … ich glaube, sie ist tablettensüchtig.« Jetzt war es raus, und sie konnte die Erleichterung in der Stimme hören. »Ich bin mir nicht sicher. Es ist ja nicht so, dass man darüber redet. Aber ich habe das Gefühl … sie ist meine jüngere Schwester. Sarah. Sie heißt Sarah.«

Michelle zog einen Ordner heran, der in einem Regal oberhalb des Tisches stand, schlug ihn auf und begann, darin zu blättern. Alkohol, Depression, Drogen, Misshandlung, Prüfungsangst, Selbstmord, Sexsucht, Vergewaltigung. Die häufigsten Probleme der Studenten, die anriefen, waren hier in alphabetischer Reihenfolge aufgelistet.

»Tabletten« gab es nicht.

Ach, da: Medikamente.

Sie klemmte den Hörer zwischen Schulter und Ohr und schlug die entsprechende Seite auf.

»Wann haben Sie zuerst Anzeichen von Medikamentenmissbrauch bemerkt? Und welche?«, fragte sie.

»Tja, das ist schwer zu sagen.« Der Anrufer dachte nach. Sie ließ ihn. Lieber weniger sagen – Raum schaffen, damit der Anrufer zu Wort kommen kann. Diese Regel leuchtete ihr ein, auch wenn sie ihrer Persönlichkeit vollständig zuwiderlief. »Vielleicht ist es sogar schon ein paar Jahre her. Sarah ist … sie ist meine jüngere Schwester. Irgendwie ein wildes Kind – sie hat immer über die Stränge geschlagen, nach Bestätigung gesucht. Anerkennung. Sie hatte immer das Gefühl, zu kurz zu kommen. Obwohl das eigentlich nicht der Fall war. Aber wer kann schon sagen, warum jemand irgendetwas irgendwie empfindet. Sie hat sich auch oft verletzt. Arm gebrochen, Knie aufgeschürft, Gehirnerschütterung. Nicht absichtlich natürlich. Aber schon damals … nicht, dass ich darauf geachtet hätte … aber wenn ich so zurückdenke, dann ist mir schon damals aufgefallen, dass sie lieber eine Schmerztablette mehr genommen hat als eine weniger. Wissen Sie, was ich meine? Einmal, das weiß ich noch, da lag sie im Bett und wimmerte so lange, bis unsere Mutter nachgab und sie dann doch ein Schmerzmittel nehmen ließ. Ich glaube, sie hatte noch nicht mal was Ernsthaftes. Nur Kopfschmerzen. Nichts Schlimmes. Sie … wollte nur … also, vielleicht, denke ich heute, war das ihr Ausweg aus Situationen, mit denen sie nicht umgehen konnte. Und …«

Michelle hatte sich zurückgelehnt. Ihre Aufgabe bestand darin, die Anrufer zum Reden zu bringen. Das hatte sie erfolgreich erledigt. Und dann reden zu lassen.

Die meisten wissen im Grunde, was zu tun ist, hatte ihre Ausbilderin erklärt. *Sie trauen sich nur nicht, diesem Wissen Glauben zu schenken.*

»Mm«, machte Michelle, nur um den Anrufer wissen zu lassen, dass sie noch da war, dass sie zuhörte.

»… unser Vater hat uns verlassen, als Sarah noch ganz klein war. Drei oder vier. Unsere Mutter hatte zwar manchmal Freunde … Lebensabschnittsgefährten … aber keiner von ihnen hat wirklich bei uns gelebt. Vielleicht lag es daran, vielleicht war Sarah einfach haltlos.«

Sarah. Alleinerziehende Mutter. Großer Bruder. Samtstimme.

Moment mal …

Michelle musste sich zusammenreißen, um nicht sofort ihren Verdacht zu äußern.

»Mm«, brachte sie stattdessen mühsam heraus.

»Aber egal. Deswegen rufe ich nicht an. Sie hat dann später, glaube ich, auch mal ein Medikament bekommen, weil sie in der Schule so unkonzentriert war. Das hat wohl auch geholfen. Aber vielleicht irre ich mich auch. Es ist mir ein bisschen peinlich, aber … ich war einfach total mit mir selbst beschäftigt. Pubertät, erste Freundin, nächste Freundin, Abi. Da habe ich offenbar nicht viel mitgekriegt. Aber jetzt … neulich war ich bei uns zu Hause – also, ich bin ausgezogen und habe meine eigene Bude, also eigentlich ein WG-Zimmer, und Sarah wohnt noch zu Hause, aber irgendwie … sie wirkte ganz komisch. Wie hinter einer Glaswand, wenn ich es beschreiben müsste. Merkwürdig distanziert. Aber nicht, als wäre sie sauer. Mehr wie in einem Traum. Halb wach, halb im Traum. Ich habe dann unsere Mutter gefragt, ganz vorsichtig natürlich, um keine Panik zu verbreiten, und sie sagt auch, dass Sarah sich verändert hat. Sie ist immer müde – nicht nur teenagermüde, so wie ich es auch war, immer pennen –, manche Tage dämmert sie wohl nur so vor sich hin. Und an anderen Tagen ist sie ganz aufgedreht. Sie isst auch viel weniger als früher und ist richtig dürr geworden. Ich weiß, das ist in, das machen viele junge Mädchen … nicht, dass ich jetzt so alt wäre … aber Sarah sieht nicht mehr gesund aus. Und unsere Mutter war richtig beleidigt, als ich sie darauf angesprochen habe. Dass Sarah gar nichts mehr mag, was sie kocht. Das nimmt sie wohl richtig persönlich. Nicht mal mehr ihre Königsberger Klopse, das war immer unser Familienessen, und …«

Königsberger Klopse. Familienessen. Sarah. Alleinerziehend. Großer Bruder.

Auf einmal sah sie lockige Haare vor sich, so warm und weich wie die Stimme am Telefon. Ihre Finger fuhren durch die Locken, zogen den Kopf näher zu sich heran … ein Kuss … die

Lippen voll und sinnlich … Gabriel und sie waren einen Sommer lang in der Oberstufe ein Paar gewesen.

»Entschuldigung«, unterbrach Michelle. »Sind Sie zufällig … heißen Sie vielleicht Gabriel Bakker?«

29

Monika ging zurück ins Haus. Michelle und sie hatten in den letzten Stunden wenig gesprochen. Aber auch ohne Worte war deutlich geworden, was ihre Tochter dachte.

Und jetzt, nachdem sie endgültig den Entschluss gefasst hatte, sich von Raimund zu trennen und auszuziehen, sah sie die Situation auch selbst mit anderen Augen. Sie war immer nur ein Gast gewesen in Raimunds Haus. Ein Accessoire, ein Zubehörteil – wie eine Espressomaschine oder ein neuer Fernseher. Raimund wusste zu schätzen, dass sie da war. Aber es ginge auch ohne sie. Zumindest war sie leicht zu ersetzen.

Erstaunlich eigentlich, dass er noch keine Neue hatte, dachte sie.

Egal. Geschichte.

Sie hatte ihre Kisten mit Fotoalben und Erinnerungsstücken aus dem Keller geholt, ihren Kleiderschrank oben im Schlafzimmer geleert. Ein letztes Mal ging Monika die Eichenholztreppe hoch, einen noch zusammengefalteten Karton in der Hand. Drei Zimmer gab es im Obergeschoss. Ein Gästezimmer, in dem noch nie ein Gast geschlafen hatte, einen Fitnessraum, in dem ein Laufband und ein Crosstrainer standen, ein weiterer Fernseher, auf dem Boden lag ihre Pilatesmatte. Sie hatte sich mittlerweile eine neue gekauft, um auch bei Michelle Sport machen zu können. Nach einem kurzen Blick hatte sie vorhin entschieden, alles hierzulassen, sogar ihre DVDs. Michelle hatte einen Smart-TV, der auch Internetvideos abspielte.

Monika war stolz auf ihre Tochter. Ihre Arbeitszeiten waren hart, aber sie wurde offenbar auch entsprechend bezahlt. Diese Befriedigung hatte sie nie kennengelernt. Direkt nach dem Ende ihrer Ausbildung als Bankkauffrau hatte sie geheiratet und war schwanger geworden. Wolfgang war knapp zehn Jahre älter gewesen als sie und bezog bereits ein volles Gehalt. Danach hatte es sich nicht ernsthaft ergeben.

Die Tür zum Schlafzimmer stand noch offen. Das Bett, auf dem sie so oft weinend gelegen hatte, wenn es mit Raimund wieder einmal Streit gab. Auf dem sie sich aber auch immer wieder zärtlich versöhnt hatten.

Es kam ihr vor wie ein anderes Leben.

Die Balkontür stand gekippt. Sie lehnte den Umzugskarton ans Bett und ging weiter zum Fenster. Schaute hinunter in den Garten. Dort stand ihr Liegestuhl, in dem sie so gern gelesen hatte. Raimund hatte ihn ihr zum Geburtstag geschenkt.

Aber wenn sie ihn mitnahm, wohin damit? Und wollte sie wirklich immer an ihre beendete Beziehung erinnert werden?

Abschiede wurden nicht leichter, wenn man sie in die Länge zog. Sie griff nach dem Karton und öffnete die Tür zum großen Badezimmer, um ihre Cremes und ihr Make-up einzupacken.

Entgeistert blieb sie in der Tür stehen.

Raimund saß nackt in der Badewanne.

Und er sah gar nicht gut aus.

30

Michelle hatte die Umzugskartons ihrer Mutter auf ihren Tiefgaragenstellplatz gestapelt. Sie konnten sie später gemeinsam hochtragen. Oder in ihr Kellerabteil. Vielleicht kam auch ein durchtrainierter Nachbar vorbei, der sein Ego aufladen wollte. Oder während sie gleich noch mal zu Raimund fuhr, um den Rest zu holen, brachen rumänische Kleinkriminelle ausgerechnet in ihre Tiefgarage ein und stahlen sämtliche Umzugskisten.

Man würde doch noch hoffen dürfen.

Sie schaute in den Kühlschrank. Auf der Suche nach … sie wusste es selbst nicht. Erfrischung. Monika hatte allerhand direktgepresste Säfte gekauft, die alle nach Rasenmähen im Reformhaus schmeckten. Aber keine Cola oder Sprite. Im Tiefkühlfach lag noch eine Flasche Wodka, und ganz unten in der Gemüseschublade schlummerte ein Astra. Für beides war es noch zu früh.

Michelle klappte die Tür zu, setzte sich auf einen Küchenstuhl, zog ihr Handy heraus. Keine Nachrichten. Sie öffnete ihr Twitterkonto, scrollte nach unten. Der übliche Großstadtwahnsinn, ein paar ganz amüsante Fotos, sonst auch nichts.

Neben dem grünen Hörer leuchtete eine rote Eins. Genau, sie schuldete Gabriel ja noch einen Rückruf.

Zeitreise. Gabriel mit dem Lockenkopf. Mit weichen Lippen, zarten Händen. Ein ungelenker Schlacks, aber unendlich liebevoll. In der Oberstufe waren sie ein paar Wochen zusammen gewesen. Jahre später hatte er wegen Sarah die Hotline angerufen, zufällig Michelle am Apparat gehabt. Gabriel … was er wohl von ihr wollte?

Wie sie die Männer kannte, war ihm gerade eine Beziehung kaputtgegangen, und er wollte »nur mal reden«, die alte Freundschaft auffrischen … und hoffte unbewusst, dass mehr ginge. Rebound-Sex nannten die Amis das in ihren Komödien. Sex gegen den Singlefrust.

Damit kannte sie sich aus. Aber darauf hatte sie keine Lust. Jedenfalls nicht unbezahlt. Gabriel hin oder her.

Sie schrak zusammen, als ihr Handy auf einmal anfing zu vibrieren. Dann folgte der Klingelton, schließlich die Anzeige: »Mama«.

»Ja, ich komme gleich«, meldete Michelle sich. Ihre Mutter wieder. Dabei wurde sie selbst gar nicht gern gedrängt.

Dann wurde Michelle still. Hörte zu. Sagte: »Ja, natürlich. Ich bin gleich da. Du bist sicher, er braucht keinen Notarzt? Okay. Natürlich. Bis gleich.«

Sie war bereits im Sprechen aufgesprungen. Zog hinter sich die Wohnungstür ins Schloss, rannte die Treppen hinunter, steckte dabei das Handy weg, sprang in den Kombi, der vor den Kisten stand, jagte den Wagen die Rampe hoch. Vorn gaben die Stoßdämpfer nach, und das Chassis schrammte über den Beton.

31

Monika hatte vor dem Haus auf Michelle gewartet.

»Ich …«, stammelte sie. »Er …«

»Komm!«, sagte Michelle und nahm ihre Mutter bei der Hand. Sie hastete die Treppe hoch, obwohl es dazu – glaubte man ihrer Mutter – keinen Anlass gab.

Vorhin erst hatten sie hier im Schlafzimmer den Schrank geleert, Kisten gepackt. Aber keine von ihnen hatte einen Grund gehabt, ins Bad zu gehen.

Jetzt stand die Tür offen. Michelle blieb abrupt stehen. Monika prallte von hinten gegen sie.

Raimund saß in der Wanne. Nackt und tot. Die Wasseroberfläche war reglos still. Sein Penis – Michelle fragte sich, warum sie sofort dorthin schaute, wahrscheinlich die Macht der Gewohnheit –, nur noch ein schrumpeliger Champignon. Die Haut unter Wasser von einem blassen Grau. Das Gesicht und die Handrücken fast weiß. Sein Bart, über den er sich immer oberlehrerhaft gestrichen hatte, wirkte zerzaust.

Auf dem Wasser lagen Schlieren, wahrscheinlich vom Duschgel.

Raimunds Kopf war nach hinten gekippt, sodass er zur Decke zu starren schien. Seine Füße trieben auf halber Höhe unter Wasser. Von einer Steckdose oberhalb des Waschbeckens führte ein schwarzes Kabel in die Wanne. Die Steckdose war schwarz verschmort und halb aus der Wand gebrochen. Am anderen Ende des Kabels, im Badewasser, befand sich ein Fön.

Auf einmal kam es Michelle vor, als ruckte das Bild, das ihre

Augen wahrnahmen, und plötzlich wurde alles schwarz-weiß. Die beigen Fliesen, die gestreiften Bademäntel, das Aquarell über dem Wäschekorb, die Stoffkörbe und das Rattanregal, alles. Einfach so, wie eine Bildstörung im Fernsehen. Kleine weiße Flecken tanzten durch ihr Blickfeld.

Ihre Mutter, die zeitlichen Vorsprung bei der Verarbeitung des Anblicks hatte, schob sich an ihr vorbei. »Er hat sich nie in der Wanne die Haare geföhnt«, stellte sie fest.

Auf einmal klickte es bei Michelle. Ihr Blick fixierte die Steckdose über dem Waschbecken. Flackernd kehrten die Farben, eine nach der anderen, in ihre Wahrnehmung zurück. »Ich habe … deswegen!«, sagte sie und schüttelte den Kopf. »Jetzt verstehe ich. Vorhin, als wir kamen, war kein Strom im Haus. Du hast draußen mit dieser … hab ich vergessen geredet. Ich bin schon mal reingegangen. Aber der Strom war ausgefallen. Kann ja mal passieren, dachte ich mir. Und der Sicherungskasten war leicht zu finden, direkt oben an der Kellertreppe. Ich hab den Hauptschalter wieder eingeschaltet. Daraufhin ist er sofort wieder runtergeknallt. Dabei muss das hier passiert sein.« Sie deutete auf die beschädigte Steckdose. »Denn danach ging es. Als ich die Sicherung das zweite Mal eingeschaltet habe.«

Plötzlich erschrak sie. Ihr Blick huschte zu der Leiche in der Wanne. »Meinst du, ich habe … oder wollte er vielleicht selbst … kannst du dir vorstellen …?« Sie sah ihre Mutter ratlos an.

»Ich weiß es auch nicht«, sagte die. »Aber du bist doch mit diesem Polizisten befreundet, den wir neulich bei Ikea getroffen haben. Ich glaube, den sollten wir jetzt besser mal anrufen.«

Michelle starrte ihre Mutter an, als hätte die den Verstand verloren. Es war alles so verrückt. Sie konnte es gar nicht verarbeiten. Ein Toter in der Badewanne. Und sie hatte den Strom eingeschaltet. Außerdem … wusste Paul, was sie beruflich machte. Und das durfte ihre Mutter auf keinen Fall erfahren, es würde sie umbringen.

Na ja. Unter den gegebenen Umständen war *diese* Behauptung vielleicht ein bisschen übertrieben. Wenigstens das.

32

»Nein«, sagte Paul. Aber er sagte es so freundlich und mitfühlend wie möglich. »Nein, ich kann nicht ›mal vorbeikommen‹ und mir den toten Expartner deiner Mutter in der Badewanne ansehen. Das würde mich den Job kosten. Und dafür gibt es gute Gründe. Ich muss und werde eine Streife schicken. Was ich tun kann, ist, meiner Kripopartnerin den Sonntagabend zu versauen und mit ihr gemeinsam ebenfalls aufzukreuzen. Statt den Fall ordnungsgemäß zu melden und die Kollegen zu schicken, die eben gerade Dienst haben. Das geht. Aber um die Streife und die offizielle Aussage kommst du nicht rum. Und, Michelle?« Er zögerte. »Ich habe da bei dir im Hintergrund noch jemand gehört. Deine Mutter, nehme ich an, weil es ja ihr Umzug war. Tut mir den Gefallen und bleibt beide da, okay? Nur falls du auf die Idee kommst, es wäre irgendwie einfacher, wenn nur eine von euch vernommen werden muss. So was geht immer schief. Bleibt einfach da und« – er zögerte wieder. Aber es musste sein – »und sagt die Wahrheit.«

»Natürlich. Was denn sonst? Was denkst du eigentlich von mir?« Michelle klang beleidigt. Aber er hatte schon zu viele Zeugen erlebt, die glaubten, sie würden sich und der ganzen Welt das Leben erleichtern, indem sie irgendwelche Abkürzungen nahmen oder Aussagen machten, die besser zu ihrer Vorstellung der Wahrheit passten. Das ging quer durch alle Schichten.

Ihm war klar, wie Michelle ihn verstanden haben musste. Aber es half nichts. Irgendwann später würde sie ihm dankbar sein.

Hoffentlich.

»Also. Bleibt da. Fasst möglichst wenig an. Obwohl das, wenn ihr den ganzen Tag Kisten gepackt habt, wahrscheinlich auch egal ist. Und du bist wirklich sicher, dass er tot ist? Sonst rufe ich doch die Rettungseinheit.«

»Mausetot. Keine Sorge. Dann bis gleich«, sagte Michelle und legte auf.

Er hatte sich so gefreut, ihre Nummer im Display zu sehen. Und dann das.

»Hablando del rey de Roma, por la puerta se asoma«, rief der Beo. Na klar.

Paul Hinnerken strich sich über die kurz geschorenen Haare, dann drückte er die Schnellwahltaste für seine Kollegin Svenja Meißen.

33

Eben waren sie noch allein gewesen. Michelle, ihre Mutter und der tote Raimund.

Eigentlich komisch, dass Monika nicht ausgeflippt war. Vor Freude oder vor Schreck, egal. Aber es war gar nicht ihre Art, so ruhig zu bleiben.

Plötzlich wimmelte es im Haus von Menschen. Vier Streifenpolizisten auf einmal, dazu der Rechtsmediziner. Sie ließen sich die Leiche zeigen, und zwei von ihnen sowie der Arzt blieben oben. Monika und Michelle sollten mit den beiden anderen unten warten.

Es herrschte betretenes Schweigen.

Zehn Minuten später kamen Paul und seine blonde Kollegin, die Michelle damals im Flur des *Pretty Woman* gesehen hatte. Damals, als sie Fleur gefunden hatten.

»Hallo. Mein Name ist Paul Hinnerken«, stellte sich Paul ihrer Mutter offiziell vor. »Wir haben uns neulich schon mal … bei Ikea …«

Monika nickte, ohne richtig zugehört zu haben. Paul fuhr fort. »Und das ist meine Kollegin Svenja Meißen.«

Reihum Händeschütteln: erst Paul und ihre Mutter, dann Meißen und ihre Mutter, dann Meißen und Michelle. Paul und sie nickten einander zur Begrüßung nur zu.

Michelle hatte keine Ahnung, wie viel oder wie wenig Pauls Kripokollegin von ihr wusste. Dass er ihr Kunde war. Dass sie gemeinsam versucht hatten, Fleurs Mörder zu finden. Wie schief das am Ende gelaufen war.

»Danke, dass Sie so schnell gekommen sind«, sagte Michelle.

»Klare Sache«, sagte Meißen freundlich.

Auf den ersten Blick wirkte sie sympathisch. Aber irgendetwas an ihr störte Michelle.

»Können wir uns setzen?«, fragte Paul. Monika nickte.

Sie setzten sich, und er zog ein Notizbuch aus der Tasche.

»Sie haben also mit dem Toten zusammengelebt?«, fragte er Monika.

»Na ja … schon«, sagte die. »Als er noch nicht … tot war.«

Michelle schnaubte. Ihre Mutter schaute erstaunt.

»Manchmal sagst du Sachen und merkst gar nicht, wie komisch sie sind.«

»Und heute wollten Sie also ausziehen?«, fragte Paul ungerührt weiter.

»Ja«, sagte Monika und nickte eifrig. »Zu meiner … zu Michelle.«

»Wusste der Verstorbene davon?«

»Er … Wir hatten … Wir waren am Freitag noch essen. Nachdem wir … nach Ikea.« Monika legte den Kopf leicht zur Seite und sah Paul fragend an. Ihr Blick huschte zu seiner Kollegin. Dann fuhr sie fort. »Michelle war auch dabei. Es gab … Raimund kann – konnte – sehr aufbrausend sein. Es kam zum … wir hatten Streit. Und das war dann der Moment, in dem mir klar wurde: Es ist …« Sie hob die Hände, die Handflächen zur Decke gerichtet, und schwieg.

»Aus? Es ist aus?«, fragte Meißen. »Das wurde Ihnen klar?«

Monika nickte. »Ja. Genau.«

»Am Freitagabend?«

Nicken.

»Und am Sonntag wollten Sie ausziehen?«

»Sie wohnt schon seit Wochen bei mir«, mischte sich Michelle ein. »Nach einem …« Sie zögerte. Ihre Mutter hatte damals darauf bestanden, keine Anzeige zu erstatten. »… Zwischenfall. Einem Streit. Sie ist …« Michelle gab sich einen Ruck. »Sie ist bei mir jederzeit herzlich willkommen. Und heute wollten wir nur ihre verbliebenen Sachen holen. Aus dem Keller. Ein paar Vasen. Andenken. Die restlichen Klamotten. Alles, was man normalerweise nicht so braucht.«

»Wie sind Sie ins Haus gekommen?«, fragte Paul nüchtern.

»Ich habe noch meinen Schlüssel«, entgegnete Monika. »Wir haben geklingelt. Es hat keiner aufgemacht. Dann habe ich aufgeschlossen, und wir sind …« Sie unterbrach sich und schaute zur Tür. »Die Alarmanlage war ausgeschaltet, oder?«, fragte sie dann Michelle.

Die nickte. »Ich glaube schon. Du hast noch gesagt …«

»… dass Raimund immer mit mir gemeckert hat, wenn *ich* das Haus verlasse, ohne sie einzuschalten, genau.« Dann wandte sie sich wieder an die beiden Polizisten. »Die Alarmanlage war ausgeschaltet. Aber ich habe mir nichts dabei gedacht. Ich bin davon ausgegangen, er ist golfen oder segeln. Es war so schönes Wetter. Und …«

Michelle unterbrach: »Wie konnte die Alarmanlage an sein, wenn die Sicherung raus war?« Sie sah Paul Hilfe suchend an, während sie versuchte, ihre Gedanken und Erinnerungsbruchstücke zu ordnen. Man tat so viel automatisch und wusste es hinterher gar nicht mehr genau. »Wir sind rausgegangen, um die Kisten zu holen. Mama hat angefangen, mit einer Nachbarin zu reden. Ich bin wieder ins Haus und habe festgestellt, dass der Strom weg war. Der Sicherungskasten ist aber ganz oben an der Kellertreppe. Ich habe den Hauptschalter umgelegt und – Bingo.«

Auf einmal sah sie wieder deutlich Raimund in der Badewanne vor sich. Das schwarze Stromkabel. Der Fön im Wasser.

»Meinst du, ich habe ihn …?«, fragte sie unsicher.

Paul warf Meißen einen Blick zu, den Michelle nicht recht deuten konnte. Dann schüttelte er den Kopf.

»Das kann ich mir jedenfalls nicht vorstellen. Dazu hätte er ja selbst den Sicherungsschalter umlegen und dann hoch in die Wanne gehen müssen. Um anschließend einen stromlosen Fön hineinfallen zu lassen. Nein, da scheint mir ein Unfall schon wahrscheinlicher. Andererseits ...« Er tippte mit seinem Kugelschreiber auf das Papier. »Eigentlich weiß doch jeder, wie gefährlich Strom und Wasser ist. *Und* ich hatte nicht den Eindruck, dass der Verstorbene besonders viel zu fönen gehabt hatte.« Er strich sich unbewusst mit der Hand über den Kopf. Raimunds Haar war länger gewesen als Pauls, aber nicht viel.

»Aber wie ist er dann ... wie lange *saß* der denn in der Wanne?«, fragte Michelle auf einmal.

Paul beugte sich vor. Doch sein Blick war auf Monika gerichtet, nicht auf Michelle.

»Frau Müller«, fragte er freundlich. »Wenn ich Sie richtig verstehe, dann haben Sie den Verstorbenen erst entdeckt, nachdem Sie alle Ihre Habseligkeiten gepackt hatten. Sie waren also mehrere Stunden – gemeinsam mit Ihrer Tochter – hier im Haus, haben das Bad oben aber nicht betreten.«

Monika nickte. »Das ist richtig. Ich musste einmal zur Toilette, aber da habe ich das Gästebad hier unten benutzt.« Sie deutete in Richtung Hausflur.

»Wieso sind Sie denn dann letztlich doch noch in das Bad oben gegangen?«, wollte er wissen.

»Michelle war mit den Kisten zu sich ... zu uns nach Hause gefahren. Um sie auszuladen. Wir würden noch ein zweites Mal fahren müssen.« Wieder deutete Monika in Richtung Flur, wo die restlichen sechs oder sieben Umzugskartons gestapelt standen. »Ich dachte, ich nutze die Zeit und hole die paar Sachen, die ich noch im Bad stehen hatte.«

Paul sah Svenja Meißen an. Seine Stimme klang immer noch freundlich, als er nachfragte: »Ich dachte, Frauen haben immer so viel Kosmetiksachen und so. Wieso haben Sie das als Letztes gepackt, und wieso war es nur wenig?«

Meißen warf ein: »Na weil sie doch schon seit Wochen bei ihrer Tochter wohnt.«

Monika nickte. »Genau. Ich habe die wichtigsten Sachen mitgenommen, als ich damals … und den Rest … also, es haben auch nicht *alle* Frauen furchtbar viele Schminksachen. Ich zum Beispiel eher nicht. Das passt alles … das hätte alles mühelos … das wird alles …« Sie hatte sich in ihrem Satz verheddert. »Eine Kiste ist dafür mehr als genug«, sagte sie schließlich.

»Und Sie haben Raimund also gefunden, als Sie ganz allein im Haus waren?«

Monika nickte. »Und ich konnte … ich meine, ich habe mich entsetzlich erschrocken. Aber es war offensichtlich, dass er schon tot war. Ich weiß nicht, woran … aber man sieht das einfach.«

Paul nickte langsam. Er machte sich eine Notiz in seinem Büchlein.

Dann schaute er auf und fragte: »Frau Müller, wo waren Sie gestern Abend?«

Michelle bekam auf einmal eine Gänsehaut. Vielleicht war es doch keine so gute Idee gewesen, Paul anzurufen.

34

Sollte er es noch einmal bei ihr versuchen?

»Rufe später zurück.« Vielleicht hatte sie es einfach vergessen?

Oder erinnerte sich gar nicht mehr an ihn?

Oder *wollte* sie sich nicht an ihn erinnern?

Gabriel starrte auf seinen Teller. Er hatte sich eine Pizza aufgewärmt, aber keinen Hunger. Er zwang sich zu essen, aber die Pizza schmeckte wie die Pappschachtel, in der er sie gekauft hatte.

Frustriert legte er das halb gegessene Stück zurück.

Neben dem Teller stand der aufgeklappte Laptop. Er rieb die Hände aneinander, als würden sie dadurch sauberer. Öffnete das Dokument, an dem er zuvor gearbeitet hatte.

»Junge Frau wird vermisst!« stand dort in großen Buchstaben. Darunter ein Foto seiner Schwester, das sie ihm im letzten Sommer aufs Handy geschickt hatte. Sie lachte unbeschwert in die Kamera. Trug ein enges Top mit irgendeinem Aufdruck, und im Hintergrund leuchteten Neonreklameschriften.

Er hatte das Foto beschnitten, auf dem Original war noch eine zweite Frau etwa im selben Alter zu sehen gewesen, sicher eine Freundin von Sarah.

Unter dem Foto stand: »Wer weiß, wo $arah ist? Sie ist ca. 168 groß, hat dunkelblonde Haare und ist sehr schlank.« Es folgten seine Handynummer sowie der Zusatz: »Belohnung für erfolgreiche Hinweise!«

Wobei Gabriel sich noch keine Gedanken darüber gemacht

hatte, wie hoch die Belohnung wäre und woher er das Geld nehmen sollte.

Erst mal musste jemand anrufen.

Er verschob den Cursor und änderte den Text. Aus »Wer weiß, wo $arah ist?« wurde »Wer hat $arah gesehen?«. So war es besser.

Gabriel speicherte das Dokument. Er würde die Flugblätter ausdrucken und im Lauf der nächsten Woche vor den Discos verteilen, auf dem Kiez, vielleicht auch in der Innenstadt. Warum nicht? Warum immer nur das Schlimmste denken? Vielleicht war sie clean und einfach nur umgezogen und hatte vergessen, ihm Bescheid zu sagen? Kellnerte in irgendeiner Kneipe. Unwahrscheinlich, aber nicht unmöglich.

Die Einzige, die ihm jetzt noch weiterhelfen konnte, war Michelle. Sie kannte sich in der Szene aus. Aber sie rief ihn nicht zurück. Sie konnte ja auch nicht wissen, wie dringend es war.

Es war ihm peinlich, sich an Michelle zu wenden. Weil er sich nur bei ihr meldete, wenn er ihre Hilfe brauchte. Er war damit auch nicht besser als die Männer, die sie bezahlten.

Angeekelt schob er den Teller mit der inzwischen kalt gewordenen Pizza von sich.

Dann griff er zum Handy und probierte es noch einmal bei Michelle. Er würde es wiedergutmachen, er würde ihr in Zukunft ein echter Freund sein, er würde sich … er würde sie für ihre Zeit bezahlen, wenn es sein musste.

Hauptsache, sie half ihm, Sarah zu finden.

35

Nichts bestimmt unser Leben mehr als der Zufall.

Kann schon sein, dass wir über freien Willen verfügen. Aber selbst wenn, ist der Zufall doch weit mächtiger.

Warum wir heute die unscheinbaren Klamotten aus dem Schrank ziehen, sodass wir auf dem Weg zur Arbeit unserem perfekten Partner nicht auffallen – Zufall.

Wo auf der Welt wir geboren wurden, unsere Schulbildung, und ob unser erster Kusspartner schlimmen Mundgeruch hat, sodass wir zeitlebens vor dem Küssen zögern – alles Zufall.

Wir arbeiten hart, strengen uns an, um »zur richtigen Zeit am richtigen Ort« zu sein, doch dann wird unser Mentor gefeuert, das Bürogebäude von Terroristen gesprengt. Wir haben alles richtig gemacht und scheitern doch – am Zufall.

Zufall ist mehr als Wahllosigkeit. Zufall ist Schicksal bei der Arbeit.

Was geschieht ist weit außerhalb unserer Einflusssphäre. Doch wie wir darauf reagieren, liegt einzig bei uns. Und so erzeugt jede unserer Handlungen neue Zufälle, mit denen wir nie im Leben gerechnet hätten und die in ihrer Beliebigkeit austauschbar sind.

Unser Umgang mit dem Zufall gleicht einem Tanz zu Musik, die nur für uns unhörbar ist.

Wie geschickt und begehrenswert wir uns dabei anstellen, können alle anderen beurteilen, nur wir selbst nicht.

Was aber ist dann zu halten von diesem merkwürdigen Gefühl, das uns manchmal beschleicht, die Dinge würden einer geheimen Logik folgen? »Synchronizität« nennt man die unerklärliche Gleichzeitigkeit von Erfindungen. Oder wenn Dinge, die nichts miteinander zu tun haben, auf einmal perfekt zueinanderpassen. Das Puzzle des Lebens.

Synchronizität ist nichts als rückwirkend sinnhaft interpretierter Zufall.

Eine Milliarde Affen tippen in einer Milliarde Jahren auf einer Milliarde Schreibmaschinen einen Satz von Shakespeare.

Aber irgendwer muss den ganzen Affenkram lesen, um den richtigen Satz zu finden.

36

»Woher … woher wissen Sie meinen Namen?«, hatte Gabriel Bakker gestottert. Er nahm sogar den Hörer vom Ohr und starrte ihn entsetzt an wie in einem schlechten Film. »Ich dachte, der Anruf ist anonym? Und wo können Sie sehen …?«

»Nein, es ist Zufall«, unterbrach ihn die Stimme der jungen Frau am anderen Ende der Leitung. »Gabriel, ich bin's. Michelle. Ich arbeite hier bei der Telefonseelsorge. Du weißt schon, deine gute Tat gib uns heute. Und ich habe deine Stimme erkannt. Und die … na ja, ich erinnere mich natürlich an Sarah, an eure Mutter. Wie geht es ihr? Nein, das ist unpassend, entschuldige. Also, ich weiß auch nicht, was wir jetzt machen sollen. Wahrscheinlich hätte ich besser nichts sagen sollen. Ich bin noch nicht lange hier.«

Gabriel spürte irritiert, wie seine Handflächen feucht wurden. Und seine Wangen warm und rot.

Er hatte ihre Stimme ewig nicht gehört. Schon fast vergessen. Aber jetzt – auf einmal sah er sich mit ihr auf einer Picknickdecke im Park sitzen. Sie waren nur schwarze Umrisse im goldenen Sonnenuntergang. Es war so schön gewesen. Unschuldig. Lange her. Schon gar nicht mehr wahr.

»Na ja, ich hätte ja auch …«, begann er, ohne zu wissen, was er hätte können.

»Nein, es ist meine Schuld, ich sollte …«, entgegnete sie.

Dann lachten sie beide. Von einer Sekunde zur anderen war das alte Vertrauen wieder da.

»Ich kann einfach so tun, als hättest du nie angerufen. Momentan kann ich dich nicht zu jemand anders durchstellen, ich bin allein, um diese Zeit ist nicht viel los. Aber du kannst es in zwei Stunden noch mal probieren, dann sind noch zwei Kolleginnen hier. Mit denen kannst du sprechen. Und ich schwöre dir, ich sage niemand ein Wort, wenn wir uns je begegnen oder ich Sarah treffen sollte … kein Wort!«

Sie zögerte.

Er konnte durch die Leitung vor sich sehen, wie sie ihr Honighaar um den Zeigefinger zwirbelte.

Auf dem Nagel kaute.

So war sie.

So war sie jedenfalls gewesen. Vielleicht war sie inzwischen ganz anders.

Er nahm einen Schluck Tee und betrachtete sich in der Spiegelung des Fensters, vor dem er saß. Er hatte sich verändert. Er trug jetzt einen Bart, machte Muskelaufbau – hatte breitere Schultern als damals. Im Gesicht schon die ersten Kanten und Falten, aber das sah man im Fenster nicht.

»Oder«, sagte sie, »es ist für dich okay, mit mir darüber zu sprechen. Dann könnten wir uns …« Wieder dieses bezaubernde Zögern. »… nachher treffen. Wenn du willst. Wirklich nur, wenn du willst.«

37

»Wir sollten sie mitnehmen. Ich kann einen Verhörraum in der nächstgelegenen Wache anfordern«, sagte Svenja Meißen. Paul besprach sich mit seiner Kollegin in der Küche.

Er nickte widerwillig. Michelle hatte ihn angerufen, weil sie Hilfe brauchte. Nicht, damit er ihre Mutter zur Mordverdächtigen Nummer eins ernannte. Aber es half nichts. Die Mutter behauptete, am Abend zuvor allein essen gewesen zu sein – kein besonders überzeugendes Alibi. Und in der überwiegenden Zahl aller Fälle waren nun mal nahe Angehörige des Toten die Täter.

Selten war es Mord, weit häufiger der ungeschickte Versuch, einen Totschlag im Affekt zu vertuschen. Ein Streit, ein Wort zu viel, ein wütender Stoß, im Grunde kamen die Menschen oft nur aus Versehen zu Tode. Weil zwei nicht rechtzeitig voneinander lassen konnten und sich gemeinsam in den Abgrund rissen.

Denn auch der Überlebende wurde Zeit seines Lebens nicht mehr froh. Einen Menschen zu töten – und sei es ungewollt – hieß, eine Grenze überschritten zu haben. Nie wieder konnte man wie zuvor unter gewöhnlichen Sterblichen wandeln und sich für einen von ihnen halten.

»Ja. Ich traue es ihr eigentlich nicht zu. Aber du hast recht. Wir sollten auf jeden Fall die Aussage zeitnah zu Protokoll nehmen.«

»Was machen wir mit der Tochter? Das ist doch …«

Hinnerken nickte. Als Michelles Freundin Fleur ermordet

worden war, hatte er seiner Kollegin gestehen müssen, dass er selbst ab und zu ins *Pretty Woman* ging. Immer zu Michelle.

Seitdem war er allerdings nicht mehr dort gewesen – aber er wollte jetzt nicht sein Sexualleben im Detail mit Svenja Meißen besprechen.

»Ist das für dich ein Problem?«, fragte sie.

Er schüttelte den Kopf.

»Okay.«

Prinzipiell sollte er wegen Voreingenommenheit die Ermittlungen abgeben. Andererseits hatte Michelle mit der Sache gar nichts zu tun – und ihre Mutter war auch keine Verdächtige, zumindest derzeit nicht. Formal nicht.

Er würde die Lebensbereiche schon auseinanderhalten können, und Svenja traute es ihm offenbar auch zu.

Dienst ist Dienst, und Schnaps ist Schnaps.

38

»Aus dem Wasserhahn tropft kaltes Wasser. Man muss davon ausgehen, dass er zum Todeszeitpunkt in normal temperiertem Wasser gesessen hat. Aber sicher ist das nicht. Und wie gesagt, das kalte Wasser macht alle Werte, die wir haben, praktisch nutzlos«, erklärte der Amtsarzt.

Paul knurrte unwirsch. Dann fragte er: »Wie genau können Sie den Todeszeitpunkt schätzen?«

»Gestern Abend plus/minus zwölf Stunden. Mindestens. Falls wir nicht noch weitere Unsicherheitsfaktoren finden.«

»Also irgendwann zwischen gestern Morgen und heute Morgen«, sagte Paul.

Der Arzt nickte. Er hatte seine Koteletten zu einem Kinnbart wachsen lassen wie Bismarck, wahrscheinlich um älter zu wirken. In einer Hipster-Bar hätte er seinen Ausweis zeigen müssen. Paul kannte den Mann nicht und war nicht sicher, wie viel er auf seine Einschätzung geben sollte.

»Aber kein Mensch badet morgens«, sagte er dann.

»Doch«, widersprach Meißen. »Ich. Wenn ich Zeit habe.«

Svenja Meißen hatte einen Lehrer zum Mann, der auf dem Weg zur Schule die Kinder im Kindergarten ablieferte. Spätschicht war für sie also offenbar gleich Badetag.

»Meine Frau auch«, sagte der Arzt.

Waren eigentlich alle verheiratet außer Paul? Vielleicht war er wirklich schwer vermittelbar – eben doch der Typ, der für Sex zahlen musste, statt lässig an der Bar zu warten.

Er sah sich ein letztes Mal um. Die Spurensicherung hatte

ganze Arbeit geleistet. Es sah aus, als wäre im Bad eine Dose schwarzer Puder explodiert.

Der Leichensack, in dem sich die vom Wasser schrumpeligen Überreste Raimund Eberhard Krämers befanden – wie der Tote mit vollem Namen hieß –, lag vor der Wanne auf dem Boden. Hinnerken sagte: »Dann mal ab mit ihm.«

Der Tote würde ins Institut für Rechtsmedizin im Butenfeld transportiert und dort in seine Einzelteile zerlegt werden. Vielleicht fanden sich dabei ja noch Hinweise. Viel versprach Hinnerken sich von der Untersuchung nicht. Die Sache sah ziemlich klar aus. Tod durch Elektroschock.

Mord?

Selbstmord?

Ein Unfall?

Svenja Meißen runzelte die Stirn. »Die Frau, die ehemalige Lebenspartnerin, hat doch irgendetwas von einer Firma gesagt. Er war selbstständig. Vielleicht gab es finanzielle Probleme, und er hat …« Sie hob die Hand zum Kopf und vollführte dann eine Schussbewegung.

Paul schaute auf das vorläufige Protokoll der Tatortbegehung.

»Stimmt. Müssen wir morgen früh checken. Andererseits, hier« – er tippte auf das Klemmbrett mit den Notizen der Kollegen –, »die Balkontür war geschlossen, aber nicht abgesperrt. Es gibt keine Spuren gewaltsamen Eindringens, aber vielleicht hat jemand die Gelegenheit genutzt und wollte nur mal kurz die Nachttischschubladen leer machen … aber dann hat er bemerkt, dass der Hausbesitzer doch zu Hause ist, und …« Er runzelte die Stirn. »Nein, das ergibt überhaupt keinen Sinn. Ein Einbrecher hätte das Wasserrauschen gehört. Wäre bei Licht im Bad auch trotz vielleicht offen stehender Balkontür gar nicht erst reingekommen. Und wenn doch, dann eher abgehauen, als einen nackten Mann in der Badewanne zu töten.«

Meißen nickte. »Außer der Tote kannte den Einbrecher und hätte ihn identifizieren können.«

»Das wäre nun wirklich großer Zufall.«

»Du kennst auch Michelle. Die Welt ist klein. Oder es war persönlich. Jemand wusste, dass Krämer etwas Bestimmtes besitzt. Vielleicht wurde es sogar gestohlen, und wir haben es nur noch nicht bemerkt. Müssen wir die Zeugin mal fragen. Aber du hast schon recht. Zu viele Zufälle. Unwahrscheinlich.«

Durch die Badezimmertür schaute sie auf das extrabreite Bett im Schlafzimmer. »Je länger ich darüber nachdenke, desto weniger gefällt mir diese Exlebensgefährtin«, sagte sie langsam.

Und so ungern Paul es zugab, ihm ging es genauso.

Geld. Macht. Enttäuschte Liebe. Nicht unbedingt in dieser Reihenfolge. Das waren die häufigsten Mordmotive. Weltweit, überall und immer wieder aufs Neue. Wer hatte etwas zu gewinnen, wer fürchtete, etwas zu verlieren, wer wollte sich rächen?

Wusste man das, hatte man auch den Täter.

Und eine Frau, die zu ihrer Tochter ziehen musste – die hatte viel verloren und trug ganz sicher Rachegefühle in sich. Ungewöhnlich war eigentlich nur, dass sie kein vernünftiges Alibi hatte. Sie war allein essen gewesen. In einem Kneipenrestaurant nicht weit von der Wohnung ihrer Tochter, bei der sie derzeit lebte. Vielleicht würde sich jemand dort an sie erinnern, vielleicht auch nicht. Aber normalerweise fielen Täter durch absurd präzise Konstruktionen auf, wo sie angeblich warum wann gewesen waren.

39

Gordon trug zu seiner Hängejeans heute ein Grateful-Dead-T-Shirt, das dermaßen verwaschen war, dass die Autogramme wohl echt sein mussten. Er kratze seinen Fusselbart, dann sagte er: »Passt auf, ich will euch keine Angst machen – ihr wisst selbst, dass diese Welt hart sein kann. Aber es ist offenbar vor einigen Tagen eine junge Frau direkt vom Kiez entführt worden. Mit einem grünen Lieferwagen. Zwei Männer in schwarzen Overalls sind rausgesprungen und haben sie geschnappt. Ein dritter Mann saß am Steuer. Er soll eine Sonnenbrille getragen haben. Es war später Nachmittag. Sie haben ihr Opfer in den Wagen gestoßen, sind hinterhergesprungen und mit quietschenden Reifen los.«

Stille. So still waren die Damen sonst nie. Die dicke Dagny, die wilde Mina-Cheyenne mit dem guten Herz, Laura mit der Kassenbrille und dem Pagenschnitt. Brigitte, das Urgestein, schon länger dabei als er und immer noch gut im Geschäft. Iris, dürr und groß wie ein Storch, die ihre Schnabelnase immer in alles hineinstecken musste. Siggi, die sich von ihren Stammkunden gutmütig »Figgi« nennen ließ und immer für einen Spaß zu haben war … Sie und die anderen hörten aufmerksam zu. Wer sein Geld auf der Straße verdiente, entwickelte einen siebten Sinn für Gefahr.

»Ich habe gehört«, fuhr Gordon fort und zog seine ewig rutschende Jeans hoch, »dass in anderen Städten Ähnliches passiert. Berlin. Essen. Dresden. Nürnberg. Man hört immer wieder mal solche Geschichten. Aber meist gibt es eine vernünftige Erklärung. Oder es sind Schauergeschichten. Aber das hier … das klingt irgendwie anders. Also ich weiß nicht, ob diese Fuckscheiße wahr ist. Aber falls, geht besser nicht alleine raus. Immer zu zweit. Und wenn euch was Spanisch vorkommt …«

»Spanisch kostet extra«, bemerkte Siggi trocken.

Die Anspannung entlud sich in allgemeinem Gelächter.

Gordon sah ihnen nach. Auf einmal fragte er sich, wo eigentlich Michelle steckte. Die hatte er heute noch gar nicht gesehen. Und sie hatte sich auch nicht abgemeldet.

Er zog sein Handy heraus, suchte ihre Nummer, wählte. Es klingelte ein paarmal, dann der Anrufbeantworter.

Fuckscheiße. Elende Fuckscheiße.

40

Richtig. Falsch.

Gibt es diesen Unterschied?

Oder ist nicht in Wahrheit alles gleich, und erst rückblickend bewerten wir, was sich wie angefühlt hat?

Was für einen richtig ist, kann für andere falsch sein.

Wenn etwas mir guttut, dir aber schadet – ist es dann richtig? Oder falsch?

Nach welchem Kriterium treffen wir unsere Entscheidungen?

Oft scheinen unsere bewussten Ziele den unbewussten Zwängen entgegenzustehen. Dann hat man die Wahl.

Man hat immer die Wahl. Aber oft fehlt uns die Freiheit, eine Wahl zu treffen.

Wie oft sind wir die Sklaven unserer Gewohnheiten, der antrainierten Moral? Richtig und falsch. Schwarz und weiß. Gut und böse.

Frei sind wir erst, wenn wir nichts mehr zu verlieren haben.

Die richtige Entscheidung kann nur die sein, die wir auch träfen, wenn wir nicht von ihrem Ergebnis profitierten.

Aber wie fällen wir unsere Lebensentscheidungen wirklich?

Wenn jeder für sich selber sorgt, ist für alle gesorgt.

Mathematisch geht das auf. Moralisch aber nicht.

Bloß: Warum?

Was ist falsch an dieser Sichtweise?

Oder ist sie in Wahrheit richtig, und nur unsere Wahrnehmung ist fehlerhaft?

41

»Und wieso?«, fragte Michelle.

»Wir haben Ihre Mutter nur gebeten, uns auf die nächste Wache zu begleiten, um ihre Aussage aufzunehmen und etwaige Unklarheiten zu klären«, sagte Meißen gereizt.

Michelles Blick huschte zu Paul. Der schaute auf die Spitzen seiner ungeputzten Schuhe.

»Sie verdächtigen meine Mutter doch nicht etwa, mit Raimunds Tod etwas zu tun zu haben?«

»Lass ruhig, ich meine, wenn es der Sache dient …«, unterbrach ihre Mutter sie.

»Wie soll es denn bitte ›der Sache dienen‹, wenn sie dich noch mal erzählen lassen, was du schon gesagt hast, statt zu ermitteln, wie Raimund zu Tode gekommen ist?« Michelle wandte sich herausfordernd an Paul. »Falls ihr überhaupt davon ausgeht, dass es nicht ein Unfall war. Oder Selbstmord.«

Sie bemerkte, wie Meißen einen schnellen Blick in Pauls Richtung warf.

Aha. Da war etwas.

Jetzt erwachte Paul wieder zum Leben. »Michelle, es ist nicht so, dass wir zu diesem Zeitpunkt einen konkreten Verdacht haben«, begann er.

»… aber wenn, dann gegen meine Mutter, oder wie?«, fuhr sie dazwischen.

»Die … wir möchten einfach gern ihre Aussage möglichst zeitnah und ausführlich zu Protokoll nehmen«, sagte er lahm.

»Damit sie es sich nicht anders überlegt? Oder flieht?« Michelle kochte vor Wut. Vor allem ärgerte sie sich über sich selbst. »Weißt du, wir hätten euch gar nicht anrufen müssen. Wir hätten einfach gehen können, die Tür hinter uns ins Schloss ziehen. Und je länger ich darüber nachdenke, desto mehr wünsche ich mir, wir hätten genau das getan!«

»Er macht doch nur seine Arbeit«, sagte Monika und legte Michelle die Hand auf den Unterarm. Die schüttelte sie ab wie eine lästige Fliege. »Lass mich!«, fauchte sie. »Er soll ja seine Arbeit machen. Aber doch nicht mit dir. Er soll … sie sollen …«

Und das alles nur wegen Raimund. Sogar tot machte der Kerl noch Ärger.

42

Gabriel war überrascht gewesen, als Michelle sich als Helpline-Mitarbeiterin zu erkennen gegeben hatte. Aber er hatte einem Treffen mit ihr zugestimmt. Knappe zwei Stunden nach seinem Anruf beim studentischen Hilfstelefon saßen sie im Café des Kinos direkt am Unigelände. Dunkel getäfelte Wände, Bistrostühle. Er hatte ein Bier, sie einen Milchkaffee bestellt.

»Du erinnerst dich an meine Schwester Sarah, oder?«, fragte er, und unentwegt kneteten die Finger der einen Hand die der anderen.

»Natürlich«, nickte Michelle.

»Ich mache mir Sorgen um sie. Sie ist … ich glaube, sie nimmt Tabletten. Habe ich ja vorhin schon gesagt.« Er holte tief Luft. Feine Falten hatten sich in sein Gesicht gegraben, fiel Michelle auf, dabei war er ihr Jahrgang. »Also, ich meine damit, ich glaube, sie ist süchtig nach Tabletten. Sie … meine Mutter sagt, manchmal steht sie gar nicht auf, sie pennt einfach den ganzen Tag. Dann wieder ist sie total aufgedreht und schaut die ganze Nacht fernsehen und stolpert durchs Haus oder hört Musik. Mit Freunden trifft sie sich nur noch ganz selten, aber am Wochenende ist sie immer weg, von Freitagabend bis Montagmorgen, und Montag und Dienstag ist ihre Stimmung immer ganz mies, sagt Mama. Nicht, als ob sie zu viel getrunken hätte. Eher, als ob irgendwas nicht stimmt. Und ich dachte mir … ich fürchte … also, vielleicht verdient sie sich am Wochenende das Geld für die Drogen … wenn du verstehst, was ich meine.«

Es kostete Michelle einen Augenblick, aber dann klickte es.

Die Kellnerin brachte ihre Getränke.

»Du meinst …?«, fragte sie.

Gabriel nickte düster. »Ja. Ich glaube, sie lässt sich für Sex bezahlen. Entweder gleich in Tabletten. Oder sie kauft sie dann auch und versteckt sie zu Hause. Ich habe meine Mutter gefragt, die sagt, von ihren Pillen fehlt nichts. Aber andererseits, sie ist manchmal schon ganz schön tüdelig, ich bin nicht sicher, ob sie das merken würde. Sarah streitet natürlich alles ab. Sie sagt, sie weiß einfach momentan nicht, was sie mit ihrem Leben anfangen will, und ich soll sie gefälligst in Ruhe lassen. Aber ich … das kann ich nicht. Ich bin doch ihr großer Bruder.«

Wie er es sagte, klang es allerdings gar nicht nach großem Bruder. Sondern vollkommen ratlos.

Michelle legte ihre Hand auf seine. Lächelte ihn an.

Langsam beruhigten sich seine Finger. Und für einen Moment lächelte er zurück.

Dann sagte er: »Sie hat auch jede Menge neue Klamotten. Lauter Sachen, in denen *ich* sie nicht aus dem Haus gehen lassen würde. Aber Mama sagt, sie kann dagegen nichts machen. Sarah hätte ihren eigenen Kopf. Also, ich weiß nicht. Und vor allem, wo hat sie das Geld dafür her?«

Wieder begannen seine Finger sich zu bewegen, als versuchten sie vergebens, das Leben zu formen.

»Ich weiß echt nicht mehr weiter«, sagte Gabriel schließlich.

»Soll ich mal mit ihr reden?«, schlug Michelle vor. »Wir haben uns doch immer ganz gut verstanden, glaube ich.«

43

Kurz vor elf. Michelles Einspruch hatte Erfolg gehabt, sie würden erst morgen aussagen müssen.

Ihr Handy brummte. Sie hatte es, als die Polizei bei Raimund einlief, auf Vibration gestellt. Es lag auf dem Küchentisch. Viel zu weit weg.

Sie hatten die Kisten aus der Garage mit hochgenommen und vor der Heizung aufgestapelt. Monika ging langsam an der Reihe Umzugskartons entlang und fuhr mit der Hand über die Deckel. Am Ende der Reihe blieb sie stehen. »Es bleibt nicht viel übrig von einem Leben«, sagte sie, während sie die Kiste öffnete, die vor ihr stand.

»Noch bist du nicht tot, Mama.«

Monika zog ein Fotoalbum aus der Kiste heraus und setzte sich neben ihre Tochter aufs Sofa. »Das stimmt. Aber es ist schon … erst Wolfgang, jetzt Raimund … ich habe das Gefühl, ich bringe Unglück«, sagte sie.

Michelle legte ihren Arm um die Schultern ihrer Mutter und drückte sie an sich. »Bestimmt nicht«, sagte sie. »Ganz bestimmt nicht.«

Eine Weile saßen sie schweigend da. Draußen wich das letzte dunkelblaue Licht dem kalten Schein der Straßenlampen. Um die Spitze einer Tanne, die in einem Park oder Garten in einiger Entfernung stehen musste, schien sich für einen Augenblick ein orange-violetter Halo zu bilden. Dann war er auch schon wieder verschwunden. Vielleicht nur ein Autoscheinwerfer.

Monika schlug das Album auf. Michelle schaute weiter zum Fenster hinaus, obwohl es dort nichts zu sehen gab.

Ihre Mutter blätterte langsam weiter.

»Sieh mal«, sagte sie schließlich leise und mit einer Wärme in der Stimme, die Michelle seit Jahrzehnten nicht mehr gehört hatte. Und von der ihr schlagartig bewusst wurde, wie sehr sie sie vermisste.

Zugleich wurde ihr klar, was immer auf dem Bild war, sie wollte es nicht sehen.

Nicht jetzt.

Nie mehr.

Mit dem Kapitel ihres Lebens hatte sie abgeschlossen.

»Da bist du noch so klein«, sagte Monika liebevoll. »Und ganz stolz. Dein erster Schultag. Ich weiß noch, wie toll du deine Klassenlehrerin fandest. Sie war aber auch nett.«

Ein Bild entstand vor Michelles geistigem Auge, eine Frau mit langen, glatten Haaren und liebevollem Blick. Sie wusste ihren Namen nicht mehr, aber sie erinnerte sich, dass sie gern zur Schule gegangen war.

»Und hier.« Monika blätterte weiter. »Unser Urlaub in Portugal. Das war damals noch etwas ganz Ungewöhnliches. Ich konnte mit dir stundenlang über die Märkte spazieren. Du hast die Farben und Gerüche so geliebt.«

»Müssen wir uns das jetzt angucken?«, fragte Michelle. »Ich bin ganz schön geschafft.«

»Ach, meine Kleine«, sagte Monika, und immer noch lag diese verführerische weiche Wärme in ihrer Stimme, an der Michelle sich gar nicht satthören konnte. »Ich weiß, du willst nicht an früher denken. Aber irgendwann musst du dich der Wirklichkeit stellen. Wolfgang ist tot. Er hat sich … es war seine Entscheidung. Weder du noch ich können etwas dafür. Er hat einfach … es war einfach zu viel für ihn.«

Michelles Vater hatte sich einfach so das Leben genommen. Ohne Abschied, ohne Abschiedsbrief. Aber Dinge geschehen nicht ohne Grund, niemals.

»Mama, was bringt das denn? Es ist vorbei. Geschichte. Genau wie …« *Genau wie du und Raimund*, hatte sie sagen wollen. Aber sich dann doch rechtzeitig unterbrochen. War vielleicht ein bisschen früh.

»Die Vergangenheit stirbt erst, wenn sich niemand mehr an sie erinnert«, sagte ihre Mutter und blätterte weiter. »Hier. Deine neue Klasse auf dem Gymnasium.«

Immer noch weigerte Michelle sich, die Bilder anzusehen. Sie fürchtete, neben einem unpersönlichen Klassenfoto klebte vielleicht ein Bild von ihrem Vater. Und dann … sie wusste nicht, was sie dann täte.

Sie hatte seit Jahren kein Foto ihres Vaters mehr angesehen. Sein Bild war in ihren Kopf eingebrannt. Und zugleich fürchtete sie, ihn falsch zu erinnern.

»Da seid ihr im Freibad … Malte, Steffi, du und … wie hieß er noch gleich? Das war ein netter Junge.«

Noch immer wollte Michelle sich nicht in die Falle locken lassen. Obwohl, Malte und Steffi waren erst in der Zehnten zusammengekommen. Wenn das Album chronologisch geordnet war, konnte jetzt eigentlich kein Foto von Wolfgang mehr kommen.

»Die Zeit vergeht so schnell, so schnell«, sagte Monika. Michelle drückte sie wieder. Sie konnte die Wehmut in der Stimme ihrer Mutter hören.

»Oh, sieh nur – dein Abiball! Du hast damals hinterher erzählt, es wäre noch eine wilde Party geworden, nachdem die Eltern endlich weg waren.«

Michelle lachte auf. Daran hatte sie seit einer Ewigkeit nicht mehr gedacht. Sie war mit …

Ein nicht eingeklebtes Foto rutschte aus dem Album heraus auf das Sofa. Instinktiv griff Michelle danach. Gabriel, Sarah und sie bei einem Picknick im Stadtpark. Sie hatte keine Ahnung, wer das Bild aufgenommen hatte. Aber sie erinnerte sich an den Tag. Die Sonne an einem wolkenlosen Himmel, sie hatten im Park gesessen und gegrillt und geknutscht und Frisbee gespielt, bis es dunkel wurde.

Es war so schön gewesen.

Sie wusste noch, wie sie sich geschämt hatte, den Tag zu genießen, während ihr Vater …

Genau deshalb wollte sie sich nicht an damals erinnern!

Monika klappte das Album zu und legte es zur Seite. Sie zog ihre Tochter an sich, und für einen kurzen Moment war Michelle versucht, sich geborgen zu fühlen, aber dann befreite sie sich aus der Umarmung und sagte mit heiserer, gepresster Stimme, der sie selbst nicht glauben konnte: »Ich bin müde. Ich geh ins Bett.«

44

Svenja Meißen versuchte, ins Schlafzimmer zu schleichen, ohne ihren Mann zu wecken.

»Bist du wieder da?«, fragte der dann aber doch mit verschlafener Stimme, als sie unter die Decke schlüpfte.

»Ja«, sagte sie und rutschte in seine Richtung. Er nahm sie in die Arme, sie schmiegte sich an seine Brust. Drückte ihr Gesicht in die Mulde seines Schulterblattes und spürte, wie alle Anspannung von ihr abfiel. »Ja, ich bin wieder da.«

»War's schlimm?«

Sie zögerte einen Moment, dachte nach. »Eigentlich nicht«, sagte sie dann. »Es war nur … traurig. Eine Frau hat ihren ehemaligen Lebensgefährten tot in der Badewanne seines Hauses gefunden. Mit einem Fön im Wasser. Ein Unfall ist unwahrscheinlich, der Mann hatte keine langen Haare. Selbstmord wäre möglich, aber es gibt keinen Abschiedsbrief. Sie hat ihn vor ein paar Wochen verlassen, ist zu ihrer Tochter gezogen, weil er sie … mein Eindruck war, da gab es einen Zwischenfall.« Sie seufzte.

Genoss die Wärme seiner Hände auf ihrem Rücken.

»Damals muss irgendetwas passiert sein. Sie hat über fünf Jahre mit ihm zusammengelebt. Ihre Tochter war auch da. Eine Bekannte von Paul. Deswegen waren wir da, sie hat ihn angerufen.«

»Meinst du, die Frau … die Freundin des Mannes, du weißt schon … Meinst du, sie hat ihm den Fön ins Wasser geworfen?«

Meißen runzelte die Stirn. Schüttelte den Kopf eine Winzigkeit, so weit das eben möglich war, ohne ihre Position zu verändern. »Nein, eben nicht. Was wäre denn das … Ich meine, wenn meine Exfreundin auszieht und ihre Sachen holen will, dann nehme ich doch nicht währenddessen ein Bad. Nein, irgendwas an der Sache stimmt nicht. Aber ich weiß nicht, was. Die Balkontür war nicht verriegelt, es ist also möglich, dass es ein Einbrecher war, der dachte, das Haus ist leer, und dann den Besitzer in der Badewanne überrascht hat. Aber wenn man baden geht, löscht man doch nicht überall das Licht … das Bad geht vom Schlafzimmer ab, dann würde man doch gerade dort das Licht anlassen, um hinterher direkt ins Bett gehen zu können …«

»Oh! Ein eigenes Bad, das vom Schlafzimmer abgeht«, murmelte ihr Mann und zog sie noch ein wenig enger an sich. »Das hätte ich auch gern.«

Svenja Meißen schloss die Augen. Das Haus des Toten war wirklich eine ganz hübsche Bude gewesen. In der Garage standen ein Mercedes, ein Volvo und eine dicke BMW. Er war Unternehmer, seine Firma verkaufte Segel. Gleich morgen früh würden sie dem Laden einen Besuch abstatten.

Liebe. Geld. Die beiden wichtigsten – und gefährlichsten – Elemente des Lebens.

Meißen atmete tief den Duft ihres Ehemannes ein und war froh, dass …

Mitten in diesen Gedanken hinein schlief sie ein.

45

»Sry. Leiche in der Badewanne gefunden. Rufe dich morgen an. Mit Sarah alles OK?«

Michelle schickte die Nachricht ab, dann knipste sie das Licht aus.

23:34 glimmte der Wecker. Um diese Zeit ging ihr Arbeitstag normalerweise erst richtig los. Aber heute fühlte sie sich total ausgelaugt und wie hundertundvier. Dabei hatte sie einigermaßen ausgeschlafen und dann nur ein paar Kisten gepackt.

Sie drehte sich auf die Seite und zog die Bettdecke bis zu den Ohren. Kniff die Augen zu.

Bzz, machte ihr Handy.

»Leider nicht. Bist du noch wach?«, stand da.

Mit brennenden Augen starrte sie auf den Bildschirm. War sie noch wach?

»Ja. Was ist denn passiert? Rückfall?«

Auf einmal konnte sie ihr Herz klopfen spüren. Beängstigend.

Bzz. »Sie ist verschwunden«, schrieb Gabriel.

Ein ungutes Gefühl beschlich Michelle. Ein ganz ungutes Gefühl. Sie sah Sarah vor sich.

Schlank. Blonde Haare. Verschwunden.

Gabriel und sie hatten Sarah damals zu einer Therapie überreden können. Erfolgreich. Sie war noch jung, die Lücke im Lebenslauf klein.

Danach hatte sie eine Lehrstelle gefunden. Als … Bankfachangestellte? Kauffrau? Frisörin? Michelle konnte sich nicht mehr erinnern.

Die Sache war gut ausgegangen. Gabriel und sie hatten sich zum Abschluss umarmt und einen Augenblick länger festgehalten, als angemessen gewesen wäre, aber keiner von beiden hatte den Mut oder das Interesse gehabt, die alten Gefühle wieder aufleben zu lassen. Und so waren sie auseinandergegangen und behielten einander in guter Erinnerung.

Bis sie Gabriel eines Abends in der Großen Freiheit begegnete. Er hatte eine Lederjacke getragen und war vermutlich auf dem Weg zu einem Konzert in der Veranstaltungshalle gegenüber der Kirche. Sie hatte vor dem *Pretty Woman* auf Kundschaft gewartet. Und er war einfach stehen geblieben und hatte sie angesehen. Die anderen Passanten mussten um ihn herumgehen. Er stand einfach da und starrte sie an, vielleicht nur zehn Sekunden, aber es kam ihr wie eine Ewigkeit vor.

Und dann war er weitergegangen. Einfach weitergegangen.

Sie war nicht wirklich sicher, ob er sie erkannt hatte.

Obwohl, doch. Er hatte sie erkannt.

Bzz. »Seit zwei Wochen habe ich nichts mehr von ihr gehört. Ich mache mir große Sorgen.«

Tausend Gefühle schwirrten durch Michelles Bauch. Sie mochte Gabriel. Sie mochte Sarah. Sie hatte Mitleid mit ihr.

Aber sie war gekränkt, weil er sich erst wieder bei ihr meldete, als er etwas von ihr wollte.

Und vor allem, dass er offenbar davon ausging, sie wüsste vielleicht, wo seine Schwester steckte, weil sie auch …

Weil sie …

In den Augen der Männer waren alle Katzen grau.

Und alle Nutten gleich.

Deshalb konnte Paul auch einfach zu einer anderen gehen. War ja sowieso egal.

Wütend warf sie das Handy auf den Bettvorleger.

Bzz, machte es nach einiger Zeit. *Bzz.* Pause. Fast wäre sie eingeschlafen. Dann wieder: *Bzz.*

Schnauze!

46

Michelle erwachte aus einem unruhigen Schlaf. Sie hatte irgendetwas geträumt oder vielleicht auch nicht, außerdem hatte sie vergessen, ihre Rollläden herunterzulassen, sodass es frühmorgens lauter und heller in ihrem Schlafzimmer war als sonst. Und warm und stickig. Sie drehte sich von einer Seite auf die andere, aber das half auch nichts, und schließlich stellte sie fest, dass sie Hunger hatte.

Was ja auch kein Wunder war. Nach dem Frühstück hatte sie nur noch irgendwann zwischen Tür und Angel einen Apfel gegessen, danach nichts mehr.

Sie schlug die dünne Sommerdecke zur Seite und stand auf. Langsam und leise drückte sie die Türklinke herunter, schlich durch den dämmrigen Flur in die Küche. Mit einem leisen Schmatzen lösten sich ihre Fußsohlen von den Fliesen. Vor dem Kühlschrank blieb sie stehen.

Gerade wollte sie die Hand nach dem Griff ausstrecken und die Tür öffnen, da bemerkte sie einen dunklen Umriss am Tisch vor dem Fenster und erschrak. Es kam ihr vor, als wäre sie doch nicht ganz aus ihrem Traum erwacht – als suchte sie ein finsterer Schatten in ihrer eigenen Wohnung heim.

»Kannst du auch nicht schlafen?«, fragte der Schatten mit der Stimme ihrer Mutter.

Erleichtert stieß Michelle den Atem aus. Sie hatte gar nicht bemerkt, die Luft angehalten zu haben, aber nun sanken ihre steifen Schultern herunter, und sie stützte sich auf dem Frühstückstisch ab.

»Was machst du denn hier?«, fragte sie heiser.

»Ich … er … wir …«, sagte ihre Mutter.

Und mit diesen drei Worten war alles gesagt.

Michelle zog den zweiten Stuhl zu sich heran und setzte sich. Kurz dachte sie daran, das Neonlicht einzuschalten, doch langsam gewöhnten sich ihre Augen an das Dämmerlicht des frühen Morgens.

Schweigend legte sie ihre Hand auf die gefalteten Hände ihrer Mutter.

Eine ganze Weile saßen sie so still da, gemeinsam in ihren jeweiligen Gedanken verloren.

Durch das gekippte Fenster zum Innenhof strich der Hauch einer Brise herein, die schwach nach Gras duftete.

»Meinst du, er hat …?«, fragte Monika.

Michelle wusste nicht recht, was ihre Mutter meinte. Und irgendwie doch.

»Ich kann es mir kaum vorstellen«, sagte sie.

Egal, ob Monika hatte fragen wollen: »Meinst du, er hat sehr gelitten?« oder »Meinst du, er hat Selbstmord begangen?«, die Antwort passte. Gelernt ist gelernt. Sie konnte sich an die Unklarheiten ihrer Mutter anpassen wie ein Chamäleon.

»Aber wie …?« Wieder ließ die ihren Satz unbeendet. Monika holte tief Luft, zog eine Hand unter Michelles hervor und rieb sich die Stirn.

Auf einmal empfand Michelle die Küchenfliesen als unangenehm kalt und zog die Füße hoch auf den Stuhl. Sie zuckte mit den Schultern. »Ich weiß es auch nicht. Ich meine …« Sie sprach die klassische Krimifloskel aus, bevor es ihr bewusst wurde. »… hatte Raimund irgendwelche Feinde?« Immerhin schaffte sie es noch, nicht hinzuzusetzen: Außer dir und mir, meine ich.

Beinahe schmerzhaft sehnte Michelle sich nach einer Zigarette. Jetzt zu sehen, wie der blaue Rauchstrahl sich himmelwärts schlängelte, dazu die entspannende Wirkung des Nikotins, das wäre wundervoll. Aber wenn sie jetzt aufstand und ihre Kippen aus der Schublade holte, konnte sie genauso gut gleich noch das Neonlicht einschalten. Der magische Moment wäre vorüber.

Also blieb sie sitzen.

»Ich weiß nicht. Ich kann mir nicht … er war kein einfacher Mann. Das weißt du. Das weiß ich. Aber … ich habe ihn … er hat mich auch … Und wieso sollte jemand einen Segelmacher auf dem Kieker haben?«

»Vielleicht hatte er Spielschulden?«, spekulierte Michelle.

»Nicht, dass ich wüsste«, sagte Monika. »Die Firma lief gut. Nicht so gut wie früher, als noch jeder Hamburger, der auf sich hielt, eine eigene Jolle hatte. Aber die Leute, die sich ein Boot leisten, die halten es in Schuss. Wir konnten nicht klagen. Nein. Ich kann mir wirklich nicht vorstellen, dass Raimund Geldprobleme hatte.«

»Hm«, machte Michelle.

Sie war so wütend gewesen, als ihr klar geworden war, dass Paul und seine Kollegin ihre Mutter als Verdächtige betrachteten. Aber was sie wirklich zur Verzweiflung trieb, war die Erkenntnis, dass sie recht hatten. Weil außer Monika eigentlich niemand infrage kam.

Michelle wusste nicht, was sie noch sagen sollte.

Am liebsten hätte sie gefragt: Warum bist du eigentlich so lange bei ihm geblieben? Aber sie hätte sich schlecht gefühlt, ihrer Mutter jetzt auch noch Vorwürfe zu machen. Und sie wusste nicht, wie sie fragen sollte, ohne dass es nach dem Vorwurf klang, der es aus ihrer Sicht ja auch war.

Nach einer Weile stand ihre Mutter wortlos auf. Sie legte Michelle eine Hand auf die Schulter, und die meinte, sie dankbar lächeln zu sehen. Dann ging sie zurück ins Wohnzimmer.

47

Frisch geduscht und rasiert sah die Welt schon wieder ganz anders aus. Zahlreiche Ideen schwirrten Paul Hinnerken durch den Kopf, während er seinen Kaffee trank, schwarz.

Als Erstes mussten sie mit den Mitarbeitern der Firma des Toten sprechen. Außerdem brauchten sie Zugriff auf Krämers persönlichen Konten.

Er schüttete Joaquin Futter in den Napf und kraulte den Beo hinter den Ohren, was der Vogel mit einem tiefen Brummen quittierte, fast wie das Schnurren einer Katze.

»Ja, ja, mein Lieber, wir kriegen ihn, wir kriegen ihn ganz bestimmt«, versicherte Paul dem Beo. »Die Sache stinkt nämlich. Das war nie im Leben ein Unfall. Und wenn Typen wie der sich umbringen, dann mit Revolver, Whiskey und Abschiedsbrief. Hanseatisch stilvoll. Da ist was faul. Nur was, das ist die berühmte Frage.«

Michelle hätte ihn sicher nicht angerufen, wenn sie in der Sache drinsteckte. Sie war nicht dumm – und vor allem hielt sie sich nicht für superschlau. Wenn die Mutter ihren Exlover im Zorn getötet hätte, würde er Michelle durchaus zutrauen, dass sie die Leiche im Wald verscharrte. Aber sie würde nicht die Polizei verständigen.

Michelle …

Am Anfang war es nur Sex gewesen. Triebbefriedigung.

Aber dann … er mochte sie. Und er hatte sich des Gefühls nicht erwehren können, dass sie ihn auch mochte. Wenigstens ein bisschen.

Oder war das alles nur Einbildung?

Er wusste nicht, was ihn so verunsicherte.

Besser, er konzentrierte sich auf die Ermittlungen. Und hoffte, dass Michelle wirklich nichts mit Krämers Tod zu tun hatte. Dass sein Instinkt ihn nicht trog.

Hatte der Tote Verwandte, die es zu verständigen galt – und unter Umständen auch zu vernehmen? Eine Exfrau, eine uneheliche Tochter?

Eine simple Abfrage im Personenstandsregister.

Und er würde noch schnell eine Mail an einen Kollegen bei der Industrie- und Handelskammer schicken. Manche Leute waren überall dabei und hatten zugleich das Talent, allen und jedem auf die Füße zu treten. Vielleicht gehörte Raimund Krämer dazu.

Hinnerken klappte die Käfigtür zu und stellte seinen Kaffeebecher in die Spülmaschine. Im Flur bemerkte er ein Foto, das er schon ewig nicht mehr bewusst angesehen hatte. Carmens und sein Hochzeitsfoto. Er blieb davor stehen. Er grinste von einem Ohr zum anderen und sah aus wie ein stolzer Konfirmand.

Und auch Carmen wirkte glücklich auf dem Bild.

Er nahm es ab und stellte es auf die Kommode, auf der er beim Hereinkommen Schlüssel und Post ablegte. Später würde er es in den Keller bringen und in eine der Kisten mit den Andenken stecken.

Menschen veränderten sich, wenn sie zusammenlebten. Auf rätselhafte, unerklärliche Weise. Und nicht immer zum Guten.

Schade, so schade.

48

»Guten Tag. Kripo Hamburg. Paul Hinnerken, und das ist meine Kollegin Svenja Meißen.« Paul hielt der Frau, die ihnen die Tür geöffnet hatte, seinen Ausweis hin.

Meißen neben ihm tat dasselbe.

»Ich … äh … was führt Sie zu uns?«, fragte die Frau.

Sie musste zu Hinnerken aufsehen, denn sie war höchstens einssechzig groß. Ihr braunes, leicht gewelltes Haar zeigte schon die ersten grauen Strähnen. Sie trug sportliche Segeltuchschuhe, eine Jeans und dazu eine kurzärmlige orange-weißgestreifte Bluse. Unmöglich zu sagen welche Aufgabe sie bekleidete. Empfang, Buchhaltung, Verkauf oder alles zusammen? Sie sah aus, als käme sie gerade von ihrem Boot oder Pferd oder vom Tennis. Eine zufriedene Vorstadtmutter, der man sein volles Vertrauen schenken konnte.

»Dürfen wir reinkommen?«, fragte Hinnerken freundlich. Todesnachrichten überbrachte man besser nicht im Stehen, auch nicht den Mitarbeitern. Die reagierten oft schlechter als Angehörige. Denn für sie stand mit einem Schlag ganz überraschend die gesamte berufliche Existenz auf dem Spiel.

»Ja, natürlich, aber außer mir ist noch niemand hier. Es ist sehr früh für unsere Verhältnisse«, sagte die Frau und trat zur Seite.

Hinnerken und Meißen betraten einen kleinen Vorraum, der mit einem dunkelgrau gemusterten Teppich ausgelegt war. Pflegeleicht.

Die Frau, die sie hereingelassen hatte, nahm hinter einem Schreibtisch Platz, auf dem zwei Telefone und ein Computerbildschirm standen. Das klärte ihre Rolle in der Firma. Ein Schildchen verriet ihren Namen: Wohlrabe. Hinter ihr an der Wand hing eine Segeltuchbahn mit dem Firmenlogo: RI SAILING.

Hinnerken hatte keine Ahnung, wie wichtig das Segel beim Segeln war – im Vergleich zu Wind und Boot und Können.

Die Firma war auf Raimund Krämer als Alleineigentümer eingetragen und befand sich in einem größeren Gebäude in unmittelbarer Nähe der Müllverbrennungsanlage in Nienstedten. Auf der Webseite erfuhr man nicht viel. RI SAILING stellte in eigener Fertigung Segel her, mit denen offenbar auch schon die eine oder andere Regatta gewonnen worden war. Außerdem wurden hier Kitesegel maßgefertigt, Reparaturen durchgeführt, Abdeck- und Sonnenschutzplanen geliefert, Segeltuchtaschen mit Firmenlogos gewerblicher Kunden versehen. Unteres Ende Mittelstand, an der Grenze zu einem Handwerksbetrieb.

»Wie kann ich Ihnen nun behilflich sein?«, fragte die Empfangsdame. »Geht es wieder um die Hunde?«

»Die Hunde? Welche Hunde?«, fragte Meißen.

»Ich dachte, Sie wären deswegen …« Die Dame unterbrach sich und erklärte: »Nachts wird das Gebäude von einem Sicherheitsdienst überwacht. Die Wachmänner kommen zu unregelmäßigen Zeiten – und mit Hunden. Einer unserer Nachbarn züchtet Kaninchen. Oder Hasen. Ich weiß es nicht mehr. Jedenfalls, in manchen Nächten können die Hunde offenbar die Hasen riechen und fangen an zu bellen. Was die Anwohner stört. Das kann ich auch verstehen. Aber deswegen muss man ja nicht gleich eine Bürgerwehr gründen und Sachbeschädigung begehen!«

Hinnerken schaute die Dame fragend an.

»Vorletzte Woche standen hier plötzlich sechs erboste Anwohner und wollten den Chef sprechen. Hat er auch gemacht. Es wurde dann laut, weil man sich nicht einigen konnte. Und zwei Tage später ist unsere Außenwand beschmiert. Mit einem Graffiti!« Sie spitzte empört die Lippen.

»Was stand denn da?«, fragte Meißen.

Die Dame schüttelte den Kopf. »Da *stand* gar nichts. Das war ein Bild. Ein riesiger …« Sie zögerte kurz, dann sagte sie mit gesenkter Stimme: »Ein riesiger Penis. *Mit* Hoden!«, setzte sie hinzu, als machte das die ganze Sache noch schlimmer.

»Äh … und Sie sind sicher, das waren die … die Anwohner, die sich über die Hunde beschwert haben?« Meißen war ans Fenster getreten und schaute hinaus. Vor dem Gebäude befand sich ein unbefestiger Parkplatz. Inzwischen stand dort ein weiteres Auto, ein Zweisitzer mit offenem Verdeck.

»Wer denn sonst?«, fragte sie zurück. »Aber wenn Sie nicht deswegen hier sind …?«

»Gibt es einen Geschäftsführer der Firma, jemand, mit dem wir eine etwas heikle Angelegenheit besprechen können?«, fragte Hinnerken.

In diesem Moment ging die Tür auf, und ein Mann, der aussah, als hätte ihn ein Grundschüler aus Strohhalmen gebastelt, kam herein.

»Ich kann den Chef anrufen«, schlug die Empfangsdame vor. »Oder Sie sprechen mit Ingolf.« Sie deutete auf die Bohnenstange. »Er ist die rechte Hand vom Chef.«

Ingolf blieb stehen. Die gute Laune auf seinem Gesicht verschwand wie ausgeknipst. Er schaute von Meißen zu Hinnerken und wurde bleich. »Was … wer …?«, fragte er und räusperte sich mehrfach. Dann schien ein Ruck durch seinen Körper zu gehen. »Kommen Sie doch bitte mit«, sagte er und drückte die Tür zum Bürobereich auf. Im Gehen bat er über die Schulter noch: »Bist du so nett und machst uns Kaffee?«

49

»Und was überhaupt für eine Leiche in der Badewanne?«, hatte Gabriel per Textnachricht gefragt.

Es folgten »Schläfst du schon?« und »Dann gute Nacht! Bis morgen!«.

Leiche in der Badewanne? Ach ja, Michelle hatte ja anfangs versucht, ihn per Schocktherapie ruhigzustellen. Die Nachrichten waren eingegangen, nachdem sie ihr Handy frustriert neben das Bett geschmissen hatte. Sie erinnerte sich an das ewige Summen.

Michelle las sich den Nachrichtenverlauf noch einmal durch.

Sarah, das Sorgenkind. Damals, in der Oberstufe, hatten sie Sarah immer mitnehmen müssen, weil sie nicht allein zu Hause bleiben sollte. Später hatte Sarah Michelle gestanden, dass sie sie wahnsinnig toll gefunden hatte. »Ich wollte immer so werden wie du!«

Das hatte sie ja offenbar mittlerweile geschafft.

Obwohl – der Gedanke war ungerecht. Michelle hatte ihr Leben gut im Griff. Sie verdiente Geld, sie musste sich nicht totmachen dafür, sie konnte sogar ihre Mutter bei sich aufnehmen. Es gab wirklich keinen Grund, weswegen sie sich schämen sollte.

»Guten Morgen!«, schrieb sie Gabriel zurück. »Wie kann ich helfen?«

Es dauerte eine Weile, bis er reagierte. Michelle lag im Bett und starrte von innen die Rollläden vor ihren Fenstern an. Sie hatte Paul versprochen, ihn anzurufen. *Dass* Monika eine Aussage zu Protokoll geben musste, war ja klar. Aber sie gestern Abend so unter Druck zu setzen war unverschämt gewesen. Sie war deswegen immer noch sauer auf Paul.

»Ich weiß auch nicht. Vielleicht kannst du dich umhören?«

Es folgte ein aktuelles Foto von Sarah: dunkelblonde Haare, enges Top, freundliches Lachen. Im Hintergrund Neonwerbung. Die Reeperbahn.

Dann ein Foto eines Ausdrucks eines Flugblattes. »Wer hat $arah gesehen? Sie ist ca. 168 groß, hat dunkelblonde Haare und ist sehr schlank. Belohnung für erfolgreiche Hinweise!« Danach die Handynummer, von der Gabriel die Fotos schickte.

Etwas rumorte in Michelles Kopf.

Sarah. Junges Mädchen. Schlank, dunkelblonde Haare.

Reeperbahn.

Verschwunden.

Lieferwagen?

In ihrem Kopf machte es klick. Ihre Hände zitterten. Sie versuchte, sich zusammenzureißen.

Warum würde jemand eine junge Frau entführen?

Sicher nicht für eine schnelle Nummer oder einen stinknormalen Porno.

»Porno Hamburg«, tippte sie in die Suchmaschine. Ergebnis: eine endlose Liste an Sexfilmen, die in der Hansestadt spielten, sowie von Studios, die jungen Mädchen schnellen Ruhm und schnelles Geld versprachen.

»Mädchen verschwunden Hamburg.« Nack kurzem Zögern fügte sie hinzu »Reeperbahn Lieferwagen«.

Alle möglichen Treffer – Mädchen, die man auf der Reeperbahn im Lieferwagen ficken konnte. Lieferwagen, die von Mädchen, die auf der Reeperbahn wohnten, zum Verkauf angeboten wurden. Mädchen, die vor Jahren sonstwo in der Republik verschwunden und irgendwann angeblich auf der Reeperbahn gesehen worden waren.

Das brachte sie nicht weiter.

»Porno extrem.« Was es alles gab. Einiges kannte sie, natürlich. Anderes war selbst ihr neu. Peitschen, fesseln, kitzeln. Urin, Kot, Blut. Jung, alt, tot.

Tot?

Im Ernst?

Sie fand einen entsprechenden Eintrag. »Snuff-Film: Filmische Aufzeichnung eines Mordes, der zur Unterhaltung der Zuschauer begangen wurde.« Unglaublich. Un-glaub-lich.

In diesem Sinne war dann ja wohl auch die Hinrichtung Saddam Husseins ein Snuff-Film.

Sie hatte solche Berichte immer für Großstadtlegenden gehalten. Schrecklichen Unsinn.

Aber vielleicht war doch was dran? Schließlich hatte sie am eigenen Leib erfahren müssen, wie krank und pervers Menschen sein konnten.

Sie tippte auf »Videos«. Der erste Eintrag beschäftigte sich mit der Frage: »Gibt es Snuff-Filme wirklich?« Die nächsten neun waren angeblich »echte Snuff-Filme«. Die Miniaturbilder waren jedenfalls ganz schön eklig – Blut, Eingeweide, schreiende Menschen.

Und jetzt?

»Ich habe eine Idee«, schrieb sie Gabriel zurück. »Melde mich heute Abend wieder!«

»Okay, danke.«, schrieb er zurück.

Und dann, nach einer Pause: »Ich weiß, das klingt jetzt schleimig. Aber es ist schön, wieder mit dir zu tun zu haben.«

Sie nickte. Ja, es klang schleimig. Aber sie freute sich trotzdem darüber.

50

»Sarah?«

Michelle kniete sich neben das Mädchen, das auf der nackten Matratze schlief.

Das Zimmer im Haus ihrer Mutter roch süßlich-schweißig nach Fäulnis, Marihuana und Dreckwäsche. Sie legte Sarah die Hand auf den Oberarm und schüttelte sie vorsichtig.

Ihr Atem ging unruhig und flach. Die Augen zuckten unter den Lidern wie hektische Suchscheinwerfer. Aber sie kam nicht zu sich.

Gabriel war in der Tür stehen geblieben. Michelle sah zu ihm auf, schüttelte den Kopf und bedeutete ihm mit einem Winken, lieber zu gehen.

Michelle sah sich um. Was für ein Schweinestall. Klamotten lagen auf dem Boden, als hätte der Schrank sich erbrochen. Dazwischen Getränkedosen, Chipstüten, CDs, zerfledderte Zeitschriften. Der Teppich war von einem fleckigen Dunkelbraun, die Wände waren mit Raufasertapete beklebt und in einem grünstichigen Beige gestrichen, das besser ins Sozialamt gepasst hätte. Oder an jeden beliebigen anderen Ort, an dem man sich nicht wohlfühlen sollte.

In der Kommode totales Chaos, nur ein einziger ordentlicher Stapel Pullover. Dahinter klemmten drei Packungen mit Schmerz- und Schlafmitteln.

Über Sarahs Schreibtisch ein Bord mit Bilderrahmen, darin Fotos ihrer Schulfreundinnen. Partys, Ausflüge. Noch mehr Medikamente, diesmal nur lose Tablettenstreifen.

Michelle stellte sich auf die Zehenspitzen. Eine flache Pappschachtel steckte zwischen Jalousie und Zimmerdecke.

Sie kehrte zur Matratze zurück, setzte sich auf die Kante. Betrachtete Sarah eine Weile. Das hübsche Mädchengesicht wirkte selbst im Schlaf noch angespannt. Die Lippen schmal, die Haare waren verfilzt.

»Sarah. Ich bin's. Michelle. Erinnerst du dich an mich?«, sagte sie leise und legte erneut die Hand auf Sarahs Arm. Wieder keine Reaktion.

Michelle blieb einfach sitzen. Wartete. Sorgte sich und hatte Mitleid.

Sie hätte nicht sagen können, wie lange es dauerte, bis Sarah endlich zu sich kam. Sie wälzte sich auf den Rücken, röchelte, schnaufte, rieb sich die Augen.

»Sarah. Ich bin's. Michelle«, wiederholte Michelle freundlich, damit Sarah nicht erschrak, wenn sie die Augen öffnete.

Ein Zögern, dann zupfte ein zartes Lächeln die Lippen in Form. Sarah holte tief Luft, und ihre Schultern entspannten sich. Als könnte sie endlich vertrauen und wieder Halt finden.

Und so – mit dieser kaum wahrnehmbaren Veränderung der Mimik, mit einem Hauch Urvertrauen zu Michelle – begann Sarahs Weg zurück ins Leben.

51

Weiß ist die Farbe der Unschuld.

Denn wenn ein Mädchen seine Unschuld verlor – wenn sie ihr von einem Mann *genommen* wurde –, sah man die roten Flecken auf dem weißen Laken.

Doch was ist schon Unschuld?

Wer von uns ist unschuldig?

Und haben nicht oftmals diejenigen das reinste Herz, die am meisten Unglück erfahren haben – und lernen mussten, auf ihre Weise damit umzugehen? Menschen, die jede Unschuld verloren haben, die bereit sind, für ihr Überleben alles zu tun – die sich längst nicht mehr an den herkömmlichen Maßstäben der Moral messen lassen.

Andererseits: Ist Unschuld nicht mehr, als keine Schuld auf sich zu laden – ist es vielleicht die vollständige Unkenntnis des Elends? Eben wie ein junges Mädchen, das auf einer Blumenwiese spielt?

Vor allem: wenn man den Zustand der Unschuld lange hinter sich gelassen hat … gibt es einen Weg zurück? Und wenn ja, wie? Denn Unschuld ist mehr, als stets das Richtige zu tun. Ohne Hintergedanken zu handeln, aus reinstem Herzen.

Unschuld ist … sich gar nicht vorstellen zu können, wie schlimm die Welt ist. Und nicht einmal zu ahnen, dass man das nicht kann.

Unschuld ist, nichts zu wissen und nicht zu wissen, dass man nichts weiß.

Reicht es dann, dumm genug zu sein? Wohl nicht, denn

Dummheit behindert das Verständnis für immer – Unschuld ist jener wundervolle Zeitraum im Leben, in dem man bereits verstehen könnte, wie grausam es zugeht, aber tatsächlich mit diesem Schrecken noch nicht in Kontakt gekommen ist.

So viel steht fest: Wer über die Unschuld nachdenken kann, sie als Konzept erfasst, hat sie längst – und unwiederbringlich – verloren.

52

»Worum geht es denn? Sollten wir vielleicht besser warten, bis Raimund da ist – unser Geschäftsführer?«, fragte der Mann, der sich ihnen als Ingolf Teschke vorgestellt hatte. Er hatte zwei Besucherstühle an die Schmalseite seines Schreibtisches gezogen, der am hinteren Ende eines – noch leeren – Großraumbüros stand.

Hinnerken und Meißen sahen einander an.

Paul übernahm die Führung. »Nein, denn er wird heute nicht kommen«, sagte er.

»Aber wieso … woher wissen Sie …« Die Bohnenstange zögerte. »Ist was …?« Sein Blick flog fragend hin und her.

»Wann haben Sie Herrn Krämer das letzte Mal gesehen?«, fragte Meißen sachlich.

»Wieso?«, fragte Teschke zurück. »Was ist …«

»Bitte beantworten Sie die Frage.«

»Ich, äh …« Ihr Gesprächspartner holte tief Luft, riss sich zusammen. »Samstag«, sagte er dann. »Samstagabend. Aber was …?«

»Haben Sie am Wochenende gearbeitet?«, hakte Meißen sofort nach.

Teschke schüttelte den Kopf. »Nein«, sagte er. »Wir sind Freunde. Ich war am Samstag bei ihm. Einfach nur … Wir haben diese Firma hier zusammen gegründet. Wir kennen uns seit der Schule. Was ist denn passiert? Wieso sind Sie hier? Kripo – heißt das, es … was heißt das genau?«

»Herr Teschke«, sagte Hinnerken, »wir müssen Ihnen leider

mitteilen, dass Ihr« – er zögerte –, »wenn ich es richtig verstanden habe, Ihr Arbeitgeber und Ihr Freund Raimund Krämer gestern tot aufgefunden wurde.«

»Er … *was*?« Teschke schüttelte den Kopf, dann rieb er sich die Augen.

Die Tür am anderen Ende des Großraumbüros öffnete sich, und die Empfangsdame kam mit einer Thermoskanne Kaffee und drei Bechern herein. Die Atmosphäre im Raum schien ihr unheimlich zu sein, denn sie hatte es auffallend eilig, das Tablett auf Teschkes Schreibtisch abzustellen. Auf den Bechern prangte das Firmenlogo. »Bitte. Braucht ihr noch etwas?«

Wortlos schüttelte Teschke den Kopf. Die Bewegung wirkte unnatürlich verkrampft.

Als sie wieder allein waren, schaute Teschke zuerst auf die Uhr, dann sah er die beiden Kripobeamten an. Keiner von ihnen beachtete die Thermoskanne.

»Es tut uns leid«, sagte Meißen schließlich, um das Gespräch wieder in Gang zu bringen.

»Aber ich … er … was ist denn passiert? Und wieso sind Sie hier?« Langsam schien Teschke sich zu fangen. »Ich gehe davon aus, es war ein Unfall? Ich meine, wir sind derselbe Jahrgang. Waren. Waren derselbe Jahrgang. Ich kann das gar nicht glauben.« Hektisch huschte sein Blick über den Schreibtisch, dann begann er, Unterlagen und Zettel, die wild durcheinanderlagen, einzusammeln und zu einem einzelnen Stapel zusammenzufassen. »Er war doch nicht etwa krank? Er hat mir jedenfalls nichts davon erzählt. Und in unserem Alter fällt man doch nicht einfach um. Und außerdem …« Allmählich dämmerte es ihm wohl. »Warum wären Sie dann hier?«

Paul sagte: »Die Todesursache ist noch nicht endgültig geklärt. Diese Dinge brauchen Zeit. Aber vielleicht können Sie uns erst einmal mehr über Herrn Krämer erzählen? Sie kennen Ihn dann ja offensichtlich schon lange und gut!«

Teschke sackte auf seinem Bürostuhl in sich zusammen und schüttelte erneut den Kopf. »Ich kann das gar nicht glauben. Ich … wir haben am Samstag …« Er unterbrach sich. Setzte neu an. »Wir haben … wir sind Freunde seit der sechsten Klasse.« Auf einmal standen Tränen in seinen Augen. Gleichzeitig funkelte er Meißen und Hinnerken wütend an. »Sie machen sich doch keinen Spaß mit mir, oder?«, fauchte er. »*Versteckte Kamera* oder so? Mit so etwas macht man keine Späße, das sage ich Ihnen! Wenn ich herausfinde, dass …«

Hinnerken hob beschwichtigend die Hand. »Nein«, sagte er mit ruhiger Stimme. »Es ist leider kein Spaß.«

Die Bohnenstange ließ das Gesicht in die Hände sinken. Sprang dann auf, lief zum Fenster, das sich über die gesamte Längsseite des Bürotraktes zog, und schaute hinaus. Eines der Telefone klingelte, aber er achtete gar nicht darauf. Schließlich kehrte er an seinen Schreibtisch zurück und ließ sich auf seinen Stuhl fallen. Er begann, seine Unterarme zu reiben, als wäre ihm kalt, dann griff er nach einem Kugelschreiber, um seine Hände zu beschäftigen.

»Raimund … war mein bester Freund. Er war mein Trauzeuge. Zwei Mal. Bei beiden Ehen. Die zweite hat bislang gut gehalten. Er war ehrlich zu mir. Er war … in der Schule haben wir nebeneinandergesessen und immer Ärger bekommen. Wie das eben so ist. Jungs. Wir waren natürlich auch im selben Fußballverein. Allerdings war er besser als ich. Aber das war kein Problem für uns. Später haben wir gemeinsam in einer Zweizimmerwohnung gewohnt, während des Studiums. Ich habe bis zum Ende durchgehalten. Er nicht. Raimund war immer eher ein Macher. Er konnte nicht gut dasitzen und zuhören. Er hat angefangen zu arbeiten. Geld verdient. Sich ein

Auto gekauft, lange bevor ich davon auch nur träumen konnte.«

Jetzt schien Teschke ganz in der Vergangenheit versunken. Seine Hände waren zur Ruhe gekommen.

»Er segelte schon damals gern. Seine Eltern hatten eine Ferienwohnung an der Ostsee. Der Vater war Zahnarzt. Das war damals noch was ganz Besonderes. Also die Ferienwohnung. Und der Vater hatte auch ein Boot. Raimund ist immer gern gesegelt. Er hatte da so einen Kontakt, über den konnte er günstig Surfsachen einkaufen. Bretter, Segel, Anzüge, alles. Und damals war Surfen total im Trend. Die haben ihm das Zeug aus den Händen gerissen. Und so kam es, dass wir diese Firma gegründet haben. Anfangs waren wir gleichberechtigte Teilhaber. Fünfzig/fünfzig. Das war uns beiden wichtig. Ich glaube, vielleicht aus unterschiedlichen Gründen. Ich wusste, wenn einer einundfünfzig Prozent hat, dann hat der andere nichts zu sagen. Und er … hatte einfach keinen Bock, sich mit Verträgen und irgendwelchen Feinheiten aufzuhalten. Halbehalbe ist die einfachste Möglichkeit zu teilen. Manchmal nicht ganz gerecht, aber auf die Dauer gleicht es sich aus. So hat er das, glaube ich, gesehen.«

Svenja Meißen hatte einen Block herausgezogen und begonnen, sich Notizen zu machen.

53

»Was soll schon schiefgehen?«, fragte Raimund und trank seine Bierdose leer. »Ich kann verkaufen. Du kannst gut mit Zahlen. Bingo. Dreamteam.«

Er knüllte die Dose in der Faust zusammen und warf sie im hohen Bogen Richtung Mülleimer. Sie prallte vom Rand ab und landete im Sand.

Ingolf schüttelte den Kopf. »Und wenn keiner was kauft?«, fragte er besorgt.

»Ach was«, sagte Raimund. »Das passiert schon nicht. Surfen ist das neue Joggen. Das ist erst der Anfang. Komm. Ich brauch dich. Ein Geschäft braucht Visionäre. Aber es braucht auch Erbsenzähler. Sorry. Nicht böse gemeint.«

»Schon klar.«

Ingolf nahm einen Schluck Bier. Seine Dose war noch halb voll.

Es war Sommer, und sie hockten am Elbstrand, ein Sixpack zwischen und das ganze Leben vor sich. Selbst Ingolf, von Haus aus ein vorsichtiger und bedachter Typ, fühlte sich unbesiegbar.

Zwanzig Meter weiter saßen einige Jugendliche um eine Feuerstelle herum. Jemand spielte Gitarre. Mädchen kicherten.

»Mensch, was soll denn aus dir werden, wenn du jetzt schon so ein Schisshase bist?«, fragte Raimund. Für Ingolfs Ohren lag in seiner Stimme ein Hauch Abschätzigkeit. »Feige sein kann man mit vierzig immer noch.«

»Aber ich hab mein Studium noch nicht fertig. Mein Vater bringt mich um«, sagte Ingolf. Sein Blick folgte einem Segelboot, das elbaufwärts fuhr, Richtung Nordsee.

»Anderseits, überleg mal, was Heike sagen würde, wenn du ein bisschen Geld in der Tasche hast. Theater. Urlaub. Ein Auto …«

Wie teuflisch verlockende Fantasien erschienen die entsprechenden Bilder vor Ingolfs geistigem Auge. Ja, seine Freundin hatte schon öfter anklingen lassen, dass sie nicht ewig warten wollte. Ingolf hatte die Bemerkungen bislang leicht verunsichert ignoriert, weil er nicht wusste, was er tun konnte.

Aber Raimund hatte instinktiv die Schwachstelle gewittert. Diese Fähigkeit machte ihn zu einem so guten Verkäufer.

»Ich könnte ja erst mal ein Urlaubssemester nehmen«, sagte Ingolf vorsichtig.

»Klar, genau«, sagte Raimund, riss die nächste Dose auf und stieß mit seinem Freund an. »Mach das mal. Du wirst schon sehen, das ist die richtige Entscheidung.«

54

»Er hat mich überredet, mit ihm gemeinsam eine Firma zu gründen … diese Firma«, sagte Ingolf Teschke, den Blick in die Ferne gerichtet, vielleicht auch in die Vergangenheit. »Ich hab noch meinen Abschluss gemacht … das Einzige, in dem ich mich je durchgesetzt habe. Das Studium beenden. Eigentlich habe ich auch das nur gemacht aus … ich wollte meinen alten Herrn nicht enttäuschen. Aber am Ende – ich hab's nie gebraucht. Der Laden läuft gut, und er würde nicht schlechter laufen, wenn ich kein Diplom hätte. Aber wer konnte das damals ahnen. Raimund ist immer volle Kraft unterwegs … gewesen.«

Gerade an den Stellen, wo er von intensiven Emotionen berichtete, tat er sich schwer mit der Vergangenheitsform, fiel Hinnerken auf. Ein Zeichen dafür, dass seine Überraschung echt war, nicht nur gespielt.

»Wir hatten Glück, wir haben auch vieles richtig gemacht … und nun läuft der Laden, und ich hätte mir die Sorgen nicht machen müssen«, beendete Teschke seinen Bericht.

Mittlerweile waren vier weitere Mitarbeiter eingetroffen – zwei Männer, zwei Frauen – und hatten still an ihren Schreibtischen Platz genommen, aber spitzten fühlbar die Ohren. Nur ein Schreibtisch war noch unbesetzt.

Und durch eine Glaswand hinter Teschkes Rücken konnten sie ein Chefbüro mit aufgeräumtem XL-Schreibtisch und Sitzgruppe sehen – von dort aus hatte offenbar Krämer sein kleines Reich regiert. Aber warum saß sein kaufmännischer Kompagnon hier beim Fußvolk?

War das eine strategische Entscheidung, oder gab es doch eine heimliche Hierarchie zwischen den beiden?

»Leute!«, rief Teschke. »Kommt mal her. Ich habe leider schlechte Nachrichten.«

Gehorsam verließen die Kollegen ihre Schreibtische. Betreten versammelten sie sich um Teschke und die beiden Kripobeamten herum.

Eine der Frauen war sicher schon über fünfzig und trug eine Cordhose, eine weiße Bluse mit Puffärmeln und braune Gesundheitsschuhe, die aussahen, als wären sie von ihrer eigenen Oma. Neben ihr stand ein Mann mit einem Giraffenhals und einer breiten Mopsnase auf einem fassförmigen Körper. Er atmete schnaufend durch den Mund.

Leicht versetzt hinter ihm, als wollte er bloß nicht vom Lehrer drangenommen werden, stand ein zweiter Mann mit aschblondem Haar, hellem Teint, wässrigen Augen.

Die zweite Frau sah aus, als könnte sie vor lauter Energie gar nicht stillstehen. Sie schien von innen heraus zu leuchten. Ihr Körper stand unter Spannung, und selbst ihre leicht gelockten Haare wirkten kraftvoll. Knapp dreißig, nicht älter. Und sie hatte bestimmt noch keine Kinder. Anders war diese ausgeschlafene Munterkeit nicht zu erklären.

Eine eigenartige Mischung, aber vielleicht war das in einem kleinen Laden wie diesem wichtig.

»Raimund ist …« Ingolf Teschke unterbrach sich. »Die Dame und der Herr sind von der Kripo. Raimund ist …« Wieder zögerte er. Dann entschied der sich für: »… tödlich verunglückt.«

55

Sie hatten Krämers Einzelbüro in Beschlag genommen und dort erste kurze Gespräche mit sämtlichen Angestellten – einschließlich der überforderten Rezeptionistin – geführt. Diese waren bemerkenswert ergebnislos geblieben. Offenbar ließen die beiden Chefs sich nicht gern in die Karten gucken und führten ihr Unternehmen nach Gutsherrenart.

Keiner wusste genau, wie die Arbeitsteilung zwischen Teschke und Krämer genau geregelt war. Grundsätzlich zog offenbar Krämer die Deals an Land, und Teschke kümmerte sich um das Kleingedruckte. Aber es gab scheinbar keine klare Trennlinie.

Meist verstanden die beiden sich gut, manchmal auch nicht. Es war firmenbekannt, dass sie langjährige gute Freunde waren. Krämer war aufbrausend, manche nannten ihn gar cholerisch. Teschke der besänftigende Gegenpol. Teschke war das zweite Mal verheiratet, Krämer ewiger Junggeselle. Zu privaten Festen wurden die Angestellten nicht eingeladen. Einmal im Jahr fand ein Firmenausflug statt.

»Irgendwie kommt mir dieser Teschke gar nicht wie ein Unternehmer vor. Er ist so …« Paul Hinnerken suchte nach dem richtigen Wort. »Fast weinerlich. Nur so ein Unterton. Weißt du, was ich meine?«

Svenja Meißen saß auf dem Beifahrersitz und blätterte in einem Stapel Ausdrucke. »Hier«, sagte sie auf einmal. »Mir spukte das die ganze Zeit im Hinterkopf rum. Aber ich wollte lieber nicht fragen, falls ich mich irre.«

Meißen tippte auf ein Blatt, während Hinnerken auf das Falkensteiner Ufer abbog.

»Teschke ist gar nicht mehr Teilhaber. Er ist nur noch Angestellter. Krämer ist Alleineigentümer der GmbH.« Sie schaute auf den Auszug aus dem Gewerberegister. »Sie haben die Firma in den Achtzigern gemeinsam gegründet – gleichberechtigte Gesellschafter, Einlagen in gleicher Höhe. Bereits fünf Jahre später erfolgte die erste Anpassung, Krämer übernahm zehn Prozent von Teschkes Anteilen und zahlte ihm dafür zehntausend DM. Keine schlechte Rendite, würde ich sagen. Und so geht es weiter. Mal sind es fünf Prozent, dann wieder zehn, die Beträge werden immer höher.« Sie fuhr mit dem Finger eine Spalte hinunter.

Hinnerkens Handy begann zu vibrieren, aber er ignorierte es.

»Am Ende hat er fast eine halbe Million Euro für seine Hälfte bekommen«, fasste Meißen zusammen. »Plus, nehme ich an, das laufende Gehalt. Vor zwei Jahren ist er als Gesellschafter ganz ausgeschieden – als er nur noch neun Komma neun Prozent hielt. Zeichnungsberechtigt ist er geblieben, bis heute.«

Sie sah auf. »Vorhin hat er es so klingen lassen, als könne ihre Freundschaft kein Wässerchen trüben. Aber vielleicht …« Sie tippte erneut auf die Ausdrucke, als hielte sie die Lösung zu allen Fragen des Lebens in Händen. »Vielleicht haben sie sich über die strategische Ausrichtung der Firma gestritten. Oder Krämer wollte einfach der Boss sein und hat Teschke rausgedrängt. Oder Teschke brauchte Geld und war auf Krämers Goodwill angewiesen. Oder er hat einfach eine Reihe Fehlentscheidungen getroffen und ist sauer auf seinen Freund, weil der den besseren Riecher hatte.« Sie schüttelte den Kopf. »Oder es war umgekehrt, vielleicht läuft der Laden auch gar nicht so gut, wie die Angestellten denken, und Krämer hatte Geldprobleme? Aber das könnte Teschke ja dann egal sein.«

Sie zuckte mit den Achseln.

Hinnerkens Handy meldete mit einem Piepston den Eingang einer Textnachricht.

»Auf alle Fälle hat er nicht gewirkt wie jemand, der gerade erfahren hat, sein bester Freund ist tot. Da hast du recht. Vielleicht gingen ihm einfach nur tausend Dinge durch den Kopf – die gemeinsame Vergangenheit, was jetzt aus der Firma wird … wäre nur zu verständlich. Oder aber er wusste was. Ahnte etwas. Vielleicht«, spekulierte Hinnerken, »wusste er von Krämers Geldproblemen, falls der welche hatte, und fürchtet, es war Selbstmord. Bei Selbstmord zahlen die Versicherungen oft nicht. Das könnte dann ganz schnell ein richtiges Problem für die Firma sein.«

Er zog sein Handy aus der Tasche. Ein Anruf von Michelle. Im Fahren drückte er den Abfrageknopf für die Mailbox und hielt das Handy ans Ohr.

»Okay, bringen wir es hinter uns. Meine Mama muss ja noch ihre Aussage unterschreiben. Und … da ist noch etwas, was ich dich fragen will«, hörte er sie sagen.

56

»Name, Geburtsdatum und Anschrift?«, fragte Svenja Meißen amtlich.

Monika nannte ihren Namen und ihr Geburtsdatum, dann zögerte sie. »Gemeldet bin ich noch in Iserbrook«, sagte sie. »Aber ich wohne seit mehreren Wochen bei meiner Tochter.«

Sie warf einen Blick auf Michelle, die auf dem zweiten Besucherstuhl neben ihr saß.

»Erst mal die Meldeadresse«, sagte Meißen und hackte weiter auf die Computertastatur ein.

Paul Hinnerken kam mit vier Kaffeebechern ins Büro, teilte sie aus, zog dann die Tür zu und ließ sich auf seinen Platz Meißen gegenüber fallen.

»Befanden Sie sich in einer eingetragenen Lebensgemeinschaft mit dem Verstorbenen?«, fragte Meißen.

»Ich … äh … wie bitte?«

Meißen schaute Michelle an, aber die wusste auch keine Antwort.

»Also, ich habe nie irgendetwas unterschrieben, glaube ich«, sagte Monika schließlich.

Paul Hinnerken tippte etwas in seinen Computer ein, dann sagte er: »Aber Sie wurden steuerlich gemeinsam veranlagt.«

»Natürlich«, bestätigte Monika eifrig. »Das wusste ich. Es ist viel günstiger, weil ich ja kein eigenes Einkommen hatte.«

Meißen schrieb etwas auf, dann fuhr sie fort: »Okay. Kein Problem. Es geht nur darum – es war eine auf Langfristigkeit ausgelegte Beziehung?«

»Ja, das schon«, sagte Monika vorsichtig. »Aber sie war … nun ja, ich bin gerade ausgezogen.«

»Sie meinen, die Beziehung war beendet?«, hakte Meißen nach.

Es tat Michelle weh, zu erleben, wie ihre Mutter derart in die Enge getrieben wurde. Sie nahm Monikas Hand. »Ja«, sagte Michelle entschlossen, »die Beziehung war beendet.« Sie warf Paul einen ärgerlichen Blick zu. Warum griff er nicht ein und half ihrer Mutter?

Hinnerken räusperte sich und sagte: »Michelle, wir brauchen die Aussage deiner Mutter.«

Svenja Meißen setzte hinzu: »Vielleicht sollten wir die Aussagen einzeln zu Protokoll nehmen, wie es vorgesehen ist.«

»Nein, nein, schon gut, alles in Ordnung«, sagte Michelle.

»Also«, begann Meißen erneut. »Sie befanden sich in einer auf Dauer angelegten Beziehung mit dem Verstorbenen?«

»Na ja … nicht mehr«, sagte Monika leise. »Das stimmt schon.«

»Aber die Trennung war nicht offiziell gemacht … Wären Sie verheiratet gewesen, dann hätten Sie zu diesem Zeitpunkt noch nicht die Scheidung betrieben. Die Möglichkeit einer Versöhnung war nicht auszuschließen?«

Michelle musste sich sehr zusammenreißen, um nicht aufzuschreien oder wenigstens den Kopf zu schütteln. *Doch! Doch! Eine Versöhnung war auszuschließen! Er hatte ihr ein blaues Auge geschlagen!*

Aber ihre Mutter nickte. »Ja, ganz ausschließen hätte man das sicher nicht können.«

»Hm«, machte Meißen und tippte.

»Und Sie bleiben dabei, dass Sie den ganzen Tag im Haus waren und Kartons gepackt haben – und den Toten erst am frühen Abend fanden?«

»Was soll denn …?«, brauste Michelle auf, fing sich dann aber wieder.

Ihre Mutter hingegen reagierte cool. »Ja, ich bleibe dabei, wie Sie das so schön formulieren. Denn genau so war es.«

Meißen schob einen ihrer blonden Zöpfe über die Schulter und richtete den Blick auf den Bildschirm und hackte vor sich hinnickend auf die Tastatur ein. Als sie fertig mit ihrer Notiz war, sah sie Monika an und fragte: »Was können Sie mir über den Verstorbenen berichten? War er beliebt – hatte er Feinde? Gab es Streit mit den Nachbarn, Probleme mit der Firma?« Sie legte den Kopf leicht schräg und setzte hinzu: »Und tun Sie mir und sich einen Gefallen – seien Sie ehrlich. Je mehr wir erfahren, und je früher wir es erfahren, desto größer die Chance, dass wir den Täter fassen. Aber glauben Sie mir – fassen werden wir ihn.« Pause, dann: »…oder sie. Und wir werden auf dem Weg dorthin sowieso alles herausfinden, was es herauszufinden gibt.«

Michelle war in Versuchung, erneut Paul Hilfe suchend anzuschauen, verkniff es sich aber, denn die Rollen waren klar: Er hatte die Verantwortung an seine Kollegin abgegeben und hielt sich vornehm zurück.

Typisch Mann.

Feiger Hund.

Auf einmal standen Tränen in Monikas Augen. »Ich habe Raimund nach dem Tod meines Mannes kennengelernt. Mein Mann … Wolfgang, Michelles Vater … hatte sich das Leben genommen, und ich … ich dachte immer, es wäre meine Schuld gewesen. Irgendwie. Ich meine, er hat keinen Abschiedsbrief hinterlassen. Es gab keinen Grund. Jedenfalls keinen, den ich wusste. Aber …«

Monika blickte sich um, zupfte ein Taschentuch aus der Box auf Meißens Schreibtisch, tupfte sich die Augen trocken und putzte sich die Nase.

Dann fuhr sie fort, ohne Michelle anzusehen: »Es war schwer für mich, damals. Selbst damit umzugehen. Und zu sehen, wie Michelle … Wolfgang hat ihr Leben zerstört. Ich … so etwas darf ein Vater einem Kind einfach nicht antun, egal, wie es ihm geht. Meine Therapeutin hat gesagt, er wäre wohl depressiv gewesen und hätte es nur gut vor uns versteckt. Aus Hilflosigkeit, aus Angst, aus … aber mir ist das egal! Er hätte ihr … er hätte *uns* das nicht antun dürfen! Und dann zu sehen, wie Michelle … ich habe sie so bewundert, damals. Sie hat weitergemacht, sie hat es irgendwie geschafft, morgens aufzustehen und in die Schule zu gehen, und ihre Noten waren … recht ordentlich … ich musste mich wirklich gar nicht um sie kümmern, das hätte ich auch nicht gekonnt, ich war … ich selbst konnte kaum aufstehen, und wenn doch, dann saß ich in der Küche, starrte die Wand an und hoffte, dass der Tag endlich vorbeiging. Ich habe für Michelle gesorgt, so gut ich konnte, ich habe eingekauft und gekocht, ein bisschen Büroarbeit gemacht als Aushilfe, damit wir über die Runden kamen. Und sie hat … ich habe wirklich mein Bestes gegeben, und ich glaube, sie auch, aber zwischen uns war immer … wie eine Glaswand oder ein Abgrund. Vorher waren wir zu dritt, und jetzt waren wir beide allein. Aber ich wusste doch nicht, was ich machen sollte, ich wusste doch nicht …«

Wieder putzte sie sich die Nase.

Ansonsten Stille. Alle hörten gebannt zu.

»Und dann … Michelle war fast fertig mit der Schule, sie wollte ausziehen, so bald wie möglich, das hatte sie gesagt, und ich konnte es auch verstehen, man muss raus in die Welt als junger Mensch, sein eigenes Leben leben – aber es hat mich auch verletzt, es hat mich so traurig gemacht, und ich fürchtete mich so vor der Einsamkeit. Wenn sie aus dem Haus ist, würde es still werden, so still, totenstill, und ich hatte solche Angst davor. In dieser Zeit habe ich Raimund kennengelernt. Er hat … er war … Anfangs war da gar keine besondere Anziehungskraft, er hat mir einfach nur zugehört. Ich habe damals für das Tierheim Hunde ausgeführt, zweimal die Woche. Damit ich rauskomme aus dem Haus. Weil ich dachte, sonst … das geht nicht. Ich musste etwas unternehmen. Also habe ich mich dafür beworben, und ich bin hingefahren und habe zwei Hunde ausgeführt, ich weiß noch, einen Schäferhund und einen Dackel, man glaubt es nicht, aber die beiden haben sich gut vertragen. Man muss dafür einen Kurs machen, weil die Hunde ja nicht bei Menschen leben und auch mal unberechenbar reagieren können. Und Raimund hatte damals auch einen Hund, einen kleinen Spitz namens Oskar, und mit dem war er … das Tierheim lag am Rand des Niendorfer Geheges, und er kam dort manchmal zum Spazierengehen hin. So sind wir uns zufällig begegnet und kamen ins Reden und …«

Monika schwieg einen Moment, dann sagte sie nachdenklich: »Er hat mir zugehört. Das war eigentlich alles. Wir haben geredet. *Ich* habe geredet. Und er hat mir zugehört. Wir sind mit den Hunden spazieren gegangen oder haben auf einer Bank gesessen. Lange haben wir getan, als wären es zufällige Treffen. Aber ich weiß, ich habe mich immer sehr darauf gefreut, ihn zu sehen, und wenn wir uns wirklich einmal verfehlten, dann war ich todunglücklich, und ich habe mir Sorgen gemacht, und ich dachte, es läge an mir, es läge wieder an mir, ich wäre nicht interessant genug, er hätte genug von mir. Aber dann … zwei, drei Tage später saß er wieder auf unserer Bank, mit Oskar, und ich war … ich war ihm so dankbar. Ich habe ihm alles erzählt, von Wolfgang, von Michelle, von meinem Alltag, und er hat immer zugehört, er hatte immer Zeit für mich. Ich hatte das Gefühl, er interessiert sich für mich. So fing es an. Wir haben nur geredet. Lange.

Und dann … irgendwann, nach Monaten, hat er vorgeschlagen, wir könnten doch mal essen gehen, und … Michelle war schon ausgezogen, und das Haus war leer und … warum nicht, dachte ich mir, warum nicht? Wir sind also essen gegangen, es war ein schöner Abend, Sommer, es wurde spät und … na ja. Ich hatte ganz vergessen, welche Bedürfnisse ich habe, dass ich überhaupt Bedürfnisse habe, dass ich … und Raimund hat das irgendwie gespürt, er war geduldig mit mir, hat sich für mich interessiert, hat mir ein Gefühl der Sicherheit gegeben.

Am Anfang zumindest. Bevor …

Also, jedenfalls, eine Weile haben wir uns hin und wieder getroffen, und irgendwann schlug er vor, wir könnten doch auch zusammenleben. Das wäre doch schön. Und praktisch. Und … er wusste, dass ich mich allein in meiner Wohnung gar nicht wohlfühlte. Das wusste er. Aber er hat es nicht … wir wollten es beide, und ich war froh, dass er mich gefragt hat, dass ich nicht mehr alleine sein musste, und ich … habe ich ihn geliebt? Hat er mich geliebt?«

Erneut unterbrach sie sich und schwieg.

»Ich glaube schon«, sagte sie schließlich. »Am Anfang jedenfalls. Wir wollten – also, das ist sicher, wir wollten füreinander das Beste. Er hatte die Firma und hat mir angeboten, ich könnte dort arbeiten. Und ich … Michelle stand auf eigenen Füßen, für mich brauche ich nicht viel. Wir haben füreinander … wir waren füreinander da. Aber dann … Raimund kann auch cholerisch sein. Wenn es mal nicht so läuft. Man kann keine Firma führen ohne einen starken Willen. Aber manchmal … hat er seine Wut an mir ausgelassen. Wenn ich … wenn er fand, ich hätte zu teuer eingekauft. Oder er mochte nicht, wie ich angezogen war. ›Wie eine ordinäre Schlampe‹, hat er einmal gesagt. Ein anderes Mal war ich ihm zu bieder. ›Du siehst ja aus wie meine Mutter. Und die ist tot!‹ Solche Sachen. Oder ich habe uns mal neue Teller gekauft. Da war was los. Die gefielen ihm gar nicht, ich hätte ihn vorher fragen sollen, was mir denn einfiele … Und ich … Ich weiß, ich hätte mich wehren sollen, zur Wehr setzen, mir das nicht bieten lassen, aber ich … ich dachte, das sind nur Momente. Das geht wieder vorbei. Und so war es ja auch, meistens.

Mit den Nachbarn – weil Sie das vorhin gefragt haben – kamen wir gut aus. Man bleibt auf Abstand, deswegen haben ja alle solche Hecken, das kannte ich von vorher nicht, in einem Mietshaus weiß man viel mehr über die anderen, man leiht sich auch mal Mehl oder ein Ei. Aber in Iserbrook … von den meisten wusste ich die Namen. Raimund nicht mal das, und ihm war das recht so. Umgekehrt übrigens genauso. Also … da war kein böses Blut, jedenfalls nicht, dass ich wüsste.

Und in der Firma … das müssten Sie Ingolf fragen. Ingolf Teschke. Raimunds bester Freund.«

Monika hob erschrocken die Hand vor den Mund. »Oh mein Gott, was wird Ingolf dazu sagen? Für ihn ist es ja … oh mein Gott, oh mein Gott, der Arme! Die beiden sind … waren … sie kennen sich seit der Schulzeit. Oder haben Sie schon …?«

Sie sah Svenja Meißen an. Die nickte.

»Ingolf ist … die beiden haben die Firma zusammen gegründet. Raimund hat Ingolf über die Jahre ausbezahlt. Weil der immer Geld brauchte. Für seine Frauen. Erst die eine. Dann die andere. Er brauchte immer ein bisschen mehr, als die Firma hergab. Die Damen konnten wohl den Hals nicht vollkriegen. Immer der neueste Mercedes, immer noch ein schickes Jäckchen. Und Raimund hat … Ingolf tat ihm leid, in gewisser Weise, aber für ihn war es auch ein gutes Investment. Am Ende war er Alleineigentümer, seit einigen Jahren. Ich weiß nicht, wie Ingolf jetzt … wo er jetzt Geld herbekommt. Es kann ihm nicht schlecht gehen, er bezieht ja auch ein Geschäftsführergehalt, aber in den gehobenen Kreisen kommt man damit nicht weit.« Sie schüttelte mitfühlend den Kopf. »Dabei ist Ingolf wirklich ein Netter. Und er braucht auch nicht viel, um glücklich zu sein. Eher so wie ich. Aber die Frauen … er hat einfach einen teuren Geschmack bei Frauen. So ist es ja manchmal.

Natürlich gibt es, wenn man eine Firma hat, auch mal Ärger. Aufträge platzen, Rechnungen werden nicht bezahlt, Kündigungen, solche Sachen. Aber ich kann mir nicht vorstellen, dass Raimund Feinde … ich verstehe überhaupt nicht, wer so etwas … ich dachte zuerst, es war ein Unfall. Ich kann mir auch immer noch nichts anderes vorstellen. Aber … deswegen sitzen wir ja wohl hier, weil Sie … weil Sie nicht davon ausgehen, dass … und welcher erwachsene Mensch legt denn einen Fön auf den Badewannenrand?«

Monika schloss die Augen.

»Oder meinen Sie, er hat … wie Wolfgang …? Meinen Sie … bringe ich etwa Unglück?«

57

Schwer zu sagen, womit Einsamkeit beginnt. Vielleicht mit dem Gefühl, alles falsch zu machen. Nicht dazuzugehören. Irgendwie peinlich zu sein. Oder jedenfalls für niemanden eine Bereicherung.

Das ist der erste Schritt zur Entfremdung. Immer ein wenig Abstand zu den anderen, zur Welt. Vorsichtshalber und in beiderseitigem Interesse.

Doch auf die Dauer wächst die Kluft. Man ist immer weiter weg von allem und jedem.

Und so wird aus ein wenig Einsamkeit eine immer größere, bis die Dunkelheit und die Trauer – jedenfalls aber die Zweifel – alles durchdringen.

Unvorstellbar mittlerweile, dass jemand einen anders sehen könnte. Dass irgendwer freiwillig Zeit mit einem verbringen wollte. Dass man nicht gänzlich *falsch* ist, irgendwie fehlerhaft montiert, quasi ein Montagsauto. Unnütz, unbrauchbar, ungenügend.

Wie durchsteht man in dieser Einsamkeit die Tage? Die Nächte? Die Wochen und Monate?

Man verdrängt, man beschäftigt sich, man lässt die Zeit vergehen und hofft … immer weniger, von Tag zu Tag weniger, aber immer noch ein bisschen. Die Hoffnung, ach, sie ist der Lufthauch, der die Einsamkeit versüßt. Allein die Annahme, dass man sich doch irrt, dass alles nur ein Versehen ist, dass die *anderen* sich irren und man selbst ganz normal und nützlich und wertvoll ist … Eine Vorstellung davon, es könnte so sein in einer anderen Welt, unter anderen Umständen, wenn nur alles anders gekommen wäre …

Doch diese Hoffnung wird nie wahr. Sie kann niemals ausreichen, um sich selbst Realität werden zu lassen. Zu viele Zweifel, zu viele schlechte Erfahrungen bewahren davor, die Träume zu farbenfroh werden zu lassen.

Lieber noch ein wenig abwarten. Besser Vorsicht walten lassen, Abstand halten, nichts riskieren. Gelingt es, alles richtig zu machen, perfekt zu sein … dann, ja dann bestünde die Möglichkeit … *geliebt* zu werden. Gesehen zu werden. Anerkannt und angenommen zu werden.

Aber solange man sich nicht sicher sein kann, dass es so kommt, ist die Einsamkeit das kleinere Übel. Ohnehin sind wir doch in Wahrheit alle allein. Garantien gibt dir keiner. Nicht mal der liebe Gott. Nur eines ist sicher. Ist man bereits allein, kann einen niemand mehr verlassen. Kann einem niemand mehr wehtun.

Einsamkeit ist der Schutz vor dem Schmerz, den sie selbst verursacht.

58

Monika unterschrieb ihre Aussage. »Vielen Dank. Wir werden Sie natürlich über den Stand der Ermittlungen auf dem Laufenden halten«, sagte Svenja Meißen.

Michelle kritzelte ebenfalls ihren Namen auf einen Ausdruck ihrer eigenen Aussage darüber, wann sie das Haus betreten hatten, wann sie in welchen Räumen gewesen waren, wann ihre Mutter sie angerufen hatte.

Meißen schob die Blätter in einen Scanner, der sie surrend in elektronische Akten einspeiste.

Paul erhob sich. »Das hätten wir ja dann«, sagte er. »Ich begleite die beiden zum Ausgang«, sagte er zu seiner Kollegin. »Kannst du in der Zeit schon mal nachsehen, was die Spurensicherung gefunden hat und ob der Obduktionsbericht schon vorliegt?«

»Ok-ay«, sagte sie langsam. Aber mehr dann doch nicht.

Paul fuhr mit ihnen ins Erdgeschoss und brachte sie zum Ausgang.

Michelle überlegte die ganze Zeit, wie sie es hinbekommen konnte, Paul unter vier Augen zu sprechen.

»Ich glaube, ich würde jetzt gern ein Eis essen«, verkündete Monika, als sie draußen vor dem Polizeipräsidium standen. Sie deutete auf ein Eiscafé in einer kleinen Ladenzeile. »Holst du mich gleich ab?«

Sie schüttelte Paul die Hand. »Es war wirklich nett, Sie wiederzusehen«, sagte sie. »Ganz meinerseits«, erwiderte der mit verblüfftem Gesicht.

Und weg war sie.

Manchmal konnten Mütter so verständnisvoll sein. Wenn auch aus den völlig falschen Gründen.

Michelle sah Paul an. »Noch einen Kaffee?«, fragte er.

Sie nickte erst, zuckte dann mit den Achseln, schüttelte schließlich den Kopf. »Nein. Doch. Nein. Egal. Ich wollte … dich nur etwas fragen. Etwas bitten. Ein Freund von mir … Sag mal, sind wir jetzt eigentlich okay? Also, ihr verdächtigt Mama doch nicht mehr wirklich, etwas mit Raimunds … mit der Sache zu tun zu haben, oder?«, fragte sie dann stattdessen.

Paul senkte den Blick und rieb sich den Nacken. Dann schaute er wieder auf, um zu sagen: »Ich persönlich kann es mir beim besten Willen nicht vorstellen. Aber was ich denke, ist unwichtig. Es gibt Vorschriften. Sie ist eine nahe Angehörige, also müssen wir klären, ob es Animositäten zwischen ihr und dem Verstorbenen gab. Was der Fall ist. Ob sie ein Motiv gehabt hätte. Ob sie ein Alibi hat. Das ist einfach so. Vor allem aber müssen wir abwarten, was der Obduktionsbericht sagt. Und die Spurensicherung. Ich bin sicher, dann wird sich alles aufklären, zumindest in dieser Hinsicht.«

Michelle wartete noch einen Moment, aber mehr kam nicht. Sie bemühte sich um Verständnis für seine Situation, aber es wollte ihr nicht recht gelingen.

»Na gut«, sagte sie schließlich. »Also. Ich habe einen Freund. Ein ehemaliger Klassenkamerad. Dessen Schwester ist verschwunden. Er macht sich große Sorgen. Sie wurde … sie ist … sie war …« Warum stotterte sie nur so herum? War ihr das, was sie zu sagen hatte, etwa peinlich? »Wir gehen davon aus, dass sie tablettensüchtig war. Ist. *Ist!* Und sie ist auf den Strich gegangen, um das zu finanzieren. Sie war clean, aber es scheint, als wäre sie rückfällig geworden. Und nun ist sie weg, jedenfalls geht sie nicht ans Telefon, und die Nachbarn haben sie schon ewig nicht gesehen, und auf dem Kiez geht das Gerücht – *du* hast mir auch davon erzählt, erinnerst du dich? –, ein Mädchen, auf das Sarahs Beschreibung passt, wäre entführt worden. Na ja, das zieht im Moment einfach Kreise, jedenfalls ist auch die Rede von einer Kollegin aus Berlin. Und ich habe mich dann natürlich gefragt, warum sollte jemand …« Sie zögerte. Dann sagte sie. »… Frauen wie uns entführen, statt sie einfach zu bezahlen? Eigentlich ist doch alles nur eine Frage des Geldes. Verstehst du? Jedenfalls fast alles …« Sie zögerte. »Und dann … Weißt du, was Snuff-Filme sind?«

Paul nickte. »Ja. Fantasiegebilde. Snuff-Filme gibt es nicht«, sagte er.

»Da ist das Internet aber anderer Meinung«, hielt Michelle dagegen.

»Dann zeig mir mal einen«, konterte er ruhig. »Nur einen Einzigen.«

»Aber es muss doch … also, es gibt doch einfach alles«, sagte sie auf einmal verunsichert.

Paul schüttelte den Kopf. »Viel zu riskant. Man würde ja dann den Beweis für die eigene Straftat veröffentlichen. Mord verjährt nicht. Mord wird international verfolgt. Dümmer könnte man gar nicht sein. Und ich kenne die Gerüchte, aber ich habe noch nie einen Kollegen getroffen – auch nicht international –, der je wirklich so einen Film zu Gesicht bekommen hätte.«

»Na gut, meinetwegen«, sagte Michelle. Sie schaute sich nach Monika um. Ihre Mutter saß vor dem Eiscafé und reckte das Gesicht der Sonne entgegen. Typisch Hamburg, der Sommer war in Minuten zu rechnen. »Das ist ja auch nicht der entscheidende Teil. Wichtig wäre, ob du Sarah … ich weiß auch nicht … zur Fahndung ausschreibst, oder was man da eben so machen kann? Sie muss auch für jemand gearbeitet haben. Denen könnte man vielleicht mal auf den Zahn fühlen. Verstehst du? Geht das? Wollte ich fragen.«

Paul hatte schon vor einigen Sätzen angefangen, den Kopf zu schütteln. »Also, erstens gehe ich davon aus, die kleine Schwester ist volljährig, oder?«

Michelle nickte. »Einundzwanzig«, sagte sie. »Oder vielleicht sogar zweiundzwanzig.«

»Dann steht es ihr sowieso frei, zu kommen und zu gehen, wie sie will. Und zur Fahndung ausgeschrieben werden sowieso nur Terroristen oder Schwerverbrecher. Mörder zum Beispiel. Also, wenn du wirklich mal einen Snuff-Film findest – ruf mich an. *Dann* kann ich was für dich tun. Aber so leider gar nicht. Ich könnte mich allerhöchstens informell mal ein bisschen umhören. Ich habe ja auch meine Kontakte auf dem Kiez.«

Ja, ich weiß, dachte Michelle ärgerlich.

»Musst du nicht. Das kann ich selbst. Vergiss es einfach. Vergiss es, okay?« Sie kochte auf einmal vor Wut. »Vergiss, dass ich dich gefragt habe. Vergiss mich am besten gleich mit. Kümmert euch einfach um Raimund, damit meine Mutter aus der Sache raus ist und sich nicht noch weiter Sorgen macht. Mach einfach deinen Job, schön Dienst nach Vorschrift. Viel Spaß!«

Sie wandte sich ab, ohne Paul die Chance zu geben, etwas zu entgegnen, und stapfte Richtung Eiscafé.

59

»Und?«, fragte Hinnerken.

»Also wenn ich ehrlich bin … vielleicht solltest du die Sache doch abgeben«, konterte Svenja Meißen. »Da liegt einfach so was in der Luft zwischen euch.«

»Ach«, sagte Paul und machte, damit auch ja kein Missverständnis aufkam, noch eine wegwerfende Handbewegung. »So eng sind wir nun wirklich nicht. Das kann ich schon auseinanderhalten.«

Es war ihm peinlich, darüber zu sprechen. Er spürte, wie sein Kopf rot anlief.

Was war schon schlimm daran, wenn ein Mann ins Bordell ging? Dann lagen die Karten wenigstens auf dem Tisch. Zwei Erwachsene machten bei vollem Verstand Geschäfte. Das war weder illegal noch unmoralisch.

Aber eigentlich war es noch nicht mal das. Er hatte nicht das Gefühl, er *könnte* nicht auf anderem Wege Sex haben. Er *wollte* nicht. Carmen hatte ihn vor drei Jahren überraschend sitzen lassen. Und er war lange nicht bereit gewesen für eine neue Beziehung. War es im Grunde immer noch nicht.

Er hatte geweint, als die Scheidungspapiere gekommen waren.

Also, nicht richtig geweint, aber er hätte gerne geweint. Auf jeden Fall hatte er einen dicken Kloß im Hals gehabt, als er Joaquin davon erzählte. Seinem Beo. Weil er sonst niemand hatte.

Und jetzt Michelle … was war das zwischen ihnen? Er hatte sich gefreut, sie bei Ikea zu treffen. In den Wochen davor hatte er sie nicht besucht. Und auch danach … er hatte in der Großen Freiheit gestanden und zu ihrem Fenster hochgeschaut, aber dann …

Er wollte lieber nicht darüber nachdenken, was ihn davon abgehalten hatte, zu Michelle zu gehen.

Gefühle. Immer diese Gefühle.

Sie machten alles nur kompliziert.

»Und wir wissen ja noch gar nicht, woran wir sind«, fuhr er fort. »Ich meine, glaubst du ernsthaft, die Mutter hat ihrem Ex den Fön in die Wanne geworfen? Warum sollte sie? Wenn sie noch dort gewohnt hätte – im Zorn, aus Rache, okay. Aber sie hatte ihre Sachen gepackt, die Entscheidung war getroffen. Ich kann mir das nicht vorstellen. Lass uns die … ist der Obduktionsbericht schon da?«

Meißen nickte. »Und der Bericht der Spurensicherung auch.«

»Schon gelesen?«

Sie schüttelte den Kopf.

»Dann lass uns das doch machen, und dann entscheiden wir, ob ich befangen bin oder nicht.«

»Okay. Na gut.« Svenja Meißen wandte sich ihrem Computer zu und rief das Erste der beiden Dokumente im »Todesfall Krämer, Raimund« auf.

Hinnerkens Stuhl quietschte, als er sich darauf niederließ. Inzwischen bedeckten Wolken den Himmel und verdunkelten das Büro. Seine Karriere war schon vorbei, aber Meißen hatte ihre noch vor sich.

»Ich verspreche dir, ich kann neutral bleiben«, sagte er schließlich. »Du kannst dich darauf verlassen.«

»Okay«, sagte Svenja, ohne aufzusehen. »Okay.«

Er wusste nicht, ob sie ihm glaubte.

Er wusste nicht einmal, ob er sich selbst glaubte.

60

Gabriel riss die Tür auf, als hätte er dahinter auf der Lauer gelegen. Seine Augen waren geweitet und glänzten. »Komm rein, komm rein!«, sagte er eine Spur zu laut.

Es war fünf Uhr nachmittags, und draußen nieselte es inzwischen. Michelle trat in den Flur und schüttelte ihr Haar, um die Feuchtigkeit loszuwerden.

»Kaffee? Wodka? Was Stärkeres? Cola?«, fragte Gabriel. Er war in einem Raum verschwunden, der die Küche sein musste.

»Einen Kaffee gerne«, rief Michelle zurück. Sie suchte nach einem Bügel für ihre Jeansjacke, gab dann auf und hängte sie über eine von Gabriels Jacken.

Vom Flur gingen vier Türen ab. Küche, Bad, Wohnzimmer, Schlafzimmer vermutlich. Jeweils zwischen zwei Türen sowie am hinteren Ende lehnten Fotodrucke von Landschaften an der Wand. Regenwaldgrün, wüstengelb, ozeanblau. Von der Decke hing eine Glühbirne am Draht. Neben einem der Bilder stand ein rechteckiger Karton, auf den das Foto einer Deckenlampe gedruckt war.

Männer wohnten immer so schmucklos, zweckdienlich. Als müssten sie gleich wieder los auf die Jagd. Immerhin war der Teppich sauber, man sah sogar noch die Saugspuren an den Rändern.

Gerne hätte sie gewusst, wie die anderen Räume eingerichtet waren. Gab es Anzeichen einer Frau in Gabriels Leben? Welche Farben bevorzugte er? Las er gern, hörte er Musik? Fernsehen, DVDs, all das verriet so viel über die Menschen.

Wie teuer waren die Möbel – hatte er sein Studium inzwischen abgeschlossen und einen gut bezahlten Job? Oder war er wie sie ewiger Student?

»Kommst du?«, rief er. »Ist in der Küche okay?«

Sie ging hinein. »Klar«, sagte sie. Auch wenn sie es schade fand.

Gabriel entlockte gerade einer riesigen Espressomaschine, die aussah, als hätte er stattdessen auch einen Kleinwagen kaufen können, ihr Getränk. Die Maschine verfügte über zahlreiche Knöpfe, Hebel und Leuchten wie ein Flugzeugcockpit aus den Achtzigern.

»Milch? Oder Kokosmilch? Hab ich auch.«

Kokosmilch? Entweder war er Allergiker. Oder hatte eine Freundin. Oder er war schwul.

»Normale Milch ist wunderbar«, sagte Michelle. Drei Stühle standen um einen kleinen Frühstückstisch herum, der edel auf alt gemacht war. Sah nach massiver Eiche aus. Die Stühle waren wackelig, der Herd eine billige Plattengeschichte, der Kühlschrank war klein und von AEG. Das Furnier der Schränke schlicht weiß. An der Wand über dem Tisch ein Bord, auf dem vier Wein- und zwei Champagnerflaschen standen. Auf der Fensterbank eine rosa Cymbidie.

Eigenartige Mischung.

Das hatte sie damals schon an Gabriel gemocht. Er war nicht so eindimensional wie die anderen Jungs. Unberechenbar im positiven Sinne.

Mit Hochdruck und entsprechendem Geräuschpegel schäumte er die Milch auf. Dann goss er den Espresso hinein, stäubte etwas Kakao obenauf.

»So.« Er stellte ihr die Schale hin, setzte sich ebenfalls. Sprang wieder auf, öffnete die Kühlschranktür, schaute hinein, zögerte, schüttelte den Kopf, setzte sich wieder.

»Trink ruhig 'nen Wodka«, ermutigte Michelle ihn.

»Nee. Danke. Klarer Kopf. Wir müssen uns etwas einfallen lassen«, sagte er.

Michelle nippte an ihrem Kaffee und zog anerkennend die Augenbrauen hoch.

»Ein Jemen Mokka Matari«, sagte Gabriel. Jetzt war ihm der Stolz doch anzuhören. Er lächelte.

Schwul oder nicht, Student ohne eigenes Einkommen war er jedenfalls sicher nicht mehr.

Er wurde ernst. »Danke, dass du gekommen bist«, sagte er.

»Selbstverständlich.«

»Das finde ich nicht. Und ich …« Auf einmal wirkte er verlegen wie der Junge, den sie aus der Oberstufe kannte. »Ich weiß nicht richtig, wie ich es sagen soll. Aber ich … ich will auch nicht, dass es zwischen uns steht. Ich …«

Sein Blick irrte durch die Küche, blieb schließlich am Fenster hängen.

»Stickig, findest du nicht?« Er sprang auf und stellte das Fenster auf Kippe.

Seine Bewegungen waren jetzt nicht mehr elegant und effizient wie beim Kaffeekochen, sondern kantig und hektisch.

Er setzte sich wieder und fuhr mit einer Hand über den Tisch, als wollte er die Platte polieren. »Ich … ich habe … deswegen dachte ich …«

Michelle stieß die Luft aus. »Du hast mich auf dem Strich gesehen. Und deswegen dachtest du, ich weiß vielleicht, wo Sarah ist«, sagte sie.

Gabriel begann hektisch zu zwinkern, senkte den Blick und nickte mehrfach.

»Ich … also … ich denke deswegen nicht … es macht mir nichts …«

»Gabriel!«

Sein Kopf hob sich, sein Blick suchte ihr Gesicht.

»Solange du meiner Mutter nichts erzählst, ist zwischen uns alles in Ordnung. Okay?«

Er nickte wieder.

»Du hast ja recht. Vielleicht weiß ich was oder kenne jemand, der uns weiterhilft. Vor allem aber: Ich mag Sarah. Ich mag dich. Also helfe ich dir, sie zu finden. Ganz egal, wie ich mein Geld verdiene. So einfach ist das für mich. Okay?«

Erleichtert streckte Gabriel die Hand aus und drückte Michelles Oberarm. »Okay! Danke! Also was meinst du, wo kann sie sein? Wie können wir etwas herausbekommen?«

Michelle lächelte über seine ungeschickte Geste, freute sich aber zugleich auch darüber.

Dann wurde sie ernst.

»Es gibt tatsächlich Gerüchte, dass eine junge Frau, auf die Sarahs Beschreibung passt – oder passen könnte –, verschwunden ist. Angeblich sogar entführt. Ich kann mir das ja kaum vorstellen. Aber … na ja. Wer weiß.«

Sie nahm einen Schluck Kaffee. Wirklich sehr lecker. Und was sie als Nächstes zu sagen hatte, war gar nicht angenehm.

»Ich will dir jetzt wirklich keine Angst machen. Aber … die Gerüchte sagen … also, manche behaupten … ich meine, wenn sie wirklich entführt wurde, dann nicht, um Lösegeld zu erpressen, oder?«

»Klar«, sagte Gabriel sofort. »Das ist es ja, was mich so wahnsinnig macht. Warum sollte sie einfach weg sein? Wer könnte ihr etwas antun wollen, und warum?«

»Ja. Das ist es ja.« Unwillkürlich begann sie, mit einer Haarsträhne zu spielen. Das beruhigte. Am liebsten hätte sie auf der Strähne herumgekaut. Statt weiter mit Gabriel zu reden.

»Vielleicht holst du doch mal den Wodka raus«, schlug Michelle vor.

61

Hamburger sind nicht verschlossen und unnahbar, sie sind hanseatisch.

Das schützt sie vor emotionalen Niederlagen. Wer niemand traut, wird nicht enttäuscht.

So verlangen die Hamburger von der Familie und ihren wenigen Freunden aber auch unbedingte Treue, absoluten Gehorsam. Zuverlässigkeit ist eine hanseatische Tugend, ihr Ausbleiben unverzeihlich, unentschuldbar.

Haltung, Stolz, Würde, Standfestigkeit. Diese Werte zu leben bedeutet zwangsläufig: Gefühlskälte, Einsamkeit, Arroganz. Ein Leben in Angst vor dem eigenen Versagen. Nichts ist schlimmer als eine Abhängigkeit von anderen.

So sind auch Solidarität und Engagement für die Schwächsten nur Bindemittel der Gesellschaft. Unterdrückt man die größte Unzufriedenheit, lässt sich die Revolution vermeiden.

In Hamburg ist jede Bitte um Hilfe ein Deal, ohne den das Leben besser wäre. Hilfst du mir jetzt, stehe ich in deiner Schuld.

Umgekehrt bieten die Fischköpfe ihre Hilfe gern an: Denn helfe ich dir jetzt, stehst *du* in meiner Schuld! Ein System von Seilschaften und Gefälligkeiten über Generationen, gegen das die Mafia ein Kindergarten ist.

Die hohen langfristigen Kosten, die Verwundbarkeit, erklären die große Abneigung der Hanseaten gegen Gefühle aller Art. Auf ironische Weise macht der Wunsch nach Unverletzlichkeit sie spröde, brüchig, und damit noch verletzlicher.

62

Gabriel war kreidebleich geworden. Er schloss für einen Moment die Augen. Schien auf den Innenseiten seiner Lider aber nur Schreckensbilder zu sehen und riss sie schnell wieder auf.

»Der Polizist, den ich gefragt habe, meinte ganz klar, diese Filme gäbe es gar nicht wirklich«, sagte Michelle beruhigend. »Das dürfen wir nicht vergessen!«

Aber Gabriel war schon aufgesprungen und mit einem schlanken Laptop an den Küchentisch zurückgekehrt. Hastig zog er seinen Stuhl neben Michelle, sodass sie ebenfalls auf den Bildschirm schauen konnte.

»Wie heißen diese Filme noch mal?«, fragte er. Wartete aber ihre Antwort gar nicht ab, sondern tippte bereits »Film Mord« ins Suchfeld. Er vertippte sich zweimal. Michelle konnte sehen, wie seine Finger zitterten.

Eine ellenlange Liste von Filmen, in denen Leute ermordet wurden, erschien.

»Snuff-Filme«, sagte Michelle. »Von ›to snuff out‹ – das Lebenslicht ausblasen.«

»Mein Gott«, sagte Gabriel leise. Er schien es nicht glauben zu können. Er seufzte. Es klang wie ein Ballon, aus dem das letzte bisschen Luft entwich. Dann suchte er »Snuff-Film echt«. Diverse Einträge, von denen manche behaupteten, natürlich gäbe es derartige Filme – und die übrigen es ebenso engagiert bestritten. Einer verwies auf die »Internetregel Nr. 34: Wenn es was gibt, gibt's davon auch einen Porno«.

Michelles Mund formte sich zu einem besorgten O. An dem Gedanken war leider was dran.

Gabriel wechselte zur Videosuche. Eine Reihe Standbilder erschien. Er klickte auf das erste. Mit einigen Sekunden Verzögerung startete ein Film, der aussah wie ein körniger Dokumentarfilm aus den Siebzigern. Ungeduldig sprang Gabriel weiter nach vorn. Jetzt rannten Menschen schreiend durcheinander, jemand hackte mit einer Machete um sich, Körperteile flogen durch die Gegend. Noch weiter hinten im Film kroch eine Made aus der Augenhöhle eines Schädels.

»Brr«, machte Michelle. »Wer guckt denn so was?«

Gabriel zuckte mit den Achseln und kehrte zu den Suchergebnissen zurück.

Es folgten Filmclips über die Opfer von Kannibalen, eine Doku über einen Film namens »Snuff«, der in den Siebzigern damit beworben worden war, im damals praktisch rechtefreien Argentinien gedreht worden zu sein, um wirklich einen echten Mord zu filmen. Ein längerer Text darüber, dass die Manson Family angeblich ihre Morde dokumentiert hatte – auch wenn diese Filme nie aufgefunden worden waren. Und schließlich ein Typ, der erklärte, wie die Schockeffekte in Horrorfilmen entstanden – und nach dessen Ansicht es sich bei »Snuff« und allen ähnlichen Werken um besonders geschickt geschnittene Effekthascherei handelte.

Auf einer Seite stand: »Bei sogenannten Snuff-Filmen handelt es sich um sogenannte Urban Legends – Gerüchte und Behauptungen, die nicht durch Tatsachen zu belegen sind.«

»Hoffen wir's«, murmelte Michelle. »Hoffen wir's.«

Gabriel zögerte. Dann tippte er: »Snuff $arah«. Die Suchmaschine verbesserte den Namen zu »Sarah« und spukte eine Handvoll wertlose Treffer aus.

Er klickte »Meinten Sie ›Snuff $arah‹?«.

Keine Treffer. Immerhin.

»$arah Hamburg« führte auf eine einfach gestaltete Webseite.

Sarah im … in einem Hauch von Nichts, jugendfrei war das schon nicht mehr. Drei, vier Fotos zu unterschiedlichen Tageszeiten und an verschiedenen Orten aufgenommen.

»Scheiße, das ist sie wirklich«, flüsterte Michelle.

Die süße $arah verwöhnt dich nach einem harten Tag. Du kannst $arah stunden- oder tageweise buchen. Ich mag am liebsten Männer, die wissen, was sie tun!

Darunter Sarahs Handynummer.

Gabriel klickte »zurück«.

»Aber das war gar nicht schlecht«, sagte Michelle plötzlich. »Die Fotos … die sahen wenigstens nicht so aus, als hätte sie einen festen … du weißt schon. Oder würde mit irgendwelchen Leuten vom Film zusammenarbeiten. Die Bilder haben bestimmt Freunde von ihr gemacht. Oder vielleicht auch Kunden. Jedenfalls war das jetzt nicht so superprofessionell. Das ist ein gutes Zeichen. Finde ich.«

Gabriel seufzte frustriert und ließ den Kopf hängen. Er wollte schon den Laptop zuklappen, da fiel Michelle etwas ein.

»Du hast doch schon in ihrer Wohnung nachgesehen, oder?« Sie dachte an Raimund, nackt und tot in seiner Badewanne.

Gabriel schaute auf, schüttelte dann den Kopf. »Ich hab keinen Schlüssel. Und die Nachbarn waren nicht da.«

»Aber vielleicht ist ihr etwas zugestoßen«, sagte Michelle alarmiert. »Zu Hause. Die meisten Unfälle passieren im Haushalt, habe ich irgendwann mal gelesen. Gestolpert und den Kopf angeschlagen. Oder Herzinfarkt. Selten bei jungen Leuten, aber nicht unmöglich. Oder … du hast doch gesagt, du fürchtest, sie hätte wieder mit den Tabletten angefangen …«

Gabriel war blass geworden. Mit den dunklen Locken und

dem weißen Leinenhemd schien er direkt dem Gemälde eines feinen italienischen Adeligen in einem Palast in Florenz entstiegen zu sein.

»Es ist bestimmt alles okay«, behauptete Michelle, um ihn wieder zu beruhigen. »Aber wir sollten sichergehen.«

Gabriel hatte bereits das Handy in der Hand und bestellte ein Taxi.

63

Die Stadt hatte den Block irgendwann mal grau tünchen und die Balkone in Pastellfarben streichen lassen.

Aber alles war so solide gebaut, als hätten die Häuser ihre ganz eigene Anziehungskraft entwickelt. Wer hier einzog, kam nie mehr weg. Wilhelmsburg.

Gabriel starrte hilflos das Klingelbrett an. Die rastlose Energie, die ihn ins Taxi hatte springen lassen, war verschwunden. Michelle wartete nicht lange, sondern presste einfach beide Hände flach auf sämtliche Klingeln. Es dauerte nur wenige Sekunden, dann quakten schon die ersten Stimmen aus der Gegensprechanlage – und irgendwer hoffte offenbar auf den Pizzadienst und summte sie rein.

Im Erdgeschoss starrte eine alte Frau gleichermaßen vorsichtig wie angriffsbereit durch den Türspalt, den die Sicherheitskette ihr zugestand. Ob sie die Welt aus- oder sich eingesperrt hatte, war nicht zu erkennen. Michelle schaute ebenso aggressiv zurück – wer diesen Abwehrblick nicht sofort zur Verfügung hatte, konnte sich in ihrem Berufsfeld gleich einsargen lassen.

Klick. Tür zu.

Sie gingen die Treppe hoch in den dritten Stock. Blieben vor Sarahs Tür stehen. Neigten beide die Ohren in Richtung der Wohnung.

Nichts zu hören. Kein vergessenes Radio, keine Schritte.

Gabriel hatte vor knapp zwei Wochen zuletzt mit seiner Schwester gesprochen.

Michelle wertete es als positiv, dass es im Treppenhaus leicht nach Kohl und Frikadellen roch, aber davon abgesehen nicht weiter unappetitlich. Sie wussten nicht, was sie zu erwarten hätte, aber wenn jemand längere Zeit tot in der eigenen Wohnung lag, roch es doch wohl eher … streng.

Gabriel klingelte und schlug mit der flachen Hand an die Tür.

Nichts.

Michelle streckte einen Arm von hinten unter ihr Top, öffnete den BH, schob die Träger von den Schultern, und zog das Teil aus einem Ärmel heraus. Sie faltete den BH und steckte ihn in die hintere Hosentasche ihrer Jeansshorts.

Gabriel musterte sie irritiert.

Ungerührt verdrehte sie ihr Haar zu einem lockeren Zopf und verknotete diese auf dem Kopf, sodass der Nacken frei lag und ein paar Strähnen in ihre Stirn fielen.

Motto: Dumm, aber sexy. Die einzige Tour, auf die man hier weiterkam.

Sie warf Gabriel einen Blick zu, zuckte mit den Achseln und trat vor die Tür der Nachbarwohnung. Vielleicht hatten sie Pech, und hier wohnte eine Singlefrau. Vielleicht hatten sie aber auch Glück.

Sie klopfte und rief direkt danach mit Mädchenstimme: »Hallo! Sind Sie da? Ist da jemand?«

Ihre Stimme verhallte im Treppenhaus. Kurz darauf öffnete sich die Tür der Nachbarwohnung. Ein junger Mann – Typ Supermarktregaleinräumer – stand in der Tür. In der rechten Hand hielt er eine halb aufgerauchte Zigarette. Sein Blick blieb sofort an Michelles … Augen … hängen.

Sie strahlte ihn an. »Hey, wir sind Freunde von Sarah«, log sie. »Ich hab neulich meine Hose bei ihr vergessen. Sie hat gesagt, sie wär jetzt da. Ist sie aber nicht.« Schmollmund.

Langsam, Schritt für Schritt ging sie auf den Nachbarn zu. Sein Blick klebte an ihrem frei schwebenden Busen, dessen Nippel sich deutlich unter dem dünnen Top abzeichneten. Dann blieb sie stehen und begann, eine Haarlocke um den Finger zu wickeln.

»Hast du zufällig einen Schlüssel von ihr? Fürs Blumengießen oder so?«

Zuerst reagierte er gar nicht. Dann schien er aus einer Trance aufzuschrecken und fragte hastig: »Habt ihr schon geklingelt?«

Michelle nickte und schürzte die Lippen. »Ich wollte nur meine Hose holen, weißt du?«, sagte sie dann. »Die Sarah und ich, wir sind gute Freundinnen. Sie hat gesagt, sie wäre jetzt da.«

»Ich, ja, äh«, machte der Mann. Michelle konnte sehen, wie sich eine Beule in der Mitte seiner Jogginghose bildete. »Also, einen Schlüssel hab ich nicht«, sagte er. Dann fiel ihm ein: »Aber die Trennwand zwischen unseren Balkonen ist kaputt gebrochen. Die soll schon ewig ausgewechselt werden. Kommt aber keiner. Alles nur leere Versprechungen!«

»Und da kann man einfach so rüberklettern?«, fragte Michelle. »Wenn man sich das traut?« Wimpernklimpern.

Der Mann nickte. »Ja, das geht«, sagte er. Asche seiner völlig vergessenen Zigarette schwebte zu Boden. »Kommt rein, ich zeig's euch.«

Er verschwand in seiner Wohnung. Michelle und Gabriel folgten.

Er führte sie durch ein Wohnzimmer, das aussah, als wäre es mit Achselschweiß gestrichen. Der Fernseher lief. Die geblümten Vorhänge waren zugezogen. Wahrscheinlich hatte der Mann das Design von der Vormieterin übernommen.

Damit sie durch die Balkontür treten konnten, schlug er den

Stoff beiseite, als lüde er sie ins Hinterzimmer einer Kneipe ein. Wo die wilden Kerle spielten.

Draußen stank es nach verbrannten Würstchen. Außen am Balkon hingen zwei zur Hälfte mit nackter, trockener Erde gefüllte Blumenkästen.

Vermutlich aus Kostengründen waren die Balkone als Doppelbalkone gebaut worden. In der Mitte befand sich eine hüfthohe Betonmauer. Die graue Plastiktrennwand darüber war zerbrochen, nur noch ein paar Reste hingen in den Metallspangen.

»Die ist nett«, sagte der Mann und deutete in Richtung des Nachbarbalkons. »Manchmal treffen wir uns hier draußen und rauchen eine zusammen.« Er presste Daumen und Zeigefinger zusammen, hob sie vor die gespitzten Lippen und schloss genüsslich die Augen. Internationale Zeichensprache.

Gabriel deutete auf zwei leere Bierkisten. »Darf ich?«

Ihr Gastgeber nickte. »Aber so was von hundertpro«, sagte er stolz.

Gabriel zog die Kisten an die Trennwand zwischen den Balkonen. Dann brach er die Reste der Trennwand aus der Halterung, um sich nicht daran zu verletzen. Michelle war zur Seite getreten und beging den Fehler, einen Blick über die Balkonbrüstung in die Tiefe zu werfen.

Fünf Stockwerke.

Ihr Magen fuhr Achterbahn.

Instinktiv legte sie Gabriel eine Hand auf den Rücken. Fühlte sich gut an. »Sei vorsichtig«, sagte sie.

Der schaute sich überrascht zu ihr um. »Kommst du nicht mit?«

»Doch, klar. Ich …« Sie riss sich zusammen. »Ist ja meine Hose.« Mit Blick auf ihren neuen Freund legte sie noch ein albernes Girlie-Kichern drauf, das ihre Brüste beben ließ.

Vorsichtig stieg Gabriel auf die Bierkisten, hielt sich an der Balkonbrüstung fest, versuchte dann, ein Bein über die Trennwand zu schieben. Es gelang ihm auch beinahe, da überlegte er es sich anders, stieg von den zwei Kisten wieder herunter, nahm die obere und setzte sie über die Trennwand hinweg auf Sarahs Balkonseite.

Jetzt musste er zwar hier das Bein höher heben, konnte aber gegenüber den Fuß aufsetzen.

Als er drüben war, hielt er Michelle die Hand hin. Sie holte tief Luft, stieg vorsichtig auf die umgedrehte Kiste, drehte das Gesicht zur Wand, klammerte sich an Gabriels Hand und den lächerlichen Metallspangen fest. Als sie den Fuß aufsetzte, packte Gabriel sie mit der freien Hand um die Hüfte und hob sie zu sich herüber. Sie kicherte, als sie seine Hand auf ihrer nackten Haut spürte, und kam sich albern vor.

Gabriel stellte sie auf den Boden, dann ließ er sie los und drückte sein Gesicht an die Fensterscheibe. Im Inneren von Sarahs Wohnung war es dunkel.

Der Nachbar lehnte sich neugierig über die Trennwand. Unklar, ob er versuchte, in Sarahs Wohnung zu schauen – oder auf Michelles Hintern. War ja auch egal.

Michelle legte die Hände als Sonnenschutz neben die Augen. Die Vorhänge standen offen. Der Schnitt der Wohnung entsprach offenbar seitenverkehrt der des Nachbarn. Sie konnte Umrisse von Möbeln erkennen, eine Couch, einen Tisch, Stühle. Teppichboden, ein Fernseher. An der Wand hing ein gerahmtes Poster. Das Motiv war nicht eindeutig auszumachen. Auf der Fensterbank standen zwei Töpfe mit vertrocknetem Zyperngras.

Auf und neben dem Tisch und dem Sofa lagen Zeitschriften, Kleidungsstücke, Pizzakartons, Chipstüten, eine leere Weinflasche. So hatte Michelles erstes WG-Zimmer in der Studienzeit auch immer ausgesehen. »Hier sieht's ja aus, als wäre der Teufel explodiert«, hatte ihre Mutter dazu einmal gesagt.

Nichts regte sich.

Gabriel klopfte erst mit den Fingerknöcheln, dann schlug er mit der flachen Hand gegen die Scheibe. »Sarah! Sarah!«

Immer noch nichts.

»Ich glaub, sie ist nicht da. Ich hab sie auch schon eine Weile nicht mehr gesehen«, meinte der Nachbar.

»Wann denn zuletzt?«, fragte Michelle.

Er kratzte sich verlegen am Hals, während er ihr nachdenklich aufs Top starrte, aber ohne wirklich hinzusehen. »Vielleicht … ach, ich weiß auch nicht … manchmal trifft man sich andauernd im Hausflur, dann wieder ewig nicht. Also, ich würd mal sagen, vielleicht letzte Woche. Oder vorletzte. So ungefähr. Eher vor zwei Wochen, denke ich, als vor einer. Warte mal. Vorletzten Mittwoch war … da hat St. Pauli gespielt, und … also an dem Tag hab ich sie jedenfalls nicht gesehen. Da war auch Gewitter.«

»Aber du hast schon recht, manchmal läuft man einfach wochenlang aneinander vorbei«, sagte Michelle. Sie wollte ihn nicht misstrauischer machen, als er vielleicht ohnehin war. Wer kam schon nach mehreren Wochen, um seine Hose abzuholen?

Außen an der Balkontür befand sich ein Metallgriff, und Gabriel hatte begonnen, daran zu rütteln. Auf einmal war ein Knirschen zu hören, dann öffnete sich die Tür nach innen.

»Meine ist auch kaputt«, kommentierte der Nachbar unzufrieden. »Das Holz ist morsch. Und die Hausverwaltung unternimmt nichts.«

»Wir sind gleich wieder da«, behauptete Michelle.

Sie folgte Gabriel in Sarahs Wohnung, schloss die Tür hinter sich, so gut es ging.

»Ich habe hier mit ihr renoviert, als sie eingezogen ist. Vor … anderthalb Jahren«, sagte Gabriel. »Im Winter. Wände streichen im Winter, wenn einem die Farbe am Pinsel festfriert beim Lüften. Ganz toll. Mit Handschuhen und Schal. Ist aber gut geworden, finde ich.«

Er sah sich um. Die Wände sahen tatsächlich viel besser aus als nebenan.

Von einem kleinen Flur gingen drei weitere Türen ab.

Das Schlafzimmer war überraschend mädchenhaft in hellrosa gehalten, mit einer weißen Kommode, weißem Ikeabett und -schrank, einem Spiegel mit goldenem Ornamentrahmen. Der Teppich war dunkelbraun und passte überhaupt nicht zu der übrigen Einrichtung. »Der war drin«, sagte Gabriel und tippte mit der Schuhspitze auf den Teppich. Die Bettdecke war aufgeschüttelt, auf der Kommode standen Schälchen mit Haargummis und Ohrringen. Im Vergleich zum Wohnzimmer war es hier überraschend ordentlich.

Michelle bückte sich, um unter das Bett zu sehen. Sie wusste auch nicht genau, weshalb sie das tat, aber erst in diesem Moment wurde ihr wieder bewusst, warum sie überhaupt hier waren – um auszuschließen, Sarah befände sich schwer verletzt oder tot in der Wohnung. Das aber schien nicht so zu sein, auf jeden Fall roch es nicht so, wie Michelle sich vorstellte, dass eine … sie wollte gar nicht daran denken.

Es roch ganz normal, ein wenig abgestanden vielleicht, aber nicht schlimm.

Unter dem Bett lag ein Koffer. Michelle zog ihn hervor. Winterjacken. Mützen, Schals, Handschuhe. Sie klappte den Koffer wieder zu und schob ihn zurück.

Der Schrank sah aus wie ihr eigener. Die Kommode ebenfalls. Reichlich Unterwäsche. In der untersten Schublade ganz hinten ein Vibrator. Die Dinger könnten sie bei Ikea eigentlich auch gleich mitverkaufen: Summsbi oder so. Ein Vorrat an Binden, Tampons, Sonnenbrillen, Käppis.

Der Wecker war auf 12 Uhr mittags gestellt, wahrscheinlich hatte Sarah die Weckfunktion nie genutzt. Die Uhrzeit stimmte.

Das Toilettenbecken im Bad war ausgetrocknet. Das Spiegelschränkchen über dem Waschbecken enthielt Zahnpasta, Rasierschaum, Kopfschmerztabletten. Außerdem Tavor und Ocycodon-HCI beta. Ein paar Tabletten waren noch übrig. Gabriel starrte in das Schränkchen. Er schloss die Augen und rieb sich die Stirn.

Michelle sagte: »Das muss ja nicht heißen, dass sie …«

Was für ein Unsinn. Es hieß genau das: Sarah hatte wieder angefangen, Pillen zu schlucken. Und sie war unerwartet verschwunden, sonst hätte sie sicher ihren Vorrat mitgenommen.

»Scheiße«, sagte Gabriel wütend und knallte die Spiegeltürchen zu. Eine der Scheiben bekam einen Sprung, blieb aber noch im Rahmen hängen.

Er schüttelte den Kopf.

Michelle zog den Duschvorhang zur Seite. Niemand.

In der Küche zwei krümelige Teller und ein Messer im Spülbecken. Ein Kaffeebecher.

Im Kühlschrank … eingetrockneter Käse, angeschimmelte Mettwurst, Marmelade. Die Margarine hatte auch lange keiner mehr benutzt. Als Michelle die Milchpackung schüttelte, regte sich nichts darin. Vorsichtig öffnete sie die Klappe des Brotkastens. Bingo! Angeschimmelter Toast. Zwischen Brotkasten und Mikrowelle zwei ungeöffnete Werbebriefe.

Irgendwie hatte Michelle mehr Chaos erwartet. Süchtige waren normalerweise keine sonderlich guten Haushälter. In ihrem Leben gab es Wichtigeres.

Neben dem Kühlschrank an der Wand ein Kalender, der

noch den letzten Monat zeigte. War das ein Hinweis darauf, wann Sarah zuletzt hier gewesen war? Michelle hob das Blatt, schaute auf den laufenden Monat. Nahm dann den Kalender von der Wand, blätterte zurück. Keine Einträge. Nur Deko.

»Verdammt. Verdammter Mist!«, fluchte Gabriel.

Michelle schüttelte den Kopf. »Nein. Im Gegenteil. Ich bin froh, dass sie nicht …« Fast hätte sie gesagt: … tot in der Badewanne liegt. »Dass ihr nichts zugestoßen ist. Weißt du, zu viel getrunken, gestolpert, Kopf angeschlagen, bewusstlos. Hätte ja alles sein können. Insofern … das ist doch schon mal was.«

Auf einmal fiel ihr etwas ein. »Warte mal«, sagte sie. »Komm mit.« Sie lief ins Wohnzimmer.

»Was denn jetzt? Mitkommen oder warten?«, rief Gabriel ihr hinterher.

Michelle lachte auf. »Mitkommen!«

Unter dem Fernseher befand sich ein flaches Schränkchen in einem hässlichen Armydunkelgrün. Michelle öffnete die Türen. Wie sie vermutet hatte: CDs, DVDs, Festplattenrecorder. Sie fuhr mit dem Finger die Hüllen entlang. Liebeskomödien, Zeichentrickserien, ein paar Horrormovies. Chart-CDs. Manchmal vergaß sie, dass Sarah doch etliche Jahre jünger war als sie. Hier wurde es deutlich.

»Ach, Dreck«, sagte sie und sank auf die Fersen.

Gabriel war neben sie getreten. Sie sah zu ihm auf. Er schaute von oben in ihr Top, riss sich aber sofort zusammen.

»Wonach suchst du denn?«, fragte er.

»Ich dachte …« Sie deutete hilflos in das Sideboard. »Ich dachte, vielleicht hat es doch was mit Pornos zu tun, ist ja schnelles Geld. Und es hätte ja sein können, dass sie Filme von einer bestimmten Firma hier stehen hat. Aber ich weiß auch nicht, was das bewiesen hätte. Wenn überhaupt etwas. Ich meine, wenn du recht hast und sie wurde entführt, dann geben die ihr ja nicht zwei Wochen vorher 'nen Stapel DVDs mit nach Hause zum Anschauen. Und wenn …« Sie schlug mit der flachen Hand auf den Teppich. »Oder doch! Vielleicht war die Entführung schon Teil des Films! Vielleicht war das alles abgesprochen, und dann … oder …« In ihrem Kopf drehte sich alles.

Gabriel ließ sich neben ihr auf den Teppich sinken. »Ganz ruhig«, sagte er und nahm ihre Hand. »Eins nach dem anderen.«

Michelle schloss für einen Moment die Augen. Die Puzzleteile passten einfach nicht zusammen. Es musste eine andere Erklärung geben.

»Ich dachte, vielleicht hat jemand ihr schnelles Geld versprochen für einen Film, und die Entführung – wenn sie denn überhaupt stattgefunden hat – war Teil des Szenarios. Gibt ja Männer, die stehen auf so was.«

Gabriel seufzte.

»Und dann hätten die ihr vielleicht vorab ein paar Videos gegeben, damit sie sieht, worauf sie sich einlässt. Was zum Job gehört. Danach habe ich gesucht. Aber war nichts. Und ist auch eine blöde Idee. Tut mir leid.«

Ärgerlich stemmte sie sich hoch.

»Hast du irgendwo ein Handy gesehen?«, fragte sie dann.

Sie ging zurück in die Küche, dann ins Schlafzimmer. Gabriel folgte ihr. In der Steckdose neben dem Bett steckte ein Ladegerät, doch am Kabel hing kein Handy.

Schlechtes Zeichen.

Lebensmittel vergammelt. Handy weg. Ladegerät da.

»Lass mal im Briefkasten gucken, seit wann der nicht geleert ist«, schlug Gabriel vor. Im Flur hing ein Schlüsselring an einem Haken. Daran vier Schlüssel. Zwei große, zwei kleine. Wahrscheinlich Haustür, Wohnung, Keller, Briefkasten.

Der Kloß in Michelles Hals wurde immer dicker.

Gabriel nahm die Schlüssel. Mit einem davon ließ sich tatsächlich von innen die abgesperrte Tür öffnen.

Sie gingen hinaus. Gabriel schloss hinter ihnen ab.

Sarahs Briefkasten im Erdgeschoss war so voll, dass ein paar Briefe schon herausguckten. Gabriel zog sie aus dem Schlitz, öffnete dann die Klappe und entnahm die übrigen Umschläge und Flyer. Pizza und Croque waren im Angebot, Sushi in dieser Gegend offenbar nicht so gefragt. Ein paar Werbebriefe, Payback, Kabel Deutschland. Undatiert.

Gabriel blätterte weiter. Eine Rechnung der Telekom. Dann das Schreiben einer Versicherung. Er zögerte nur kurz, dann riss er die Umschläge auf.

Michelle zog ihr Handy heraus, um das aktuelle Datum nachzusehen.

Die Mahnung für Sarahs Mobilfunkvertrag stammte von Mitte letzter Woche. Darin wurde gedroht, die SIM-Karte abzuschalten, wenn ein Zahlungseingang nicht binnen zehn Tagen erfolgte. Das war bis Ende dieser Woche. Ihr Handy müsste also noch funktionieren. Auch die Hausratversicherung forderte einen ausstehenden Betrag ein. Abgeschickt einen Tag früher als die Telekommahnung.

Sarah war also seit mindestens acht Tagen nicht mehr zu Hause gewesen.

Als sie aus dem Haus traten, hatte jeder Kampfgeist sie verlassen. Es war spät, aber immer noch schwülwarm. »Lass uns die Bahn nehmen«, schlug Michelle vor und nickte in Richtung des S-Bahn-Leuchtzeichens.

Gabriel nickte stumm und trottete neben ihr her.

Erst als sie über die Elbbrücken fuhren, fragte Michelle sich, ob Sarahs Nachbar noch immer auf dem Balkon stand und darauf wartete, wie das Leben weiterging.

64

Ein ganz normaler Abend im *Pretty Woman*. Nicht besonders viel los, nicht besonders wenig. Am frühen Abend hatte es genieselt, ein Hauch Feuchtigkeit in der Luft galt in der Hansestadt im Sommer eher als Erfrischung denn als störend.

Inzwischen war es halb vier, und Michelle hätte nicht mehr sagen können, wie viele Kunden sie heute gehabt hatte. Sechs, sieben, acht? Nur einer war ihr im Gedächtnis geblieben, ein junger Mann, höchst unsicher, der das ganze Leben noch vor sich hatte.

Er hatte ihr, wie es so viele taten, seine Geschichte erzählt. In der Schule hatte er nur eine einzige Freundin gehabt, mit der »nicht viel gelaufen« war. Und jetzt war er bis über beide Ohren verliebt – aber er machte sich Sorgen, »weil ich doch gar nicht weiß, wie … also, wie es geht«, hatte er gemurmelt.

Eine männliche Jungfrau. Nicht ihre erste, aber immer wieder … schön? Bemerkenswert?

Michelle ließ sich mit ihm, wie immer in solchen Fällen, mehr Zeit, als sie betriebswirtschaftlich rechtfertigen konnte. Schließlich war ihr Job mehr als nur Geldverdienen. Sie hatte die Gelegenheit, einen jungen Mann fürs Leben zu prägen – und seinen zukünftigen Partnerinnen wahlweise einen Stümper oder einen Profi zu schicken.

Am Ende hatte er sich überschwänglich bei ihr bedankt und ungeschickt versucht, ihr einen Kuss auf die Wange zu drücken, dem sie mit einem Lächeln auswich.

Aus irgendeinem Grunde machte es sie traurig, daran zurück- …ken. Sie hatte ihr Geld bekommen, er zahlte sogar mehr, als sie vereinbart hatten – alles gut. Aber … die Unschuld in seinem Blick, diese Gewissheit, dass in wenigen Augenblicken nichts mehr so sein würde wie zuvor … manchmal vermisste sie dieses Gefühl.

Vielleicht lag es auch nur an ihrem Besuch bei Gabriel zuvor, der sie an ihre Schulzeit erinnert hatte. In der sie sich bereits keineswegs unschuldig verhalten hatte … aber damals hatte sie gedacht, das wäre nur eine Phase, das geht vorbei, das wird schon wieder. Sie war überzeugt gewesen, sie würde einen Mann finden, heiraten, Kinder kriegen. Mit jedem Tag seither war ihre Überzeugung gewachsen, dass Menschen einander nur unglücklich machten. Blieb nur die Frage, wie schnell und wie sehr.

Ihre Mutter und Raimund waren das beste Beispiel.

Oder sie und Paul – es war locker und nett zwischen ihnen gewesen, aber seit sie einander besser kannten, lief etwas schief.

Und Gabriel … ihn wiederzusehen war gewesen, als hätte jemand tief in ihrem Inneren einen Gong angeschlagen, dessen Klang alle möglichen Gefühle aufweckte.

Sie wünschte dem jungen Mann, den sie vorhin in die Geheimnisse der Liebe eingeweiht hatte, eine wundervolle Zukunft. Aber sie bezweifelte es.

Am Ende kam immer irgendwie Sex dazwischen. Ersatzweise Geld.

Wie bei ihr. Bei Fleur. Bei Sarah.

Die ganze verdammte Welt war schwer zu ertragen.

Sie versuchte, die Schwere, die sie erfüllte, zu vertreiben, aber es gelang ihr nicht.

»Geh nach Hause.« Gordon war in die Tür getreten.

Michelle saß auf dem Bett. Sie trug eine im Schritt offene

Netzstrumpfhose, hochhackige rote Schuhe u[illegible]n Spitzen-BH. Ihr karierter Faltenrock und das Spaghettitop la[illegible]n auf einem Stuhl, der neben ihrer Aralie in der Ecke des Zimmers stand.

»Okay.« Erschöpft stemmte sie sich hoch und zog sich an. »Ich weiß gar nicht, was los ist. War ein guter Tag. Hier, meine ich. Alle freundlich, keiner ungewaschen, alle zufrieden, sogar eine Jungfrau.«

Gordon nickte anerkennend.

»Aber ich kriege diese Sache nicht aus dem Kopf … dieses verschwundene Mädchen. Mittlerweile denke ich, es könnte …«

Hinter Gordon tauchte Amira mit ihrem Reinigungskarren auf.

Michelle hatte eine Idee.

»Sag mal, Amira – wie alt bist du?«

Alarmiert schaute Amira auf, dann sah sie Gordon an, sagte aber nichts.

Der grummelte: »Ist doch fuckscheißegal!«

Michelle zuckte mit den Achseln. »Also noch nicht volljährig. Okay. Für das, was ich wissen will, ist es eigentlich auch egal. Aber du bist deutlich jünger als ich.«

Mittlerweile war Amira an Gordon vorbei ins Zimmer gekommen. Sie nahm die Tüte aus Michelles Mülleimer und trug sie nach draußen.

Wie viele Kinder man mit dem Sperma aus den Kondomen darin wohl zeugen könnte? Wie viele Zukünfte heute nicht begonnen worden waren? Normalerweise fand Michelle ihren Dienst an der Gemeinschaft positiv. Aber heute … war sie irgendwie rührselig.

»Eine Freundin von mir ist … ich vermute, sie war tablettensüchtig, und jetzt scheint sie verschwunden zu sein. Und ich dachte … sie ist deutlich jünger als ich, und es kann sein, dass sie irgendwie in Kontakt mit Pornofilmern gekommen ist. Ich will damit nicht sagen, dass du … aber ich dachte, vielleicht weißt du, wo so jemand hingehen würde. Die Clubs. Die Ecken der Stadt. Die Szene. Du weißt schon.«

Noch bevor Amira etwas sagen konnte, meldete sich Gordon zu Wort. »Wir müssen uns auf jeden Fall kümmern. Die Sache klären und im Keim ersticken. Diese Fuckscheiße. Ich kenn da jemand. Mit dem spreche ich nachher mal.«

Michelle schüttelte irritiert den Kopf. Aber das störte Gordon nicht. »Morgen weiß ich mehr!« Danach sahen Michelle und er Amira an.

Sie wirkte verschlossen. Unnahbar. Als müsste sie sich schützen. Ihr schwarzes Haar schien seinen Glanz verloren zu haben. Aber mit schmalen Lippen und leiser Stimme sagte sie: »Ja. Ich weiß, wen ich fragen muss.«

65

Es sah aus wie eine dieser Kneipen, die man lieber gleich wieder verlässt.

Allerdings war diese nur eine Front. Das wahre Business lief in den Hinterzimmern.

Die letzten Zecher klebten am Tresen. Aus den Miniboxen über der Bar sickerte Gitarrenrock. Die Barkeeperin sah aus wie ein Model. Ihr Blick grell wie Laser.

Mit ruhigem Schritt durchquerte Gordon die leere Kneipe, blieb vor einer Tür in der Rückwand stehen. Schwarz auf schwarz, keine Klinke. Wer sie nicht kannte, würde sie höchstens für den Eingang zu einem ehemaligen Lagerraum halten.

Ein knappes metallisches Klicken, und die Tür sprang auf. Ein scharfer Lichtstrahl fiel durch den Spalt auf den Boden. Gordon ging hinein. Die beiden Männer an der Bar sahen ihm nach, bis die Barkeeperin ihnen kommentarlos einen Korn hinstellte.

Schon hatten sie alles vergessen.

In dem Raum, den Gordon gerade betreten hatte, war es gleißend hell wie in einem Operationssaal. Und wie in einem OP gab es keine Fenster. Damit endeten die Gemeinsamkeiten.

In einem Käfig, der an vier dicken Ketten von der Decke hing, kämpften zwei Männer. Die einzige Regel bestand darin, dass alles erlaubt war.

Der Cage Fight wurde von acht Kameras ins Internet übertragen. In aller Welt saßen Spieler vor ihren Bildschirmen und platzierten ihre Wetten.

Alle Seiten des Käfigs, auch der Boden, bestanden aus dicken Gitterstäben, die sich im Abstand von knapp zehn Zentimetern kreuzten. Die Männer keuchten, sie waren schweißüberströmt und hatten Schwierigkeiten, mit den Füßen sicheren Halt zu finden.

Beide hatten kurz geschorenes Haar, Steroidbodys und brutale Gangstervisagen. Sie hätten Brüder sein können. Vielleicht waren sie es auch. Unterscheiden konnte man sie nur an der Farbe ihrer Shorts. Dem einzigen Bekleidungsstück. Eine rot, eine blau.

Der Rote reckte die Arme in die Höhe, packte die Gitterstäbe über seinem Kopf und zog sich scheinbar mühelos daran hoch. Er schwang die Beine nach hinten, um zu einem Tritt auszuholen.

Sein Gegner breitete die Arme aus, um nach ihm zu greifen und ihn herunterzureißen, doch er rutschte ab, und sein Fuß geriet zwischen die Gitterstäbe des Bodens. Der Rote reagierte augenblicklich und warf sich mit aller Kraft auf ihn.

Gordon wandte schnell den Blick ab, aber das Knacken, mit dem das Fußgelenk brach, hallte in seinen eigenen Knochen wider. Ebenso wie der Schrei des Verletzten seinen Schädel erfüllte.

Und er wusste, jetzt ging es erst richtig los.

Denn der Kampf war erst zu Ende, wenn einer von beiden freiwillig aufgab. Oder das nicht mehr konnte. Der andere verließ den Käfig als reicher Mann. Jedenfalls für das Verständnis dieser Kerle.

Man hörte nur das bestialische Schnaufen der Kämpfer, das Klatschen von Haut auf Haut. Erschöpfung und Schmerz. Dazu der Geruch von Schweiß und Angst.

Gordon durchquerte den Raum, blieb vor einer weiteren Tür stehen. Diese war weiß. Es dauerte einige Zeit, bis er eingelassen wurde. Seine Augen mussten sich erst wieder an das Dämmerlicht gewöhnen, das nun herrschte. Der Kampf wurde auf einen riesigen Bildschirm übertragen, aber ohne Ton.

Der Saal, den Gordon betreten hatte, war überheizt und nahezu leer. Der Mann, der in der Mitte in einem Sessel saß, hatte die Augen geschlossen, als schliefe er. Aber Gordon wusste, dass der Eindruck täuschte. Kaum jemand in der Stadt bekam so viel mit wie Algo, der blinde Grieche, der diesen Raum seit Jahren nicht mehr verlassen hatte. Und zumindest in der Welt, in der Gordon sich bewegte, hatte niemand mehr zu sagen als Algo.

Viele hassten ihn, aber keiner wagte es, gegen ihn aufzubegehren.

Niemand kannte die Geschichte genau, aber angeblich war Algo einer von vier Söhnen eines griechischen Ölmilliardärs. Seine Brüder ließen sich in der Ägäis von den schönsten Frauen verwöhnen, aber er trug in der Jugend das Haar lang und liebte das eigene Geschlecht. Es hieß, sein eigener Vater habe einen Säureanschlag auf ihn in Auftrag gegeben, jedenfalls bestand Algos Gesicht nur aus blumenkohlartig wucherndem Narbengewebe, der Großteil seines Haars war weggeätzt, die restlichen Strähnen klebten kraftlos auf dünn gespannter Haut.

Er war ein Abbild des Grauens, das er erfahren hatte.

Hinter vorgehaltener Hand flüsterte man, Algo hätte das gesamte Gold seines Vaters gestohlen und das Land in einem gekaperten Krankenwagen verlassen. Warum hatte es ihn nach Hamburg verschlagen? Niemand wusste es. Man sagte, ihm gehörten Immobilien in der halben Stadt. Es hieß, er sei der letzte Überlebende seines Clans.

Gordon hatte ihn noch nie ein Wort sprechen hören, und er wusste auch nicht, ob Algo dazu noch fähig war.

Der Atem des Alten ging rau und lautstark durch den halb

offen stehenden Mund wie das endlose Rauschen eines Ozeans, von dem man nie wiederkehrte.

Neben ihm saß eine Frau, die den Rang von Algos Tochter einnahm, wer immer sie auch war. Ihre Haut war kalkweiß, ihr Mund ein schmaler schwarzer Riss in der Leinwand. Die Augen aschgrau und gefühllos wie erstarrte Lava. Sie war ganz in schwarz gekleidet und derart dürr, dass sie alterslos wirkte. Ihr Haar war von einem matten Brünett. Dass sie es nicht für nötig befand, es zu färben, um den dominanten Effekt ihrer Persönlichkeit zu verstärken, sprach für sich.

Gordons Blick irrte durch den Raum. Bildschirm, Algo, die Tochter, Bildschirm, Algo, die Tochter ... Aus Erfahrung wusste er, dass er gut daran tat, sich kurzzufassen und auf den Punkt zu kommen.

»Es heißt, ein Mädchen sei entführt worden. Aus der Silbersackstraße. Angeblich für einen Snuff-Film, über den es aber bisher nur Gerüchte gibt.« Er hatte die Sätze auf dem Weg hierher mehrfach im Geiste geübt und verfeinert.

Algos Tochter runzelte die Stirn, was ihr Gesicht aussehen ließ wie das einer kalkigen, bösartigen Kröte.

»Das ist unser Gebiet«, zischte sie.

»Ich wollte nur sicher sein, dass Sie nichts ...«

»Nein«, unterbrach sie Gordon ungeduldig. »Wir nicht. Das müssen ...«

Sie zögerte, warf Algo einen Blick zu, als wäre selbst sie unsicher.

Algo rührte sich nicht. Genauso gut hätte er tot sein können.

Die Frau zischte: »Es sind Kroaten. Oder Albanier. Knezevic. Miran und Milo Knezevic.« Wieder eine Pause. Dann: »Wir brauchen sie hier nicht.« Ruckartig zuckte ihr Körper zurück wie der einer animierten Wachsfigur, die ihre Routine beendet hatte.

Gordon wusste nicht recht, ob der letzte Satz ein Befehl oder ein Freibrief gewesen war.

In dem Saal mit den beiden Cagefightern stank es mittlerweile nach Kot, Urin und Erbrochenem. Der Boden unter dem Käfig war fleckig in Farbtönen, bei denen Gordon übel wurde. Die Männer grunzten und knurrten wie Tiere, ansonsten war kein Laut mehr zu hören.

Gordon nickte dem Mädchen an der Bar zu, die ihm ungerührt hinterherschaute.

Er war froh, als die letzte Tür hinter ihm zufiel und er wieder in der feuchtkalten Sommerluft der Kieznacht stand, die nur nach Auspuffgasen, Papier und altem Frittenfett roch.

66

Amira saß im Wohnzimmer der Wohnung, in der sie schon mit ihren Eltern gelebt hatten. Es wäre billiger – und vielleicht für May-Lin auch ganz gut –, umzuziehen. Die Vergangenheit hinter sich zu lassen. Aber noch war sie nicht so weit.

Aus dem Wohnzimmerfenster sah man den Widerschein der aufgehenden Sonne in den zahlreichen Glasscheiben der umliegenden Wohnblöcke. Lange vor Amiras Geburt hatte irgendein Hamburger Bausenator geglaubt, es wäre sinnvoll, Menschen wie Hühner dicht an dicht in hässlichen Klötzen zu halten. Dazwischen nur ein bisschen Platz, um beschämt im Boden zu scharren.

Amira und May-Lin gehörten zu den wenigen Anwohnern hier, die fließend – oder überhaupt – Deutsch sprachen. Die Siedlung war Anlaufpunkt und Durchlauferhitzer für all diejenigen, die sich in diesem Land nie zu Hause fühlen würden und die das Land auch gar nicht haben wollte. Amira konnte es diesen hoffnungslosen Kreaturen nicht verdenken, dass für sie ein Gesetzbuch nicht mehr war als Klopapier.

Sie war auf demselben Trip in den Abgrund gewesen, hatte keinen Ausweg gesehen, auch nicht darüber nachgedacht. Macht, Gewalt, genug Geld für die Woche und der Kick, jemand fertiggemacht zu haben. Das zählte.

War das Leben jetzt besser? Sie sorgte sich um May-Lins Zukunft, dass es körperlich schmerzte. Die Haut an ihren Händen war von ehrlicher Arbeit aufgequollen und rissig. Und zugleich hatten sie weniger Geld als vorher.

War das Leben jetzt besser?

Sie wusste, wenn May-Lin etwas zustieße, würde sie dem Täter das Herz herausreißen, ohne zu zögern. Etwas an Michelles Blick, als sie von ihrer Freundin erzählte, hatte denselben Beschützerinstinkt in Amira zum Klingen gebracht. Sie wusste, was sie zu tun hatte. Aber sie fürchtete sich dennoch davor.

Ein Blick auf die Uhr. Noch zwanzig Minuten, bevor May-Lin aufstehen musste. Sie legte sich kurz aufs Sofa und schloss die Augen.

»Xǐng xǐng ba, nǐ zěnme yàng?«, flüsterte May-Lin ihr ins Ohr, und Amira schreckte hoch.

Ihre kleine Schwester war bereits angezogen. Amira lächelte und schob May-Lin eine freche Haarsträhne hinter das Ohr. Sie stand auf und ging in die Küche.

Frühstücksflocken, Kaffee, Pausenbrot. Dann trottete May-Lin los, *My Little Pony* auf dem Rücken.

Ihr würde nichts geschehen. Jeder hier wusste, wessen Schwester sie war.

Amira sah auf die Uhr. Es war sowieso zu früh, also egal. Zu Fuß ging sie ein Stockwerk höher. Die Treppenstufen waren klebrig von … man wollte es gar nicht so genau wissen. An den Wänden Graffiti. Die Fenster des Treppenhauses schon vor Jahren eingeschlagen.

Sie blieb vor einer Wohnung stehen. Schlug mehrfach mit der Faust dagegen. Rief laut: »Lukas! Luuuu-kas!«

Bis Schritte näher kamen, dann eine Stimme: »Wassollnderscheißichbindochschondaverdammtekacke.«

Ein junger Mann riss die Tür auf. »Ach«, sagte er dann. »Du bist es.«

Er trug nichts außer einem knappen Slip. Sein Körper wirkte schlangenhaft elastisch wie aus Gummi. Sie kannten sich schon lange. Er hatte ihr Gras verkauft, als sie noch in die Grundschule gegangen war. Als sie überhaupt noch in die Schule gegangen war.

Eine Zeit lang hatte sie ihn gemieden.

Er lächelte wie eine Kobra vor dem Essen. Aber Amira schüttelte den Kopf.

»Mit zwanzig, wenn du Pillen brauchst – und Geld dafür –, wo gehst du hin?«

Lukas kniff die Augen zusammen.

»Mädchen oder Junge? Oder beides?«

»Mädchen.«

»Extrem.«

»Na ja«, meinte Amira. »So extrem finde ich das jetzt nicht.«

»Nein. So heißt der Laden. ›eXXXtrem‹. Mit drei X.«

Dann gähnte er ausführlich. Amira konnte die Sehnen an seinem Hals tanzen sehen.

67

Weder der Obduktionsbericht noch die Aufzeichnungen der Spurensicherung hatten irgendwen weitergebracht.

Kammerflimmern mit nachfolgendem Herz-Kreislauf-Stillstand, ausgelöst durch einen Stromschlag. Ach was.

Die Spurensicherung hatte bereits festgestellt, dass im Bad keine Fehlerstromschutzschalter in den Steckdosen vorhanden waren, die seit 1980 beim Bau oder offiziellen Renovierungen Vorschrift sind.

Es gab auch keine Spuren gewaltsamen Eindringens ins Haus, aber die Balkontür zum Schlafzimmer war nicht verschlossen gewesen.

Hinnerken konnte sich erinnern, dass Michelles Mutter gesagt hatte, sie wäre nicht auf dem Balkon gewesen. Wenn sie sich nicht irrte – oder log –, dann war es gut möglich, dass jemand das Haus auf diese Weise betreten oder verlassen hatte.

In der Küche waren kleinere Glassplitter gefunden worden, die noch vom Labor untersucht wurden.

Keine Fußspuren in den Beeten oder im Haus, keine unerwarteten Fingerabdrücke auf dem Fön, kein Hinweis auf einen Kampf.

Die Aussagen der Nachbarn ließen sich zusammenfassen zu: Hier kümmert sich jeder um seinen eigenen Kram – und ist auch noch stolz darauf!

»Haben wir schon die Bankdaten?«, fragte Hinnerken. Vor ihm auf dem Schreibtisch stand ein frischer morgendlicher Becher Kaffee.

Meißen warf einen Blick auf den Bildschirm. »Dieser Teschke hat mir die letzten drei Bilanzen geschickt. Moment Mal.« Sie öffnete die Dateien und überflog sie.

Paul las in der Zwischenzeit seine E-Mails. Der übliche Behördenwahnsinn. Vorschriften, wie Vorschriften anzuwenden waren.

»Manchmal denke ich, es wäre einfacher, wir würden überhaupt keine Fälle mehr klären. Billiger auch. Sozialverträglicher. Wenn ich das alles hier schon wieder lese, könnte ich die Wand hochgehen«, murmelte er.

»Weißt du, was ich an der Sache am merkwürdigsten finde?«, fragte Meißen unbeeindruckt. »Dein Instinkt sagt doch dasselbe wie meiner – da ist was faul. Aber ich kriege es noch nicht zu fassen. Und die Zeugen sind alle so windelweich freundlich. Normalerweise tropft dem Partner doch entweder der Hass oder das Entsetzen aus den Ohren. Oder dem Geschäftspartner. Die hier sind alle so unterkühlt. Vielleicht hat Raimund solche Leute angezogen. Kann ja sein. Ist schon auffällig. Und keiner mag ihn richtig, aber es hasst ihn auch keiner. Das ist doch ungewöhnlich. Aber er kann nicht doof gewesen sein. Und geldgierig war er auch nicht. Er wusste, auf welcher Seite sein Brot gebuttert ist, das ja, aber richtiger Reichtum sieht anders aus. Ich kriege irgendwie kein Bild von dem Mann.«

Paul dachte entsetzt: *Du könntest auch mich beschreiben*.

Nach einer Schrecksekunde sagte er: »Ich würde gern diesen Exkompagnon und besten Freund genauer unter die Lupe nehmen. Dessen Story ist mir zu glatt und harmonisch.«

Meißen nickte.

Nach einem Moment fragte Paul: »Würdest du … eben, als du …« Dann fing er sich. »Ach, vergiss es. Falscher Gedanke.«

Das fehlte noch, dass er mit seiner Kripopartnerin über sein Gefühlsleben sensibelte.

68

»Hey, hast du einen Moment Zeit?«

Im Hintergrund hörte Michelle Kindergeschrei.

»Klar. Wir sind auf dem Spielplatz. Ich hab mir gerade einen Kaffee geholt. Schöner wird's nicht. Willst du kommen?«, fragte Mina-Cheyenne.

Michelle sah zum Fenster hinaus. Ihre Mutter war irgendwo in der Stadt unterwegs. Freundinnen treffen oder Stoff kaufen, sie hatte es vergessen.

Mutter zieht ein. Mutters Expartner tot in der Wanne. Mutter unter Verdacht. Kleine Schwester des eigenen Exfreundes angeblich entführt. Vielleicht in Lebensgefahr, vielleicht schon tot.

Ihr Leben war momentan verdammt düster. Sie musste wirklich mal raus und wieder was Normales machen. Und das Wetter lud tatsächlich dazu ein, es war einer der fünfeinhalb strahlend blauen Sommertage, die Hamburg pro Jahr zu bieten hatte.

»Okay. Warum nicht. Wo seid ihr denn? Aber meine Frage ist … vielleicht nicht ganz kindergerecht«, warnte sie.

»Bei Planten un Blomen. Und die Kids hören ja sowieso nicht zu. Für die sind wir nur Eiscremebezahler und Saftspender. Mach dir keine Sorgen.«

»Gut, dann bis gleich.«

Ihr Fahrrad stand im Keller und war halb platt, aber an einem der Räder vor der Tür klemmte eine Pumpe, und nach einigen Minuten Kraftarbeit war sie unterwegs.

Planten un Blomen – plattdeutsch für »Pflanzen und Blumen« – war der inoffizielle Vorgarten jedes Hamburgers auf der Westseite der Alster. Im Ostteil besuchte man den Stadtpark. Der mochte mit seinen weiten Rasenflächen besser zum Fußballspielen oder Frisbeewerfen geeignet sein. Aber man musste schon Freunde mitbringen, sonst kam man sich vor wie eine einsame Ameise.

Zwischen Dammtor, Fernsehturm und Messehallen hingegen boten kleine Gärtchen, Cafés und Blumenrabatten viel fürs Auge, und man kam leicht ins unverbindliche Plaudern. Das war ungewöhnlich für die eher unterkühlten Hanseaten. Auch führte noch der ehemalige Wassergraben der Hammaburg im Zickzack des Stadtmauerverlaufes durch die Anlage. So blieb sie kleinteiliger und überschaubarer als der Stadtpark. Zugänglicher.

Der größte Spielplatz der Stadt befand sich im Südzipfel des Parks, sodass einerseits Eltern ihre Kinder gut im Blick behalten konnten, andererseits die übrigen Parkbesucher den Rest des Geländes für sich hatten.

Mina-Cheyenne saß allein auf einer Bank, einen Kaffeebecher in der Hand, eine Tasche neben sich auf dem Boden. Der junge Mann auf der Bank daneben schaute auffällig unauffällig immer wieder zu ihr hinüber. Es tat Michelle beinahe leid, ihm die Tour zu verhageln.

Ihre Kollegin war kaum wiederzuerkennen – im *Pretty Woman* war Mina-Cheyenne die freche Göre, die sich dann dem erfahrenen Lover doch begeistert hingab. Hier wirkte sie entspannt und gelöst wie eine Vorstadtmutter. Michelle war nicht sicher, ob Mina-Cheyenne das als Kompliment angesehen hätte. Aber im ersten Moment, als sie sie entdeckte, empfand sie einen merkwürdigen Stich Neid. Was war nur los mit ihr? Warum war sie neuerdings so emotional?

»Hi!«, sagte sie und setzte sich neben Mina-Cheyenne.

Sie umarmten einander. Aus dem Augenwinkel konnte Michelle sehen, wie der Mann auf der Bank sie musterte. Wahrscheinlich fragte er sich, ob seine Chancen gerade gestiegen oder gesunken waren.

»Schön, dass du kommen konntest. Raven! Raven!«, rief sie, und ein kleiner Kopf mit pechschwarzem Haar schoss aus einem Spielhaus hervor. Der Junge entdeckte Michelle, sprang in den Sand und rannte auf sie zu. Mit vollem Schwung warf er sich in ihre Arme, und sie fingen beide an zu lachen.

»Hi Raven, du kleiner Racker«, sagte Michelle und wuschelte dem Jungen durch das Haar. Mina-Cheyenne brachte ihn manchmal, wenn sein Vater mal wieder nicht gekommen war, um ihn abzuholen, oder wenn der Junge krank war, mit ins *Pretty Woman*, und die Kolleginnen kümmerten sich reihum um ihn. Von Anfang an hatte er Michelle am liebsten gemocht, und obwohl sie das niemals zugegeben hätte, war sie doch ein bisschen stolz darauf.

Sie wusste noch nicht, ob sie selbst Kinder haben wollte … obwohl doch, eigentlich schon, aber später, zur richtigen Zeit, mit dem richtigen Partner. Nachdem sie ihr Studium beendet hatte und …

Raven grinste noch einmal zu ihr hoch und rannte dann wieder los.

Mina-Cheyenne trank ihren Kaffee aus, warf den Becher in den Papierkorb neben der Bank und lehnte sich mit einem Seufzen zurück. »Besser wird's nicht«, sagte sie und lächelte.

Michelle hatte ein schlechtes Gewissen, die Stimmung zu killen. Aber sie musste weiterkommen. Es konnte sein, dass jede Minute zählte. Sie sah Sarahs Gesicht vor sich.

»Sag mal«, begann sie vorsichtig. Sie war nicht sicher, wie

peinlich ihrer Kollegin das Thema war. »Du hast mal erzählt, du hättest in ein paar Filmen mitgespielt. Also Pornos, meine ich. Kennst du da noch jemanden? Einen Produzenten oder so?«

»Brauchst du Geld?«, fragte Mina-Cheyenne zurück. »Dann könnte ich dir vielleicht … hängt davon ab, wie viel du brauchst …«

Michelle lachte auf und legte ihrer Freundin eine Hand auf den Arm. »Nein! Aber danke! Das ist ja süß von dir! Nein – ich suche eine … weißt du, dieses Mädchen, das verschwunden sein soll? Ich wusste es nicht, aber das ist die kleine Schwester eines Freundes von mir. Die kenne ich schon seit der Schule. Wir haben … wir waren nicht richtig Freundinnen, sie war halt nur die kleine Schwester, aber ich mochte sie. Und später …« Michelle zögerte. »Sie war mal in der Klemme, und ich habe ihr geholfen. Damals war sie auf Tabletten. Jedenfalls ist sie verschwunden, und auf einmal heißt es, das verschwundene Mädchen wäre für so einen Horrorporno entführt worden … und ich kenne mich in der Szene überhaupt nicht aus. Deshalb dachte ich an dich und ob du vielleicht noch jemand kennst, der mir weiterhelfen kann.«

Mina-Cheyenne schüttelte den Kopf und seufzte. »Das ist echt ewig her. Du weißt ja, was sie sagen, Pornojahre sind Hundejahre. Weil ein Pornojahr wie sieben Mädchenjahre zählt – die Kamera macht *alt*! Und meine waren … ach, da ist echt kaum was passiert. Da muss ich mir wenigstens keine Sorgen machen, ob Raven die eines Tages zu sehen bekommt. Na ja. Also, das ist schon eine Szene für sich. Du triffst wahrscheinlich auf jeder größeren Party einen Typen, der behauptete, er sei Filmproduzent und er würde dich ›ganz groß rausbringen‹. Die meisten sind natürlich nur Vollspastis, die versuchen, einen ins Bett zu kriegen.« Sie winkte Raven zu, der die Rutsche erklomm. »Aber ich hab einen viel besseren Draht für dich. Ravens Vater spielt in einer Band, deren Keyboarder Pornos vertont. Also, er macht die Musik dafür. Der kann dir bestimmt mehr erzählen oder einen Kontakt herstellen. Warte mal!«

Sie zog ihr Handy aus der Gesäßtasche ihrer knappen Shorts.

Der Mann auf der Nebenbank hatte inzwischen aufgegeben, so zu tun, als würde er sie nicht anstarren.

Michelle warf ihm einen warnenden Blick zu. Er lenkte seinen Blick auf die Reihe grauer Betonkioske am Rande des Spielplatzes. Kaffee, Eiscreme, Currywurst. »Hey, Luisa, willst du ein Eis?«, rief er in Richtung Spielplatz.

Ein Mädchenkopf zuckte herum. Zwei Zöpfe riefen: »Ja, ja, ja! Erdbeer!« Aber von der Schaukel kam das Mädchen nicht herunter, denn sonst hätte es seinen Platz an die lange Schlange dahinter verloren.

Der Mann fragte Michelle: »Kann ich meine Tasche kurz hierlassen?«

Sie nickte. »Klar.«

Mina-Cheyenne hatte sich inzwischen von Ravens Vater die Nummer des Keyboarders schicken lassen und führte bereits das zweite Gespräch. »… eine Freundin von mir hat ein paar Fragen zum Pornobusiness. Ist wichtig.« Sie hörte zu, dann nickte sie. »Wir sind bei Planten un Blomen, sie kann in zehn Minuten bei dir sein.« Wieder Schweigen, Nicken. Dann: »Ja, sag ich ihr. Super. Danke.«

Sie wandte sich Michelle zu. »Er simst mir gleich die Adresse und den Türcode. Er wartet auf dich.« Ihr Handy piepste. Sie warf einen Blick darauf, tippte.

Michelles Handy piepste.

»Ich hab dir die Nachricht weitergeleitet. Viel Glück.«

»Danke!« Michelle umarmte Mina-Cheyenne zum Abschied. »Grüß Raven von mir. Oh, und kannst du kurz auf die

Tasche des Typen auf der Bank hier achten? Er ist ein Eis für seine Tochter holen.«

Mina-Cheynne nickte. »Prima. Ich hab schon die ganze Zeit überlegt, wie ich ihn anspreche.«

Die Menschen waren wirklich nie, wie man es erwartete.

69

Hinnerken sah sich zum zweiten Mal das Video der Spurensicherung an. Was hatten sie übersehen? Wo versteckte sich ein Hinweis?

Krämers Haus: leblos, seelenlos, obwohl überall Kollegen herumstanden und alle Lampen brannten. So lebten ältere Leute den Hamburger Wohlstand. Ledermöbel mit Ziernähten. Ölmalerei. Viel Raufaser, ab und zu ein Goldmuster auf der Tapete. Dunkles Holz. Artefakte fremder Kulturen, wahrscheinlich von eigenen Reisen.

Im Wohnzimmer lag dunkelgrüner Teppichboden. Zum Flur hin eine orientalische Brücke, bestimmt echt. Der Esstisch war aus Mahagoni, aber immerhin sah er benutzt aus.

Hinnerken versuchte, ein Gefühl für den Verstorbenen zu bekommen. Hatte er gern hier gelebt? Wonach hatte er sich gesehnt – was hatte ihm gefehlt? Warum hätte jemand einen so durchschnittlichen Pfeffersack umbringen wollen? Wem war Krämer gefährlich geworden, und wie?

Der Kollege durchquerte das Wohnzimmer, öffnete die Tür zum Büro des Opfers. Schon vor Ort war ihm aufgefallen, dass dieser Raum ganz anders eingerichtet war, viel moderner. Wahrscheinlich hatte Krämer die Möbel über seine Firme bestellt.

Ein Schreibtisch, ein Regal voller Aktenordner, ein Sideboard mit einer Musikanlage samt Plattenspieler. Im Regal darunter reihenweise LPs.

Moment … Die Aktenordner. Er hatte, als sie im Haus gewesen waren, einige Ordner herausgezogen und durchgeblättert. Der übliche Papierkram, den man mit den Jahren ansammelte. Versicherungsunterlagen, Bankunterlagen, Bedienungsanleitungen. Krämer schien im Zweifelsfall auch lieber etwas aufzuheben, als es zu entsorgen.

Falls Krämer tatsächlich Geldprobleme gehabt hatte, von denen niemand was wusste, wäre dort womöglich was zu finden.

Die Firma lief ordentlich, aber vielleicht war er Spieler, Trinker, hatte zwei uneheliche Kinder?

Meißen kam mit einem Becher Kaffee in der Hand ins Büro zurück und trat neben ihn.

»Haben wir die Aktenordner aus Krämers Haus hier?«, fragte er.

»Nicht, dass ich wüsste.« Sie schüttelte den Kopf und starrte auf den Bildschirm. »Traurig«, sagte sie dann. »Der Mann war nicht reich, und es sieht auch ziemlich spießig aus … aber so kann man doch in Ruhe alt werden, findest du nicht?«

Hinnerken schnaubte und zuckte mit den Achseln. Über das Altwerden redete er nicht gern.

»Ich geh mal gucken, ob ich noch was finde. Willst du mit?«, fragte er seine Kollegin.

Meißen überlegte kurz. »Nein, danke«, sagte sie dann. »Dafür brauchst du mich nicht.«

Sie nickte in Richtung ihres überquellenden Eingangskorbes.

»Dann bis später.«

Allein im Haus des Toten sah er sich interessiert um, ohne viel anzurühren. Die Spurensicherung hatte ihre Arbeit getan, aber es kam ihm unanständig vor, sich auf die fremde Couch zu setzen oder die Kaffeemaschine des Toten in Betrieb zu nehmen.

Im Wohnzimmer blieb er stehen und ließ den Raum auf sich wirken. Er kannte Michelle nicht wirklich gut und hatte ihrer Mutter – vor Krämers Tod – nur einmal bei Ikea die Hand geschüttelt. Aber er konnte sie hier in diesen Räumen überhaupt nicht vor sich sehen. Das Mobiliar war so wuchtig wie Krämer selbst auch. Typisch gehobener deutscher Mittelstand. Von nichts kommt nichts.

Gut, sie hatte ihre Sachen gepackt und war ausgezogen. Aber es schien nichts zu fehlen. Keine leeren Rechtecke an den Wänden, wo ihre Bilder gehangen hatten. Keine Freiflächen auf den Tischen von Vasen oder Dekoartikeln.

Als Carmen ihn verlassen hatte, war ihm die Wohnung danach wie leer gefegt vorgekommen, als hätte sie jeden Hauch von Leben und Stil mitgenommen und nur Ecken und Kanten und Nutzen und Brauchbarkeit zurückgelassen.

Was für Menschen hatten hier gelebt? Was für eine Beziehung hatten sie geführt? Und was konnte er daraus ableiten, lernen – über die Tat, über die Verdächtigen, über das Motiv?

Instinktiv war der Bewohner dieser Räume ihm nicht sonderlich sympathisch. Er stellte ihn sich herrisch, selbstherrlich und erfolgsgetrieben vor. Ein paar langweilige Aquarelle und Drucke, im Treppenhaus und auf dem Gästeklo Angeberabzüge von Fernreisen: Südafrika, Karibik, Asien. In der Garage ein Mercedes, ein Volvo, die BMW. Der Besitzstand eines mit sich und der Welt zufriedenen Altachtundsechzigers. Ein wenig Neid, das musste Hinnerken zugeben, lag sicher in seinem Blick. Von seinem Polizistengehalt wäre das unmöglich, selbst als Single.

Es war dunkel im Haus, dabei schien die Sonne. Krämers Reich war ein Bunker, seine Trutzburg, der Schutz vor dem Unbill der Welt. Aber die dicken Wände und kleinen Fenster hatten ihn doch nicht retten können. Irgendwie war das Böse in sein Reich eingedrungen und hatte ihm das Kostbarste genommen, was er besaß. Nur warum? Wem hatte er was getan, um den für einen kaltblütigen Mord notwendigen Hass auszulösen?

Und wie hatte derjenige es geschafft, ihn in die Badewanne zu bugsieren, um … oder war es doch nur ein dummer Zufall gewesen? Kleinkrimineller bricht ein, überrascht den Hausherrn in der Badewanne, *zisch, puff, bang?* Möglich. Aber warum dann fliehen, statt wenigstens Handy, Bargeld und Perso mitzunehmen?

Es störte Hinnerken, dass er sich den Tathergang nicht erklären konnte. Keines der Szenarien, die er immer wieder durchging, ergab einen Sinn – bei jedem passten einzelne Puzzlesteine, aber nie ergab sich ein Gesamtbild.

Frustriert öffnete er die Tür zum Büro. Wie auf dem Video standen in zwei Regalen reihenweise Ordner. Krämer war vielleicht kein Ordnungs-, aber ein Ordnerfanatiker. Hinnerken machte sich an die Arbeit.

Es gab Ordner mit Reiseunterlagen, Ordner für Versicherungen, Ordner mit Rechnungen für Reparaturen am Haus. Kabel-TV, Telefon, Internet. Je einen eigenen Ordner für Großgeräte, Bedienungsanleitungen, Steuerbescheide, Steuererklärungen. Festgeldkonten. Aktienanlagen. Kreditkartenabrechnungen, zwei private Girokonten.

Er begann mit den Steuerbescheiden. Wow. Es ging Krämer finanziell offenbar sogar besser, als man dem Haus ansah. Der Mann hätte vielleicht nicht unbedingt mit direktem Elbblick wohnen können, aber durchaus in der zweiten Reihe in Blankenese.

Die Steuerbescheide und -erklärungen hatte ein Steuerberater erstellt und geprüft, und für Paul Hinnerken sahen sie nicht so aus, als machte sich hier einer die Mühe, jede Handwerkerrechnung zu sammeln. Das war Pfandgeld für solche Leute. Die Festgeldkonten und Aktien passten ins Bild. Mit der Kreditkarte hatte der Herr offenbar eher ungern gezahlt, sie wurde vor allem für größere Beträge sowie Reisebuchungen – Hotels, Flüge, Mietwagen – eingesetzt. Nicht für alltägliche Besorgungen.

Die Kontoauszüge reichten jeweils fünf Jahre zurück. Die gesetzliche Aufbewahrungspflicht für private Unterlagen.

Ziellos und inzwischen von der uninteressanten Vorstadtexistenz gelangweilt blätterte Hinnerken durch die Ordner, ohne genau hinzusehen. Krämer hatte, soweit man wusste, niemandem etwas zuleide getan, er hatte für sein Geld ehrlich gearbeitet und es wieder unter die Leute gebracht. Solche Bürger braucht das Land.

Vielleicht war es das: Ein Leben ganz ohne Brüche, ohne Auf und Ab, ohne die Extreme … war das wirklich glaubwürdig? War es denkbar – und wenn ja, war es lebenswert oder langweilig?

Eine Buchung erweckte sein Interesse, aber es war dann doch nur die Lastschrift für eine neue Kühl-Gefrierkombination. Winterurlaub, Segeln, im Herbst noch mal für vierzehn Tage in die warme Ferne, Golfclub, Tennisverein … alle Jahre wieder. Krämer zahlte viel in bar, es gab wenig Abbuchungen, er holte alle paar Tage zweihundert Euro an seinem Stammautomaten. Hinnerken gab die Adresse in die Navigations-App seines Handys ein. Der Geldautomat befand sich direkt neben einem Supermarkt, wo Krämer dann vermutlich auf direkter Linie zwischen Firma und Zuhause zugleich seine Einkäufe erledigt hatte.

In den letzten acht Wochen hatte er etwas seltener Geld geholt als in den Monaten davor. Vielleicht weil er nun allein lebte. Aber der Unterschied war nicht so groß, dass sich daraus wirklich etwas … Moment! Paul Hinnerken blätterte zurück.

Was war das? Vor knapp zehn Wochen hatte Krämer zwanzigtausend Euro abgehoben. In einer Filiale. Was hatte er davon gekauft?

Hinnerken blätterte in die Gegenwart. Keine weiteren ähnlichen Aus- oder Einzahlungen. Schwarzgeld? Für was?

Drogen?

Auf einmal?

Langsam und konzentriert arbeitete er sich zurück. Drei Wochen vor der Abhebung eine hohe Bareinzahlung: Fünftausendsechshundert. Sonst kam immer alles per Überweisung vom Firmenkonto.

Merkwürdig. Krämer hatte nicht gebaut, immer eine gute Gelegenheit, den Fiskus in bar zu umgehen. Er würde kaum eines seiner Segel schwarz verkloppt und das Geld dann brav aufs Konto eingezahlt haben, wenn er das sonst nie tat.

Die *Anomalie* der Buchung erschien Hinnerken auffälliger als der Betrag.

Weiter zurück … alles normal wie immer … da: etwa vier Monate vor der Einzahlung – vor gut einem halben Jahr – eine Abhebung von glatt Fünftausend.

Davor … nichts Derartiges.

Hinnerken verschränkte die Hände hinter dem Kopf und lehnte sich zurück. Er starrte über den Computermonitor hinweg an die Wand. Dort hing ein vergilbter Ausdruck der verschiedenen Wetterphänomene über dem Wasser. Vermutlich wichtig für Segler.

Erst hatte Krämer Fünftausend Euro abgehoben, dann Fünftausendsechshundert eingezahlt. Dann Zwanzigtausend abgehoben und nichts mehr eingezahlt.

Wurde er erpresst? Warum sollte er dann zwischendurch

eine Einzahlung vorgenommen haben? Standen die Buchungen überhaupt in einem Zusammenhang? Oder begann Hinnerken, Gespenster zu sehen?

Wollte Krämer aus irgendeinem Grund ein paar Tausend Euro Bargeld im Haus haben? Das war ja nicht verboten. Aber wozu? Und wo war das Geld?

War es vielleicht doch gestohlen worden?

Wer hätte davon wissen können?

Er seufzte. Vom langen Stillsitzen fröstelte es ihn. Es war kalt im Inneren des Hauses.

Als er ging, die Ordner der letzten beiden Jahre unter dem Arm, wirkten die Pflanzen im Garten, die Blätter der Bäume, sogar die Grashalme schlapp, müde, erschöpft von der drückenden Wärme über der Stadt.

Hinnerken blieb stehen, sah sich um. Stille. Kein Mensch, kein Tier.

Etwas nagte an ihm.

Er legte die Ordner auf den Beifahrersitz, dann kehrte er ins Haus zurück.

70

Lars Asmussen trug ein Ziegenbärtchen und einen Rattenschwanzzopf. Davon abgesehen war er vermutlich kahl, jedenfalls hatte er eine dieser bunt gemusterten Mützen in der Form eines abgeschnittenen Ofenrohrs auf dem Kopf, wie ein Tunesier. Er war schlank und nur mit Laufshorts und einem Unterhemd bekleidet.

Seine Wohnung befand sich im billigeren Ende des Karoviertels, aber die Möblierung war einladend, wie aus einer schwedische Wohnzeitschrift. Lange abgeschliffene Dielen im Flur. Helle Schwarz-Weiß-Bilder von Wäldern und Stränden an den weiß gestrichenen Wänden. Eine elegante Halogenkonstruktion hing von der Decke. Weder »kreative Unordnung« noch »keine Kohle« – man konnte kaum glauben, dass hier ein Musiker wohnte.

»Du spielst echt in einer Band mit Dirk?«, rutschte es Michelle heraus. Dann schlug sie die Hände vor den Mund. Super, jemanden gleich zu beleidigen, noch bevor man irgendwelche Fragen gestellt hatte.

Aber Asmussen lachte nur. »Für mich ist es ein Hobby. Mal richtig die Sau rauslassen. Nicht auf Kunden oder Labels Rücksicht nehmen. Was auch immer. Für ihn es ist das Hauptprojekt. Dann sieht die Sache anders aus. Komm rein. Willst du ein Bier? Weinschorle? Kaffee?«

Michelle schüttelte den Kopf. Sie streifte gerade ihre Schuhe hinter der Tür ab, da sagte Asmussen: »Behalt sie ruhig an.«

»Nein. Danke. Ist ganz schön warm heute«, sagte sie.

Er nickte. »Ich mag's. Fenster auf, Sonne rein, wie im Süden.« Asmussen ging den Flur entlang, an dessen Ende sich eine offene Küche befand. Bevor er sie erreichte, bog er ab. Sie standen in einem professionellen Studio – Computer, Kabel, mehrere Bildschirme, Keyboards, in der Ecke eine elektrische und eine akustische Gitarre, daneben ein Mikrofon auf einem Ständer. Ein Chefsessel stand vor einem Computerarbeitsplatz mit drei extragroßen Monitoren und einem Mischpult von etwa zwei Metern Breite. Tausend kleine Regler und Drehknöpfe und bunte Lämpchen.

Der Musiker ließ sich in seinen Arbeitsstuhl fallen und deutete für Michelle ansehend auf einen roten Sessel in der Ecke. »Bist du sicher, dass du nichts trinken willst?« Er selbst schenkte sich aus einer Thermoskanne eine durchsichtige Flüssigkeit in ein Wasserglas ein. »Kalter grüner Tee mit Ingwer und Honig. Gut fürs Herz, für die Stimme, was auch immer! Ich hol dir gern ein Glas!«

»Ich … ja okay, gerne.«

Asmussen sprang auf und ging in die Küche. Sie konnte eine Schranktür auf- und zuklappen hören.

Sie sah sich um. Alles picobello aufgeräumt. Wäre der Mann Steuerberater, sähe sein Büro auch nicht viel anders aus.

Er kam mit dem Glas zurück, goss Tee ein.

»Dirk sagt, du brauchst Infos über Pornos?«, sagte er dann. »Raven ist wirklich ein süßer Junge. Und Mina-Cheyenne … Ich habe Dirk tausendmal gesagt, er soll sich einen Job suchen, er wäre doch bescheuert, auf so eine Familie zu verzichten. Ich bin zweimal knapp dran vorbeigeschrammt. Aber dann kam doch jedes Mal 'ne Trennung. Aber vielleicht klappt's ja irgendwann noch. Was auch immer. Schieß los, was willst du wissen?«

»Du … äh … Mina-Cheyenne hat gesagt, du machst Musik für Pornos?«, fragte Michelle unsicher. »Ich … na ja, ist ja nicht so, als wäre ich Zielgruppe. Ich wusste nicht mal, dass die Musik haben.«

Asmussen grinste und zupfte an seinem Bärtchen. »Nicht alle. Aber die besseren. Also die, bei denen die Produzenten Geld in die Hand nehmen. Grob gesagt gibt es zwei Arten von Filmen. Die billigen, die aussehen wie selbst gedreht. Sind sie oft auch. Entweder laden irgendwelche Idioten die Filme hoch, sie werden aneinandergehängt, und fertig ist ein ›Privatvideo‹. Das muss und soll sich natürlich auch so anhören. Aber am anderen Ende des Spektrums gibt es mehr oder weniger teure Produktionen, die oft sogar ein Drehbuch und eine Story haben, Make-up, verschiedene Drehorte. Eben alles, was zu einem Film dazugehört. In der einfachsten Variante ist es so, dass sich zum Beispiel zwei Typen zum Angeln verabreden, und einer bringt seine Freundin mit. Oder ein Kerl besucht seine Freundin – die ist aber shoppen, und stattdessen macht die Mutter auf.«

Michelle ließ den Kopf in gespielter Verzweiflung in die Hände sinken. »Echt?«, murmelte sie.

»'nen Oscar kriegt man dafür nicht«, gab Asmussen grinsend zu. »Vor allem aus den USA, aber zunehmend auch aus Russland, aus China und aus Südamerika gibt es auch richtige Spielfilme mit fünf oder sechs Hauptdarstellern, deren Story irgendeinem aktuellen Hollywood-Hit ähnelt – Spionagefilme, Autoverfolgungsjagden und so. Alles mit Krankenhäusern und Zombies läuft gut. Oft ähnelt die Geschichte auch den Daily Soaps, irgendwer ist wahnsinnig reich, aber liegt im Sterben und will sich an irgendjemand unbedingt noch rächen oder irgendwas wiedergutmachen … Und solche Sachen brauchen dann natürlich auch Musik. Vorspann, Abspann, zwischendurch. Was auch immer. Wie richtige Filme. Das Budget ist geringer, man hat auch weniger Zeit, aber dafür sind die Ansprüche auch … also, ich mach mich nicht tot. Hört ja am Ende doch keiner zu. Guck mal.«

Er wandte sich dem Computerterminal zu und erweckte mit einem Tastendruck die Bildschirme zum Leben. Auf dem mittleren waren zahlreiche Wellenformen zu sehen – die verschiedenen Aufnahmekanäle wahrscheinlich. Rechts eine Reihe weiterer Tools, die zum Teil ein elektronisches Mischpult darzustellen schienen. Links eine rasierte Muschi in Großaufnahme. Zwei Finger mit absonderlich langen grell lackierten Fingernägeln steckten zwischen den Schamlippen.

Asmussen griff nach der Maus, klickte, und die Finger begannen sich zu bewegen. Sie bearbeiteten die Klitoris, als gälte es, angebrannte Milch vom Topfboden zu scheuern.

Dazu stöhnte eine Frauenstimme monoton, aber laut: »Oh – oh – oh – oh!«

»Und jetzt so …« Ein weiterer Klick. Sphärische Harfenmusik legte sich über das Geschehen und ließ die genitale Ruppigkeit gleich viel sanfter wirken.

»Oder so …?« Asmussen ließ die Musik von eben noch einen Augenblick weiterlaufen, dann zog er einen Regler auf dem Mischpult auf, und ein wuchtiges Pochen mischte sich unter die Musik, wie eine Bassdrum, aber wärmer und nicht so abgehackt, eher ein An- und Abschwellen. Sofort bekamen Sound – und Bild – mehr Wucht, mehr Dringlichkeit.

Er warf Michelle einen Blick zu, grinste, stoppte Film und Ton.

»Und willst du mal sehen, was ich mit Analverkehr alles anstellen kann?«

Sie zuckte mit den Achseln. Ihre Sache war das nicht. Aber jetzt Nein zu sagen wäre vermutlich ausgesprochen unhöflich. »Klar. Sicher«, sagte sie.

Da wechselte auch schon das Bild auf dem linken Bildschirm. Ein braun gebrannter Bauarbeiter, der noch seine Stiefel, die orangefarbene Warnweste und einen gelben Helm trug, mangelte auf dem Ein-Meter-Brett eines blau leuchtenden Swimmingpools eine Frau durch, deren Hobby offenbar Brustvergrößerungen waren. Der Mann war etwa mit der Hälfte seines Penis in ihr hinteres Loch eingedrungen. Asmussen startete den Film. Ein Industrial-Beat mit Keyboard-Highlights, wie man ihn bei einem Autorennen erwarten würde, war zu hören.

»Pass auf, gleich«, kündigte der Musiker an.

Michelle starrte auf den Bildschirm. Die Musik war dem Geschehen durchaus angemessen. Sie würde einen solchen Film nicht selbst freiwillig ansehen, aber sie konnte verstehen, warum er mit Musik besser ankam.

Die Darstellerin legte den Oberkörper auf das Springbrett, streckte die Arme nach hinten und zog ihre Pobacken weit auseinander. Offenbar gingen alle Pornodarstellerinnen ins selbe Nagelstudio.

Michelle überlegte, ob sie das auch mal versuchen sollte. Es war sicher lästig, aber vielleicht brachte es …

Da nahm das Tempo der Musik zu, ein hektisches Trommeln setzte ein, sägende Gitarren, ein schmatzendes Pochen, und auf einmal rammte der Bauarbeiter, der eigentlich, bedachte man die Szenerie, ein Poolboy hätte sein müssen, der Poolbesitzerin sein Ding sacktief rein, die Frau vor ihm formte ein überraschtes O mit dem Mund, und bei Michelle zog sich unwillkürlich der Schließmuskel zusammen. Die Musik rammelte weiter, die Darsteller taten es ihr gleich, Asmussen lauschte konzentriert, bewegte ab und zu einen Regler auf dem Pult einen Millimeter nach oben oder unten, dann tippte er auf eine Taste, Bild und Ton stoppten, und erst in diesem Moment bemerkte Michelle, dass sie die Luft angehalten hatte. Langsam atmete sie aus, dann ein. Sie nickte beeindruckt.

»Wow«, sagte sie. »Allerdings. Das ist ein Unterschied.«

Asmussen trank sein Glas leer, dann fragte er: »Aber wenn ich deinen Gesichtsausdruck richtig deute, dann willst du nicht die Nummer eines jungen, aufstrebenden Produzenten von mir haben?«

Hastig schüttelte Michelle den Kopf. Dann bremste sie sich. »Doch. Vielleicht schon. Aber nicht, um selbst … berühmt zu werden.« Sie setzte das Wort »berühmt« mit den Fingern in Anführungszeichen, denn ihr war – wie sicher auch Asmussen – klar, dass nur die wenigsten Darstellerinnen berühmt oder auch nur reich wurden. »Aber doch – ich suche einen Kontakt. Vielleicht. Wahrscheinlich. Wenn die Gerüchte stimmen. Ich fang besser mal vorne an, oder?«

Asmussen schenkte erst ihr nach, dann sich. »Gerne«, sagte er. »Ich bin ganz Ohr.«

»Ich suche … ja, vermutlich doch Kontakt zu Produzenten. Aber ich weiß nicht, zu welchen.« Michelle erzählte von ihrer Befürchtung, Sarah könnte entführt worden sein. »Gerüchteweise soll in Berlin so was auch schon mal passiert sein. Und …«

Klick. Da war es. Berlin. Hamburg. Kürzlich waren ihr die beiden Städte schon mal untergekommen. Damals hatte sie nicht gewusst, was sie irritiert hatte. Jetzt wusste sie nicht mehr, wo sie die Info gehört hatte. Es war zum Wahnsinnigwerden.

Ohne Pause sprach sie weiter. »Und vor allem heißt es, es ginge nicht um ein Lösegeld, auch nicht um Sexsklaverei – das hatte ich ja zuerst gedacht. Irgendein reiches Arschloch, das sich ein ganz privates Betthäschen fängt. Aber nein: Angeblich wollen die einen Snuff-Film drehen. Du weißt, was das ist, oder?«

Asmussen nickte.

»Andererseits, ich habe mit einem …« Sie zögerte. »… einem Freund bei der Polizei gesprochen«, sagte sie dann doch, »und der meint, es gibt solche Filme gar nicht. Das sind nur Gerüchte. Deswegen kann er auch nichts machen. Nicht ermitteln. Aber weißt du was? Erstens kann ich mir nicht vorstellen, dass nicht irgendwo auf der Welt jemand wirklich für so was zahlt, und zweitens, selbst wenn es bisher nicht … Stell dir mal vor, es ist der erste Film dieser Art, und wir haben nichts unternommen, und Sarah …« Hilflos hob sie die Hände, seufzte, ließ den Blick zu Boden sinken.

Auf dem Monitor neben Asmussen leuchtete immer noch das Standbild als Erinnerung daran, was alles auf Film gebannt wurde. Und das war ja harmlos im Vergleich zu der Vorstellung, einen Menschen zu töten aus … sexueller Lust.

Pervers. Das war wirklich pervers.

»Sex«, sagte Asmussen, »ist – für Männer zumindest – ein Gefühl von Allmacht. Weißt du sicher selber. Gewalt auch. Was auch immer. So unterschiedlich sind die beiden nicht. Leider.«

Er tippte mit dem Zeigefinger auf sein nacktes Knie. »Gerade aus Deutschland kommt jede Menge BDSM. Foltern, quälen, Macht ausüben – das können wir offenbar. Da kann ich dir gern die Kontakte geben. Zwei Studios sind da ganz groß, eins in Berlin und eins in Dresden. Aber die sind eigentlich schon zu erfolgreich, als dass sie so was riskieren würden. Die haben viel zu viel zu verlieren. Das Geschäft läuft gut. Offenbar gibt es weltweit einen Haufen Typen, die gern zusehen, wie ein angeblicher Geschäftsmann von einer Domina die Eier in den Schraubstock geklemmt kriegt und sie anschließend mit Pfennigabsätzen drauf rumtrampelt.« Er schnitt eine Grimasse. »Ich muss bei so was immer aufpassen, dass die Musik nicht unabsichtlich ironisch wird. Also, da habe ich schon Sachen gesehen, da kommt selbst mir das Essen wieder hoch. Aus Japan kommen Movies, wo sich Mädchen mit Kacke einschmieren und drin rumrollen. Ich hab auch schon Kinderpornos gesehen. Aber die habe ich abgelehnt. Solche Anfragen kommen leider immer anonym über Internet-Jobbörsen. Sonst würde ich die Leute anzeigen, aber so lohnt das nicht.«

Unglaublich. Natürlich hatte es immer schon Gewalt gegeben. Sicher schon in der Steinzeit. Aber offenbar war doch etwas dran an der Tatsache, dass manche Dinge durch das Internet sozusagen salonfähig wurden. Vor zwei Generationen träumten die Leute ihre perversen Träume heimlich im Keller. Jetzt fanden sie sich in Chatrooms zusammen und feuerten sich gegenseitig an. So wurden die Perversionen immer normaler, das sah sie auch im Job … normaler Blümchensex war fast schon exotisch geworden.

Dabei war dagegen doch gar nichts einzuwenden. Hatte zehntausend Jahre Spaß gemacht, warum auf einmal nicht mehr?

»Ich muss zugeben, mit den ganz harten Sachen kenne ich mich nicht so aus«, fuhr Asmussen fort. »Aber ich kann mal rumfragen. Mache ich gern. Ist ja in gewisser Weise auch netzwerken, am Ende kommt dabei wahrscheinlich noch ein Job rum. Was auch immer. Aber sonst …« Er starrte an die Wand.

Neben der Tür hing ein Plakat für »Bitches Brew«.

»Danke trotzdem«, sagte Michelle. »Im Grunde sagst du ja das, worauf ich gehofft hatte. Dass die Gerüchte höchstwahrscheinlich falsch sind. Glaub mir, das ist mir weit lieber, als wenn du gesagt hättest, klar, solche Dinger kommen alle paar Wochen raus.«

»Ja, ja, da hast du recht, aber ich dachte gerade … es gibt da vielleicht doch jemand, mit dem du reden solltest.«

71

Freundschaften gehorchten nicht den Gesetzen der Logik. Weder in guten noch in schlechten Zeiten. Das war es ja gerade, was sie von Bekanntschaften unterschied – dass man sich auf Freunde auch noch verlassen konnte, wenn es eigentlich keinen Grund mehr dazu gab.

Aber irgendetwas an der Freundschaft Raimund Krämers mit Ingolf Teschke hatte Monika Müller, die langjährige Lebensgefährtin Krämers, gestört. Wie die eifersüchtige neue Freundin hatte sie sich allerdings nicht angehört. Sie hatte keine konkreten Vorwürfe gegen Krämers besten Freund erhoben. Aber sehr wohl durchblicken lassen, dass sie ihn nicht leiden konnte.

Warum? Was war da vorgefallen? Hatte Teschke sie in einem unbeobachteten Moment angemacht?

Svenja Meißen griff zum Hörer. Überlegte dann doch noch einen Moment. Die Mitarbeiter hatten sich alle völlig loyal und neutral verhalten. Bestürzt, entsetzt, aber *the show must go on*. Raimund hätte es so gewollt. Natürlich duzten alle den Chef, in einer derart kleinen Firma war das auch normal.

Ganz selbstverständlich hatten sie sich ratsuchend Teschke zugewandt, obwohl dieser seit den Buyouts formal nicht höhergestellt war als die übrigen Mitarbeiter.

Ob diese das wussten?

Oder hatten Krämer und Teschke die Mitarbeiter in dem Glauben gelassen, sie wären beide Gesellschafter? Und wenn ja, warum?

Meißen entschied sich für das schwächste Glied der Kette – die Rezeptionistin, Frau Wohlrabe. Sie bekam sicher am meisten mit, und sie war die Einzige, die überhaupt eine emotionale Reaktion gezeigt hatte. Der ganze Laden wirkte hanseatisch distanziert, aber bei ihr rechnete Meißen sich wenigstens eine kleine Chance aus, dass sie schmutzige Wäsche waschen würde, um Krämer zu rächen.

Schmutzige Wäsche gab es immer und überall. Die Frage war nur, hatten die schmutzigen Segeltuchtaschen der Firma mit dem Mord an Krämer zu tun?

Meißen hatte bereits begonnen zu wählen, da verschwanden die Ziffern von ihrem Display und wurden durch eine Handynummer ersetzt.

»Svenja Meißen, Kripo Hamburg?«

»Hallo?«, flüsterte eine Stimme über lautes Rascheln hinweg.

Meißen wiederholte ihren Namen.

»Sie sind die Polizistin, die gestern bei uns war, oder? Sie haben mir Ihre Karte dagelassen.«

»Wer spricht denn da?«

»Nicky Stibal. Ich bin der *International Sales Agent* bei RI.«

Ach ja, die junge Frau mit den Locken. Bei der hatte Meißen von Anfang an das Gefühl gehabt, sie würde ihnen etwas verschweigen.

»Ich wollte Ihnen etwas sagen. Aber nicht im *Office*. Es geht um Ingolf. Also, Ingolf Teschke. Unseren Prokuristen. Der wird ja wohl mein neuer Chef, also möchte ich mich nicht mit ihm anlegen. Kann ich sicher sein, dass alles *confidential* bleibt, was ich Ihnen sage?«

»Es sei denn, Sie sind Zeuge eines Gewaltverbrechens geworden, dann sind Sie zur wahrheitsgemäßen Aussage verpflichtet.«

»Nein, keine Sorge, oder tut mir leid, für Sie wäre das ja wahrscheinlich *nice*.« Im Hintergrund war weiter Rascheln und Rauschen zu hören, ebenso wie der Atem der Anruferin – sie ging offenbar zu Fuß nach Hause oder zumindest zur Bushaltestelle. »Es ist nur so, mir ist aufgefallen, Raimund und Ingolf sind ja immer ziemlich *cheap*, wenn es um die Firma geht. Letztes Jahr hatten wir nicht mal eine Weihnachtsfeier. War auch nicht viel Umsatz, kann ich sogar verstehen. Aber Ingolfs Frau – seine zweite Frau – hat jedes Jahr ein neues Auto, die beiden fahren immer fett in Urlaub, am Wochenende mal kurz hoch nach Sylt, Kettchen von Tiffany, Täschchen von Prada, Sonnenbrille von Chanel. Ich bin ja nicht *jealous*, aber das fällt schon auf, wie die das Geld raushauen. Als ich anfing, hat mir jemand erzählt, sie hätte Geld, irgendwie geerbt, aber dann hieß es, doch nicht, Ingolf muss das alles latzen. Und das kann eigentlich gar nicht sein. So gut läuft der Laden nicht. Das wollte ich nur mal loswerden. Ich weiß, ich schieß mir ins eigene Knie, wenn Ingolf Dreck am Stecken hat und wir *closen*. Aber wissen Sie was: Der hat nicht nur diese teure Kuh da, er hat mir auch mal an die … Sie wissen schon … gefasst. Abends, am Kopierer. Und das geht nicht. Mein Freund wollte ihn am liebsten umbringen, als ich ihm davon erzählt habe. Insofern bin ich ganz froh, dass es Raimund getroffen hat, sonst müsste ich mir jetzt Sorgen machen. *Anyway*. Wollte ich nur sagen, das mit Ingolf. Kann ja sein, dass es Sie weiterbringt. Okay, da ist mein *ride*, ich muss jetzt auflegen. Also, bleibt alles unter uns! *Bye!*«

Mit dem Gespräch endeten auch die Hintergrundgeräusche, und erst jetzt wurde Svenja Meißen bewusst, wie fest sie den Hörer an ihr Ohr gepresst hatte, um alles verstehen zu können.

Das war ja interessant.

Aber ob sie der Anruferin trauen konnte? Vielleicht war es

auch nur eine billige Retourkutsche für einen Griff an den Po oder die Brüste.

Und für einen Durchsuchungsbeschluss reichte es immer noch nicht.

72

»Sie sind …«, begann Michelle überrascht.

Der Mann ihr gegenüber winkte ab. »Ich weiß«, sagte er.

Dann setzte er mit einem Lächeln irgendwo im Fegefeuer zwischen charmant und bedrohlich hinzu: »Aber das bleibt unter uns.«

Michelle hatte den Mann immer für streng konservativ gehalten. Er war beruflich sehr erfolgreich, hatte bis vor einigen Jahren zudem ein hohes politisches Amt der Stadt bekleidet. In wichtigen – oder auch vielen unwichtigen – Angelegenheiten wurde er immer noch um seine Meinung gefragt und in den Zeitungen und Abendnachrichten zitiert.

Sie standen in einer Singlesuite mit Alsterblick. Asmussen hatte Michelle in seinem Fiat Spider mitgenommen. Leider kein Porsche, aber immerhin. Der Sound des Sportmotors hatte ihr gutgetan.

»Hier«, sagte Asmussen jetzt und reichte dem Mann, dessen Namen unausgesprochen bleiben würde, einen Luftpolsterumschlag.

Der zog eine Videokassette heraus. Lächelte zufrieden. Schob sie wieder in den Umschlag und wandte sich Michelle zu. »Was kann ich für Sie tun?«, fragte er.

»Ich … wir versuchen, herauszufinden …«, begann sie, aber Asmussen unterbrach.

»Eine Freundin von Michelle wird vermisst. Es geht das Gerücht, sie sei entführt worden, um einen Snuff-Film zu drehen. Die großen Studios würden das nie riskieren. Aber vielleicht ein kleines. Für Kenner. Oder sogar als Auftragsarbeit, eine Einzelproduktion. Was auch immer. Wenn etwas dran ist, wer könnte dahinterstecken?«

Der alte Herr dachte nach. Dann erhob er sich, ging zu einem Schrank, in dem Michelle seine Bar vermutete, zog einen Schlüssel aus der Tasche und schloss eine Doppeltür aus Holz auf. Doch dahinter reihten sich keine teuren Spirituosen, sondern DVD-Hüllen und Videokassetten.

Michelle reckte möglichst unauffällig den Hals. Was sie von den Filmhüllen sehen konnte, sah enttäuschend selbst gemacht aus. In der Uni hatte sie einen Kommilitonen gehabt, der von jedem seiner langweiligen Urlaube einen langweiligen Film zusammenschnitt und sogar noch mit dem Farbdrucker eine langweilige Hülle erstellte.

Ihr Gastgeber fuhr mit dem Finger die Reihen entlang. Er zog eine DVD aus der obersten Reihe heraus, eine zweite in der Mitte, schließlich weiter unten noch eine Videokassette. Bevor er mit seiner Auswahl zu ihnen zurückkehrte, schloss er sorgfältig die Schranktür wieder ab.

Er reichte Asmussen die Filme. Der besah sich die Hüllen und nickte. »Ich fürchte, wenn, dann …«, sagte er leise und tippte auf eine der DVDs.

»Das dachte ich mir«, sagte sein Gegenüber. Er wandte sich wieder an Michelle. »Es gibt da ein Undergroundstudio, von dem niemand weiß, wer sich dahinter verbirgt. Die bisherigen Veröffentlichungen sind … sagen wir mal, nicht für den Massenmarkt bestimmt. Aber der Erfolg … nun, in gewissen Kreisen ist man bereit, für ungewöhnliche Werke außerordentliche Preise zu zahlen.« Er zögerte, für einen Augenblick schien sein Blick an ihr vorbeizugehen. »Früher war so etwas einfacher. Es gab nur analoge Kopien, und die Qualität war so schlecht und der Preis so hoch, dass niemand ein Interesse daran hatte, Kopien von Kopien zu erstellen. Mit der Erfindung der DVD hat sich das geändert. Theoretisch könnte ich meine Kopie unendlich oft vervielfältigen und in den Verkauf bringen. Denn an diesen Filmen macht niemand ein Urheberrecht geltend. Sie werden mir sicher glauben, dass ich derartige Vorgehensweise missbillige, aber durch diesen Verfall der Sitten ist der Markt zusammengebrochen. Es gibt kaum mehr derartige Produktionen. Was sich nicht für den Massenmarkt eignet, wird nur noch exklusiv gefertigt. Ein Kunde trägt die gesamten Produktionskosten, es wird eine DVD gebrannt, was damit weiter geschieht, interessiert den Urheber nicht … es gibt nur wenige Menschen, die sich dieses Vergnügen leisten können und wollen.« Sein Blick kehrte zu Michelle zurück. »Ich darf mich an dieser Stelle von Ihnen verabschieden«, sagte er überraschend. »Leider habe ich die schmerzhafte Erfahrung gemacht, dass mich die Menschen anders sehen, nachdem sie meine Leidenschaften kennengelernt haben. Und glauben Sie mir, es wäre mir lieber, Sie hätten nie davon erfahren. Aber … ich gebe zu, es ist nicht nur mein gutes Herz. Es rührt mich, dass Sie Ihrer Freundin helfen wollen. Ich möchte gern an das Gute glauben. Aber einen Großteil der Überzeugungsarbeit hat dieses Fundstück beigetragen.« Er tippte auf den Luftpolsterumschlag. »Ein sehr seltenes Werk, wahrscheinlich das letzte seiner Art.«

Michelle sah Asmussen überrascht an. Der hob beschwichtigend die Hände: nicht jetzt.

»Es war mir ein Vergnügen. Ich wünsche Ihnen viel Glück«, hörte sie noch seine Stimme, aber als sie sich wieder zu ihm umsah, war er verschwunden wie der Rauch einer nächtlichen Zigarette.

Auf der Couch, wo er eben noch gesessen hatte, lag eine einsame DVD-Hülle.

Vorsichtig streckte Michelle den Arm aus, nahm sie. Schon als sie die Bilder betrachtete, wurde ihr fast schlecht.

»Wer … wie …?«, stotterte sie.

Lars Asmussen nahm ihr die Hülle sanft aus den Händen. Er stand auf und ging zu einem Fernsehbildschirm, der über einem flachen Sideboard an der Wand hing. Mit einem leisen Klicken ließ er die Hülle aufspringen, und im selben Moment wurde Michelle bewusst, wie leise es hier oben war, wie abgeschottet. Dreifachverglasung, dicker Teppich, Schallschutzwände und -türen. Hier könnte man jemand umbringen, und keiner würde es hören.

Schlagartig sah sie Raimund nackt in der Badewanne vor sich. Aus irgendeinem Grund blieb ihr innerer Blick erneut an seinem winzigen schrumpeligen Schwanz hängen, als wäre es die ultimative Demütigung, derart von der Tochter der eigenen Partnerin gesehen zu werden.

Auf einmal war sie sicher: Raimund war umgebracht worden, und keiner hatte es gehört.

Aber warum?

Was hatte er getan?

Sie hätte ja Verständnis gehabt, wenn ihre Mutter diesem Arsch im Affekt ein Brotmesser in den Hals gerammt hätte. Sie hätte ihr sogar dabei geholfen, die Leiche zu zerstückeln und im Garten zu vergraben.

Aber Monika hatte Größe bewiesen und sich für den mutigen Ausweg eines Neuanfangs entschieden.

Wem also hatte Raimund noch etwas angetan, und was?

Mitten hinein in diesen Flashback erwachte der Bildschirm an der Wand zum Leben. Es war der größte Fernseher, den Michelle je gesehen hatte, sicher über zwei Meter breit. Er hing so, dass man vom Bett aus den besten Winkel hatte – und er zeigte auch das Bett, das neben ihnen stand.

Michelles Blick huschte suchend zur Decke. Tatsächlich. Eine kleine weiße Kamera. Wer nicht wusste, was das Kästchen war, würde es für Steuerelektronik oder einen Rauchmelder halten. Andere Leute hängten sich Spiegel übers Bett, das hier war die Hightechvariante.

Mit dem Hauch eines Flackerns verschwand das Bett, der Bildschirm wurde schwarz. Nein, dunkelgrau. Ein nervöses, körniges Kribbeln erschien.

Dann, aus dem Nichts, ohne dass man etwas sehen konnte, ein Schrei, der Michelle durch Mark und Bein ging und bei dem selbst Asmussen sichtlich zusammenfuhr. Automatisch schoss Michelles Blick zur Tür zum Nachbarzimmer, und sie musste sich zwingen, sitzen zu bleiben. Es ist ein Film. Was immer darauf festgehalten wurde, es ist Vergangenheit. Du kannst niemandem mehr helfen.

Höchstens Sarah. Hoffentlich.

Der Schrei, obwohl sie sich das nicht hatte vorstellen können, wurde schriller, intensiver, panischer. Unwillkürlich schloss Michelle die Augen. Ihre Zähne bissen aufeinander, ihre Fingernägel bohrten sich in die Unterarme. Als sie die Augen wieder öffnete, war auf dem Bildschirm ein junges Mädchen zu sehen. Nackt. Schmutzig. Angekettet in einem Verlies.

Die Kamera war direkt auf das Gesicht gerichtet, und in den Augen des Mädchens lag panische Angst. Keine gespielte Angst, kein vorhersehbarer Schmerz.

Das Mädchen wusste eindeutig nicht, was kommen würde. Aber es wusste, es wird schlimm. Tränen liefen ihr über das Gesicht. Eine ruckartige Bewegung der Kamera, ein undefinierbares Geräusch, und das Mädchen schrie erneut.

Michelle wollte sich die Ohren zuhalten, die Augen zukneifen, rausrennen.

Und das war erst der Anfang.

73

Die Angst hält uns am Leben. Die Angst und die Hoffnung.

Ohne Hoffnung striche frühmorgens die Sonne nicht über die Häuser der Stadt, zöge kein feiner Brötchenduft durch die Straßen.

Und ohne Angst wären wir schon längst Opfer unseres eigenen Übermutes geworden. Die Angst zeichnet den Rahmen, innerhalb dessen Hoffnung existiert.

Die Kunst eines gelungenen Lebens besteht darin, einen Mittelweg zwischen den beiden Polen Angst und Übermut zu finden.

Was also veranlasst Menschen dazu, nach diesen Extremen zu fiebern – sich selbst der Angst oder, im Gegenteil, der Hoffnung auf Unsterblichkeit hinzugeben? Kein gesunder Geist kann dies wollen. Wir alle sind fest verdrahtet, davor zurückzuschrecken, als stünden die Leitplanken unseres Lebensweges unter Strom.

Wer das Leben erst spürt, wenn das Eiswasser der Angst durch die Adern schießt, ist früher oder später dem Untergang geweiht. Gleiches gilt für alle, die ohne Furcht und Sorge an das Gute glauben, sie torkeln trunken vor Freude in den Wahnsinn.

Diesen Süchten kontrolliert nachzugeben, um sich aufzugeilen und dem Alltag einen würzigen Kick zu geben – ist das irre? Oder klug? Pervers oder patent?

Was auch immer jemand aus der Bahn gestoßen hatte, lässt sich im Nachhinein nicht mehr verändern oder reparieren.

Der Schaden ist geschehen. Nun gilt es, damit klarzukommen.

So gesehen ist es doch vernünftiger, einem anderen die Kehle durchzuschneiden als sich selbst. Auf das eigene Überleben zu hoffen, nicht auf das der anderen. Der ultimative Egoismus und der absolute Horrortrip sind zwei Seiten einer Medaille – gut für den Einzelnen, schlecht für einen anderen.

Und wenn sich zwei finden, die wie Puzzleteile zusammenpassen – einer süchtig nach Angst, die andere high auf Wird-schon-Werden –, ist das ein *match made in heaven*? Oder eher wie ein Liter Benzin auf dem Grill?

Angst kann die Hoffnung auslöschen.

Hoffnung die Angst.

Beiden gleichzeitig standzuhalten, keinem von beiden zu verfallen ist das Schwerste.

74

Svenja Meißen blickte aus dem Fenster und stutzte. Es war immer noch hell wie zwei Uhr nachmittags. Dabei war es schon bald sechs.

Der Sommer in Hamburg war so kurz, dass keiner die Zeichen deuten lernen konnte.

Sie wollte gerade den Rechner runterfahren und Schluss machen, da klingelte ihr Telefon erneut. Eine interne Durchwahl.

Meißen überlegte kurz, ob sie den Anruf auf die Mailbox gehen lassen sollte. Das Wetter war so schön, dann konnte sie endlich mal noch mit ihren Kindern ein Eis essen gehen. Aber das Pflichtgefühl überwog.

»Ihr habt uns doch die Daten dieser Segelmacherei geschickt?«, sagte der Kollege.

Teschke hatte die Buchhaltung auf freundliche Nachfrage freiwillig in elektronischer Form zur Verfügung gestellt. Hinnerken und Meißen hatten eine Durchsicht der Kollegen vom LKA 6 beauftragt.

»Ja?«, sagte Meißen.

Sie ging davon aus, dass ihr Gesprächspartner ihr mitteilen würde, die Geschäfte seien insgesamt gut/mittel/schlecht gelaufen, das Gehalt des Geschäftsführers vermutlich wie immer eher auf der großzügigen Seite, vielleicht noch ungewöhnlich hohe Ausgaben für Materialien bei unglaubwürdig geringen Einnahmen … was man halt so erwartete bei Kleinunternehmern.

Stattdessen sagte er: »Die Bücher sind so sauber, als hätte jemand auf die Buchprüfung regelrecht gewartet. Das sehen wir hier öfter. Manche Leute sind wirklich zu dumm oder zu brav, irgendein Schlupfloch zu nutzen … ›Interpretationsspielraum‹, wie die Steuerberater das nennen.«

Er machte eine erwartungsvolle Pause. Meißen wusste nicht recht, was sie sagen sollte. »Ist das gut – oder schlecht?«, fragte sie schließlich.

»Kommt drauf an, für wen.« Er lachte. »Die hier sind seit zwanzig Jahren im Geschäft. Die sollten wissen, was sie tun. Also wurden wir misstrauisch. Und wir haben auch was gefunden. Sehr geschickt versteckt, muss ich sagen. Ohne Sie jetzt mit Details langweilen zu wollen – der Prokurist hat mehrfach größere Geldsummen entnommen … und« – dramatische Pause – »wieder eingezahlt. Wir sprechen über eine Größenordnung von jeweils etwa hunderttausend Euro. Die Entnahmen und Rückzahlungen überschneiden sich allerdings teilweise, sodass in den letzten Jahren auch schon mal dreihunderttausend offen waren.«

»Und das ist … verboten? Steuerhinterziehung? Oder was? Ich verstehe das noch nicht ganz«, sagte Meißen.

Sie hatte auf ihre Schreitischunterlage unter den Namen Teschke die Zahlen hunderttausend und dreihunderttausend gekritzelt.

»Es ist vor allem ungewöhnlich. Teschke ist kein Gesellschafter. Er *darf* Gelder entnehmen, er ist zeichnungsberechtigt. Aber unter normalen Umständen *würde* er das nicht in dieser Weise tun. Er zahlt Rechnungen und Gehälter. Aber es wäre eine Verletzung seiner Aufgabe, einfach so Geld zu entnehmen und eine Weile irgendwo herumliegen zu lassen. Egal, ob er damit selbst irgendwas anstellt oder es nur in die unterste Schreibtischschublade packt … sein Job ist, Gelder im Dienste der Firma zu bewegen, und so sieht mir das jedenfalls nicht aus. Ohne guten Grund wäre das sehr wahrscheinlich schon ein Kündigungsgrund, fristlos. Aus Firmensicht ist es zwar legal, aber unwirtschaftlich, einem Angestellten kostenfrei Gelder zur Verfügung zu stellen. Außerdem, wenn das Ganze offiziell gelaufen wäre, selbst zinslos, dann gäbe es garantiert einen Vertrag. Und vor allem wären die Zahlungen dann nicht so über drei Ecken abgewickelt worden. Sie sind wirklich sehr geschickt versteckt. Strohfirmen, Offshore-Companies, Überweisungen, die auf den ersten Blick zu ganz offiziellen Rechnungen zu gehören scheinen … So was ist bei solchen Summen gar nicht einfach. Respekt, muss man da eigentlich sagen. Aber es ist ganz klar irgendwas faul an der Sache.«

»Was Sie festgestellt haben, ist also, wenn ich es richtig verstehe, dass da jemand – Ingolf Teschke – mit krimineller Energie vorgeht, aber gar keine Straftat vorliegt? Richtig?«

»Ziemlich nah dran. Es ist so, als ob sich der Partner zum Telefonieren mit dem Handy im Bad einschließt. Das darf er, aber es weckt Misstrauen. Und aktuell fehlt eine Summe von beinahe zweihunderttausend Euro. Es ist davon auszugehen, dass diese rechtzeitig vor Buchabschluss rückgeführt wird. Aus Firmensicht ist das aller Wahrscheinlichkeit nach eine Veruntreuung – die nur unter normalen Umständen nicht aufgefallen wäre.«

»Aber was soll das?«, fragte Meißen mehr sich als ihren Gesprächspartner. »Wer stiehlt denn Geld, um es wieder zurückzugeben?«

»Wir sehen so was öfter, als man glauben mag. Meist geht es nicht so gut aus wie hier. Im Regelfall sind die Leute süchtig. Sie zocken, sie setzen das Geld auf Aktien oder Rennpferde, spielen Lotto oder Roulette, kaufen Ost-Immobilien oder eine Containerladung gefälschte Louis-Vuitton-Taschen. Irre

Sachen, wirklich. Geldgier, Verzweiflung, wer weiß schon, was die Leute dazu treibt. Und wie gesagt, meist geht es schief. Aber am Anfang ist der Plan immer, bloß eine kurze Durststrecke zu überbrücken und dann alles zurückzuzahlen und nur mit dem Gewinn weiterzuspekulieren. Nach so etwas sieht es für mich hier aus. Als würde der Prokurist nebenbei irgendwas betreiben, wofür er zwar immer wieder mal Cashflow braucht, aber nur kurzzeitig – und bisher scheint sein Konzept immer aufgegangen zu sein.«

»Hm«, machte Meißen. »Danke. Komisch. Der Typ ist echt … ich verstehe das nicht. Eigentlich geht es ihm gut. Gehalt okay, verheiratet, läuft alles. Aber irgendwas stinkt da.«

»Ich kann Ihnen einen Bericht schicken, aber erst morgen. Wir haben hier noch eine andere ziemlich große Sache. Morgen Abend. Wenn ich Sie wäre, würde ich den Kerl vorladen. Und ihm die Daumenschrauben ansetzen. Die zweihundert Mille, die aktuell fehlen, reichen auf jeden Fall, um ihm beruflich das Genick zu brechen, selbst wenn es nie zu einem Urteil kommen sollte.«

Svenja Meißen warf einen Blick auf die Uhr. Dann eben kein Eis mit den Kindern.

75

Paul Hinnerken war schon fast zu Hause, als sein Handy klingelte.

Die Kollegin Meißen.

Er nahm das Gespräch an, schaltete auf Lautsprecher, hielt das Gerät in der rechten Hand und steuerte mit der linken. »Ja?!«, rief er.

»Wo bist du?«, fragte seine Kollegin.

»Kurz vor Mundsburg.« Hinnerken wohnte in Barmbek.

»Dann bieg mal lieber links ab.« In dieser Richtung lag das Polizeipräsidium. Hinnerken hatte gerade die Kreuzung unterhalb der Mundsburg-Türme überqueren wollen, setzte aber nun den Blinker in den Winterhuder Weg. »Du wirst nicht glauben, was ich gerade erfahren habe. Unser Freund Teschke hat Geld unterschlagen. Nicht zu knapp. Bisher hat er es immer zurückgezahlt, aber ich wüsste gern, wozu er das brauchte. Und da er momentan satt im Minus steht, hat er nicht lang gezögert, als ich ihn eben gebeten habe, doch gleich heute noch mal bei uns vorbeizuschauen.«

»Wow«, rief Hinnerken. »Nicht schlecht. Das wird ja spannend.«

»Es hat nicht geschadet, ihn darauf hinzuweisen, welchen Eindruck es auf seine Frau machen würde, wenn ich ihn offiziell vorlade und direkt mit dem Peterwagen abholen lasse.« Hinnerken konnte das Grinsen in der Stimme seiner Kollegin hören.

Er kreuzte jetzt die Heinrich-Hertz-Straße. »Wenn wir sowieso Überstunden machen«, sagte er, »können wir auch gleich noch Krämers Ex wieder einbestellen. Die ist nämlich – halt dich fest – Alleinerbin! Haus, Auto, Boot, Firma, Festgeld, alles ihrs.«

»Oha! Woher weißt du das denn jetzt?«

»Krämers Testament war hinten in seinem Versicherungsordner.«

»Aber ich dachte, die beiden haben sich getrennt?«

»Dazu passt ja die Aussage, dass er noch auf eine Versöhnung gehofft hätte. Und außerdem war er ja nicht alt – warum sollte er, nur weil seine Freundin auszieht, als Erstes sein Testament ändern? Damit rechnet ja keiner. Aber … das ist schon kein schlechtes Motiv, muss ich zugeben …«

»Die Lebenspartnerin und der beste Freund …«, sagte Meißen. Und auf einmal: »Meinst du, die haben was miteinander?«

76

Das *Pretty Woman* war nur ein paar Straßen von Asmussens Wohnung entfernt. Er ließ Michelle auf dem Weg zu sich nach Hause raus. Sie sah ihm nach. Viel klüger war sie jetzt immer noch nicht. Nur verwirrter.

Eine halbe Stunde später, während ein smarter Anzugträger ihr vorhechelte, wie hart sein Job war, dachte sie darüber nach, ob es wirklich Leute gab, die sich zum Vergnügen ansahen, wie Menschen getötet und zerstückelt wurden. Machte es nicht auch den Reiz eines Horrorfilms aus, dass man wusste, es war alles nur Kulisse? Oder erschien der Horror noch viel packender, wenn die Grenze zur Realität möglicherweise überschritten wurde?

Der Kunde fühlte sich von seinem Boss ebenso unverstanden wie von seiner Frau. Im Westen nichts Neues. Michelle erhöhte das Tempo ein wenig, indem sie die Beine anzog und zu stöhnen begann. »Oh … ja … genau so …!«

Am Anfang hatte sie sich dazu überwinden müssen, aber inzwischen war es ihr in Fleisch und Blut übergegangen. Es war ja auch okay, der Mann machte seine Sache völlig ordnungsgemäß. Was sein Chef und seine Angetraute an ihm auszusetzen hatten, war jedenfalls in dieser Situation nicht augenfällig.

Was erregte Menschen? Das war doch die Frage, auf die es hinauslief. Und war es angeboren – oder erlernt, eingeübt? Stand eben der eine auf Blondinen, der andere auf Rothaarige? Liebten so viele Männer eine rasierte Scham aus ästhetischen Gründen – oder gab sie ihnen das Gefühl, mit einer vollbusigen

Grundschülerin im Bett zu liegen? Ging es um Liebe, um Sex oder um Macht? Gehörten zumindest Sex und Macht nicht immer irgendwie zusammen? War guter Sex nicht stets ein Spiel aus Geben und Nehmen, aus Dominanz und Hingabe?

So betrachtet wäre dann die absolute Dominanz zugleich der ultimative Kick. Das könnte erklären, warum Frauen in Beziehungen herumgeschubst wurden, kleingehalten. Warum Männer kein Problem damit hatten, breitbeinig über den Kiez zu marschieren und für Sex zu zahlen – wer zahlt, hat Macht. Wer es sich leisten kann, zu zahlen, hat schon gewonnen.

So gesehen wäre die Geldübergabe erotischer als der nachfolgende Akt.

Was oft stimmte, aber das war eine andere Geschichte.

Dann war es auch logisch, dass Frauen sich nicht so leicht auf die gleiche Art Erfüllung verschaffen konnten.

»Oh ja, oh, das ist so gut!«, zwitscherte Michelle. Sie zog den Kopf des Mannes ein wenig näher an sich heran, damit sie in Ruhe an ihm vorbei zum Fenster hinausschauen konnte.

Und diejenigen, die man als »normal« bezeichnete, waren nur zu feige, risikoavers. Angeblich lauerte ja in jedem von uns ein Mörder, jeder hatte einen Schatten, eine dunkle Seite.

Wer es schaffte, die Scham der Menschen anzusprechen, machte die besten Geschäfte. Die dicksten Autos, die neuesten Smartphones, die größten Häuser kauften nicht etwa die Angeber, sondern Leute, die sich unbewusst damit ihren Nachbarn und dem eigenen Ego gegenüber profilieren wollten. Guck mal, was ich kann, was ich habe, wer ich bin!

In der Hoffnung, es irgendwann auch selbst zu glauben.

So vertickte man Maseratis, Yachten, iPhones. BWL für Anfänger.

»Aaah!«, rief der Mann über ihr plötzlich, richtete sich auf wie eine Kobra, riss seinen Schwanz aus ihr heraus, packte die

Spitze des Kondoms und versuchte es mit Schwung abzuziehen, was nach zwei Versuchen auch gelang, dann rutschte er höher, setzte sich auf ihr Becken, rubbelte an seinem Schniedelwutz, legte den Kopf in den Nacken, als wollte er den Mond anheulen, und nach wenigen Sekunden tröpfelte er ihr einen halben Teelöffel Sperma unter die Brüste.

»Wow! Oh! Ah!«, summte Michelle und klebte sich ein Strahlen ins Gesicht. »Oh, das tut so gut!«

Mit spitzen Fingern rieb sie in der Soße herum, weil sie wusste, dass dieser Typ das erwartete.

Er lächelte prompt stolz auf sie herunter. »Ah! Das war wirklich gut!«, verkündete er mit Kennermiene.

Michelle nickte. »Ja, ganz toll.«

Gut jedenfalls für die Yelp-Rate des *Pretty Woman*.

Der Mann strahlte.

Dann, immerhin, sah er sich um, entdeckte die Box mit Zupftüchern auf dem Nachttisch und reichte ihr zwei.

Michelle wischte die Bescherung auf.

»Duschen ist extra, oder?«, fragte er.

»Ja«, sagte Michelle und nannte den Preis. Dafür kriegte man um die Ecke noch nicht mal zwei Currywürste.

»Na ja, muss nicht sein, schon okay«, sagte der Mann und wischte mit einem weiteren Zupftuch einmal über seine Männlichkeit, wie man eine Duschstange trockenrieb. Er begann bereits, seinen Anzug – seine Verkleidung, seinen Schutz, seine Rüstung – wieder anzuziehen und nahm nahtlos den Faden seiner Erzählung wieder auf: »Also, wie ich schon sagte, in dieser Präsentation lief alles bestens, ich hatte alle auf meiner Seite, aber dann meinte mein Chef …«

Michelle schlüpfte in Tanga, Shorts, Top und hochhackige Sandalen.

Zum Abschied nahm der Mann sie auf einmal in die Arme,

und sie hielt ihn ihrerseits auch für einen Augenblick. Er lächelte sie dankbar an.

Vielleicht waren doch nicht alle Männer Schweine. Vielleicht waren manche von ihnen eher arme Schweine.

77

Paul Hinnerken warf zwei Münzen in den Automaten. Schwarz für ihn, weiß für Meißen, kein Kaffee für Ingolf Teschke. Der ging ihm auf die Nerven.

Mit den zwei Bechern kehrte er in das Verhörzimmer zurück. Setzte sich. Nippte und verbrannte sich die Zunge. Kaffeeduft breitete sich aus, mischte sich mit dem Schweigen.

Teschke starrte ihn an.

Hinnerken wich dem Blick nicht aus, aber er wollte die Situation entspannen, nicht verschärfen. Also kniff er nicht wie Teschke die Augen zusammen und runzelte die Augenbrauen, sondern legte so viel neutrale Aufmerksamkeit in seinen Blick, wie es ihm möglich war.

Im Ohr hatte er die Stimme des Polizeipsychologen. »Der Täter fühlt sich zu Unrecht übergangen. Er oder sie will gehört werden. Deshalb begeht er die Tat. Um gesehen, wahrgenommen zu werden. Schafft man einen sicheren Raum, so wird er von allein zu sprechen beginnen.«

Klang toll in der Theorie, in der Praxis hatten sie den sicheren Raum noch längstens bis morgen Vormittag um neun. Außerdem waren alle Beteiligten müde und zumindest Hinnerken und seine Kollegin auch schlecht gelaunt.

Sie saßen hier seit halb zehn, jetzt war es kurz nach Mitternacht. Meist lohnte es sich, unbeirrt weiterzumachen, wenn Ermittlungen Tempo aufnahmen. Aber keine Regel ohne Ausnahme. »Mann! Reden Sie mit uns!«, blaffte Meißen auf einmal.

Teschke wandte ihr den Blick zu, sagte aber immer noch nichts.

Sie hatten schon alles gefragt. Spielschulden, eine Affäre mit der Partnerin des Verstorbenen, bedürftige Verwandte. Keine Reaktion.

Worauf wartet der Mann, überlegte Hinnerken.

Wie konnte die Frage lauten, auf die er insgeheim wartete? Die ihn dazu bringen würde, auszupacken? Wenn er zum Täter geworden war – warum gab er es nicht zu? Wen wollte er schützen außer sich selbst? Wen oder was liebte er so sehr, dass …

»Ihre Frau!«, sagte Hinnerken auf einmal. Er stellte den Becher ab und legte die Hände flach auf den Tisch. Teschke ging es nicht ums Geld. Und er hatte auch keine Affäre mit Michelles Mutter. Er liebte seine Frau. Und er wollte sie schützen. Vor was? Hatte sie Krämer getötet? Warum sollte sie?

Teschkes Kopf zuckte herum. Aufmerksam, fast schon lauernd sah er Hinnerken an. Ein falscher Satz, und alles wäre zum Teufel. Aber jetzt der richtige Satz, und die Wahrheit würde aus Teschke herausquellen wie Saft aus einer überreifen Frucht.

»Ihre Frau hat … nein … Ihre Frau ist …«, überlegte Hinnerken laut. War die Frau krank? Brauchte er deshalb das Geld? Aber wie konnte er es dann zurückzahlen? Und außerdem gab es ja Krankenversicherungen. War sie drogensüchtig, Alkoholikerin? Möglich, aber es kam ihm weit hergeholt vor.

Was war Menschen in Teschkes sozialer Situation wichtig? Wonach waren sie »süchtig«, wenn man es so sagen wollte?

»Ihre Frau …«, setzte Hinnerken erneut an. Er atmete aus und rieb sich vor Müdigkeit über die Augen.

Teschke fixierte ihn weiterhin aufmerksam.

»Sie … Sie lieben Ihre Frau«, sagte Hinnerken schließlich langsam.

Der Hauch eines Nickens, vielleicht, wenn man genau hinsah. In Teschkes Blick lag, möglicherweise, so etwas wie Zustimmung.

»… und Sie wollen … das Beste für sie«, fuhr er fort.

Immer noch keine Regung. Aber die Feindseligkeit schien abzunehmen. Die Schultern sanken ein wenig herunter, die Haut um die Augen herum glättete sich.

»Und sie … wenn ich mich recht erinnere, kommt sie aus gutem Hause. Sie ist …«

Hinnerken dachte zurück an seine eigene Ehe. In der er sich mehr als einmal gewünscht hatte, mehr Geld zu verdienen, um Carmen jeden Wunsch von den Augen abzulesen. Vielleicht wäre sie dann geblieben!

Er wusste, es war Unsinn. Liebe ließ sich nicht kaufen.

Aber eine unbelehrbare Stimme in seinem Inneren gab trotzdem ihm die Schuld am Scheitern seiner Ehe. Hätte er nur, wäre er nur, wenn er nur …

»Sie leben über Ihre Verhältnisse«, sagte er, und seine Stimme klang auf einmal wieder sicherer. Er war auf der richtigen Spur. »Nicht viel, aber immer ein bisschen. Und das Firmengeld … wahrscheinlich haben Sie anfangs nur damit überbrückt.« Auf einmal passte eins zum anderen. »Sie haben Ihre Anteile an der Firma Stück für Stück aufgegeben, weil Sie Cash brauchten. Um Ihrer Frau den Lebensstandard zu bieten, von dem Sie dachten, sie hätte ihn verdient … oder sie würde ihn erwarten oder verlangen … vielleicht war sie ihn gewohnt …«

Ganz leise war Paul Hinnerken sich der Tatsache bewusst, dass er nicht nur über Teschkes, sondern auch über seine eigene Ehe sprach. Eine Erkenntnis, die er für den Moment lieber zur Seite schob.

Teschkes Gesichtsausdruck veränderte sich. Eine immense Trauer zeigte sich in den zuvor reglosen Zügen.

»Haben Sie mal ›Ist das Leben nicht schön?‹ gesehen?«, fragte Hinnerken auf einmal.

Teschke schüttelte den Kopf.

»Schwarz-Weiß. Ein Klassiker. James Stewart will sich umbringen, weil er nicht genug Geld für seine Familie verdient. Aber dann kehrt er doch nach Hause zurück – irgendwas ist da auch noch mit einem Engel –, und alle lieben ihn von Herzen. Ich weiß nicht, wie es um Ihre Ehe bestellt ist, aber …«

»Francine hat nie etwas gesagt«, erklärte Teschke auf einmal. »Nie. Aber ich … ich konnte es sehen. In ihrem Blick. Sie hat … ich musste ihr doch zeigen, wie sehr ich sie liebe. Sie war es gewöhnt von ihrem Vater, sie hat es erwartet, ich weiß es. Ich weiß, worauf ich mich mit ihr eingelassen habe. Ich habe … ich habe eine Frau wie sie nicht verdient, und …«

Während Teschke sprach, konnte Hinnerken endlich nachdenken. Teschke hatte sich nicht wirklich etwas zuschulden kommen lassen. Er hatte die von ihm entnommenen Gelder stets in voller Höhe zurückgezahlt. Man musste daher davon ausgehen, dass er das auch diesmal vorgehabt hatte.

Wenn er mehr Geld brauchte, als er Gehalt bekam, um seiner Frau den Lebensstandard zu bieten, den sie verlangte – oder von dem er glaubte, dass sie ihn erwartete –, dann musste er eine Möglichkeit gefunden haben, das Geld der Firma kurzfristig zu vermehren. Aktienspekulationen, Drogendeals … irgendetwas, wo man größere Summen investierte, aber die Ware schnell umsetzte … und das geschäftliche Risiko musste gering sein, der Mann war ja nicht dumm. Er musste sich sehr sicher gewesen sein, dass er die Differenzen zügig ausgleichen konnte.

»Wie haben Sie das Geld investiert?«, unterbrach Hinnerken sein Gegenüber.

Meißen sah ihn von der Seite überrascht an. Regel Nummer

eins: Wenn ein Verdächtiger endlich zu reden anfängt, unterbricht man ihn auf keinen Fall.

Aber Hinnerken war sicher, auf der richtigen Spur zu sein. Teschke wollte seine Frau schützen. Er wollte etwas beichten – und etwas verschweigen.

Möglicherweise mehr oder weniger dieselbe Sache.

Teschke presste die Lippen wieder fest aufeinander.

Hinnerken lehnte sich zurück. Nahm einen Schluck des inzwischen nur noch lauwarmen Kaffees.

Wartete.

Teschkes Atem war zu hören. Er ging hastig und abgehackt. Der Mann war aufgeregt, aus dem Gleichgewicht.

Es fiel Hinnerken schwer, die Spannung auszuhalten, die er selbst aufgebaut hatte. Der Mann, den sie vernahmen, war ihm gar nicht unsympathisch.

Und jeder machte mal Fehler.

Schlimm war nur, dafür nicht einzustehen.

Auf einmal warf Meißen einen Blick auf ihre Armbanduhr, dann sagte sie kühl: »Wissen Sie was? Nur, dass wir uns nicht missverstehen. Wir kriegen das raus. Als Erstes vernehmen wir Ihre Frau. Dann die Kollegen. Ihre Freunde. Die Freunde Ihrer Frau. Irgendwer hat irgendwas mitbekommen. Und selbst wenn nicht – das Ergebnis ist fast das gleiche. Klar ist, Sie haben Gelder veruntreut. Klar ist auch, dass Sie die Gelder investiert und damit Gewinne gemacht haben. Ich wette darauf, dass Sie diese Gewinne nicht korrekt versteuert haben. Das heißt, Sie werden so oder so Ihren Job verlieren, Sie werden Ihre Freunde verlieren, Ihre Ehe wird im besten Fall in eine schwere Krise geraten – oder Ihre Frau zieht gleich aus –, und am Ende haben Sie noch ein Strafverfahren wegen Veruntreuung am Hals. Supersache für einen fristlos entlassenen Prokuristen. Ich schwöre Ihnen, selbst wenn wir nichts finden, sind Sie erledigt. Wenn Sie ganz viel Glück haben, bleibt Ihre Frau sogar bei Ihnen. Vielleicht liebt sie Sie ja tatsächlich. Und dann könnten Sie sich sogar zur Abwechslung mal sicher sein, dass es so ist. Denn *Sie* haben dann nichts mehr. Keinen Job, kein Geld, keinen Ruf zu verlieren. Also wenn Sie wirklich wissen wollen, wo Ihre Ehe steht – viel Spaß. Wir helfen gern.« Sie stand auf und pfefferte ihren noch halb vollen Kaffeebecher in den Papierkorb. »Ich geh jedenfalls jetzt. Gute Nacht.«

Sie war schon halb zur Tür heraus, als Teschke zu reden begann.

Manchmal sind die einfachsten Tricks die besten. Hinnerken nahm sich vor, seiner Kollegin später zu sagen, dass er von ihrem Timing und ihrer Taktik beeindruckt gewesen war.

»Ich habe da auf einer Party einen Anwalt kennengelernt. Der hat was von acht bis zehn Prozent erzählt – pro Halbjahr. Das habe ich am Anfang nicht geglaubt. Aber er hat es hinbekommen. Und dann habe ich … ich habe Raimund davon überzeugt, selbst zu investieren«, sprudelte es aus Teschke hervor. »Hat sich auch gelohnt. Wir haben uns am Samstag deswegen gestritten, das stimmt, aber ich schwöre, ich habe ihn nicht … ich …«

Ach, das waren also Krämers merkwürdige Kontobewegungen. Mit einer ärgerlichen, ruckartigen Bewegung wischte sich Teschke über Augen, Nase, Mund. »Er war mein bester Freund! Ich schwöre!«

Mit einem Seufzen kehrte Meißen an den Tisch zurück. Es sah aus, als wäre sie lieber gegangen.

»Wir haben Ihre Fingerabdrücke im Haus gefunden«, setzte Hinnerken nun nach.

Sachlich war das korrekt. Sie hatten Teschkes Fingerabdrücke in der Küche gefunden. Das war weder ein Verbrechen noch ein Indiz. Zumal der Mann ja bereits zugegeben hatte, am Samstag bei Krämer gewesen zu sein.

Die Kunst einer Vernehmung bestand manchmal darin, die Wahrheit nach etwas ganz anderem klingen zu lassen.

»Ich war … ich habe … ich wollte doch nur …«, hechelte Teschke. Dann begann er zu husten. »Darf ich ein Glas Wasser haben, bitte?«, fragte er.

»Hm«, machte Hinnerken mürrisch, stand aber auf und ging einen Becher aus dem Wasserspender vor der Tür holen.

Teschke trank vorsichtig in kleinen Schlucken, wie ein Kind. Als der Becher leer war, stellte er ihn sehr vorsichtig und langsam, als sei er aus feinstem Porzellan, auf den Tisch.

»Sie haben recht«, sagte er dann. Seine Stimme hatte nun wieder an Kraft gewonnen. »Ich brauchte Geld. Ich habe immer … Ich dachte immer, es muss ja mal besser werden. Diesen Film, den Sie eben erwähnten« – er sah Hinnerken an –, »kenne ich nicht. Aber er klingt … das habe ich mir immer gewünscht, dieses Gefühl. Ich wollte Francine das bestmögliche Leben bieten. Das hatte ich ihr versprochen. Wir dachten, es geht nur aufwärts. Aber dann kam die Krise. Wallstreet, Lehman, Immobilien … ich habe nichts falsch gemacht, das weiß ich. Es lief eben einfach nicht mehr so gut. Und ich … Raimund meinte auch immer, ich soll es ihr einfach sagen. Aber … die beiden verstanden sich nicht besonders gut. Er hat … er hatte … seine Lebensgefährtin ist … war … ein ganz anderer Typ. Bodenständig. Das muss man … für mich wäre das nichts gewesen. Aber für ihn … er war glücklich. Er hat mir geraten, ehrlich zu Francine zu sein. Aber mit Ehrlichkeit kommt man in so einer Situation doch nicht weit. Ich habe mir das Hirn zermartert, wie ich es ihr erklären soll. Jedes Mal habe ich es weiter vor mir hergeschoben. Habe Raimund ein paar Prozent der Firma verkauft und mir eingeredet, es werden schon wieder gute Zeiten kommen, dann gleicht sich das alles aus.«

Teschke wirkte erleichtert, dass er endlich reden konnte. Hinnerken war froh, dass sie durchgehalten und diesen Punkt doch noch erreicht hatten. Es brachte Ermittlungen maßgeblich voran, wenn jemand freiwillig aussagte, statt sich den Indizien beugen zu müssen. Weil man viel mehr erfuhr als die reinen Fakten.

»Dummerweise wurden die Zeiten nicht besser.« Teschke begann, sich zu entspannen. Er beugte sich vor und legte die Hände auf den Tisch. »Ich konnte doch nicht nach Hause kommen und Francine sagen: ›Hey, tut mir leid, dumm gelaufen. Ich habe dich die ganzen Jahre angelogen‹. Aber es wurde einfach nicht besser. Irgendwann hatte ich meine ganzen Anteile abgegeben. Am Schluss wollte Raimund sich sogar weigern, sie zu übernehmen. Er fand mein Verhalten dumm und kurzsichtig. Womit er sicher auch recht hatte. Aber … na ja. Jedenfalls waren wir etwa um diese Zeit auf einer Geburtstagsparty eingeladen. Auf Sylt. Bei … ist ja auch egal.«

Hinnerken sah, wie Meißen sich eine Notiz machte. Sein Instinkt sagte ihm dasselbe. Gleich kam etwas Wichtiges.

»Dort war auch ein Hamburger Rechtsanwalt. Junger, smarter Typ. Lockeres Auftreten, nicht zu bescheiden, nicht zu arrogant, genau die richtige Mischung. Die Kanzlei, für die er arbeitet, kannte ich vom Hören. Er fährt Motorrad wie ich, liebt die Insel wie ich … wir haben uns gut unterhalten. Sonst gar nichts. War echt nett. Später, bei einem anderen Essen, erzählte mir unser Gastgeber – er nahm mich so zur Seite und sagte es ein bisschen leiser, als zöge er mich ins Vertrauen –, dass er jemand kennt, der sehr gute Investments für ihn gemacht hätte. Ob ich Interesse hätte. Und es stellte sich also raus, das war dieser Anwalt, mit dem ich mich so gut unterhalten hatte.

Ich dachte mir, na gut, warum nicht, reden kann man ja mal. Er wollte erst gar nicht mit der Sprache rausrücken. Am Ende meinte er dann, es wären so zwanzig Prozent pro Jahr drin, in guten Jahren auch mehr, aber momentan gäbe es keinen Bedarf, er hätte so viele Interessenten, dass er nicht alle bedienen könnte. Ich wusste natürlich … ich meine, ich hab schon kapiert, dass er mich an der Nase herumführt. Aber ich konnte trotzdem nicht widerstehen. Es war einfach zu verlockend. Zwanzig Prozent! Das ist nicht mal … in den fetten Jahren war das überhaupt nicht unrealistisch. Ich habe solche Gewinne selbst noch erzielt.«

Er holte tief Luft, machte eine Pause. Schien für einen Moment in eine sorgenfreiere Vergangenheit abzutauchen.

Meißen und Hinnerken ließen ihn.

»Also habe ich mitgespielt und meinerseits so getan, als wäre ich nur neugierig, als hätte ich das Geld überhaupt nicht nötig … das Spiel kann ich schon lange«, fuhr er dann fort. Seine Stimme wurde immer ruhiger. Es schien ihm gutzutun, sich zu offenbaren.

Hinnerken wartete geduldig, obwohl es ihm schwerfiel. Für ihn hörte sich das Ganze noch nicht nach einem Geständnis an.

»Wie auch immer, so ging das eine Weile hin und her, ein paar Wochen. Ein bisschen, als ob wir flirteten. In der Zeit habe ich mich schon mal umgehört und ein paar Leute gefunden, die zugaben, bei ihm ihr Geld investiert zu haben. Und es hat immer alles super geklappt. Pünktlich, anständig, meist gab's sogar einen halben oder einen Prozentpunkt mehr als angekündigt. Alles sauber. Kein Risiko. Ich konnte das kaum glauben, aber andererseits … diese ganzen Taschen und Sonnenbrillen, die Autos, der Stall … das kostet alles. Und ich durfte mir ja nichts anmerken lassen. Jedenfalls bot er mir schließlich an, fünftausend zu investieren. Ich sagte, das ist mir zu wenig.

Na gut, zehn – aber auf keinen Fall mehr, meinte er. Also habe ich ihm zehntausend gegeben, wie im Krimi in einer Plastiktüte. *Cash only*, klar. Und vier Monate später bekam ich elftausend und ein paar Zerdrückte wieder. Das haben wir noch ein paarmal gemacht, mit immer größeren Summen. Das lief alles. Ich hoffte immer noch auf bessere Zeiten, aber es war okay. Der Hebel war groß genug. Irgendwann wollte ich mal wissen, wie das Geld eigentlich angelegt wird, und … Es ist eine gute Mischung. Auslandsexpansionen, Immobilien, alles Mögliche.«

Er schwieg. Holte tief Luft. Fuhr dann fort. »Ich habe nichts Unrechtes getan. Jedenfalls nicht in dieser Hinsicht. Also … mit dem Geld wurden auch Filme produziert. Wiemann hat mich dann mal zu einem Dreh eingeladen.«

Nun war der Name des Anwalts doch gefallen. Der Psychologe hatte recht gehabt. Man musste den Menschen nur Raum geben, dann redeten sie sich um Kopf und Kragen.

»Wir haben … ist ja auch egal.«

Hinnerken konnte sich vorstellen, was die beiden Männer getan hatten. Was das für Filme waren.

Er warf Meißen einen schnellen Blick zu, damit sie Teschke nicht unterbrach.

»Dann habe ich einen Fehler gemacht.«

Jetzt kommt's, dachte Hinnerken und bemerkte, wie er instinktiv die Luft anhielt.

»Ich habe Raimund überredet, mit einzusteigen. Ich habe dafür eine Provision bekommen. Fünf Prozent seiner Anlage.« Er zögerte, dann machte er reinen Tisch. »Seiner Anlagen. Auch in Zukunft. Das war … ich dachte, das nehme ich mit. Und ich war … ich *bin* überzeugt davon. Meine Erfahrungen waren durchweg positiv. Ich gebe zu, ich weiß nicht, wie sauber das Geld ist, aus dem die Gewinne gezahlt werden. Aber wenn die nicht mit meinem Geld arbeiten, dann mit dem von jemand anders. Ich verhindere nichts – keinen Film, keinen Deal –, wenn ich nicht investiere. Ich stehe nur dumm da und habe nicht genug Geld. So sieht's aus. Aber Raimund … da ist man so lange befreundet und kennt sich doch nicht. Beim ersten Mal war's okay, aber jetzt kriegten wir eine DVD mit dem Trailer für den neuen Film. Und … also, ich würde mir so was jetzt auch nicht freiwillig anschauen. Aber man muss ja auch nicht bei McDonald's essen, um Aktien von denen zu haben. Bloß Raimund ist völlig ausgerastet, er wollte aussteigen, er wollte sofort sein Geld zurück. Ich weiß auch nicht, was in den gefahren ist.«

Teschke schüttelte den Kopf. Holte tief Luft und schnitt dann eine Grimasse, als käme jetzt das Unangenehmste.

»Ich hab gesagt, ich tu, was ich kann. Deswegen war ich am Samstag da. Ich wollte mich mit ihm … ich habe wirklich nicht damit gerechnet, dass er so ausflippt.«

Meißen und Hinnerken beugten sich beide gespannt vor. Hatte Teschke etwa doch seinen Freund getötet? Aber wenn ja, wie hatte er ihn dazu bewegt, nackt in die Badewanne zu steigen? Hatte er ihn vielleicht mit einer Waffe bedroht, mit einem Küchenmesser?

Möglich. Dann hatte Krämer versucht, auf Zeit zu spielen, es aber nicht geschafft.

Und Teschke könnte sogar Krämers Investment für sich behalten.

Liebe, Streit und Geld. Ausgezeichnete Motive.

78

Schokoladenduft.

Michelle atmete tief ein, füllte ihre Lunge.

Schokoladenduft.

Sie ließ die Augen geschlossen und genoss den Moment.

War sie im Himmel?

Ein Gefühl entspannter Glückseligkeit erfüllte sie.

Sie reckte und streckte sich genüsslich. Ließ langsam und vorsichtig ihre Lider aufflattern. Die Rollläden leisteten ganze Arbeit. Es war stockfinster in ihrem Zimmer. Der Wecker zeigte kurz nach elf.

Warum roch es hier so gut?

Sie schlug ihre Decke zur Seite, ging in die Küche. Dort war es zu hell, aber der Duft war noch intensiver. Auf dem Küchentisch stand ein Teller mit Chocolate-Chip-Cookies. Der Ventilator des Umluftherdes lief noch.

Monika saß mit einem selbstzufriedenen Lächeln da. »Bist du schon wach?«, fragte sie überflüssigerweise.

Michelle musste grinsen und schüttelte fassungslos den Kopf. Mit dem Schokoladenkekstrick hatte Monika sie schon als Kind aus dem Bett geholt, wenn sie fand, ihre Tochter schliefe zu lang.

Mütter blieben Mütter.

Sie goss sich einen Becher Kaffee ein – ihre Mutter hatte wirklich an alles gedacht –, griff nach einem Keks und schloss vor Glück die Augen.

»Dein Freund, der Polizist, hat angerufen«, riss Monika sie

aus dem Paradies. »Gestern Abend schon. Wir sollen … also, eigentlich ich … ich wollte fragen, ob du mich begleitest? Er hat gesagt, er hätte ›nur noch einige Fragen‹, aber ich habe … ich mache mir Sorgen, dass ich das Falsche sage. Verstehst du?«

Michelle nickte. Kaute. Schluckte. »Du hättest mir auch einen Zettel hinlegen können. Oder mich anrufen«, sagte sie.

»Na ja … aber so ist es doch netter, findest du nicht?«

Michelle lachte auf. »Alles ist netter mit Schokoladenkeksen.« Sie setzte sich, rückte neben ihre Mutter. »Wann sollen wir da sein?«

»Um zwei.«

Ein Blick auf die Küchenuhr. »Aber dann haben wir ja noch ewig Zeit.«

»Ich wollte dir noch was zeigen«, sagte Monika.

»Okay?«

»Aber nicht mit Schokofingern.« Mütter!

Michelle nahm sich noch einen zweiten Keks, stopfte ihn sich hastig in den Mund und wusch sich dann an der Küchenspüle die Hände.

»Also?«, nuschelte sie schließlich mit vollem Mund.

»Im Wohnzimmer. Ich habe ein altes Foto gefunden von dir. Es ist einfach …«

Wieder einmal brach sie den Satz an der interessantesten Stelle ab. Michelle fragte sich, ob ihre Mutter sich diese Angewohnheit vielleicht zugelegt hatte, weil sie zwar fühlte, was sie sagen wollte – aber auf keinen Fall in die Situation kommen wollte, dass jemand anders sein Missfallen deswegen äußerte. Und wer nichts sagte, war auch nicht zu kritisieren. Oder konnte hinterher behaupten, etwas ganz anderes gemeint zu haben. Das wäre eine sehr effektive Streitvermeidungsstrategie.

Obwohl, dann würden es auch Politiker machen – und dann hätte sie sich auch nicht mit Raimund gestritten.

»Da bin ich ja mal gespannt«, sagte sie, obwohl das überhaupt nicht der Fall war.

Was hatte ihre Mutter nur mit diesen Fotoalben? Das war alles staubige Vergangenheit.

»Sieh mal, wann war das?«, fragte sie und hielt Michelle einen Stapel Sofortbildaufnahmen hin. Sie klebten leicht aneinander, und die Farben hatten sich krass verändert, alles war gelb- und grünstichig. »Kurz nach deinem Abitur, oder?«

Michelle blätterte den Stapel durch.

Sie wusste sofort, wann sie entstanden waren. Im Sommer vor ihrem letzten Schuljahr. Party, Badesee, Party am Badesee ... kiffen, Bierdosen ...

Sie hoffte nur, dass die Bilder, die sie von sich gemacht hatte, nicht dabei waren. Die Bilder für Chris.

Michelle reichte ihrer Mutter die Fotos zurück und schüttelte den Kopf. »Keine Ahnung. Kann sein, kommt schon hin zeitlich.« Sie zuckte mit den Achseln.

Auf einmal lagen die Kekse ihr schwer im Magen, und in den Schokoladengeruch in der Wohnung schien sich ein stechender säuerlicher Unterton zu mischen.

79

Michelle war ganz sicher gewesen, dass Chris ihre große Liebe war. Sie waren füreinander bestimmt. Sie konnte ihm vertrauen. Sie würden miteinander alt werden.

Nach seiner Bundeswehrzeit würden sie heiraten, Kinder kriegen, Haus mit Garten. Dann wäre endlich wieder alles gut. Endlich. Wieder.

»Mein Schatz, ich liebe dich mehr als die Sterne, mehr als alles auf der Welt – du bist für mich die Sonne, die aufgeht und mich wärmt, und der Mond, der meine Nächte erhellt. Du bist der Regen, der auf mich fällt, und die Luft, die ich atme. Ich sehne mich so sehr nach dir, ich wünsche mir nichts mehr, als deine Hände auf meiner Haut zu spüren und endlich wieder mit dir zusammen zu sein! Ich weiß, wie sehr du mich liebst, aber ich liebe dich noch mehr! Ich vertraue niemandem so wie dir, und es ist ein ganz, ganz tolles Gefühl, einen Menschen zu kennen, der so wundervoll ist wie du! Ich werde dich glücklich machen, das verspreche ich dir! Am liebsten möchte ich mich ganz klein zusammenfalten und in diesen Briefumschlag kriechen, um ganz bald bei dir zu sein, aber weil das nicht geht, schicke ich dir ein paar Bilder von mir mit. Ich hoffe, sie gefallen dir! Ich liebe dich, mein Schatz! Tausend Küsse, für immer Deine M.«

Mit klopfendem Herzen schob Michelle die Fotos in den Umschlag. Sie hatte die Abzüge bei Kaufhof am Hauptbahnhof machen lassen in der Hoffnung, dass sie dort nicht auffielen. Die Bilder waren … offenherzig.

Sehr offenherzig.

Sie war stolz auf ihren Körper, aber es musste sie ja nicht jeder Verkäufer um die Ecke nackt sehen. Aufgeregt klebte sie die Marke auf.

Chris würde sich über die Bilder freuen, da war sie ganz sicher.

Das hatte er auch getan. Er hatte sich gefreut – und sie allen seinen Freunden gezeigt. Mit ihnen geteilt. Als sie das Wochenende freihatten und er mit seinen neuen Kumpels nach Hamburg kam, hatten sie alle für ein Flittchen gehalten. Leichte Beute. Hatten sie mit Blicken ausgezogen und Chris bewundernd auf die Schulter geschlagen. Sie war erstaunt, wie heiß ihr Hass noch brannte, wie sehr der Vertrauensbruch nach mehr als zehn Jahren wehtat. Hoffentlich hatte ihn eine Granate zerrissen. Verdammter Bundeswehrwichser.

80

Paul Hinnerken und Svenja Meißen hatten sich für das direkte Vorgehen entschieden. Anwälte waren sowieso gemeine Wiesel. Wenn man ihnen noch Zeit ließ, sich vorzubereiten, brauchte man sie gar nicht zu befragen.

Sie setzten auf den Überraschungseffekt.

Die Kanzlei »Wiemann & Cie.« befand sich im Neuen Wall. Das Schild an der Hauswand wurde gerade von einem jungen Mann mit dunklem Teint und lockigen Haaren auf Hochglanz poliert. Sein Wassereimer hielt die Tür offen. Wortlos gingen die Kripobeamten ins Haus.

Fett geäderter Marmor in großen Platten an den Wänden und auf dem Boden. Eine deutlich mehr als mannshohe Übersicht der hier residierenden Firmen. Wiemann belegte die obersten beiden Stockwerke. Eine ausgetretene historische Treppe mit abgegriffenem Holzgeländer führte nach oben, zudem gab es einen hochmodernen, mit schwarzem Leder ausgeschlagenen Fahrstuhl.

Hinnerken ließ die Hand über die Wand fahren. »Kalb«, stellte er bewundernd fest.

Meißen legte fragend den Kopf zur Seite, während sie lautlos himmelwärts schwebten.

»Kalbsleder. Ist feinporiger. Schick, schick, aber nicht ganz billig. Und eher italienisch als hanseatisch.«

Der Hauch eines *Pings* lag in der Luft, als der Fahrstuhl hielt und die Türen aufglitten.

Die Empfangsdame sah sie mit einem ewigen Lächeln an,

als habe sie ihr ganzes Leben nur auf diesen Augenblick gewartet.

Hinnerken zeigte seinen Dienstausweis. »Wir möchten Herrn Wiemann sprechen«, sagte er barsch.

Er rechnete mit einer Abfuhr, stattdessen säuselte die Dame zuckersüß: »Junior oder Senior?«

»Äh …« Überrascht sah Hinnerken seine Kollegin an. Wie jetzt?

»Junior«, sprang Meißen ein.

Hinnerken nickte. Stimmt – Teschke hatte von einem *jungen* Anwalt gesprochen, und der war Mitte fünfzig.

»Gern. Darf ich sagen, worum es geht?«

»Laufende Ermittlungen«, grummelte Hinnerken, der sich immer noch über sich selbst ärgerte.

»Gern. Einen Augenblick.« Sie griff nach dem Telefonhörer und deutete zugleich mit der freien Hand in Richtung eines hochwertig möblierten Wartebereichs. Dort wurde das Motiv der Lederverkleidung wieder aufgenommen, diesmal in dunklem Braun. Die Möbel aus Chrom und Glas und feinstem Leder sahen dermaßen hässlich aus, dass sie bestimmt nicht ganz billig gewesen waren.

Hinnerken und Meißen hatten das Sofa noch nicht erreicht, da tönte auch schon eine volle Stimme aus dem Flur: »Was kann ich für Sie tun? Und ich sag's Ihnen gleich – wir machen Finanzrecht, kein Strafrecht. Also: Wenn wirklich was Schlimmes passiert ist, bin ich der Falsche!« Diesem ebenso absurden wie vermutlich korrekten Statement schickte der Mann selbstgefälliges Lachen hinterher, das fast weihnachtlich klang. *Hohoho*.

Wiemann trug einen offensichtlich maßgeschneiderten Anzug ohne jeden Schnickschnack, ein weißes Hemd, schwarze Hochglanzschuhe. Dazu leistete er sich einen offenen Kragen, ohne Krawatte.

Obwohl er höchstens Mitte dreißig sein konnte, wurde sein Dreitagebart bereits grau, ebenso wie sein überraschend langes Haar, das hinten sogar den Hemdkragen berührte.

Er sah aus, als hätte man ein Surfer-Model versehentlich auf die falsche Show geschickt. Freundlich, sympathisch, durchtrainiert. Der Mann, der man selbst gern wäre und mit dem man deshalb wenigstens befreundet sein will. Ein Sympath.

Das machte die Sache deutlich schwieriger.

Meißen trat vor. Sie strich ihr Kostüm glatt, dann schob sie beide Hände in den Nacken und hob ihr Haar ein wenig in die Höhe. Eine eigenartige, aber sehr einnehmende Bewegung.

»Oh«, sagte Wiemann geschmeidig. »Darf ich mich vorstellen? Mein Name ist Wiemann. Jens Wiemann. Sind Sie auch bei der Kripo?«

Hinnerken registrierte, dass der Anwalt nicht fragte, ob Meißen bei der *Polizei* war, sondern bei der *Kripo*. Wie erwartet beherrschten sowohl die Empfangsdame als auch der Anwalt ihr Metier ausgezeichnet.

Meißen schüttelte Wiemann die Hand, hielt sie einen Moment zu lang. »Herr Wiemann, wie schön, dass Sie gleich Zeit für uns haben«, sagte sie. »Ein Mann wie Sie ist ja sicher viel beschäftigt.«

Hinnerken war immer wieder beeindruckt von der Wandlungsfähigkeit seiner Kollegin. Anfangs hatte ihn ihr stets wechselndes Auftreten irritiert, mittlerweile waren sie ein gut eingespieltes Paar. Wo es sich anbot, zog sie die Aufmerksamkeit auf sich und ließ Hinnerken in Ruhe Fragen stellen, die dadurch abgelenkt – und daher oft unüberlegt – beantwortet wurden.

In seinem Büro rückte Wiemann ihnen noch die Stühle zurecht, dann legte er die joviale Rolle überraschend schnell ab. »Also?«, fragte er kühl. »Was führt Sie zu mir?«

Er stützte die Ellenbogen auf den Tisch, legte die Fingerspitzen aneinander und sah aus, als könnte er auf jeden Fall länger aushalten als sein Gegenüber. Egal, was es war.

Keine schlechte Taktik.

Hinter ihm eine Dachterrasse mit Pflanzenkübeln, Rauchertischen, Sonnenschirmen und einem – Paul stutzte – leuchtend orangefarbenen mannshohen Kühlschrank.

Wiemann bemühte sich, möglichst keine Regung zu zeigen, aber sein Blick huschte doch einmal zu Hinnerken, und ein Muskel unterhalb seines linken Auges zitterte leicht.

Das Büro war mit dunkelblauem Teppich ausgelegt, die Möbel Mahagoni. Über einer dunkelbraunen Anrichte ein moderner, aber trotzdem geschmackloser Ölschinken. Mandanten sollten sofort sehen können, wo ihr Geld blieb.

»Ein Mann, den wir im Zusammenhang mit einem Mordfall vernommen haben, hat Sie mehr oder weniger als sein Alibi angegeben«, begann Hinnerken.

Diese Taktik hatte er am Vormittag mit Meißen besprochen. In Wahrheit wollten sie herausfinden, ob Krämers Rückzieher für Wiemann ein Problem dargestellt haben konnte, das es schnell zu lösen galt … schnell und endgültig.

Der Anwalt neigte den Kopf leicht zur Seite, als fände er ebenso amüsant wie interessant, was er da hörte.

»Es handelt sich um Ingolf Teschke. Er sagt, er habe Sie auf Sylt kennengelernt, auf einer Party.«

Hinnerken unterbrach sich, um Wiemann die Gelegenheit zu geben, den ersten Teil von Teschkes Story zu bestätigen. Dann wäre es schwerer, den Rest abzustreiten.

Aber Wiemann war Profi. Er sagte nichts und lächelte nur fein, als wartete er gespannt auf die Fortsetzung der Geschichte.

Hinnerken kam sich vor wie beim Therapeuten. Mit *Klappe*

halten und *die anderen reden lassen* konnte man erstaunlich gute Stundensätze rechtfertigen.

»Später hätte er über Sie Geld angelegt. Zuerst kleine, dann größere Summen. Da Teschke dieses Geld aus der Firmenkasse ›geliehen‹ hat« – Hinnerken setzte das Wort »geliehen« mithilfe seines Tonfalls in Anführungszeichen –, »wollten wir von ihm wissen, was er damit angestellt hat. Und wieso er bisher, mit Ausnahme der letzten beiden Entnahmen, alles in voller Höhe zurückzahlen konnte. Er verweist in dieser Hinsicht auf Sie. Ihm wäre natürlich bewusst gewesen, dass er Steuerhinterziehung beging. Aber davon abgesehen sei nichts Unrechtes geschehen.«

An dieser Stelle beendete Hinnerken seine Erzählung. Er stellte auch keine Frage, sondern wartete ab.

Nach einer höflichen Pause sagte Wiemann: »Aha. Und Sie fragen sich jetzt, ob diese … äh, sagen wir einmal, diese *Behauptungen* der Wahrheit entsprechen?«

»Ja, wir wüssten wirklich sehr gern, wie Ihre Seite der Angelegenheit aussieht.« Meißen tat unschuldig und schob Wiemann doch geschickt unter, dass es »seine Seite« geben musste.

Doch der schluckte den Köder nicht. »Wir sind eine äußerst angesehene Kanzlei. Markenrecht, Patente, Firmen. In gewisser Hinsicht betreiben wir Vermögensverwaltung – wenn auch auf juristischer Ebene. Von Geschäften wie den eben von Ihnen beschriebenen halten wir selbstverständlich nichts. Aus moralischen, aus persönlichen und ebenso aus rechtlichen Gründen.« Er holte tief Luft, ließ seinen Blick gen Decke schweifen, als müsste er nachdenken. »Ich wäre bereit, diese unerhörten Unterstellungen auf sich beruhen zu lassen, wenn Sie mir versichern können, dass sie nicht … wie soll ich sagen … unser guter Ruf ist unser größtes Kapital. Daher wird es natürlich leicht nachvollziehbar für Sie sein, wenn wir ihn mit allen uns zur

Verfügung stehenden Mitteln schützen möchten.« Er lächelte immer noch, aber in seiner Stimme lag keinerlei Freundlichkeit mehr. Nur die Arroganz, die die Macht des Geldes verleiht. »Richten Sie Herrn … wie war noch gleich der Name?«

Nicht schlecht, dachte Hinnerken.

»Teschke«, sagte er.

»Richten Sie ihm doch bitte aus, ich könnte mich leider nicht an ihn erinnern. Und es scheint mir, als wäre es das Beste, wenn das auch so bleibt. Jetzt habe ich Ihnen gar keinen Kaffee angeboten!«, rief er auf einmal und sprang auf. Unter dem Ölmonster stand ein teurer Kaffeevollautomat.

»Nein, danke«, lehnte Hinnerken ab.

Meißen schüttelte den Kopf.

Wiemann blieb stehen.

»Sie müssen doch mit vielen Menschen zu tun haben, Tag für Tag«, sagte Hinnerken. »Sind Sie sich da wirklich sicher, Herrn Teschke nicht zu kennen?«

Wiemanns Nasenlöcher weiteten sich leicht. »Habe ich mich nicht klar ausgedrückt? Wir sind bereit, diese … lächerlichen Gerüchte mit aller Macht zu bekämpfen. Und ich darf Ihnen versichern, dass wir in dieser Hinsicht über Mittel verfügen, die die eines« – er nahm Hinnerkens Visitenkarte von seinem Schreibtisch, dann sprach er die Berufsbezeichnung im selben Ton aus, dessen Hinnerken sich zuvor bedient hatte, – »eines Kriminalwachtmeisters bei Weitem übersteigen. Ich wäre Ihnen daher dankbar, wenn Sie Ihre Ermittlungen in eine aussichtsreichere Richtung lenken und uns mit diesen … Geschichten verschonen. Darf ich Sie noch hinausbegleiten?« Den letzten Satz sagte er, den Blick bereits wieder auf Meißen gerichtet, wie der perfekte Gentleman.

Hinnerken schnaubte. Aber es war nicht verboten, dass Anwälte logen, wenn man sie in ihrem Büro überrumpelte.

Im Fahrstuhl fragte Meißen erstaunt: »Hat der *uns* gerade gedroht?«

Hinnerken nickte. »Ich glaube schon.«

Er zog seinen Schlüsselbund heraus, schob eine Hand hinter den Rücken und hinterließ »versehentlich« eine tiefe Schramme im Kalbsleder.

81

»Ich finde das unverschämt. Komm, wir gehen wieder.«

Michelle war sauer. Sie saßen jetzt schon seit zwanzig Minuten im Warteraum des Polizeipräsidiums. Ein imposanter Bau, der von oben aussah wie ein zehnfüßiger Seestern, aber offensichtlich nicht besonders besucherfreundlich geplant gewesen war. Die Polizei hatte das ja auch nicht nötig. Hierher kam man nur, wenn man etwas wollte oder wenn man musste.

Vor zehn Minuten hatte Paul ihr eine SMS geschickt: »Stau, sind in 5 Min da.«

»Nun lass doch«, meinte ihre Mutter. »Sie haben sicher eine …« Wieder so ein halber Satz ohne Inhalt.

Manchmal konnte Michelle damit wunderbar umgehen. Und andere Male brachte sie schon ein einziger solcher Satz um den Verstand.

»Mama, warum kannst du nicht *ein-mal* sagen, was du …«, begann sie.

In diesem Moment wurde die Glastür zum Warteraum aufgerissen. Paul füllte den Türrahmen fast aus, sein Vierkantschädel blieb nur knapp unbeschädigt. In einem anderen Leben hätte er Footballspieler werden können. Der leicht zerknitterte dunkelgraue Anzug stand ihm gut.

»Da sind wir tut mir leid es war Stau manchmal ist diese Stadt nicht zum Aushalten und wir wissen auch nicht warum«, haspelte er herunter.

Was wusste er auch nicht? Warum der Stau sich gebildet hatte? Oder warum die Stadt nicht zum Aushalten war?

»Kein Problem. Wir hatten es hier trocken und warm.« Monika war aufgestanden und schüttelte Paul die Hand. Michelle hielt sich zurück. Sie war nur als Verstärkung hier. Und sie war immer noch sauer, dass Paul noch nicht mal inoffiziell nach Sarah suchen wollte. Dabei hatte sie gedacht, er wäre mehr als ein Stammkunde gewesen. Spätestens nach dem Treffen bei Ikea hatte sie das Gefühl gehabt, es gäbe eine Verbindung zwischen ihnen. Vielleicht nicht gleich die große Liebe oder beste Freunde fürs Leben. Aber mehr als …

Paul warf ihr über die Schulter ihrer Mutter einen undefinierbaren Blick zu. »Michelle«, sagte er.

… mehr als *das hier*, was immer es war.

»Paul«, entgegnete sie ebenso kühl.

Dieses Spiel spielen zwei.

Monika schaute sich überrascht um. Michelle war froh, als Paul, bevor ihre Mutter etwas sagen konnte, vorschlug: »Dann gehen wir doch mal gleich hoch. Danke, dass Sie gekommen sind, Frau Müller.«

»Selbstverständlich. Wenn ich etwas dazu beitragen kann, dass … Ich meine, wir hatten ja nicht nur schlechte Zeiten, beileibe nicht, und ich kann mir wirklich nicht vorstellen, wer … Also, wie ich Ihnen behilflich sein kann, weiß ich nicht, aber ich will es gerne …«

Sie fuhren mit dem Fahrstuhl in denselben Stock wie beim letzten Mal, betraten aber zu Michelles Überraschung nicht Pauls Büro, sondern einen fast leeren Raum, in dem nur ein Tisch und mehrere Stühle standen. In der Ecke hing eine Überwachungskamera.

Was war denn nun los?

Paul bot Kaffee an. Michelle schüttelte den Kopf. Ihre Mutter nahm Milch und Zucker.

Er ging. Die Tür schloss sich mit einem Klicken, das Michelle besonders laut und metallisch vorkam. Aber es wäre zu peinlich, jetzt aufzustehen und zu überprüfen, ob sie eingeschlossen waren. Warum sollte Paul das tun? Sie waren freiwillig hier.

Schweigend saßen Michelle und Monika da, sahen sich um. Die Wände waren beamtenfarben, in einem behördlichem Beigebraun. Der Boden mit dunkelgrünem PVC belegt, das ein unregelmäßiges schwarzes Muster aufwies. Die Sitzschalen der Stühle waren ebenfalls dunkelgrün, aber in einem anderen Ton. Wahrscheinlich waren alle Elemente einzeln und unabhängig voneinander bestellt worden. Anders war das nicht zu erklären.

Paul kehrte zurück. Er brachte seine Kollegin mit den blonden Zöpfen mit, stellte Monika einen Kaffeebecher hin, Michelle eine Flasche Mineralwasser und ein Glas. Die Kollegin … wie hieß sie noch … irgendwas mit M, Meister, Meier, egal … trug ebenfalls zwei Kaffeebecher. Einen stellte sie Paul hin, dann zog sie sich einen Stuhl heran und setzte sich.

Paul legte einen braunen Umschlag in der Größe eines kleinen Schulheftes auf den Tisch. Vorderseite nach unten. Er betrachtete Michelles Mutter einen Augenblick lang nachdenklich. Als versuchte er, sie einzuschätzen. So wie andere Leute Gebrauchtwagen beurteilten … oder Michelle und ihre Kolleginnen.

Dann nahm er einen Schluck Kaffee, wartete, bis Monika das ebenfalls getan hatte. Stellte den Becher ab und fragte: »Wussten Sie, dass Herr Krämer Sie in seinem Testament als Alleinerbin eingesetzt hat?«

Michelle erstarrte. Nach einer Schrecksekunde drehte sie instinktiv den Kopf und starrte ihre Mutter an.

Deren Mund stand leicht offen, ihr Blick war fragend. »Er hat mich als … ich bin seine …?«, sagte sie schließlich leise. Dann hob sie die Hände vor die Augen und begann zu weinen.

Aus dem Augenwinkel sah Michelle, wie Paul seiner Partnerin einen Blick zuwarf. Aber sie konnte ihn nicht recht deuten: Ich hab's ja gleich gesagt? Oder eher: Was ist jetzt los? Mehr: Siehst du, sie lügt – oder: Siehst du, sie wusste es nicht?

Sie selbst fragte sich dasselbe. Raimund hatte gut verdient. Er war Unternehmer. So jemand hinterließ einem doch nicht Haus und Hof, ohne dass man davon wusste.

Oder hatte sie ihn auch unterschätzt? War er vielleicht ein Choleriker mit goldenem Herzen?

»Das kann doch nicht …«, sagte Monika nun leise. Sie zog ein Taschentuch aus ihrer Handtasche und schnäuzte sich. Dann richtete sie ihren Blick auf Paul. »Warum tun Sie das?«, fragte sie. »Sie haben sich das doch …« Eine Wellenbewegung mit der rechten Hand sollte zum Ausdruck bringen, was sie meinte.

»Frau Müller, wir waren ebenso überrascht, wie Sie es zu sein scheinen«, entgegnete Paul. »Und es ist durchaus möglich, dass der Verstorbene sein Testament aktualisiert und bei einem Notar hinterlegt hat. Das will ich Ihnen nicht verschweigen. Dieses«, er tippte auf den Umschlag, der vor ihm lag, »ist handschriftlich verfasst, datiert, unterschrieben – falls es keine jüngere Fassung gibt, ist es gültig. Und … na ja …« Nun war er es, der seinen Satz unbeendet ließ. Unglücklich schaute er auf seine Pranken. Für den Bruchteil einer Sekunde zuckte durch Michelles Erinnerung, wie überraschend zart seine Hände sein konnten. Dann kehrte sie in die Gegenwart zurück.

»Du meinst«, sagte sie entsetzt, »das da« – ein Fingerzeig auf den Umschlag – »wäre ein Motiv für Mama gewesen, um …«

Noch bevor Paul oder seine Kollegin ein Wort herausbekamen, war sie bereits aufgesprungen und hatte die Hand ihrer Mutter gepackt. »Komm, Mama, wir gehen!«

82

Jeder Mensch verändert die Welt.

Ob zum Guten oder zum Schlechten, wer will das beurteilen?

Der eine bleibt hinter seinen Erwartungen zurück. Hätte gern mehr getan, Größeres geschaffen.

Der oder die andere bleibt Millionen in Erinnerung – für eine bahnbrechende Erfindung, unermüdlichen Einsatz, einen Song, der die Herzen berührt. Oder ein Verbrechen von einer Düsternis, die zuvor nie ein Mensch auch nur in Gedanken gefasst hatte.

Bei der Geburt sind wir alle gleich. Und doch sind unsere Startchancen unendlich verschieden. Spielen dabei Geld oder Liebe die größere Rolle?

Wir gehen unseren Weg, ziehen unsere Bahn – wie vorgesehen oder völlig frei und selbstbestimmt? Sind wir nur Spielfiguren einer höheren Macht oder eigenwillige Wesen, die der Welt ihren Stempel aufdrücken?

Können wir über unseren eigenen Schatten springen, über uns hinauswachsen? Oder sind die Karten stets gezinkt, und der Gewinner steht schon fest?

Verändern wir die Welt – verändert sie uns – oder quälen wir uns nutzlos mit Freud und Leid, die keine Konsequenzen haben? Gibt es eine Möglichkeit, die Wahrheit zu erkennen, zu beweisen, zu ertragen?

Was bleibt?

83

»Auf mich wirkte ihre Überraschung glaubwürdig«, sagte Svenja Meißen. »Komisch fand ich die Reaktion der Tochter.«

»Das ist mir zu um die Ecke gedacht«, widersprach Hinnerken. »Woher hätte sie wissen sollen, dass ihre Mutter erbt? Krämer wird es ihr nicht gesagt haben. Und die Mutter … selbst wenn sie es mal wusste, hätte Michelle nicht sicher sein können, dass Krämer sein Testament nicht geändert hat. Ich glaube, sie wollte ihre Mutter bloß beschützen. Das ist wahrscheinlich gar nicht nötig, aber … hättest du das nicht auch so gemacht?«

Meißen schüttelte den Kopf. »Nein. Meine Eltern sind aus der Generation, die glaubt: ›Wenn du nichts zu verbergen hast, hast du auch nichts zu verstecken.‹ Die sind *so was von* brav, das ist schon wieder unheimlich. Aber egal, ich weiß, was du meinst. Und ich traue es ihr ja auch nicht zu. Wenn, dann müssten ja beide unter einer Decke stecken. Kein Mann würde seine Partnerin zur Alleinerbin einsetzen, ihr das verheimlichen, es aber der Tochter sagen. Die Theorie ist lächerlich. Und dass die beiden sich verbündet haben, um Kasse zu machen … viel zu riskant. Da sind die nicht der Typ für. Aber mir wäre trotzdem wohler, wir könnten es irgendwie beweisen.«

Sie hackte ärgerlich auf ihre Tastatur ein. »Zu blöd, dass sich der Todeszeitpunkt wegen des tropfenden Wasserhahns nicht vernünftig eingrenzen lässt. Wenn wir sicher sein könnten, dass Krämer am Abend ums Leben gekommen ist, würde es noch unwahrscheinlicher bis unmöglich, dass seine Ex ihm den Fön in die Wanne geworfen hat.«

»Und wenn er doch ... wenn er das Leben einfach satthatte? Man muss ja nur für einen kurzen Moment richtig schwarzsehen, zack. Licht aus.«

»Einen mittelständischen Unternehmer stelle ich mir nicht so impulsiv ... Moment mal, was hast du gerade gesagt?«, unterbrach sich Meißen.

»Dass er vielleicht einen harten Tag hatte, die Trennung, der bevorstehende Auszug, sie hat ja gesagt, sie hatten sich gestritten, und ...«

»Nein. Danach. ›Licht aus‹. ›Zack, Licht aus‹, hast du gesagt.«

»Ja, ich meinte ...«

»Ich weiß schon, was du meinst. Aber es hat mich auf eine Idee gebracht. Warte mal.« Meißen rief ihren Internetbrowser auf, tippte, wartete, griff nach dem Telefonhörer. Wählte, wartete wieder, nannte ihren Namen und die Dienststelle. Bat darum, mit einem Techniker verbunden zu werden. Tippte dabei nervös mit dem Drücker eines Kugelschreibers auf ihrer Schreibtischunterlage. Dann: »Meißen, Kripo Hamburg. Sagen Sie, ich habe mal gelesen, immer mehr Häuser verfügen über elektronische Stromzähler. Ist das wirklich so? Und wenn ja, können Sie mir sagen, ob man diesem Zähler eine bestimmte Information entnehmen kann?«

Sie legte den Kopf schief in Richtung Hörer.

»Mm. Mm. Ach so. Die weiß ich nicht, aber ich kann Ihnen Name und Adresse sagen.« Sie nannte die Daten des Verstorbenen, hörte zu.

»Ach so. Tatsächlich?«, fragte sie dann.

Nickte, während ihr Gesprächspartner etwas sagte.

»Gut. Ich melde mich wieder bei Ihnen. Am einfachsten wäre, ich lasse Ihnen den Beschluss faxen. Haben Sie eine Faxnummer für mich?«

Kurze Pause.

»Oder so. Das geht auch.« Sie nannte ihre E-Mail-Adresse. »Gut, danke!«

Meißen legte auf und sah Hinnerken an. »Die Elektrizitätswerke sagen, dass er einen der neuen elektronischen Zähler im Haus hat. Und weißt du noch, die Tochter – Michelle – hat angegeben, sie hätte die Hauptsicherung wieder eingeschaltet – zweimal –, als sie kamen. Gegen elf. Und sie wären erst am späten Nachmittag hoch in den ersten Stock gegangen, um ein paar Sachen aus dem Schlafzimmer zu packen … dann ist sie nach Hause gefahren, und ihre Mutter hat sie wenig später angerufen. Der Anruf ist auf beiden Handys in den Anruflisten. Die Einzelverbindungsnachweise bestätigen das. Aber all das beweist nichts. Der Zähler aber, der weiß alles. Welche Lampe wann ein- oder ausgeschaltet wurde, ob der Stromverbrauch nach oben oder unten vom Durchschnitt und von den Gewohnheiten abweicht … alles. Wir brauchen einen Gerichtsbeschluss, dann können die E-Werk-Leute die Daten sogar von fern auslesen und uns übermitteln. Der Typ eben hätte das am liebsten auch so gemacht, glaube ich, jedenfalls klang er verdammt stolz darauf, was er alles kann.«

»Gute Idee«, gab Hinnerken zu. Er ärgerte sich ein wenig, dass er nicht darauf gekommen war – er hatte noch nie von elektronischen Stromzählern gehört. Und hoffte jetzt, dass er selbst keinen hatte. »Brauchen wir noch was, wenn wir schon einen Beschluss anfordern?«

Meißen legte den Kopf in den Nacken und dachte nach. »Es gibt keine Überwachungskameras in der Gegend, keine Banken oder Tankstellen. Wollen wir noch die Konten der Expartnerin anfragen? Vielleicht hat sie Geldsorgen? Oder die Tochter? Und noch mehr stinkt mir ja dieser Anwalt von vorhin. Dem müssen wir aber anders beikommen. Ansonsten … ich wüsste jetzt nichts.«

84

Jens Wiemann hinterließ am Empfang die Info: »Falls mein Vater fragt, ich bin nach dem Kaffee wieder zurück.« Dann ging er zügigen Schrittes den Neuen Wall Richtung Hafen. Am Alsterfleet entlang, die Admiralitätsstraße hinunter. Das Alsterschöpfwerk links von ihm, durch den Steinhöft, entlang der mit den Jahren immer ärmlicher wirkenden kleinen Geschäfte – Änderungsschneidereien, Kitas, Bierstuben. Die roten Backsteinwände waren mit Graffitis beschmiert.

Wiemann überquerte den Vorsetzen, erreichte die Überseebrücke. Von der Barkasse aus schließlich huschte sein Blick über das silberne Wasser. Die arrogante Elbphilharmonie, das desolate Verlagshaus hinter der U-Bahn-Linie, die heruntergekommenen Landungsbrücken. Die Stadt war ein Bild des Verfalls – rette sich, wer kann.

Im Freihafen führten ihn seine Schritte über unebene Pflastersteine und rostige, seit Jahrzehnten nicht mehr genutzte Gleise zur Rückseite einer grau gestrichenen, unscheinbaren Lagerhalle. Mit der flachen Hand schlug er gegen die Schiebetür.

Lange Zeit geschah nichts. Die Möwen schrien, hinter ihm vermischten sich das Rauschen des Flusses und der Stadt. Trotz Hochsommer wehte der Wind kühl vom Wasser her.

Er blieb unbewegt stehen. Nach zwei Minuten rollte die Tür lautlos zur Seite. Der Mann, der dahinter stand, starrte Wiemann ausdruckslos an. Jedes Mal, wenn er herkam, war das der Moment, in dem er trotz allem ein mulmiges Gefühl empfand. Obwohl es dafür nicht den geringsten Grund gab. Er wusste, der Isländer würde ihn töten, ohne zu zögern oder einen Hauch schlechtes Gewissen zu empfinden. Aber er wusste auch, dass der Mann keinen Grund dazu hatte.

Wiemann trat ein. Das Tor schloss sich hinter ihm mit einem hydraulischen Sauggeräusch. Als schmatzte das Gebäude leise, wenn es die Eindringlinge fraß. Es dauerte einen Moment, bis sich seine Augen an das Dämmerlicht gewöhnt hatten.

Von der Hafenseite aus war die Halle renoviert und in modern eingerichtete Arbeitskontore aufgeteilt worden. In der hinteren Hälfte steckte weit mehr Geld, auch wenn von außen nichts darauf hindeutete. Die Wände waren stahlverstärkt und zu hundert Prozent schallisoliert, die Stromversorgung erneuert und auf Starkstrom umgestellt. Alle Räume waren voll klimatisiert. Böden, Wände und Decken abwaschbar und säurebeständig. Der gesamte Innenraum wurde lückenlos in Echtzeit durch Ultraschallkameras überwacht. Alle Schlösser waren elektronisch gesichert. Er selbst hatte die Umrüstung überwacht.

Aus der Tiefe des Dunkels kamen zwei Männer auf Wiemann zu. Einer von ihnen hinkte, seit er durch eine Landmine seinen linken Unterschenkel verloren und einen Beckenbruch erlitten hatte. Der andere schien die Schwäche seines Bruders kompensieren zu wollen und marschierte umso aufrechter. Beide hatten schmale, stromlinienförmige Schädel, die sie kahl rasiert trugen. Ihre flachen, aber scharf geschnittenen Nasen ließen sie wie Ratten wirken, die einfach alles überlebten. Ihre Haut war von einem dunklen Braun mit einem Stich ins Gelbliche.

Wiemann lockerte seine Krawatte. Dass die Brüder Knezevic ihr illegales Imperium nach Hamburg verlegt hatten, war nicht nur finanziell für ihn eine erfreuliche Entwicklung gewesen, es sparte ihm auch die wöchentlichen Fahrten nach Berlin.

Die Brüder nahmen ihn in ihre Mitte und schlugen ihm kumpelhaft auf die Schulterblätter. Sie bogen ab nach rechts, gingen eine Gittertreppe hoch. Vor der zweiten Zelle blieben sie stehen.

Der Einbeinige legte den Mittelfinger auf das Sensorfeld der Tür. Sie sprang mit einem Klicken auf.

Wiemann trat hinein.

In der Ecke, auf einer Matratze, kauerte ein Junge. Die hellen Haare hingen ihm ins Gesicht. Er hatte die Arme um den Oberkörper geschlungen und starrte mit wässrigen Augen etwa einen halben Meter an Wiemann vorbei. Aus einem Nasenloch sickerte Rotz.

Die Tür fiel ins Schloss.

Der Junge mochte etwa sieben Jahre alt sein, er könnte auch für sechs durchgehen. Er trug einen Schlafanzug mit Superheldenaufdruck.

85

»Du wusstest das wirklich nicht?«, fragte Michelle schließlich. Sie hatte lange überlegt, ob sie die Frage stellen oder lieber für sich behalten sollte. Aber am Ende war es wie Pflaster abziehen: lieber schnell und schmerzhaft als langsam und schmerzhaft.

Zu ihrer Überraschung fing ihre Mutter weder an zu weinen noch zu schreien, sondern schüttete weiter ruhig Futterflocken ins Aquarium. Fleurs Siamkater saß daneben und lieferte sich ein Blickduell mit dem Dicksten der Fische.

»Du kriegst ja auch gleich dein Futter«, sagte Monika, stellte die Dose beiseite und streichelte den Kopf des Katers. Sie ging in die Küche, der Kater und Michelle folgten ihr.

Während sie eine Dose Katzenfutter öffnete – mit einem neuen Dosenöffner, wie Michelle erst jetzt bemerkte –, entgegnete sie: »Nein. Ich wusste das wirklich nicht. Und selbst wenn … du glaubst doch nicht etwa …?« Diesmal war eindeutig klar, was sie meinte.

Wie gern hätte Michelle versucht, ihre Mutter misszuverstehen, um ihre Frage nicht beantworten zu müssen. Aber das war unfair.

»Nein. Bestimmt nicht. Aber … ach, ich weiß auch nicht. Ich dachte, wenn du es weißt, dann … dann … warum hättest du mir dann nichts davon gesagt?«

Michelle ließ sich auf einen Küchenstuhl sinken.

Ihre Mutter stellte die Katzenschüssel auf den Fußboden. Es roch nach Thunfisch. Sie füllte Wasser in die Trinkschale, strich Frischhaltefolie über die halb volle Katzenfutterdose und stellte sie in den Kühlschrank. Setzte sich neben Michelle und legte dann, für Michelle überraschend, den Kopf auf ihre Schulter.

»Ich weiß, du mochtest ihn nie besonders. Und ich am Schluss auch nicht. Aber wir werden beide unseren Frieden damit schließen müssen, dass Raimund auch ein guter Kerl sein konnte. Und … ach, es ist … ich meine, er hatte ja nicht viel Auswahl, keine eigenen Kinder … sonst wäre sein Erbe an den Staat gefallen. Aber trotzdem. So alt war er ja auch nicht. *Ich* hab kein Testament.« Sie seufzte. Dann sagte sie, leiser als zuvor: »Ich denke, er hat mich schon geliebt. Auf seine Art.«

Michelle spürte, wie ihre Schultermuskulatur sich verspannte. Raimunds »Art« war eben … sie wollte gerade wieder losschimpfen, als ihr klar wurde, dass ihre Mutter jetzt Trost brauchte, keine Wut.

Und dass Raimund für seine Scheißart sowieso ausreichend bestraft worden war.

Sie atmete aus und sagte sanft: »Ja, auf seine Art hat er das vermutlich.«

Ihre Mutter begann stumm zu weinen.

Michelle legte ihr den Arm um die Schultern und zog sie an sich.

So saßen sie da.

Nach einer Weile glaubte Michelle ahnen zu können, was ihre Mutter so traurig machte. Der Mann, den sie so geliebt hatte – Michelles Vater Wolfgang –, hatte ihr seine Liebe nicht glaubhaft machen können. Und der Mann, den sie nicht mehr liebte – der Choleriker Raimund –, hatte sie ihr unter Beweis gestellt.

Traurig. Unendlich, unbegreiflich traurig.

86

Wie spät war es? Wann musste sie los? Michelle warf einen Blick auf ihr Handy.

Sie hatte ein Schlafzimmerfenster geöffnet. Die Temperatur war angenehm, der Himmel blau, aber es lag eine drückende Schwere in der Luft, als würde es heute noch gewittern.

Die Wetter-App zeigte die Vorhersage für vorgestern an. Michelle schüttelte ihr Handy, was natürlich nicht half. Sie schloss die App und startete sie neu. Nun stand da: »Keine Internetverbindung«. Sie startete den Internetbrowser, gab die Webadresse der Wettervorhersage ein. Gleiches Problem.

Die Netzstärke war gut, vier von fünf Balken, daneben leuchtete das WLAN-Symbol. Und jetzt?

Sie drückte und hielt den Einschaltknopf, um das Gerät neu zu starten. Dann legte sie es beiseite und dachte nach.

Die Sache mit Raimund würde sich irgendwann klären. Vielleicht hatte er sich nur nach dem Baden den haarigen Sack föhnen wollen und war ausgerutscht. Das war so absurd, es konnte schon wieder stimmen. Oder er war wirklich heillos überfordert gewesen damit, dass eine Frau ihn abwies. Möglicherweise hatte das sein Ego so tief gekränkt, dass er keinen anderen Ausweg mehr sah.

Wie wahrscheinlich war es, dass sich *beide* langjährige Partner einer Frau das Leben nahmen? Statistisch unwahrscheinlich. Psychologisch wiederholten wir ja angeblich immer wieder dieselben Muster, suchten uns ähnliche Partner, Jobs, nahmen unsere Probleme ein ganzes Leben lang mit.

Anderseits, so einen Fehler wie Chris hatte *sie* sich ja auch nicht noch mal geleistet.

Oder es war eben doch jemand eingebrochen. Aber wer tötete schon einen nackten Mann in der Badewanne? Was sollte der denn machen, mit Seifenschaum werfen?

Vielleicht war es ein Nachbarsjunge gewesen. Raimund hatte ihn erkannt, hätte ihn angezeigt …

Hieß es nicht, die meisten Gewaltverbrechen würden von Menschen begangen, die einander kannten? Und das Motiv war entweder Macht oder Geld?

Insofern musste es zumindest aus Pauls Sicht beunruhigend sein, dass ihre Mutter geerbt hatte. Michelle begriff es erst jetzt so langsam. Ihre Mutter war nun Alleineigentümerin einer Segelmacherei. Hatte sieben Angestellte. Und ihr gehörte ein Haus. Wenn man davon ausging, dass die Hütte abbezahlt war.

Hatten sich dafür die Jahre der Einsamkeit und der Angst gelohnt?

Wie pervers, dass sie einen solchen Gedanken überhaupt dachte. Andererseits, war das Leben nicht immer ein Geben und Nehmen? Hatte Raimund jetzt vielleicht rückwirkend mehr gegeben als genommen? Oder wenigstens einen Ausgleich geschaffen? Und wer sollte darüber richten?

Das Handy erwachte mit einem Piepsen wieder zum Leben.

Gabriel wartete sicher schon auf ihren Anruf. Paul würde sie wegen Sarah ganz bestimmt nicht noch mal um Hilfe bitten. Aber die Pornofilmwelt, von der Asmussen ihr erzählt hatte, war ihr fremd. Außerdem gab es doch bestimmt mehr als genug Filme, mehr als genug Nachwuchsdarstellerinnen. Wahrscheinlich musste man sich nur am Freitagabend vor eine beliebige Dorfdisco stellen und Visitenkarten verteilen.

Warum sollte jemand eine Darstellerin entführen?

Für einen Folter- oder Slasher-Film, den niemand freiwillig drehen würde. Eine dieser »personalisierten« Produktionen, wie sie gestern eine gesehen hatte.

Aber warum nicht einfach behaupten, es ginge um einen ganz normalen Porno, und dann im Studio – oder im Folterkeller – alle Absprachen brechen? Das war einfacher, effizienter, billiger. Weniger riskant.

Oder war es doch persönlich? Wollte ein Exlover sich an Sarah rächen – oder hatte sich ein Freier in sie verliebt? Und hielt sie nun in einem Käfig in der Küche seiner Einzimmerwohnung gefangen?

Das Schlimmste war, dass jede Einzelne dieser Möglichkeiten zwar unwahrscheinlich, aber keineswegs undenkbar war. Hatte es alles schon gegeben, war alles schon durch die Nachrichten gegangen.

Noch problematischer wäre es, wenn die Tat *nicht* persönlich motiviert war. Wenn es keine Verbindung zwischen Entführer und Sarah gab.

Wie sollten sie sie dann je finden?

Das Handy piepste erneut, diesmal mehrfach, wie ein hungriger Tamagotchi. Michelle griff danach. Diesmal verriet die Wettervorhersage ihr, was sie inzwischen auch durch das Fenster sehen konnte: Gewitter im Anflug.

Außerdem hatte sie acht SMS-Nachrichten, die offensichtlich in den letzten Stunden oder Tagen, während ihr Handy sich tot gestellt hatte, nicht angekommen waren.

Ein Gutscheincode ihres Sonnenstudios.

Eine Nachricht von Amira, über vierundzwanzig Stunden alt: »Exot«

Monika: »Dein Polizistenfreund hat angerufen. Sie wollen mich noch mal sprechen. Kannst du mitkommen? Deswegen erst morgen Mittag. Hoffe, das passt dir. LG!«

Amira: »*exxxtrem«

Amira: »Schweiß Autokorrektur«

Gordon: »Wir kriegen Unterstützung, wenn wir sie brauchen. Angeblich mischen zwei Brüder aus Berlin gerade die Szene auf. Miran und Milo Knezevic.«

Eine Werbe-SMS auf Französisch, in der ein Link enthalten war, auf den sie ganz sicher nicht klicken würde.

Gabriel: »Hast du schon was rausgefunden?«

Und zuletzt noch eine Nachricht von Lars Asmussen: »Mir geisterte noch so was im Kopf rum. Habe jetzt einen offiziellen Film gefunden, der im selben Verlies gedreht wurde. ›Ich liebe Hiebe‹ von ›eXXXtrem geiiil‹. Vielleicht nützt dir das was! LG«

Michelle spürte, wie das Adrenalin durch ihre Adern pulste. Ihr erster Gedanke war, wenn ihr scheiß Handy funktioniert hätte, dann wäre Sarah jetzt noch am Leben! Das war völliger Unsinn, klar, aber trotzdem empfand sie Scham und Wut.

Auf jeden Fall musste sie die Infos so schnell wie möglich überprüfen. Aber besser nicht an ihrem Computer im Wohnzimmer, während Monika ihr über die Schulter schaute.

Sie machte Screenshots der Nachrichten von Amira, Gordon und Asmussen, um sie an Gabriel weiterzuleiten. Danach schrieb sie: »Fang schon mal an. Ich bin in dreißig Minuten da.«

Oh, wie sie in solchen Momenten ihren Porsche vermisste. Sie wäre viel schneller – und es verschaffte ihr eine große innere Ruhe, den Wagen zu fahren.

Sie musste unbedingt das Geld zusammenkratzen, um die Reparatur … Abrupt kam ihr Gedankenstrom zum Stillstand.

Ihre Mutter hatte geerbt. Wie lange dauerte es eigentlich, bis so etwas amtlich wurde und Monika an das Geld rankam?

87

»Endlich!« Gabriel war ebenso ungeduldig wie aufgeregt, als Michelle eine knappe Stunde später schließlich bei ihm vor der Tür stand.

Zum ersten Mal seit fast zwei Wochen hatte er das Gefühl, etwas tun zu können und nicht nur machtlos abwarten oder ziellos durch die Straßen streifen zu müssen.

»Komm! Kaffee?« Er war bereits bei der vierten Tasse Espresso.

»Ja, gerne«, sagte Michelle und folgte ihm.

Sein Laptop stand wieder auf dem Küchentisch. Daneben lagen einige Ausdrucke.

Einerseits hätte er ihr am liebsten sofort alles erzählt, was er herausgefunden hatte. Andererseits war er ganz froh, sich einen Moment mit etwas anderem zu beschäftigen, um wieder zur Besinnung zu kommen.

Er klopfte den Kaffeesatz in den Auffangbehälter, füllte neues Pulver in den Träger, nahm eine der vorgewärmten Tassen von der Ablage, überprüfte die Druckanzeige und startete den Brühvorgang. In einem anderen Leben wäre er vielleicht Kaffeebauer geworden oder Röster, oder er hätte wenigstens ein eigenes Café.

Er stellte Michelle die Tasse hin, nahm eine Zuckerdose aus dem Schrank. Die Tür fiel ihm fast entgegen. Vorsichtig drückte er sie wieder in ihr Scharnier zurück. »Ikea.« Er schüttelte den Kopf. Dann sagte er: »Gut siehst du aus«, und lächelte sie an.

Die Umstände waren beschissen, aber er freute sich trotzdem, sie wiederzusehen. Er hatte sie immer gemocht. Warum sie den Kontakt verloren hatten, konnte er gar nicht richtig erklären. Vielleicht war er damals mehr als sie – und mehr als heute – auf eine haltbare, zukunftsfähige Beziehung aus gewesen. Er hätte es nicht so formuliert, aber wenn er zurückdachte … er hatte am Badesee gesessen und von einer gemeinsamen Zukunft geträumt. Sie nicht.

Heute wäre er froh über ein schönes Jetzt.

Vielleicht war es noch nicht zu spät.

»Die Infos, die du mir geschickt hast, passen zusammen«, sagte er dann. »Das ist … also, ›gut‹ ist sicher das falsche Wort. Aber vielleicht kommen wir so weiter. Es ist so« – er drehte den Laptop halb in Michelles Richtung –, »das Video mit dem Kellerverlies kann man überall bestellen, es ist sogar bei IMDb gelistet, in der Internet Movie Database. Mit Regisseur, Produzent, Hauptdarstellern, Musik. Wie ein richtiger Film. Alle Beteiligten haben noch eine Menge andere solche Dinger gedreht. Das ist echt eine heftige Maschine. Ich kann mir gar nicht vorstellen, dass der Markt so groß ist. Wie dem auch sei, ich habe die Daten ausgedruckt.«

Gabriel deutete auf das Oberste von mehreren Blättern, die auf dem Tisch lagen. Ganz oben war das Cover der DVD zu sehen, der Titel in Schreibschrift, statt des Verbs »liebe« ein Herz, auf dem Foto traf gerade eine Reitgerte einen nackten Hintern, über den hinweg man ganz klein das schmerzverzerrte Gesicht der Hauptdarstellerin zurückschauen sah.

»Dann die Disco. Ist ein neuer Stern am Hamburger Nachthimmel. Ganz neu und offenbar jung und hip. Drei Tanzflächen, Mädchen kommen umsonst rein, kennt man alles. Die DJs sollen großartig sein. Und in den Reviews wird immer wieder mal angedeutet, dass man dort auch alle möglichen Drogen bekommen kann. Aber keiner lässt die Katze richtig aus dem Sack. Interessant ist die Betreiberfirma. Sie sitzt offiziell auf den Seychellen und heißt X^3 LTD. Das Video ist im Vertrieb einer Firma namens ›eXXXtrem geiiil GmbH‹, die bisher in Berlin saß, vor Kurzem aber nach Hamburg umgezogen sein soll. ›Geiiil‹ mit drei I. Geiler als geil sozusagen. Und ›extrem‹ auch mit X^3. Unter keiner der Telefonnummern geht jemand ran, die alte ist abgemeldet, die neue klingelt einfach nur.«

Er griff über den Laptop hinweg nach den Blättern und schob das Oberste nach unten, sodass nun der Ausdruck der Webseite der Disco zum Vorschein kam. Darunter befand sich ein Artikel aus der *Mopo*, der die Eröffnungsfeier behandelte. Es gab mehrere Fotos, das Gebäude von außen, die Schlange vor der Tür, Tänzer im Stroboskoplicht. »Hier«, sagte er und tippte auf ein Bild. »Sieh dir den mal an.«

Ein Mann lehnte mit über Kreuz verschränkten Armen an einer Bar und starrte den Fotografen – und damit den Leser – desinteressiert an. Er hatte millimeterkurzes Haar und eine flache, schmale Nase. Seine Arme und sein Oberkörper wirkten muskulös. Er trug schwarze Springerstiefel und eine dunkle Stoffhose oder Jeans.

Neben ihm standen etliche weitere Personen. Die Bildunterschrift lautete: »Im *eXXXtrem* gibt es auch eine aktuelle Getränkeauswahl.« Kein Wunder, dass die *Mopo* nie auf einen grünen Zweig kam.

Michelle hatte zwei Löffel Zucker in ihren Espresso gerührt und trank ihn nun in einem Zug aus.

eXXXtrem mit drei X. X^3 LTD. So zwingend war der Zusammenhang nicht.

»Aber jetzt kommt's«, sagte Gabriel stolz. »Ich habe die Namen aus der dritten SMS eingegeben. Das sind ja wohl Brüder.

Oder Vater und Sohn. Jedenfalls stand einer von ihnen in Berlin mal vor Gericht. Wegen, halt dich fest, ›Verletzung religiöser Gefühle‹ – angeblich soll er zu einem Mann, der ihm im Getränkemarkt im Weg stand, gesagt haben: ›Du dumme Sau!‹ Und der fühlte sich, weil Moslem, davon diffamiert. Es gibt nur zwei gleichlautende Berichte über die Sache, einer davon mit einem unscharfen Foto. Ich konnte noch nicht mal feststellen, ob es überhaupt zu einer Verhandlung gekommen ist. Aber – hier.«

Er schob erneut die oberste Seite nach hinten und präsentierte Michelle die nächste. Über einer kurzen Meldung befand sich das körnige Foto eines Mannes im Halbprofil. Er hatte einen kahl rasierten Kopf, ein fliehendes Kinn, eine flache Nase und einen tiefdunklen Bartschatten. Es sah aus, als hätte er nicht bemerkt, dass er fotografiert worden war.

»Und?«, fragte Michelle.

Gabriel zog das Blatt, das er eben nach unten gesteckt hatte, wieder vor. »Das ist derselbe Mann!«, sagte er. Dann, als er die Bilder genauer betrachtete, wurde er selbst unsicher. »Oder meinst du nicht?«

Michelle nahm ihm die Seiten aus der Hand, legte sie vor sich auf den Tisch. Kniff die Augen zusammen. Begann eine Haarsträhne um ihren Zeigefinger zu ringeln, während sie nachdachte.

»Kann sein«, sagte sie schließlich. »Oder hast du nicht gesagt, es sind Brüder? Es könnte ja auch der Bruder sein.« Sie legte den Kopf schief. »Oder, ehrlich gesagt, irgendwer anders. Wirklich, ich weiß es nicht.«

Gabriel drehte den Laptop wieder in seine Richtung, rief zuerst die eine, dann die andere Seite auf und speicherte die Bilder auf seinem Computer. »Ich hab eine Idee«, murmelte er und lud die beiden Fotos in seinen Onlinespeicher hoch. »Es gibt da doch … hier!« Er klickte auf einen Button: »Gesichtserkennung«.

»Mal sehen, was der Computer sagt, ob die beiden ein und derselbe Mann sind oder …«

Da erschien auch schon auf dem Bildschirm die Frage: »Handelt es sich um dieselbe Person?« Darunter die beiden Fotos, die er eben hochgeladen hatte, sowie die Buttons »Ja« und »Nein«.

»Mist!«, brummte Gabriel. Er sank in sich zusammen und schwieg. Dann aber, nach nur wenigen Sekunden, zuckte er in die Höhe. »Na gut, dann gehen wir eben in diese Disco und …«

»Und was?«, unterbrach ihn Michelle. »Dann zeigen wir da Sarahs Foto rum und fragen: Wo ist meine Schwester?« Sie schüttelte den Kopf. »Das bringt doch nichts. Mit dem Foto warst du schon unterwegs, und niemand wusste was.« Sie zwirbelte wieder die Haarsträhne. Starrte auf den Computer, der ihnen auch nicht weiterhalf. »Wir kommen allein nicht mehr weiter«, sagte sie dann. »Aber ich weiß, wen ich fragen kann.«

88

»Wann war die Ex noch mal ihren Kummer ertränken?«, murmelte Meißen und blätterte genervt in der elektronischen Akte. »Wieso weiß eigentlich mein Handy, was ich als Nächstes kaufen will, aber wir haben hier immer noch keine vernünftige Suchfunktion über diesen Mist?«

Die Einführung elektronischer Akten war theoretisch ein großer Schritt nach vorn gewesen. Praktisch funktionierte das Programm, in dem die Unterlagen verwaltet wurden, so schlecht, dass viele Kollegen weiterhin parallel Papierakten führten. Oder sich gar nicht erst die Mühe machten, Informationen in das System einzuspeisen.

Unter anderem war es erst möglich, die einzelnen Dokumente einer Akte zu durchsuchen, nachdem diese indiziert worden war – was automatisiert immer wöchentlich in der Nacht von Samstag auf Sonntag geschah. Von null Uhr bis zwei Uhr war das System dann für Anfragen von außen nicht erreichbar.

Noch viel schlechter – also eigentlich gar nicht – funktionierte die Handschriftenerkennung, die ihnen eigentlich als Herzstück und unvergleichliches Zeitsparpotenzial der Software verkauft worden war.

Es hieß, im Gegenwert der Summe, die bei der Programmerstellung eingespart worden war, hatte die Firma, die den Auftrag samt zehnjährigem Wartungsvertrag erhalten hatte, dem Polizeipräsidenten ein schickes kleines Häuschen auf Rügen hingestellt.

Aber vielleicht waren das auch nur hässliche Gerüchte, gestreut von frustriert wartenden Polizeibeamten.

Wütend klopfte Meißen gegen ihren Monitor. »Mach schon, mach schon!«

Hinnerken sagte: »Stimmt. Am Freitag war dieses Essen mit Krämer, zu dem Michelle mit war. Bei dem sie sich gestritten und angeblich endgültig getrennt haben. Am nächsten Abend – Samstag – fiel ihr die Decke auf den Kopf. Michelle war arbeiten, es lief nichts im Fernsehen. Also ist sie essen gegangen. Die Kollegen haben in der Kneipe niemand gefunden, der sich an sie erinnerte. Ich weiß noch, dass ich dachte …« Er zögerte.

Meißen sah kurz von ihrem Bildschirm auf.

Dann wandte sie sich wieder der Tastatur zu, hämmerte auf die Pfeiltasten, als würde sie dann schneller fündig werden.

Hinnerken gab zu: »Na ja, ich kenne solche Abende. Manchmal muss man einfach vor die Tür. Und dann sitzt man irgendwo allein und fühlt sich auch nicht besser. Es war abends, aber nicht so spät. Ich dachte noch, um die Zeit gehen die jungen Leute gerade erst los.«

»Da«, rief Meißen triumphierend. »Sie war im *Hardy's*. Einundzwanzig Euro. Die ec-Karte wurde um zehn vor zehn durchgezogen. Eingabe der Geheimnummer, keine Unterschrift notwendig.« Sie stutzte. »Bei einem Profi würde ich sagen: Geschickt angelegtes Alibi – hier hast du meine ec-Karte, geh was essen und bezahl um kurz vor zehn, während ich meinen Ex umlege. Aber bei der kann ich mir das kaum vorstellen.«

»Und wie hätte sie wissen sollen, dass Krämer ausgerechnet um die Zeit in der Badewanne sitzt? Vielleicht war er ein Gewohnheitstier, aber trotzdem, das ist mir zu präzise. Dann hätte sie schon vorhaben müssen, ihn abzuknallen, und der Föhn wäre als Mordwaffe nur eine glückliche Fügung gewesen. Das ist wirklich völlig unplausibel.«

Meißen nickte. »Dann können wir für den Moment davon ausgehen, dass Monika Müller entlastet ist. Und damit dann auch vermutlich gültige Alleinerbin. Manchmal [illegible] das Leben …«

Sie zögerte, entschied sich dann für: »… verrückt. Ganz schön verrückt kann das Leben sein.«

Hinnerkens Telefon klingelte. Er schaute auf das Display. Eine Nummer aus Berlin.

»Alter Sack!«, meldete er sich fröhlich.

»Blöder Hund!«, begrüßte ihn sein Kollege Grote. Er saß in Berlin in der Abteilung *Organisiertes Verbrechen* und war immer hinter den ganz großen Fischen her.

Sie hatten auf einer Nahkampf-Weiterbildung das Zimmer geteilt und waren Freunde geblieben.

»Na, haben Sie dich endlich wieder aus der Zelle gelassen?«

Meißen schaute irritiert auf, doch Paul ließ sich davon den Spaß nicht verderben.

»Aber nur, weil ich dich verpfiffen habe«, konterte Grote. Dann sagte er: »Aber deswegen rufe ich nicht an.«

»War klar.«

»Wir haben hier Fotos eines hochrangigen Politikers, wie er von einem Bauunternehmer hinter dem Bahnhof Zoo einen dicken fetten Umschlag zugesteckt bekommt. Manche Leute sind wirklich zu blöd. Das Dumme ist nun, dass er behauptet, genau zu dem Zeitpunkt in Hamburg gewesen zu sein und den ›König der Löwen‹ geguckt zu haben. Er hat sogar ein Ticket für die entsprechende Vorstellung. Allerdings elektronisch, mit so 'nem Barcode. Nun wüsste ich zu gerne, ob er *wirklich* da war. Oder ob er nur das Ticket hat. Aber du weißt ja, wie das ist. Man kriegt den Gerichtsbeschluss nur, wenn man so sicher ist, dass man ihn nicht mehr braucht. Jetzt dachte ich mir, vielleicht kennst du jemand, der jemand kennt. *Weeßte?*«

»Hm«, machte Hinnerken. »Sag mir mal die Vorführung.«

»Hab dir schon die Infos gemailt. Mit Scan des Tickets.«

Hinnerken wechselte in sein Mailprogramm. »Ah, hier. Betreff: Wichser. Sehr schön. Deine politischen Ansichten haben sich also offenbar nicht verändert.«

Grote lachte.

»Ich werd mal sehen, was ich tun kann. Aber sag mal, wo ich dich dran habe: Hast du mal von der Kanzlei Wiemann & Konsorten gehört?« Vielleicht war Wiemanns Investmentangebot ja nicht nur auf die Hamburger Pfeffersäcke beschränkt.

Ein Zögern. Das Schweigen am anderen Ende der Leitung schien eine andere Qualität anzunehmen.

Hinnerken bekam Gänsehaut. Es war nur ein Schuss ins Blaue gewesen. Aber jetzt war er sicher, einen Treffer gelandet zu haben.

»Geh mal spazieren. Ich ruf dich in zehn Minuten auf dem Handy an.«

Klick.

Hinnerken starrte verblüfft den Hörer an, dann legte er ihn vorsichtig auf, als wäre er zerbrechlich.

89

»Moinsen!« Eike Dröscher schloss Michelle zur Begrüßung in die Arme.

Sie betrieb ein kleines Recherchebüro, *themoreyouknow*. Michelle hatte sie im Studium kennengelernt. Doch anders als sie hatte Eike BWL wahr gemacht und schon nach dem Bachelor ein eigenes Unternehmen gegründet. *TMYK* lief gut. Outsourcing. Sie waren lose in Kontakt geblieben.

Eike trug ein strenges schwarzes Designerkostüm mit einer weißen gestärkten Bluse. Auf ihrem Schreibtisch standen drei Monitore, drei Tastaturen, Red Bull. Ihr dunkelblondes Haar war zu einem kurzen Bob geschnitten. Im ausrasierten Nacken kroch der Hauch einer Tätowierung in die Höhe.

Michelle wusste von einer legendären Studi-Party, die komplett aus dem Ruder gelaufen war, dass Eikes ganzer Oberkörper mit Schlangen und Totenschädeln bedeckt war. Das Kostüm war ihre Business-Schutzschicht. Sie stammte vom flachen Land, kurz vor Oldenburg, und sprach auch so. Aber sie war gut.

»Die Schwester eines Freundes von mir ist verschwunden«, erklärte Michelle nun. »Wir haben den Verdacht, dass sie tablettensüchtig war – und das auf dem Strich finanziert hat. Sicher sind wir nicht. Jetzt haben wir das Gerücht gehört, sie sei entführt worden, um einen sogenannten ›Snuff-Film‹ zu drehen. Wir wissen aber nicht, ob da was dran ist. An der Entführungsgeschichte, an den Filmen, eigentlich an allem. Die Polizei sagt, sie können nichts machen, weil Sarah volljährig ist.

Aber wir sorgen uns. Und irgendwie erscheint mir das Ganze einerseits so krass, dass es wahr sein könnte – und andererseits total weit hergeholt und unwahrscheinlich.«

Sie hoffte, dass Eike nicht wissen wollte, wo sie solche Gerüchte hörte. Aber offenbar war deren Neugier bereits geweckt, sodass sie keine weiteren Fragen stellte.

»Na, mal seh'n, was ich für euch an Land ziehen kann«, murmelte sie, während ihre Finger bereits über die Tasten flitzten. »Recherche ist zu sechzig Prozent Glück. Ausdauer. Geduld«, dozierte sie dabei. »Natürlich muss man die richtigen Fragen stellen. Manchmal auch die richtigen Leute kennen. Aber vor allem muss man den Frust aushalten können, in eine Sackgasse nach der anderen zu laufen. Immer wieder vor dem Nichts zu stehen. Man darf dann nicht gleich muksch sein, sondern braucht 'nen Jieper nach der Wahrheit.«

Webseiten flammten auf, wurden durch weitere Tabs verdeckt oder gleich wieder verworfen. Eike bewegte beim Überfliegen der Texte stumm die Lippen.

Manche der Seiten sahen wie normale Infoseiten aus, andere waren offensichtlich Datenbanken, von denen etliche die offiziellen Logos Hamburger Behörden trugen. »Kann da jeder einfach so drauf zugreifen?«, fragte Michelle erstaunt, als eine Liste der vermissten Personen der Polizei Hamburg auf dem Schirm erschien.

Eike sah sie an und zog nur stumm die gezupften Augenbrauen hoch. »Sicher«, sagte sie.

Sarahs Name erschien, darunter zwei Daten: Eintrag in die Datei sowie das Verschwinden. Ortsangabe: St. Pauli. Es folgte ihre Meldeadresse.

Immerhin. Irgendwer hatte seine Arbeit gemacht. Damit hatte Michelle gar nicht ernsthaft gerechnet.

In schneller Folge erschienen weitere Datenbankauswertungen. Eike [illegible]e die Stirn. »Das kann doch nicht … vielleicht wenn ich … aber es muss doch …«, murmelte sie.

Michelle schwieg und wartete.

»So, jetzt noch mal mit Schmackes«, murmelte Eike und tippte eine neue Reihe Befehle ein.

»Na also, geht doch«, sagte sie dann zufrieden. Las. Runzelte die Stirn. Trank ein Red Bull leer, zerdrückte die Dose und warf sie scheppernd in eine Metalltonne unter dem Tisch. Michelle zuckte zusammen.

»In Hamburg gab es in den letzten zwölf Monaten keine aktenkundigen Entführungen mit nachweislich sexuellem Hintergrund«, erklärte Eike. »Aber du hast ja auch gesehen, was sie bei Sarah eingespeist haben. Keine Beschreibung, kein Hergang … und was nicht im System ist, kann man nicht finden.«

Sie fuhr fort. »An sich ist das sonst ein Klacks. Da muss man nicht mehr lange schnacken, sondern checkt einfach die übereinstimmenden Suchworte. Aber gerade so Stories wie deine, wo die Udls immer denken, das Mädchen war angetütert und hatte 'nen zu kurzen Rock an – selber schuld. Da machen sie sich keine große Mühe für.«

Eike zog eine zweite Tastatur heran. Auf dem linken Bildschirm erschien eine Abfragemaske mit dem Bundesadler. Dann eine Liste von Aktenzeichen. Eike öffnete und schloss die Fälle schneller, als Michelle sie überfliegen konnte.

»Aha«, sagte sie auf einmal, drückte auf einige Tasten gleichzeitig, und ein Drucker erwachte zum Leben.

Schon war das Dokument wieder vom Schirm verschwunden.

»Außerdem habe ich herausbekommen, dass vielleicht eine Firma namens X^3 mit der Sache zu tun hat«, sagte Michelle. »Oder eine namens ›eXXXtrem geiiil‹. Mit drei X und drei I. Man hat mir gesagt, dahinter stecken zwei Brüder namens Miran und Milo Knezevic.« Sie buchstabierte den Nachnamen. »Kannst du da vielleicht auch was finden?«

»Hmpf«, machte Eike abschätzig.

Tastenrattern, Firmeneinträge, Gewerbeauszüge, internationale Firmenregister, auf einmal erschienen zwei Fotos von Männern, denen Michelle – die in dieser Hinsicht nun wirklich einiges gewöhnt war – lieber nicht begegnen wollte. Sie starrten ungerührt direkt in die Kamera. Nicht voll Arroganz, wie so viele, sondern mit einer selbstverständlichen Brutalität, die zu sagen schien: Mach nur dein Foto, ich krieg dich doch.

Michelle bekam unwillkürlich Gänsehaut. Als wäre jemand auf den Schatten ihres Grabes getreten – irgend so etwas hatte sie mal gehört. Sie hatte jeden Tag mit allen möglichen Männern zu tun. Und das waren nicht nur nette Burschen. Aber die hier wirkten auf sie ganz besonders fies. Als wüssten sie nicht mal, was ein Gewissen ist. Ihr Blick war starr und kalt.

»Große Klasse«, sagte Eike. »Keine Vorstrafen, ein paar Mantelfirmen auf Jersey, unbefristete deutsche Aufenthaltsgenehmigung. Der hier« – sie tippte auf das rechte Gesicht – »ist zwei Mal zu flott auf der Autobahn nach Berlin erwischt worden. Verfahren gegen Zahlung einer Geldbuße eingestellt. Er fährt einen schwarzen Maserati. Der andere hat keinerlei Einträge ins Verkehrsregister. Er hatte mal einen dunkelblauen BMW. Siebener. Letztes Jahr abgemeldet. Beide ohne Vorstrafen. Meldeadressen in Potsdam. Möchte bezweifeln, dass sie dort in echt wohnen, denn im selben Haus sind zwei Zahnarztpraxen, ein Orthopäde und eine Werbeagentur ansässig. Das Zusammenführen von Datenbanksätzen ist schon eine tolle Sache. Die beiden haben so wenig Einträge, dass sie entweder verdammt brave Familienväter sind – oder die richtigen Leute kennen.«

Sie kniff die Augen zusammen, trommelte mit den Fingern auf dem Schreibtisch. »Die Sicherungskopie von der Vorwoche enthält einen Eintrag mehr. Aber auf die habe ich keinen Zugriff. Die Backups sind nicht im Netzwerk verfügbar.« Sie legte den Kopf schief, überflog die angezeigten Einträge. »Wahrscheinlich ein abgelaufener Punkt in Flensburg oder so was.«

Michelle schüttelte den Kopf. Sie wusste nicht, was sie mit diesen Informationen anfangen sollte.

Eike ließ den Drucker surren.

»Ich zeig dir noch was«, sagte sie dann. »Wird dir nicht gefallen. Aber vielleicht nützt es dir etwas.«

Ihre Finger flitzten über die Tasten. Fenster öffneten und schlossen sich.

»So. Jetzt sind wir unsichtbar«, sagte sie. »Unsere Internetverbindung wird so oft umgeleitet, dass nicht mal mehr die NSA oder Google wissen, wer wir sind. So können wir uns unentdeckt und vor allem unerkannt im sogenannten ›Deep Web‹ bewegen.«

Michelle schaute Eike fragend an.

Die hatte damit gerechnet. »Das sind Seiten, die nicht von den Suchmaschinen indiziert werden – die man also nicht bei Google oder Duck Duck Go finden kann. Viele Hunderttausend Seiten! Sie benutzen eine eigene Domain, ›dot onion‹ statt ›dot com‹ oder ›dot de‹. Das meiste sind illegale Angebote. Zensierte Bücher und Videos. Raubkopien. Drogen. Kreditkartennummern, gefälschte Ausweise. Sekten. Waffen. Organe. Und natürlich: Sex. Pornos, Prostitution, Kinder … alles, was das Herz begehrt.«

Während sie sprach, öffnete sie immer wieder die zugehörigen Webseiten. Im Grunde sah das Deep Web ganz normal aus. Wie die Flohmarktseite im Intranet der Uni. Nur mit etwas anderen Angeboten.

»Man hangelt sich von Forum zu Forum – sehr mühsam und

zeitaufwendig –, aber es heißt, was man hier nicht finden kann, gibt es auch nicht. Man kann einen Killer kaufen.« Ein entsprechendes Angebot erschien auf dem Bildschirm. Für zwanzigtausend Euro konnte man ›normale Menschen‹ töten lassen ... Journalisten, Promis, Politiker und Gangster waren nicht viel teurer.

»Man kann Waren stehlen lassen, ein Baby, sich eine Niere kaufen. Eine Weile gab es eine Art Treffpunkt hier, einen Marktplatz namens ›Silk Road‹. Wie Ebay für Kriminelle. Man zahlte mit Bitcoins, einer anonymen elektronischen Währung. Die Betreiber von Silk Road wurden festgenommen, die Seite abgeschaltet.«

Sie kniff die Augen zusammen, klickte etwas an, plötzlich füllte ein Video den Bildschirm. Die Kamera wackelte wie verrückt. Ein Mädchen mit dunkelblondem Haar rannte durch einen Wald. Hunde bellten wie verrückt.

Das Mädchen war nackt, trug nur Slip und BH.

Ein harter Schnitt, dann Nahaufnahmen nackter Haut. Eine Brust, eine rasierte Scham, zuckende schmutzige Fußsohlen. Erst jetzt bemerkte Michelle den Soundtrack, aggressive Rockmusik.

In der folgenden Totale konnte man sehen, dass das Mädchen auf dem Boden kniete. Die Arme waren zur Seite gestreckt, mit langen Seilen an die Wand gefesselt.

Ein Mann mit einer Ledermaske und kurz geschorenen Haaren stand vor ihr und fickte sie in den Mund.

Ein zweiter Mann stand neben dem Mädchen und hielt eine Pistole in der Hand. Mit dem Lauf fuhr er über ihre Schulter, den Hals, den Hinterkopf, bis er ihre Schläfe erreichte.

Das Bild wurde schwarz.

Es knallte, als wäre eine Sicherung herausgeflogen. Michelle zuckte zusammen.

Auf dem Monitor sah man das Mädchen reglos am Boden liegen, das Haar blutig. Dann klatschte von rechts und links Sperma auf das rot gefärbte Haar.

Der Horror hatte keine dreißig Sekunden gedauert.

Das Bild wurde abgelöst durch ein Zahlungsformular: Paypal, Bitcoins, Kreditkarten. Der Preis für den ganzen Film betrug zweihundertneunundneunzig Euro.

90

»Du kriegst nachher ein Foto von mir«, sagte Hinnerken. »Die Veranstalter nehmen jeweils zehn Minuten nach Beginn der Vorstellung ein Infrarotbild des Saals auf. Für die Versicherung. Es hat wohl irgendwann, irgendwo mal Ärger gegeben, und sie wollen beweisen können, dass sie nicht überbelegt sind. Mein Kontakt meint, darauf müsste man sehen können, ob der Platz besetzt war. Allerdings nicht, mit wem. Nur, ob er leer war oder nicht. Außerdem will er prüfen lassen, ob das Ticket am Einlass gescannt wurde.«

»Großartig«, sagte Grote. »Danke. Und wie bin ich an diese Daten gekommen?«

»Wenn er drauf ist, am besten gar nicht. Und wenn er nicht drauf ist und du sie als Beweis brauchst … ich frag ihn mal, aber ich kann mir nicht vorstellen, dass da der Datenschutz greift, weil es ja nur statistische Angaben sind.«

»Gut. Und was deinen Wiemann angeht … den kenne ich. Und ich könnte immer noch kotzen.« Er flüsterte sogar von Handy zu Handy, als würde er Wiemann wecken, wenn er dessen Namen zu laut aussprach. »Ein paar Kollegen von mir, die ich sehr schätze, haben mehrere Jahre daran gearbeitet, einen Kinderprostitutionsring auszuheben. Konspirative Wohnungen, verdeckte Ermittlungen, richtig große Nummer. Zu den Kunden gehörten ganz normale Leute, aber auch ein paar Promis. Der Hammer. Irgendwie ist es ihnen gelungen, am Ende zwei Brüder als die echten Drahtzieher auszumachen. Die waren natürlich schwer festzunageln. Man braucht Kronzeugen,

Fotos, du kennst das. Einen Tag, bevor der ganze Laden in die Luft gehen soll, schwebt hier dieser Wiemann ein. Seine Mandanten würden zu Unrecht überwacht, ihre Privatsphäre missachtet, eine Riesenwelle. Er wusste offensichtlich alles, jedes Detail über die Ermittlungen. Am nächsten Tag kommt einer der V-Leute nicht zum Meeting. Wohnung verlassen, Auto weg. Keine Ausreise aus der EU. Wir wissen nicht, ob sie ihn gekauft oder umgebracht haben oder eins nach dem anderen. Auf einer Bank vor dem Polizeipräsidium hat man einen Stapel Kleidung gefunden, von der die Kollegen meinen, es könnte seine gewesen sein.

Es heißt, die Brüder hätten Connections nach ganz oben. Bundesregierung, Anwälte, Ärzte, Journalisten, Unternehmer. Sie können einem beschaffen, was man will. Sie können erledigen, was oder wen man will. Alles still und heimlich. Wiemann ist der Mittelsmann. Aber all das ist … sagen wir mal so, nichts davon ist in den Akten zu finden. Denn jeder hier weiß, wie weit Wiemanns Arm reicht. Und keiner will der Nächste sein. Die Kollegen, die damals diese Geschichte geknackt haben … von denen ist keiner mehr im Dienst«, schloss er.

»Hier haben die bloß eine dicke Kanzlei in A-Lage«, sagte Hinnerken ungläubig.

»Das denkst du. Frag mal die Kollegen von der *Organisierten Kriminalität*. Die kennen den bestimmt. Aber die sind auch nicht so blöd, sich mit ihm anzulegen.«

»Puh«, machte Hinnerken. Derartige Stories gab es in jeder Firma und Behörde. Er wusste nicht, ob er Grote glauben sollte oder nicht.

Vielleicht besser nicht.

Aber was, wenn es stimmte?

91

Hinnerken setzte in der Mittagspause einen Spaziergang im Stadtpark fort, um seine Gedanken zu ordnen.

Wenn Grote recht hatte, stellte Wiemann eine größere Gefahr dar, als Hinnerken bisher angenommen hatte.

Und die Knezevic-Brüder waren richtig groß im Geschäft.

In was für ein Wespennest hatte er da gestochen?

Oder eigentlich: Raimund Krämer?

Oder *eigentlich:* Ingolf Teschke. Mit dem hatte alles angefangen. Er hatte sich von Wiemann ködern lassen, weil seine Frau mehr ausgab, als er einnahm. Und weil er nicht Manns genug war, ihr zu sagen: Schluss jetzt, Schätzchen. Ein Dutzend Prada-Taschen reicht.

Männer waren wirklich solche Weicheier.

Gedankenverloren schüttelte er den Kopf. Teschke hatte Kontakt zu Wiemann. Ein Typ wie der gab sich nicht mit Kleinganoven ab. Der drehte das große Rad!

Da war Teschke nur einer von vielen, deren Geld die Maschine am Laufen hielt. War die ganze Sache Wiemanns Idee – ein Schneeballsystem wie bei Jürgen Harksen oder Bernie Madoff? Die Einlagen neuer Investoren wurden an die alten ausgezahlt? Solange mehr neues Geld reinkam, als ausgezahlt werden musste, lief die Sache glatt?

Hinnerken schaute einer Frau hinterher, die ihren Chihuahua in einer Jutetasche spazieren trug. Der arme kleine Hund hatte Mühe, über den Rand der Tasche zu schauen.

Aber woher kam die DVD, über die Krämer sich aufgeregt

hatte? Und Teschke hatte gesagt, er wäre auch mal bei einem Filmdreh gewesen. Vielleicht investierte Wiemann das Geld wirklich. Aber wenn, dann garantiert nicht nur in ein paar lausige Nacktfilmchen.

Hinnerken verschränkte die Hände im Nacken, schaute zum Himmel. Wenigstens der war wolkenlos.

Hm. Teschke saß selbst in der Tinte. Er würde seinen Job verlieren. Seiner Frau alles beichten müssen. Und so wie es aussah, war sogar ein kleiner Gefängnisaufenthalt drin.

Und wenn er ihm vorschlug … wenn Teschke die Drahtzieher ans Messer lieferte, entweder Wiemann oder dessen Hintermänner, am besten gleich alle … dann konnte man bei ihm sicher Milde walten lassen.

Teschkes Geldgier hatte zwar Krämer das Leben gekostet. Aber nur indirekt. Er hatte seinen Kompagnon ja nicht gezwungen, selbst zu investieren. Und er hatte ihm auch nicht selbst den Fön in die Wanne geworfen. Jedenfalls sah es nicht danach aus.

Hatten Krämer und Teschke Wiemanns System in so große Gefahr gebracht, dass sie zum Schweigen gebracht werden mussten?

War vielleicht auch Teschke in Gefahr? Aber falls Wiemann & Cie. wirklich so skrupellos vorgingen, dann wäre er schon längst nicht mehr am Leben, wenn sie das für nötig hielten.

Teschke war Täter, ganz klar. Aber er war auch Opfer. Opfer des Anwalts, Opfer der Liebe, Opfer seines eigenen Größenwahns und seiner Dummheit.

Teschke war eindeutig das schwächste Glied in der Kette. Und Hinnerken war sicher, dass Teschke zu allem bereit wäre, um seinen eigenen Hals zu retten, und möglichst noch seine Ehe dazu.

Er ging zurück ins Präsidium.

92

»So, passen Sie mal gut auf«, sagte Hinnerken.

Ingolf Teschke hatte keine Zeit verloren. Er saß jetzt am Chefschreibtisch in Krämers ehemaligem Büro bei RI.

Die Tür war geschlossen. Hinnerken war allein gekommen, weil Meißen und er vermuteten, dass Teschke sich eher »Mann zu Mann« öffnen würde. Offensichtlich musste er sich vor Frauen als der große Macher aufspielen und hatte Angst, sein Gesicht zu verlieren.

»Ich glaube Ihnen nicht, dass Sie bloß Wiemann angerufen und sich dann brav hingelegt haben. Ihr sauberer Freund übrigens bestätigt Ihre Story überhaupt nicht. Er will noch nie von Ihnen gehört haben oder falls, dann hat er es vergessen. Er weiß nichts von Ihnen, von irgendwelchen Investments, von gar nichts. Der lässt Sie schön im Regen stehen.«

Teschke begann nervös seinen Kaffeebecher im Kreis zu drehen. Erst langsam, dann etwas schneller, dann griff er nach einem Kugelschreiber, um seine Hände zu beschäftigen.

»Wir haben inzwischen den Todeszeitpunkt sehr genau eingrenzen können. Es gab einen unerwartet hohen Ausschlag des Strompegels um exakt einundzwanzig Uhr achtundvierzig am Samstagabend. Und danach geht der Stromverbrauch im Haus schlagartig auf null. Hauptsicherung raus. Und ich wette«, jetzt sah Hinnerken Teschke herausfordernd an, »Sie können mir nicht sagen, wo Sie zu diesem Zeitpunkt waren.«

»Ich … äh … ich war … ich war zu Hause. Im Bett. Wir … wir schlafen in … weil ich schnarche …« Er merkte selbst, wie unglaubwürdig seine Aufführung war, und brach ab. Legte den Kugelschreiber zur Seite und seufzte. Betrachtete eine ganze Weile seine Hände, die nun ruhig auf dem Schreibtisch lagen.

Hinnerken wusste, dass nichts einen Menschen schneller mürbe machte als Schweigen. Vorwurfsvolles, anklagendes Schweigen.

Die Unschuldigen wollten das nicht auf sich sitzen lassen.

Und die Täter wollten wirken wie Unschuldige.

Nur die Profis taten das einzig Richtige und hielten den Mund. Aber der Mann vor ihm war kein Profi, nicht in diesem Business.

Hinnerken überlegte gerade, ob er nachsetzen sollte. *Wir finden es ja doch heraus. Wer nichts zu befürchten hat, hat auch nichts zu verbergen. Je länger Sie mauern, desto mehr haben Sie am Ende zu verlieren.* Lauter gewagte Behauptungen, die für Menschen in Teschkes Situation jedoch höchst plausibel und bedrohlich klangen.

Doch dann sagte der Spargeltarzan vor ihm leise: »Ich … ja, ich war noch einmal bei ihm. Aber … aber ich habe … Sie müssen mir glauben!« Er schaute auf. »Er hat mich rausgeschmissen. Ich habe Wiemann angerufen und gefragt, ob ich Raimunds Geld kurzfristig abziehen kann. Aber er hat gesagt, so läuft das nicht. Das war mir ja eigentlich auch klar. Ich war einmal bei einem Dreh dabei und habe die Typen kennengelernt, die … das waren so zwei Brüder. Die standen nur im Hintergrund. Aber man hat sofort gemerkt, die haben das Sagen. Obwohl sie gar nichts gesagt haben. Nicht ein Wort. Der eine hatte ein künstliches Bein. Hinkte. Ich habe mir gedacht, die beiden kommen aus einer Kriegsregion, die waren bestimmt bei der Armee oder der Miliz, irgendsowas. Jedenfalls habe ich gehofft, Montag sieht Raimund die Sache nicht mehr so eng. Aber ich wollte sichergehen, dass er in der Zwischenzeit nichts

Dummes macht. Zur Polizei geht.« Er hob kurz den Blick und sah Hinnerken an. »Deshalb … ich habe den Code zur Garage. Ich bin mal seine BWM gefahren, als er im Urlaub war. Ich bin dann … ich habe mir den Wecker auf zwei Uhr nachts gestellt. Bin zu ihm gefahren. Alle Fenster dunkel, die ganze Gegend. Ich habe zwei Straßen entfernt geparkt. Es war richtig gespenstisch. Ich bin dann durch die Garage ins Haus. Ich dachte, das Rumpeln vom Tor weckt alle auf, aber nichts. Nicht mal ein Hund. Ich habe eine Weile gewartet, dann bin ich ins Wohnzimmer, mit meiner Taschenlampe. Ich dachte, wenn Raimund mich jetzt erwischt, dann ist es aus mit … aber egal, ich war so besorgt, mir war ja klar, dass die Sache nicht ganz koscher ist, ich hatte ja keine Bundesschatzbriefe gekauft. Wenn das auffliegt, ist mein Geld weg, dachte ich. Also habe ich … die DVD steckte noch im DVD-Player. Der klemmte irgendwie, aber es gibt da so'n kleines Loch für eine Büroklammer, um die Dinger manuell auszuwerfen. Das hab ich gemacht. Dann durch die Garage wieder raus, zum Auto, zurück nach Hause. Francine schläft Gott sei Dank sehr gut. Ich brauche manchmal Schlaftabletten, aber sie schläft wie ein Baby. Das war's. Ich schwöre. Das ist alles. Ich dachte, ohne Beweise geht er nicht zur Polizei, und nach ein paar Tagen wird er sich beruhigen … Ich dachte, alles ist okay. Und dann kommen Sie am Montag und sagen, er ist tot.«

Teschke fing an zu weinen.

Entweder war der Mann hollywoodverdächtig. Oder wirklich nicht Raimund Krämers Mörder.

93

»Bin ich bei Ihnen richtig?« Eine Männerstimme. Sie klang ärgerlich.

»Das kommt drauf an«, entgegnete Svenja Meißen ruhig.

»Ich will nur meiner Pflicht Genüge tun. Aber so geht das nicht. Und es ist ein Ferngespräch. Sie könnten mich wenigstens zurückrufen!«

Sie schaute auf das Display. Eine deutsche Handynummer. Sie kritzelte die Ziffern auf ihre Schreibtischunterlage.

»Sie befinden sich im Ausland?«, fragte Meißen.

»Sind Sie taub?«

Langsam reichte es ihr.

»Nein. Aber bitte sagen Sie mir doch einmal, worum es geht.«

»Das habe ich doch eben schon alles erklärt. Zwei Mal!«

»Ich verstehe. Aber leider nicht mir.«

Endlich schien der Anrufer sich in sein Schicksal zu fügen. »Ich bin der Nachbar«, sagte er nun deutlich ruhiger. »Ihr Kollege hat gesagt, Sie würden wissen wollen, was ich gesehen habe.«

Der Mann ließ sich wirklich alles aus der Nase ziehen.

»Was haben Sie denn gesehen? Und wessen Nachbar sind Sie?«

»Na, Raimunds. Krämer. Raimund Krämer. Aus Iserbrook. Wir sind Nachbarn. Und bei mir sind … also, vielleicht erzähle ich einmal von vorn?«

Meißen musste sich auf die Zunge beißen. »Ja, bitte«, sagte sie.

»Ich war hier in Schweden in einem Schweigeretreat. Eine Woche ohne Worte. Sie glauben gar nicht, wie gut das tut. Zuerst denkt man, das geht doch gar nicht, das hält keiner aus, aber nach zwei, drei Tagen … man ist so frei, fühlt sich so leicht.«

Auf jeden Fall schien es jetzt keine Rolle mehr zu spielen, dass der Anrufer sich im Ausland aufhielt. *Vermutlich*, dachte Meißen, *ist er nach einer Woche Schweigen auch froh, mal wieder reden zu können*.

»Jedenfalls gibt man natürlich auch seine ganzen elektronischen Geräte ab, Handy und so. Ist ja klar. Und ich habe also jetzt erst meine Mails gelesen. Und letzte Woche … ich habe eine Alarmanlage mit Bewegungssensor. Ultraschall, was weiß ich. Jedenfalls sind da so zwei Gestalten bei mir durch den Garten geschlichen. Und weiter zum Nachbarn. Ich habe natürlich gleich meine Haushälterin angerufen, sie sagt, bei mir wurde nicht eingebrochen – aber unser Nachbar sei tot, und die Polizei war da und hat alle befragt. Und deswegen dachte ich, Sie wollen vielleicht das Video haben. Aber ehrlich, ich erzähle diese Geschichte jetzt zum dritten Mal … Sie machen es den Bürgern schon ganz schön schwer!«

»Das tut mir leid. Aber jetzt weiß ich ja, worum es geht – und Sie sind bei mir tatsächlich genau richtig für die Ermittlung im Fall Krämer. Und Sie haben völlig recht, ich möchte das Video unbedingt sehen.«

»Dann geben Sie mir mal Ihre Mailadresse. Ich leite Ihnen den Link weiter. Das Video liegt auf dem Server der Alarmanlagenfirma. Können Sie also beruhigt anklicken.«

Svenja Meißen diktierte ihre Mailadresse, ließ sich dann noch Namen und Anschrift des Anrufers geben und bedankte sich erneut.

Sekunden später hatte sie bereits die Mail, klickte den Link an – und traute ihren Augen kaum.

Oben links standen Datum und Uhrzeit, sekundengenau. Es war die Nacht von Samstag auf Sonntag, zwei Minuten nach neun Uhr abends. Die Aufnahme setzte abrupt ein, als ein dunkler, massiger Schatten scheinbar aus der Hecke heraus einen Schritt aufs Gras tat. Die Aufnahme war ohne Ton, was sie noch gespenstischer wirken ließ.

Dem ersten Mann folgte ein zweiter. Er schien leicht zu hinken. Aber vielleicht hatte er auch nur einen Stein im Schuh.

Beide Männer trugen schwarz. Schwarze Schuhe, schwarze Hosen, schwarze Kapuzenshirts. Ihre Gesichter waren nicht zu erkennen. Hoffentlich würden die Kollegen im Digitallabor mehr herausholen können.

Sie durchquerten den Garten von links nach rechts, am Bildrand war gerade noch zu sehen, wie sie über einen niedrigen Zaun ins benachbarte Grundstück stiegen.

Die Aufnahme lief noch zehn Sekunden weiter, dann brach sie ab. Die Uhr zeigte 21:39:28.

94

Das Leben birgt kein Risiko. Wir werden alle sterben. Die einzige offene Frage, die einzige Variable, ist, wann.

Je später, desto besser, sagen die meisten. Mit der Einschränkung, dass es auch keinen besonders großen Spaß macht, mit neunundneunzig das Altenheim vollzusabbern. Aber davon abgesehen besteht das Ziel unseres Alltags doch weitgehend darin, den Tod noch ein klein wenig hinzuhalten – und es bis dahin möglichst nett zu haben.

Doch wir wissen auch: Wer das Auto immer in der Garage stehen lässt, hat zwar keinen Unfall, kommt aber auch nicht sehr weit.

Derartiger Übervorsicht kann man nur eines entgegensetzen: Leben bis zum Anschlag, mit aller Kraft und vollem Einsatz. So schnell wie möglich über den »Point of no return« hinaus, ab dem feige Umkehr sich nicht rechnet.

Leben, als wären wir unsterblich.

Die richtigen Entscheidungen treffen, um jeden Preis.

Tanzen, als ob keiner guckt.

95

Vor dem *eXXXtrem* stand nur eine kurze Schlange, knapp dreißig Leute. Keine Turnschuhe, keine Jeans, keine Hoodies. Niemand über fünfundzwanzig. Leichter Männerüberschuss. Der Türsteher sah aus, als hätte er sich eine Badekappe aus Maulwurfspelz über den Kopf gezogen, einschließlich Maulwurfsfresse. Kleine Äugelchen, Spitznase, winziger Mund. Darunter nichts als Steroide.

Wie bei allen Trendläden stand kein Name am Gebäude. Die gesamte Front des Gebäudes war metallverkleidet. Michelle strich mit den Fingern darüber. Sie betrachtete ihre Fingerkuppen. Kaum Schmutz. Die Fassade musste frisch gereinigt sein.

Auf Schienbeinhöhe entdeckte sie in der Tür eine Gravur: Do/Fr/Sa stand dort. Darunter Thu/Fri/Sat sowie четверг/пятница/суббота. Donnerstag war der Partytag für Insider. Am Wochenende kamen nur Touristen auf den Kiez. Gewinnoptimierte Läden hatten an den anderen Tagen von vornherein zu.

Zwei Mädchen, die im Leben noch nicht achtzehn waren, aber aussahen wie achtundzwanzig, taumelten lachend aus einer Kneipe gegenüber. Sie redeten laut in einer Sprache, die Michelle noch nie gehört hatte, und gingen direkt auf die Eingangstür der Disco zu. Der Türsteher öffnete ihnen ohne ein Wort und ohne die übrigen Wartenden eines Blickes zu würdigen. Niemand sagte etwas.

Durch die sich schließende Tür drangen sehr gedämpfte

Beats. Offenbar war der Laden ausgezeichnet isoliert. Als die Tür zu war, ahnte man nichts mehr von einem Club. Hinter der aalglatten Metallfassade hätte auch die nächste Generation der Apple Stores sein können.

Michelle stellte sich an. Nach und nach, ohne erkennbares System, wurde die Schlange eingelassen. Mal zwei, mal vier. Außer den beiden Mädchen von vorhin schien der Türsteher Frauen nicht zu bevorzugen. Einen jungen Mann schickte er weg. Der ging mit eingezogenem Schwanz ohne Widerworte.

Schließlich musterte der Maulwurfmann sie von Kopf bis Fuß – und schüttelte den Kopf. Das war's. Aus seinem linken Ohr schob sich ein durchsichtiges, gewendeltes Plastikkabel unter sein Jackett.

Sie wartete.

Er wartete.

Um sie herum der übliche Kiezlärm.

Er schaute an Michelle vorbei, winkte das Pärchen hinter ihr zu sich, ließ sie ein. Das Mädchen warf ihr noch einen entschuldigenden Blick zu.

Michelle verdrehte die Augen und ging.

Vom Hans-Albers-Platz aus rief sie Amira an. »Kannst du mir helfen, ins *eXXXtrem* zu kommen? Ich bin offenbar zu alt.«

Amira lachte auf. »Gib mir zwanzig Minuten. Ich kann es versuchen. Aber ich kann nicht selbst mit – May-Lin«, sagte sie.

»Klar. Danke.« Michelle wusste, dass Amira, bevor sie begonnen hatte, im *Pretty Woman* zu putzen, mit einer Gang unterwegs gewesen war. Vielleicht kannte sie die richtigen Leute, um Michelle einzuschleusen. Mit Algo wollte sie den Halbrussen lieber nicht kommen. Dann war gleich Krieg.

Sie holte sich ein Astra in der *Hasenschaukel*. Kaum hatte sie das Bier in der Hand, stand auch schon ein Typ mit Nerd-Brille und Poloshirt neben ihr. »Kommst du oft her? Ich hab dich noch nie gesehen!«

Sie trank wortlos weiter, als wäre sie taub.

Hamburg war keine Stadt, Hamburg war eine Haltung.

Er wartete noch einen Moment, dann schimpfte er: »Blöde Schnalle!«, und ging.

Als ihre Flasche leer war, kam Amira angeradelt. *Summer in the City:* Sie trug Riemchensandalen, einen bunt gepunkteten Minirock, ein schlichtes hellblaues Top. Schwarze Haare, rote Sonnenbrille. Hammer. Noch einmal siebzehn sein!

»Hey!« Amira schloss ihr Rad an, und sie umarmten einander.

Michelle zeigte in Richtung des Clubs. Amira runzelte die Stirn. Nickte nachdenklich.

»Komm«, sagte sie.

Sie gingen zweimal um die Ecke, näherten sich dem *eXXXtrem* von hinten. Auch hier eine glatte Alufront. Das Gebäude sah aus, als hätten Außerirdische es zwischen die verkanteten Altbauten des Viertels gerammt.

Amira betrachtete die Rückseite. Näherte sich einem dünnen schwarzen Rahmen – der Hintertür. Ein flach eingelassenes Schloss, keine Klinke, keine Klingel.

Michelle und Amira blieben stehen. Sahen sich um.

Links neben der Tür stand ein Aschenbecher. Rechts ein Blumentopf mit einem vertrockneten Rosmarin. Daneben lag ein gut faustgroßer Stein.

Amira ging in die Knie, nahm den Stein hoch. Dann den Blumentopf.

»Na also«, schnurrte sie und hielt Michelle grinsend einen Schlüssel hin.

Ohne zu zögern, steckte sie ihn ins Schloss. Eine halbe Drehung, und die Tür ließ sich nach innen aufdrücken. Ein dunkler

Flur. An der Decke hingen Neonleuchten. Sie zog den Schlüssel ab, legte ihn zurück unter den Blumentopf.

»Mitarbeiter«, sagte sie mit einem Achselzucken. »Der Horror.« Dann: »Ich bin weg.«

»Okay. Danke.« Michelle kam sich blöd vor. Sie war einfach nicht *street smart,* sondern immer noch eine brave BWL-Studentin.

Und Amira kümmerte sich zwar besser als das Jugendamt um ihre kleine Schwester, war aber im Herzen *gangsta*.

Egal. Sie riss sich zusammen. Am Ende des Flurs befand sich eine Gittertreppe. Dann kam eine Tür. Lärm. Vor ihr befand sich eine Tanzfläche. Alles war schwarz, wummernde House-Musik. Sie hielt die Tür noch einen Spalt auf. Drehte sich halb um. Über der Tür leuchtete das grüne »Notausgang«-Zeichen.

Langsam schälten sich aus dem Lichtchaos auch Umrisse. Tänzer. Zuschauer. Sie hatte das Gefühl, allein durch den physischen Druck der Schallwellen in Moleküle zu zerfallen. Der Song erreichte nicht ihre Ohren, sondern ihre Zellen. Er schien sie flächig zu durchdringen, ihr Body wurde zum Resonanzkörper.

Michelle schob sich an der Wand entlang in Richtung der Bar. Ein schwach beleuchteter Tresen befand sich zwischen ihr und der offiziellen Eingangstür zu diesem Floor. Drei Männer und eine Frau lehnten gewollt lässig daran und scannten den Raum. Die Männer trugen beide schwarz. Einer war mittelgroß, der andere übergewichtig. Beide nicht besonders bemerkenswert, aber mit dicken Uhren. Die Frau war so stark geschminkt, dass sie im Halbdunkel aussah, als trüge sie eine Maske. Ohrringe bis auf die Schultern.

Die Tänzer waren im Lichtgewitter nicht zu erkennen. Aber die Männer, die sie suchte, würden sicher nicht tanzen.

Wahrscheinlich waren sie noch nicht einmal hier. Aber vielleicht wusste einer der Barkeeper mehr, ein Schichtleiter, irgendwer.

Michelle ging im weiten Bogen um die Bar herum. Die Männer starrten sie reglos an. Die Frau sah ungerührt an ihr vorbei.

Merkwürdiges Publikum.

Ein Stockwerk höher lief Motown und Disco. Vielleicht vierzig Leute auf der Tanzfläche, die sich total in der Musik zu verlieren schienen. Hier war das Licht etwas weiter aufgedreht. Die Klientel war, selbst für die Hansestadt, auffällig hellhäutig. Wenn der Laden wirklich diesen beiden Kroaten oder Ukrainern gehörte, oder was die auch immer waren, um so absurder, dass selbst Ausländer keine Ausländer als Kundschaft wollten.

Die Anwesenden hätten gut direkt vom Parteitag der FDP kommen können und waren auch entsprechend gekleidet. Ganz leicht roch es nach Marihuana, aber vielleicht waren es auch nur Schweiß und Weinschorle. Oder der Duft der Lässigkeit wurde ganz modern über die Klimaanlage eingespeist.

Als eine aktuelle Fassung von »YMCA« startete, ging Michelle.

Im Keller ging unter tosendem Quietschen eine Industrial-Nummer zu Ende, dann startete »Highway to Hell«. Sie hatte kaum die Tür hinter sich geschlossen, da bekam sie von einem zuckenden Lederaffen auch schon den Ellenbogen in den Bauch. Dieser dritte Floor war ein irrer Moshpit. Gitarren, Drums, Finsternis. Der Boden klebte von Bier. Die Luft roch nach Bier. Die Musik klang nach Bier.

Was tat sie hier?

Ihr Kopf begann zu pochen, der Nacken verspannte sich.

Aber wo sie schon mal da war …

Es war eine merkwürdige Szenerie. Gerade weil nur die Jungen und Schönen eingelassen wurden, hatte sie mit leiserer

Musik und mehr Beziehungsanbahnung gerechnet. Jazz. Cocktails. Stattdessen war der Laden tatsächlich voll zum Tanzen ausgelegt.

Und es lief.

Der Lärm brachte sie um den Verstand. Vorsichtig, um keine weiteren Blessuren abzubekommen, tastete sie sich seitlich voran wie ein Krebs. In die Ecke, die nächste Wand entlang.

Hinten im Saal hing ein riesiges Astra-Schild. Das Bier von hier.

Davor ein Tresen. Dahinter ein großer, fetter Mann in einem schwarzen T-Shirt. Michelle hätte ein Monatseinkommen darauf gewettet, dass es fleckig war. Er trug die Haare kurz geschoren und atmete durch den halb offenen Mund. Er sah aus wie ein Nazi. Neben ihm zapfte ein Schwarzer in einem ärmellosen Camouflage-Oberteil Bier. Der Dicke legte ihm den Arm um die Schulter und steckte ihm die Zunge ins Ohr. Der Schwarze lachte.

Erst als Michelle sich an einer Strebe das Schienbein stieß, bemerkte sie, dass in der Ecke rechts neben der Bar einige Tische und Stühle standen. An einem davon saß ein Mann. Sein Gesicht war so schmal und hart, als hätte ein Bildhauer versucht, Wut und Verachtung aus Marmor zu meißeln. Seine Haare waren kurz und schwarz, die Unterarme dicht behaart. Er trug ein dunkles Hemd – kein Schwarz, vielleicht Dunkelblau oder Dunkelbraun, mit weißen Zierkanten an der Knopfleiste und den Manschetten. Jeans, Turnschuhe.

Jeans, Turnschuhe?

Außerdem war der Mann …

Sie zögerte. Traute ihren Augen kaum.

Das war ja viel besser als erwartet.

Sie kannte den Typ!

Er hatte sie aus Eikes Bildschirm angestarrt.

Sie hatte gehofft, die Eitelkeit eines Schichtleiters zu streicheln und ihn nebenbei auszufragen. Aber jetzt war sie direkt an der Quelle.

Eine eigene Disco – so kamen die Knezevic-Brüder easy an junge Frauen, die Filmkarriere machen wollten und zu schnellem Geld nicht Nein sagten.

War Sarah ihnen hier auch in die Fänge gegangen?

Aber im Gegensatz zu Sarah wusste Michelle, worauf sie sich einließ. Was konnte schon schiefgehen? Hier, mitten unter Leuten? Sie tastete nach ihrem Handy, vergewisserte sich, dass es schnell zu erreichen war. Gut. Falls es wirklich brenzlig wurde, konnte sie immer noch die Polizei rufen.

Sie setzte sich zwei Stühle neben den Mann.

Er drehte langsam den Kopf und schaute sie an. Sein Gesichtsausdruck änderte sich dabei kaum. Dann drehte er sich wieder weg.

»Hi!«, rief Michelle und beugte sich in seine Richtung. »Ich bin Michelle.« Internationaler Disco-Code für »Ich bin zu haben«.

Der Mann schien sie gar nicht zu bemerken. Nur ein Muskel knapp unterhalb seines linken Augenwinkels zuckte einige Male.

AC/DC machte Platz für Scooter. Noch so eine Hamburger Institution. Die Band zum Bier.

Michelle wusste nicht recht, was sie tun sollte. Der Mann neben ihr war eindeutig der Einzige hier, der nicht Gast oder Handlanger war. Aber er hatte einen unsichtbaren Wall um sich gezogen. Und das Scooter-Geschrei machte sie auch nicht klüger.

Nach dem ersten Refrain drehte der Mann seinen Kopf ein paar Grad Richtung Bar und hob die Hand.

Wie hergebeamt erschien das Camouflage-Shirt neben dem

Tisch, stellte zwei Champagnerflöten auf, ließ den Korken knallen.

Krug.

Sie tat überrascht. Die Mundwinkel des Mannes bogen sich nach oben, als hätte ein Therapeut mit ihm geübt, wie man lächelte.

Michelle rutschte einen Stuhl weiter, nahm ihr Glas, sie stießen an.

An *Krug* könnte sie sich gewöhnen!

Wie sollte sie weiter vorgehen? Wenn sie noch zehn Minuten hier saß, konnte sie ihr Hirn in die Altmetallpresse werfen. Die Musik war wirklich brutal laut. Sie wusste jetzt schon kaum noch, warum sie gekommen war.

Auf einmal begann sie, albern und grundlos zu kichern.

Der Mann neben ihr drehte sich in Michelles Richtung und fing sie mit seinen starken Armen auf, als sie zur Seite kippte.

Sein Gesicht war das Letzte, was sie sah. Der Ausdruck seiner Augen.

Gierig und eiskalt.

96

Vom Strandclub hallte Reggae herüber. Der Wind stand landeinwärts. Unter anderen Umständen eine zauberhafte Sommernacht. Halb zwölf und noch warm genug, um draußen zu sein.

Ingolf Teschke spürte die runden Aufkleber, mit denen das Mikro und die Kabel an seinem Oberkörper befestigt waren.

Der Sender steckte in der Innentasche seines Jacketts.

Die letzte Elbfähre zurück zum Hafengelände fuhr in einer Stunde, danach wurde der Betrieb erst wieder um vier Uhr morgens aufgenommen.

Es roch nach Currywurst und Fischfrikadellen. Sein Blick ging zurück zu den Landungsbrücken.

Der vierschrötige Polizist stand reglos in zweiter Reihe am Kai.

Teschke musste einen der Knezevic-Brüder zum Reden bringen. Wenn er sie der Polizei ans Messer lieferte, ging er selbst straffrei aus. Das war der Deal. Wie in einem amerikanischen Krimi.

Aber er wusste auch, wie es in Wirklichkeit laufen würde.

Miran und Milo waren misstrauische Bastarde. Teschke war sicher, dass sie den Verrat auf hundert Meter riechen konnten. Und selbst wenn nicht. Selbst wenn alles glatt ging, würden sie einen Weg finden, sich an ihm zu rächen. Notfalls aus dem Knast.

Er hatte Angst. Er würde nie wieder an einer Straßenecke

stehen können, ohne nervös über die Schulter zu schauen. Wenn er nachts ein Geräusch im Haus hörte, würde er mit Herzrasen aufschrecken.

Aber er saß in der Klemme. Wenn er nicht kooperierte, war er wegen Unterschlagung dran. Mindestens.

Das konnte er Francine nicht antun.

Er musste ... es blieb ihm nichts anderes übrig ... Seine Gedanken drehten sich im Kreis.

Er hatte sich entschieden. Es gab kein Zurück.

Der Polizist hatte ihm noch Kleingeld für die Fahrkarte gegeben. Die wussten, wie so was lief. Nachher scheiterte die Operation noch an einem Kontrolleur.

An seinem Schlüsselbund hatten sie einen kleinen Transmitter befestigt, der aussah wie ein Münzchip für den Supermarkt. So konnten sie ihn jederzeit präzise orten.

Ein Schauer durchfuhr das Boot, als der Motor ansprang. Mühsam robbte es sich erst einige Meter zurück, dann wechselte der Kapitän die Drehrichtung und legte ab.

Möwen stießen kreischend auf die Fischbrötchen der Touristen nieder. Eine Gruppe Teenager mit britischen Flaggen auf den Jackenrücken warf mit Pommes frites nach den Vögeln.

Die Luft über dem Wasser war kühler zur Mitte des Stroms hin. Teschke ging nach drinnen, sah sich um. Dann kehrte er an die Reling zurück. Der Polizist starrte ihm vom Ufer aus nach.

Dahinter der Turm des Michels. Rechts die Elbphilharmonie, links Teufelsbrück. Davor die Strandperle. Da hatten sie damals oft am Feuer gesessen.

Zum offenen Meer waren es nur hundert Kilometer.

Die Fähre ließ ihr Warnsignal ertönen. Ein Segelboot wich gerade noch aus. Teschke fragte sich, ob es eines von ihren Segeln trug. Hoffentlich nicht. Der Fährkapitän fuhr mit der Unbarmherzigkeit eines Straßenbahnschaffners.

Die Lichter der Hafenkräne schimmerten vor einem Himmel, der am unteren Rand noch lila-orange strahlte. Teschke sog den Anblick in sich auf. Dann holte er mit dem Oberkörper Schwung und warf sich über Bord, bevor der Mut ihn verließ. Er fragte sich, welche Geräusche der Polizist hören mochte. Rascheln, Rauschen, Klatschen, dann wohl nichts mehr.

Das Wasser war überraschend kalt.

97

Paul Hinnerken kniff die Augen zusammen. Dann fluchte er so laut, dass die Leute neben ihm vorsichtshalber zur Seite traten.

Er zerrte das Handy aus der Innentasche seines Sakkos, besann sich dann aber anders. Sprintete den Anleger hoch zum Schifffahrtsbüro. »Einen Rettungskreuzer!«, befahl er und hielt dem jungen Mann, der überrascht vom Handy aufschaute, seine Dienstmarke hin. »Sofort!«

Einen Moment lang schien die Welt stillzustehen.

»Rufen Sie einen Rettungskreuzer!«, wiederholte Hinnerken, und endlich griff der Junge zum Telefon. »Was ist passiert?«, fragte er, während er bereits wählte.

»Ein Mann ist ins Wasser gefallen. Von der Elbfähre.«

»Wir haben keine …« Er unterbrach sich und sprach in den Hörer: »Wir brauchen einen Rettungskreuzer.« Er sah zu Hinnerken auf. »Welche Linie?«

»75. In der Elbmitte.«

»Von der 75. Elbmitte«, wiederholte der Junge. »Ja. Ja. Genau.« Er legte auf. Schaute auf den Bildschirm, der vor ihm stand.

»Wir haben keine Meldung«, sagte er.

»Ich habe es gesehen«, sagte Hinnerken. Er begann, frustriert zwei Schritte nach rechts, dann zwei Schritte nach links zu gehen. »Ich habe ihn gesehen.«

Er konnte nicht zugeben, dass er das Unglück auch über Funk verfolgt hatte. Der Hörer steckte immer noch in seinem

Ohrkanal, aber der Sender war nach einem lauten Rauschen tot.

Wasser.

»Ich verständige den Kapitän«, sagte der junge Mann und wählte. »Ja. Ein Notruf. Wir haben hier Meldung, dass bei euch jemand von Bord gegangen ist. Vor …«

Wieder schaute er zu Hinnerken auf. »Einer Minute. Vielleicht zwei«, sagte der.

»Einer Minute, vielleicht zwei. Okay. Ja. Danke.«

Er legte auf.

»Sie stoppen und werfen einen Rettungsring aus. Es wäre zu gefährlich, rückwärtszufahren, aber sie sperren die Fahrrinne, und der Rettungskreuzer ist gleich da.«

»Okay. Danke.« Hinnerken verließ das Büro und kehrte zurück auf den Anleger. Er konnte die Fähre sehen.

Aber es war zu dunkel, um einen Kopf über den Wellen auszumachen. Und er bezweifelte ohnehin, dass einer zu sehen wäre.

Wütend stampfte er hin und her.

Verdammt. Verdammt, verdammt. Er hatte die Situation unterschätzt.

98

Sie wusste nicht, wie, warum, wo …

Dann wieder Dunkelheit.

Was.

Wer.

Schmerz.

Stoß.

Kalt.

Kratzen.

Mund.

Zerren.

Reißen.

Haar.

Langsam kam sie zu sich, gleichzeitig langsam und mit einem plötzlichen Ruck. Als würden die Eindrücke in Zeitlupe und Zeitraffer gleichzeitig auf sie einströmen.

Die Achse der Welt war verdreht.

Ihr Rücken, ihre Augen, ihr …

Erschütterungen.

Stille.

Atem.

Zu viel.

Enge. Weite. Enge. Dicht.

Ihr Ohr. Ihr rechtes Ohr. Jemand zog …

Reiz. Würg. Tief. Weit. Im.

Auf einmal, wie ein Wirbelsturm, kehrte sie in die Gegenwart zurück. Sie wusste nicht, wo sie war, es war dunkel …. Angst,

Angst, Angst. Wo war sie, es war dunkel, nein, es war dämmrig, eine Lampe brannte, sie war eingekeilt, eingeklemmt, sie hatte … sie war nackt, sie hatte einen Schwanz im Mund, ihre Kiefergelenke schmerzten, sie war nackt, nein, sie trug noch ihren BH, sonst nichts, aber ihre Brüste … ihr war kalt, jemand … ihre Beine waren gespreizt, sie wurde gefickt, und der erste Gedanke, der ihr kam, war, dass sie nicht dafür bezahlt wurde, sie hatte es ja vorgehabt, sie war okay damit gewesen, aber sie wollte Geld oder Infos, sie wollte wissen … war sie denselben Männern in die Hände gefallen, die Sarah … hatte sie zu viel riskiert, würde sie … Paul … ihre Mutter …

Immer wieder kippte die Welt zur Seite weg, richtete sich wieder auf, als wäre Michelle auf einem Boot, unter Wasser, in einer Achterbahn. Sie schnaufte, sie bekam kaum Luft, sie war kurz davor, die Zähne zuschnappen zu lassen, aber irgendwoher wusste sie, das würde sie nicht überleben. Sie durfte nicht, sie musste unbedingt … sie konnte nicht sagen, was. Sie lag auf dem Rücken, etwas Hartes stieß zwischen ihre Beine. Jemand packte eine Brust und drückte zu, riss ihre Knie weiter auseinander, und einer saß auf ihrer Brust, zog ihren Kopf in die Höhe und stieß ihr in den Mund. Sie spürte ihren Sabber kalt am Hals, sie musste …

Behutsam schloss sie die Lippen um den Schwanz in ihrem Mund und begann zu saugen und die Eichel mit der Zunge zu umkreisen.

Der Mann, der auf ihr kniete und ihren Kopf mit beiden Händen hielt, begann zu stöhnen.

Zugleich zog Michelle die Knie etwas an, spreizte die Beine etwas weiter. Der andere Mann ließ ihre Brust los, packte sie mit beiden Händen an der Hüfte. Sein Tempo beschleunigte sich ein wenig, und er stieß tiefer zu.

Jetzt war sie auf vertrautem Terrain.

Aber wie sollte sie das retten?

Die Angst breitete sich schnell und feuerrot in ihrem Inneren aus. Sie hatte Mühe, ihr nicht nachzugeben und sich in die Bewusstlosigkeit fallen zu lassen.

99

Monika Müller war warm. Sie lag auf Michelles Sofa und konnte nicht schlafen. Das Fenster stand gekippt, aber es half nichts.

Sie holte sich ein Glas Wasser aus der Küche.

Michelles Schlafzimmertür war geschlossen. War ihre Tochter schon zu Hause, und sie hatte sie nicht gehört? Oder war Michelle noch immer bei der Arbeit? Was war das nur für ein Job, dass sie zu solchen Unzeiten Dienst hatte? Seltsam.

Sie spülte ihr Glas aus, stellte es in das Abtropfgitter.

Zurück im Wohnzimmer überlegte sie, leise den Fernseher einzuschalten. Ablenkung, Beruhigung.

Sie setzte sich auf das Sofa und sah ihre Umzugskisten an. Was bedeuteten ihr die Dinge darin?

Und warum machte Raimunds Tod sie so traurig? Sie hatte ihn verlassen – zu Recht, da war sie ganz sicher. Aber irgendwie fühlte sie sich verantwortlich. Als wäre ihr Auszug der Stein gewesen, der alles ins Rollen gebracht hatte.

Unsinn. Natürlich.

Aber es fühlte sich so an.

Sie fühlte sich schuldig.

Und sie hatte Mitleid mit ihm. Er war … doch, er war ein guter Mensch gewesen. Nicht der richtige Partner für sie, aber an und für sich ein prima Kerl. Er hatte es nicht verdient, so zu sterben.

Schon zu sterben.

Er hatte noch viel vor sich … er hatte noch viele Pläne gehabt. Sie hatten nach China fahren wollen, auf die Seychellen.

Seit Jahren versuchte er, sie zu einer gemeinsamen Motorradtour zu überreden.

Und er hätte auch ohne sie tolle Dinge unternommen. Raimund gehörte nicht zu den Männern, die lange Trübsal bliesen. Er war ein Macher. Er wäre eben allein gefahren oder mit Ingolf.

Sie wusste, er hätte es gern gesehen, wenn seine Firma ein wenig erfolgreicher gewesen wäre. RI SAILING lief gut, aber es war noch Luft nach oben. Vielleicht hätte er seinen Frust über die Trennung auch in berufliche Aktivitäten kanalisiert.

Monika sah vor sich, wie Raimund in der Wanne saß. Alt und grau hatte er ausgesehen.

Bestimmt hatte ihn ein Dieb überrascht. In der Gegend wurde häufig eingebrochen. Aber was auch immer geschehen war – es machte ihr Angst, in einer Welt zu leben, in der so etwas möglich war.

Ihr Blick ruhte auf den Umzugskartons – vier Stapel nebeneinander, je drei Kisten –, und sie fragte sich, wie ihr Leben weitergehen sollte.

Vor einer Woche war sie praktisch mittellos gewesen – jetzt hatte sie geerbt. Sie wusste, sie sollte Raimund dankbar dafür sein. Aber die Entscheidungen, die nun anstanden, die Verantwortung, die sie übernehmen musste, verunsicherten sie.

Monika schloss die Augen, spitzte die Ohren. Aus Michelles Zimmer war nichts zu hören.

Sie war sicher, dass ihre Tochter ihr etwas verschwieg. Aber was?

100

Die Nacht ist der Reset der Welt. Alles auf Anfang.

Dass uns jeden Morgen ein neues Leben geschenkt wird, grenzt an ein Wunder. Eine weitere Chance.

Obwohl sich das Aufwachen von allen Ereignissen in unserem Leben am sichersten voraussagen lässt und so zuverlässig eintritt wie der Sonnenaufgang, sehen wir es doch niemals kommen. Ohne Schlaf kein Erwachen.

Man könnte versuchen, wach zu bleiben und sich selbst zu beobachten, aber das ist der sicherste Weg ins Elend. Methodischer Schlafentzug wird als weiße, nicht nachweisbare Foltermethode eingesetzt, bricht Willen und Widerstandskraft, zerrüttet die Psyche.

Doch es gibt Nächte, die scheinen von einer Brutalität durchtränkt, die alles verschlingt. Sie sind schwärzer als schwarz. Ein unerträglicher Horror. Ihnen in die Bewusstlosigkeit zu entfliehen scheint eine Gnade.

Nicht jeder, der am nächsten Morgen die Augen aufschlägt, kann von Glück sagen.

In manchen Herzen herrscht für immer Nacht.

Man sieht es ihnen nicht an.

101

Auf einmal war ihre Scheide leer. Der Mann hatte sich zurückgezogen. Sie hörte undefinierbare Geräusche – ein Scharren, ein Scheuern, sah Schatten über die weit entfernten Wände zucken.

Der Raum kam ihr ungewöhnlich groß und hoch vor. Die Wände verschwanden im Dunkel, aber sie waren möglicherweise aus Metall. An der Decke verliefen allerhand Rohre, manche ganz dünn, andere mit einem Durchmesser von über einem Meter, wenn sie es richtig schätzte.

Überraschend packte eine Hand ihr rechtes Bein, stemmte es zur Seite. Etwas wurde in ihre Scheide geschoben, gestoßen. Was war das? So etwas hatte sie noch nie … es tat weh, es war zu groß, das konnte kein menschliches Organ sein. Scharf zog Michelle den Atem ein, sog dabei zugleich an dem Schwanz des anderen Mannes, der bäumte sich auf und schoss ihr pulsierend in den Rachen. Sie hatte Mühe, ihren Würgereiz zu unterdrücken, meinte zu spüren, wie das Sperma auf ihre Schleimhaut traf, ihren Hals hinunterrann, es war so viel, sie drohte zu ersticken, zu ertrinken, und sie betete, dass der Mann nicht infiziert war, dass sie keine Schleimhautverletzungen hatte, dass sie … doch bevor sie den Gedanken zu Ende führen konnte, spürte sie schon wieder diesen drückenden Schmerz, es war wie eine umgekehrte Geburt, als wollte jemand ein Baby in sie hineinschieben, anstatt dass sie es herauspresste.

Der obere Mann stöhnte, ließ sich auf ihren Brustkorb sinken, zog seine Männlichkeit aus ihrem Mund und schmierte ihr damit über die Lippen, als wären die Papiertücher. Dabei brummte er zufrieden wie ein Bär.

Derweil machte sich der andere weiter zwischen ihren Beinen zu schaffen – was tat er denn da nur? –, und als der erste aufstand, hob sie den Kopf und sah einen Kerl, der aussah wie das zerbrochene Spiegelbild des Mannes aus der Disco.

Er kniete zwischen ihren gespreizten Beinen und hielt etwas in der Hand, eine Art Knüppel, vielleicht einen Baseballschläger, den er ihr … was … Beinahe wäre ihr ein Schrei entfahren, aber sie hatte zu große Angst, so wurde es nur ein unterdrücktes Wimmern. Der Mann sah nicht einmal auf, er war ganz auf seine Aufgabe konzentriert, und auf einmal schienen sich die Scherben in ihrem Kopf anders anzuordnen, und sie begriff, der Mann hielt sich schief, weil er nur ein Bein hatte, sein linker Oberschenkel war nur noch ein Stumpf, und in der Hand hielt er … das konnte nicht wahr sein, das war unvorstellbar, und doch sah sie es.

Er hielt eine Holzprothese in der Hand, er schob sie ihr zwischen die Beine, er wollte sie mit seinem künstlichen Bein ficken! Sie konnte seinen Penis sehen, der pochend in die Luft ragte wie eine abschussbereite Rakete, und sie wusste, er würde sie verletzen, er war darauf aus, ihr Schmerz zuzufügen und sie zu verletzen.

Ihre einzige Chance bestand darin, seinen Schwanz mit den Händen zu packen und dem überraschten Mann einen runterzuholen, wie ihm noch nie einer runtergeholt worden war. Sie stützte sich hoch, und er starrte auf sie herunter, erst wütend, dann fassungslos, und schon legte er den Kopf in den Nacken und stieß ein Heulen aus, das von den Wänden widerhallte, und mit einem Mal klatschte ihr eine unvorstellbar geglaubte Menge Samen ins Gesicht, als hätte er sich jahrzehntelang zurückgehalten nur für sie.

Der zähe Schleim lief ihr über die Stirn, klebte in ihrem Haar, sickerte über ihre Lider und ihre Nase. Ein zweiter Schwall traf sie auf der Wange, dann knickte ihr Gegenüber mit einem Wimmern zur Seite, sank auf die Matratze, ließ das Holzbein los, schloss die Augen. Und sie saß da, hielt den langsam schrumpfenden Penis ihres Peinigers in der Hand und fragte sich, wenn sie diese Nacht überstehen würde, wie sie den Rest ihres Lebens überstehen konnte.

Der andere, der ihr in den Mund gespritzt hatte, war nicht mehr zu sehen.

Aber der Mann, der vor ihr lag, erwachte plötzlich wieder zum Leben, drehte sich auf die Seite, packte sein Holzbein und schlug Michelle, bevor sie erfasste, was geschah, oder gar ausweichen konnte, so heftig von der Seite gegen den Schädel, dass sie glaubte, ein Knacken zu hören.

Sie schrie auf, oder vielleicht bildete sie es sich auch nur ein, ihr Gesicht landete auf der Matratze, und sie wusste nicht mehr, ob sie lebte oder starb.

102

Die zwei Bier, die Paul Hinnerken vorsichtshalber auf dem Rückweg vom Bahnhofskiosk geholt hatte, halfen nicht. Jetzt war er zu beduselt zum Denken, trotzdem kreisten seine Gedanken.

Und der blöde Beo hielt auch nicht den Schnabel.

A Dios rogando y con el mazo dando, tönte Joaquin.

Si quieres el perro, acepta las pulgas.

A la muerte, ni temerla ni buscarla, hay que esperarla.

Diese ewigen Sprichwörter. Nie ganz richtig, nie ganz falsch.

Hinnerken saß auf dem Sofa und starrte auf den Fernsehschirm. Die Regionalsender berichteten bereits von dem Einsatz, hatten aber keine Infos und nur eine verwackelte Handyaufnahme des Rettungskreuzers. »Unfall im Hafen?«, lautete die Unterzeile. Den Ton hatte er stumm geschaltet, die Meldung dauerte keine halbe Minute.

Er musste schlafen.

Die Taucher hatten nach einer Stunde die Suche abgebrochen. Es war zu dunkel, um ohne Strahler zu arbeiten – und die Einsatzkosten dafür waren nicht zu rechtfertigen. Entweder war der über Bord Gegangene längst ans Ufer geschwommen. Oder er war ertrunken.

So oder so ließ sich nichts tun.

Bei Tagesanbruch würde die Suche fortgesetzt werden. Der Einsatzleiter hatte Hinnerken versichert, er würde ihn sofort anrufen, wenn sie etwas fanden. Aber er wollte trotzdem selbst vor Ort sein.

Nicht, weil er etwas beitragen konnte. Sondern weil er sich schuldig fühlte. Morgens um fünf aufzustehen und um halb sechs an den Landungsbrücken zu stehen war seine Strafe.

Hatte er Teschke überschätzt – oder unterschätzt?

War der Prokurist gefallen? War er womöglich gestoßen worden? Oder hatte sich selbst über Bord geworfen?

Am wahrscheinlichsten war Selbstmord. Um der Schande zu entgehen, seiner Frau alles beichten zu müssen.

Oder es war der dreiste Versuch, zu fliehen und sich irgendwo eine neue Existenz aufzubauen.

Hinnerken grübelte. Konnte es Teschke gelingen, Zugriff auf die zweihunderttausend zu erlangen, die er RI aktuell unterschlagen hatte? Und wenn ja, wie weit kam man damit? Für einen gefälschten Pass und ein Ticket reichte es, aber dann?

War Teschke so dumm oder so dreist? Oder hatte ihn wirklich der Mut verlassen? Konnte es tatsächlich sein, dass er eine solche Angst vor der Konfrontation mit seiner Frau hatte, dass er der Sache lieber ein Ende setzte? Hatte er diesen Ausstieg die ganze Zeit geplant, zumindest im Hinterkopf gehabt und war deshalb auf einmal so ruhig und kooperativ gewesen?

Morgen früh würde er vielleicht mehr wissen. Aber die Elbströmung war stark. Auch ein guter Schwimmer konnte in dem Fluss in Gefahr geraten. Und umgekehrt, nur weil sie keine Leiche fänden, hieße das noch lange nicht, dass Teschke davongekommen war. Vielleicht war er schon kurz hinter Helgoland.

Fischfutter.

Hinnerken schloss die Augen.

Der Beo war endlich still.

Seine Gedanken kreisten. Nur noch dreieinhalb Stunden, bis der Wecker klingelte.

Er hoffte, dass bis dahin wenigstens die unangenehme Wirkung der Biere nachließ. Manchmal war er wirklich ein verdammter Idiot. Er ärgerte sich über sich selbst, über seine Entscheidungen, über alles.

Durch die Augenlider konnte er das Flackern des Fernsehers sehen.

Aber er war zu müde zum Aufstehen.

103

Michelle lag zusammengerollt in der Ecke. Benutzt, beschmutzt und weggeworfen. Ein menschliches Kleenex. Dreck.

Was sollte mit ihr geschehen? Würde jemand kommen und sie … entsorgen?

Oder war die Nacht erst der Anfang gewesen? Stand ihr bevor, was sie vielleicht mit Sarah gemacht hatten?

Sie hatte Infos einholen wollen und war in ihre eigene Falle getappt. Dumm, so dumm.

Alte Kiezregel. Du musst sehen, wie das Glas aus dem Regal genommen und eingeschenkt wird.

Lass dein Glas nie aus den Augen.

Aber so was galt natürlich nur für die anderen. Sie hatte sich für so viel schlauer gehalten.

Bilder der Nacht kehrten zurück wie das Stroboskopflackern und mit der Wucht des Scooter-Gebrülls. Sie hatte Angst, sich zu bewegen. Sie hatte Angst, liegen zu bleiben. Sie hatte Angst. ANGST.

Auf einmal nahm sie ein Geräusch wahr. Es klang wie das Gurgeln einer Kaffeemaschine. Sie konzentrierte sich.

Was war das? War sie ihn Gefahr? Sollte sie fliehen oder sich tot stellen?

Ihr Kopf pochte. Mit einem Mal wurde ihr bewusst, dass sie nichts spürte. Keine Kälte, keine Wärme, sie nahm nichts wahr, und da kehrten auch schon die Sinneseindrücke zurück. Ein Windhauch auf ihrer Haut. Kalt. Stein unter den Händen. Ihre Wange auf rauem, hartem Untergrund. Ihr Haar hing filzig und klebrig in ihre Stirn. Eine Möwe kreischte, und es roch nach Fisch, nach Öl, nach Wasser, nach Erde, nach einem sonnigen Tag. Das Gurgeln wurde ein Rumpeln und endete mit einem langgezogenen Quietschen.

Sie öffnete die Augen. Wagte es. Es dämmerte. Sie wartete sofort auf den nächsten Schlag, aber er kam nicht, da war nur ein Brennen in ihrem Hals. Eine ihrer Hände lag auf etwas Weichem. In ihrem Rücken spürte sie ein Kratzen. Wenn sie ihren Zeh anspannte, spürte sie etwas Kühles, Glattes.

Sie bewegte die Augen. Sah Kästen. Verschiedenfarbige Kästen. Lagerhäuser. Container. Sie war im … Sie wälzte sich herum, auf den Rücken. Sie trug immer noch ihren BH, eine Brust hing heraus, sonst war sie nackt, neben ihr lag ein Haufen Lumpen. Zehn Meter vor ihr eine Kaimauer, dahinter glitzerte die Elbe. Alles dahinter versank in Unschärfe. Die Umrisse, die sie kaum ausmachen konnte, waren Landungsbrücken, Michel, Elbphilharmonie.

Wieder das kreischende Quietschen. Der Boden grummelte. Sie robbte ein paar Meter zur Seite, zerrte die Klamotten mit sich. Irgendetwas war mit ihren Augen. Sie konnte nicht richtig sehen. Als hätte sie Schleim auf den Augäpfeln. Sie tastete sich an einer Wand entlang. Vor sich im Boden entdeckte sie Schienen. Sie schaute auf. Links von ihr ein riesiger Kran, schwarz vor dem hibiskusroten Morgen. Er fuhr auf Schienen.

Ein Schauer fuhr ihr über den Rücken. Zugleich erfüllte sie mit einem Mal eine unbändige Wut.

Die Arroganz, die Menschenverachtung: Diesen Schweinen war egal, ob sie lebte oder starb. Sie fühlten sich so sicher, dass es ihnen tatsächlich egal war. Es geilte sie noch nicht mal genug auf, sie zu töten.

Magensäure, Galle, Wut. Michelle biss die Zähne aufeinander und stöhnte. Ihre Bekleidung war feucht vom Morgentau.

Sie zerrte ihren Slip aus dem Haufen, zog sich an. Fühlte sich bekleidet noch ekelhafter als zuvor.

Lange hielt sie ihre Pumps in Händen, betrachtete sie.

Schließlich warf sie einen in Richtung Wasser. Er landete ein paar Meter von ihr entfernt auf dem Boden.

Voller Wut über ihre Machtlosigkeit stützte sie sich hoch, tapste barfuß zu ihrem Schuh. Nahm in, trat an den Kai, holte aus und schleuderte ihn mit einem lauten Schrei davon. Der zweite folgte.

Eine Möwe schaute irritiert in ihre Richtung.

Auf der Stadtseite konnte sie mittlerweile Bewegung ausmachen, Autos, S-Bahn, Ameisenmenschen. Ein Fährschiff tuckerte in ihre Richtung.

Sie sah sich um. Kein Mensch. Niemand beobachtete sie, lauerte darauf, sie doch noch um die Ecke zu bringen.

Das werdet ihr bereuen, schwor sie sich. Das werdet ihr bereuen.

Sie hinkte an der Kaimauer entlang in der Richtung, die das Schiff nahm, zum Anleger.

104

»Nichts«, sagte Opora. »Ich melde mich.«

Der Leiter des Tauchkommandos unterbrach die Funkverbindung.

Hinnerken stand in der Morgendämmerung am Elbufer und fühlte sich, als hätte er die ganze Nacht hier verbracht. Seine Muskeln waren steif, die Knochen wie porös.

Sein Blick suchte weiter instinktiv die Wasseroberfläche ab, hin und her, hin und her. Er wusste, dass es sinnlos war. Wo immer Teschke sich jetzt befand, er schwamm jedenfalls nicht mehr im Hamburger Hafen.

Die Taucher suchten den Elbgrund ab. Leichen trieben manchmal erst nach Tagen auf, wenn die Fäulnisgase sie an die Oberfläche steigen ließen. Er hatte gestern gar nicht erst gefragt, ob er den Bereich für den Flussverkehr sperren lassen konnte. Dafür musste schon ein Kind oder ein Fußballer über Bord gehen.

Sein Daumen schwebte über dem Rufknopf des Funkgeräts. Aber das würde Opora nur ärgern. Und brachte nichts.

Er zwang sich, die kühle Morgenluft tiefer zu atmen. Für den Nachmittag war Gewitter angesagt.

Hamburg war in dieser Hinsicht wie Tropenklima in Zeitlupe. Zwei, drei Tage lang wurde es immer heißer. Dann folgte die Entladung.

Wie dicke schwarze Nabelschnüre verschwanden die Sauerstoffleitungen vom Schiff im Wasser.

Er hatte keine Vorstellung, wie der Elbgrund aussah. Wuchsen dort Algen, lag dort Müll? War das Wasser klar, oder konnte man kaum etwas sehen? Seit ein paar Jahren hieß es, man könne in der Elbe wieder baden. Aber kein Hamburger, der etwas auf sich hielt, würde das tun.

Gab es Fische in der Elbe?

Und wenn ja, welche?

Ab und an sah man Angler an den Stränden oder sogar an der Hafenkante. Aber fingen die was oder vertrieben sie sich nur die Zeit?

Auf der Hafenseite wurde ein Containerschiff entladen. Stück für Stück hob der Kran die weißen, roten und blauen Behälter auf den Kai. Was sich wohl darin befand? Tausende von Handys, Reis, das Umzugsgut einer Managerfamilie …

Hinnerken nahm einen Schluck Kaffee aus seinem Pappbecher. Kalt. Bitter. Er verzog das Gesicht.

Langsam wärmte die Sonne die Stadt. Er dachte zurück an einen Urlaub mit Carmen in Malaga. In Hamburg wurde die Sonne verehrt. An einem Tag wie heute würden Hunderte sich krankmelden und im Stadtpark grillen. In Malaga war die Sommersonne der Feind, der die Bürger in ihre Häuser zwang.

Wie war Teschke in eine Situation geraten, die ihm keinen anderen Ausweg mehr ließ, als sich über Bord zu stürzen? Warum hatte Carmen Paul verlassen? War es eine große Fehlentscheidung gewesen, waren Teschke und er das gemeinsam? Oder betrachtete er hier gerade das Ergebnis einer Verkettung vieler kleiner Unwichtigkeiten, die in der Summe eine Katastrophe ergaben?

Ohne wirklich etwas zu sehen, schaute er auf die Gangway der Elbfähre, die gerade angelegt hatte. Er kannte die Frau, die von Bord ging.

Erst als sein Blick schon wieder aufs Wasser geschweift war, verarbeitete sein Hirn den Bildreiz von eben.

Er kannte die Frau, die von Bord gegangen war.

Sein Blick kehrte zu ihr zurück. Sie kam direkt auf ihn zu, hatte ihn noch nicht bemerkt. Sie hatte gut schulterlanges lockiges Haar. Eine schlanke Figur mit ordentlichen Rundungen an genau den richtigen Stellen. Ihr Schritt war … anders als sonst.

Ihr Gesichtsausdruck … Er kannte ihre Augen, ihren Blick. Er hatte mehr als einmal sehnsüchtig mit den Fingern über ihre Lippen gestrichen.

Aber jetzt wirkte sie … erschöpft. Ihre Kleidung war … sie sah aus, als wäre sie heute Morgen wieder in ihre Sachen von gestern geschlüpft. Sie war barfuß. Hielt den Blick gesenkt, immer ein paar Meter vor ihre Füße gerichtet. Ihre Schultern, ihre ganze Haltung war eingesunken. Sie wirkte müde. Leer. Als sie näher kam, konnte er sehen, dass ihr Haar zerzaust und ungekämmt war.

Sein Herz schlug schneller, zog sich zusammen. Er wollte sie in die Arme nehmen und trösten, egal, was geschehen war.

Michell schaute auf.

Sah ihn. Erkannte ihn.

In schneller Folge zogen unterschiedliche, schwer zu deutende Gefühle über ihr Gesicht.

Sie zögerte kurz, ging dann aber doch weiter.

Hielt seinen Blick. Kam auf ihn zu.

Er wusste nicht, ob er sich freuen oder sich fürchten sollte. Denn irgendetwas, das spürte er, war ganz und gar nicht in Ordnung.

Kurz überlegte er, sich hinter seinem Job zu verstecken, Opora anzufunken und Michelle bloß mit einem Lächeln, Winken und Achselzucken abzutun.

Aber dann stand sie vor ihm, und er sah in ihre Augen, und er wusste, er musste ihr beistehen.

105

Der erste Kontaktpunkt war seine Brust. Instinktiv legte Michelle die Handfläche auf Pauls Brust, und im selben Moment, in dem die Berührung sich vollzog, spürte sie schon, wie sich ihr ganzer Körper beruhigte. Ihre Schultern lockerten sich. Ihr Magen schien sich zu entfalten.

Kurz stand sie reglos vor ihm, sah in seine Augen, suchte nach etwas, wovon sie in diesem Moment nicht hätte sagen können, dass es Vertrauen und Zuversicht waren.

Er hielt ihrem Blick wortlos stand, schien wahrnehmen zu können, dass etwas zwischen ihnen sich verändert hatte, eine tektonische Verschiebung der Emotionen. Was bisher wichtig gewesen war, was sie in den letzten Tagen und Wochen voneinander ferngehalten hatte, zählte nicht mehr.

Er nahm ihre linke Hand mit seiner rechten und ging voran. Im nächsten *Backhus* setzten sie sich an einen Tisch am Fenster.

»Einen schwarzen Kaffee und … eine halbe Schrippe mit Jagdwurst«, bestellte Paul. Michelle war zu verstört, um zu wissen, was zu tun war, und zu ihrer Erleichterung übernahm er das. »Und für die Dame einen grünen Tee und ein Franzbrötchen.«

Michelle schaute zum Fenster hinaus.

War sie letzte Nacht in einem der Lagerhäuser dort drüben gewesen? Oder hatten die Schweine sie nur im Hafen zurückgelassen, um ihre Spuren zu verwischen?

Sie stand auf, ging um den Tisch herum, quetschte sich auf

das schmale Bänkchen neben Paul. Es bot kaum Platz genug für sie beide, aber es tat ihr gut, ihm so nah zu sein.

Sie konnte seinen Atem spüren. Legte ihren Kopf an seine Schulter. Schloss die Augen und fühlte sich wenigstens für einen Augenblick weniger hilflos und allein.

»Was …«, begann er heiser im selben Moment, als sie sagte: »Ich …«

Sie unterbrachen sich beide, dann mussten sie lachen.

»Du zuerst«, sagte er.

Der Besitzer brachte die Getränke und die Brötchen. »Guten Appetit«, sagte er lächelnd.

»Ich habe …« Sie zögerte. Die Erinnerung daran, dass Paul sich geweigert hatte, ihr bei der Suche nach Sarah zu helfen, kehrte zurück. Aber sie hatte keine Wahl. »Wir haben eine Spur zu denen gefunden, die Sarah vielleicht entführt haben könnten. Eine Filmfirma«, erklärte sie. »Und gestern habe ich dann einen ziemlich dummen Fehler gemacht. Ich habe … ich bin …« Sie schämte sich so. Nicht für das, was ihr angetan worden war. Für ihre Dummheit, in eine solche Situation geraten zu sein.

Paul lächelte sie mitfühlend an und legte die Hand um ihre Schulter. Er zog sie an sich. Auf einmal drückte sie ihr Gesicht an sein Hemd, und Tränen strömten über ihre Wangen.

Sie hatte nicht geweint, seit ihr Vater sich das Leben genommen hatte. Sie hatte sich geschworen, nie wieder eine so tiefe Trauer zu empfinden. Und jetzt … vor lauter Verzweiflung und Schande …

Trotzig richtete Michelle sich auf, wischte sich die Tränen mit einer Serviette ab, putzte sich die Nase.

Paul wartete geduldig. Ob das seine Persönlichkeit war oder Polizistentraining, egal, es tat ihr gut.

»Es scheint, als würden die Typen, die so ähnliche Movies drehen, du weißt schon, solche Snuff-Dinger, auch hinter dem *eXXXtrem* in der Silbersackstraße stecken. Deswegen bin ich da hin. Ich dachte, vielleicht finde ich jemand, der was weiß und sich verquatscht. Du weißt ja, im Bett sagen die Leute die verrücktesten Sachen.« Erst als sie den Satz ausgesprochen hatte, fiel ihr ein, dass auch Paul zu ihren Kunden gehörte. Gehört hatte.

Er blieb ganz ruhig. Unterbrach sie nicht. Verstand.

»Ein Schichtleiter, der sich nicht anständig behandelt fühlt. So jemand habe ich gesucht. Verstehst du? Aber … inzwischen denke ich, das war sowieso dumm von mir, aber vor allem ist es dann richtig schiefgegangen.«

Sie berichtete, an was sie sich erinnerte. Der Champagner. Die Musik. Zwei Männer, die sie vergewaltigten. Der Schlag auf den Kopf. Nicht einmal das Holzbein ließ sie aus, obwohl ihr dabei übel wurde. Schließlich ihr überraschendes Erwachen am Morgen.

Erst als sie endete, wurde ihr bewusst, dass sie während des Sprechens zum Fenster hinausgeschaut hatte. Weil sie es nicht ertragen konnte, wie Paul sie ansehen würde. Was er von ihr denken musste.

Doch er verblüffte sie.

Sanft schob Paul ihr eine Haarsträhne hinter das Ohr. Dann wartete er, bis sie ihn ansah, und sagte: »Das war sehr mutig von dir. Riskant, aber mutig. Und es hat etwas gebracht. Denn mit deiner Aussage kann ich die Jungs vorladen lassen.«

Er hob die Hand und deutete Richtung Fluss. Die aufgehende Sonne ließ das Band der Elbe silbern strahlen. »Siehst du die Taucher da? Die suchen nach einem Mann, der sich wohl gestern umgebracht hat, weil er so verdammte Angst vor diesen Brüdern hatte. Oder er ist abgehauen. Untergetaucht, wortwörtlich. Wenn er Glück hatte.« Hinnerken schüttelte den Kopf, trank seinen Kaffee aus. »Die beiden sind auch verantwortlich für Raimund Krämers Tod. Er war über Eck in Geschäfte mit ihnen verwickelt, und es ist etwas schiefgegangen. Wir haben jemand gefunden, der wusste Bescheid – aber er wollte dann doch lieber nicht riskieren, dabei zu helfen, sie hinter Gitter zu bringen. *Das* ist es, was die Angst mit einem macht, wenn man sie lässt. Deswegen muss man ihr etwas entgegensetzen.«

Er winkte einer Kellnerin und zahlte die Rechnung.

»Komm«, sagte er dann zu Michelle.

106

Sie fuhren mit Blaulicht. Die Ärztin war nett. Auf dem Präsidium tippte Paul Michelles Aussage in den Computer, ließ sie unterschreiben.

Dann suchte er einen Richter für den Haftbefehl. Schwere Körperverletzung, Fluchtgefahr.

Michelle hing der Magen in den Knien. Sie hätte ihr Franzbrötchen mitnehmen sollen. Aber im *Backhus* hatte sie sich nicht vorstellen können, jemals wieder etwas zu essen.

Sie warteten. Um elf brachen die Taucher die Suche ergebnislos ab. Um halb zwölf meldete die Streife, dass unter der neuen Hamburger Geschäftsadresse der Brüder niemand anzutreffen war, auch kein Schild. »Wenn ich wetten müsste, würde ich sagen, Abbruchhaus«, sagte der Polizeimeister.

Paul knurrte wütend. Meißen, die kurz vor zehn ins Büro gekommen war, überprüfte die Adresse. »Eigentümer ist die ›Wiewie Immobilien GmbH‹, deren Geschäftsführer« – sie machte eine kurze dramatische Pause – »Jens Wiemann heißt.«

Mit der flachen Hand schlug Paul auf die Tischplatte, dass Kugelschreiber und Locher hüpften. »Die halten uns doch zum Narren!«, fluchte er. »Aber damit ist jetzt Schluss.«

Auf einmal schossen Wörter durch Michelles Kopf, Sätze. Als wären sie unter einer tonnenschweren Platte begraben gewesen, und der Schlag hätte sie befreit.

Sie erinnerte sich an ein ganz ähnliches Geräusch. Ein Krachen oder Knallen. Sie verstand die Sprache nicht – merkwürdigerweise aber den Sinn der Sätze. Wie in einem perversen Traum.

Reflexartig fuhr Michelles Hand an ihre Wange. Jemand hatte sie angespuckt. Panisch huschte ihr Blick durch das Büro. Paul und seine Kollegin an ihren Schreibtischen. Beide schauten sie besorgt an.

»Alles in Ordnung?«, fragte Paul.

Langsam ließ Michelle ihre Hand sinken, musterte ihre Fingerspitzen. Sie waren trocken.

Jemand hatte sie angespuckt, so viel stimmte, aber es war in ihrer Erinnerung gewesen. Gestern Nacht.

Die beiden Männer hatten sie entsorgt wie einen toten Hund. Sie hatten sie …

»Der eine hat gesagt … ich habe sie nicht verstanden. Ihre Sprache. Aber ich habe verstanden, was sie vorhatten. Irgendwie. Sie haben mich rausgeschmissen. Wie Müll. Wie …« Magensäure brannte wieder in ihrem Hals. Sie schluckte. »Es kann nicht weit gewesen sein. Ich bin im … habt ihr eine Karte vom Hafen?«, fragte sie Paul.

»Hier.« Er rief eine Satellitenaufahme des Geländes im Internet auf.

Sie trat hinter ihn. Fühlte sich geborgen im Duft seines Aftershaves.

Hör auf, hör auf, hör auf!, schrie eine innere Stimme.

Sie wusste, sie war labil. Sie durfte ihren Gefühlen nicht trauen. Nur dem Hass. Trau nur dem Hass.

Es fiel ihr schwer, sich auf dem Bild zu orientieren. Dann auf einmal: »Da! Da bin ich zu mir gekommen!«, sagte sie und deutete auf eine Freifläche neben einer Lagerhalle.

Paul schob den Mauszeiger auf das Gebäude. Eine Infoblase öffnete sich und zeigte eine Liste der dort ansässigen Firmen.

»Hm«, brummte er. Fuhr mit der Maus auf das nächste Kontor. Mehr Firmen. Dann wieder zurück auf das erste.

»Hast du noch die Mandantenliste von Wiemann?«, fragte er seine Kollegin.

Meißen nahm einen Stapel Ausdrucke aus einer Mappe, blätterte, reichte ihm zwei Blatt.

Paul überflog die Liste. Schaute auf den Bildschirm. Griff zum Telefon, rief die Streifenwagenbesatzung an und gab die neue Adresse durch.

Kopfschüttelnd starrte er auf den Schirm. »Diese arroganten Schweine«, murmelte er. Dann stand er auf. »Bin gleich wieder da.«

Meißen und Michelle warteten zehn Minuten, dann hielt Michelle es nicht mehr aus. »Ich habe heute noch gar nichts gegessen«, sagte sie kleinlaut.

»Oh mein Gott!« Meißen hatte angefangen, Berichte auszufüllen, und ließ sofort ihren Stift fallen. »Hätten Sie doch was gesagt. Kommen Sie! Wir gehen in die Kantine! Paul kann mich anrufen, wenn er wieder da ist.«

Aber als sie in den Flur traten, kam er ihnen schon entgegen. Sein Kopf war tomatenrot. »Für unseren Freund Wiemann habe ich keinen Haftbefehl bekommen. Wahrscheinlich golft der Richter mit Wiemann senior.«

107

»Ich bin ganz sicher, das ist der Mann, den ich im *eXXXtrem* getroffen habe«, sagte Michelle. Durch die Spiegelglasscheibe starrte sie den Mann an, der sie betäubt, entführt und vergewaltigt hatte.

»Ganz sicher?«, fragte Meißen.

»Absolut.«

Sie schrieb etwas auf ein Formular.

Dann gingen sie einen Raum weiter. Auch dort wartete ein dunkelhäutiger Mann mit unsympathischen Zügen. In einem seiner Schuhe steckte eine Beinprothese aus Metall. Man konnte den mechanischen Knöchel sehen.

»Ich … ich glaube schon«, sagte Michelle unsicher.

»Sind Sie *sicher*?«, fragte Meißen.

Michelle schüttelte den Kopf. »Nein. Es war dunkel. Ich habe ihn nicht deutlich gesehen. Sein Gesicht fast gar nicht. Ich weiß, der Mann, der mich … er hatte ein Holzbein.« Ihre Stimme zitterte. »Aber … also, es passt, er könnte es sein, er *muss* es sein, aber … ich kann es nicht mit absoluter Sicherheit sagen.«

Wieder machte Meißen eine Notiz. Michelle fühlte sich verraten. »Sie müssen mir glauben!«, sagte sie – und schämte sich dafür, wie Mitleid heischend sie klang.

»Ich glaube Ihnen«, sagte Meißen mit einer Sanftheit, die Michelle ihr gar nicht zugetraut hätte. »Ich glaube Ihnen sogar eher, weil Sie zugeben, dass Sie sich nicht sicher sind. So ist es nämlich in Wirklichkeit. Und außerdem habe ich Respekt davor, dass Sie ehrlich sind, auch wenn es für Sie leichter wäre, zu lügen.«

Michelle wusste nicht, was sie sagen sollte. »Danke«, sagte sie schließlich.

»Ich würde Ihnen raten, nach Hause zu fahren«, schlug Meißen nun vor. »Solche Vernehmungen ziehen sich erfahrungsgemäß lange hin. Wir wollen sie dazu bewegen, sich gegenseitig zu belasten. Wir wollen sie wegen des Exmannes … -partners … Ihrer Mutter drankriegen. Und Ihretwegen. Und wir wollen herausfinden, was sie sonst noch auf dem Kerbholz haben.«

»Und was ist mit Sarah?«, fragte Michelle besorgt. »Vielleicht … vielleicht ist sie verletzt, wird irgendwo gefangen gehalten …«

»Das ist unsere erste Priorität. Glauben Sie mir, wir tun alles, was möglich ist. Sie helfen uns jetzt am meisten, wenn Sie für sich selbst sorgen und Paul und mich unsere Arbeit tun lassen. Wir informieren Sie, sobald es Neues gibt. Bis dahin … ich kann Ihnen die Telefonnummer einer Seelsorge geben, wenn Sie möchten.«

»Danke«, sagte Michelle und ließ sich die Nummer aufschreiben, obwohl sie sicher war, nie im Leben Gebrauch davon zu machen.

108

Michelle rief ihre Mutter an. »Kannst du mich abholen?«

Dann setzte sie sich auf die Bank vor das Polizeipräsidium.

Es war eigentlich ein schöner Tag. Nicht zu kalt, nicht zu warm. Eine sich stetig vergrößernde Schäfchenherde am Himmel. Die Baumwipfel des Stadtparks hinter den Häusern. Das für später angesagte Gewitter war bereits zu ahnen, aber noch nicht zu fühlen. Der Verkehr auf der Hindenburgstraße für die Tageszeit moderat.

Sie starrte vor sich hin.

Es war nicht der Sex, der sie so aus der Bahn warf. Sex mit Männern, die sie nicht mochte … das war ihr Job. In dieser Hinsicht waren die beiden im Grunde nur Zechpreller.

Sie schloss die Augen. Bilder zuckten über die Innenseiten ihrer Lider.

Es war der Kontrollverlust.

Sonst war immer sie diejenige, die alle Fäden in der Hand hielt. Sie wurde bezahlt. Sie akzeptierte einen Freier oder lehnte ab. Sie hatte sich für ihren Job entschieden. Sie weigerte sich, noch um ihren Vater zu trauern. Sie war allein verantwortlich dafür, wer was über sie wusste. Sie entschied, wem sie was anvertraute, wem sie sich öffnete, wen sie auf Abstand hielt.

All das war ihr in der letzten Nacht gewaltsam genommen worden. Das Gefühl, ihr Leben selbstbestimmt zu leben. Einfluss zu nehmen, Entscheidungen zu treffen.

Michelle hatte das Gefühl, zu schweben, irgendwo zwischen oben und unten, zwischen Gestern und Morgen, im Niemandsland.

Ein Lieferwagen fuhr vorbei, ein alter roter Käfer, ein silberner Mercedes. Auf einmal zuckte ihr Kopf herum. Den Sound kannte sie! Das war ein …

Am Rand der Einfahrt zur Tiefgarage des Polizeipräsidiums hielt ein Porsche. Ein 928 in Braun, genau wie ihrer. In die Freude mischten sich sofort Schmerz, Trauer. Ihr schönes Auto stand immer noch auf dem Werkstattparkplatz. Wartete auf Geld.

Sie starrte den Wagen an. Das zeitlose Chassis. In den Siebzigern ein Wunderwerk der Technik. Heutzutage Kult, auch wenn angeblich nur Ersatzteile für den Spaceshuttle teurer waren als Elektroniknachschub für die späte GTS-Variante des 928.

Das Auto war ihr so vertraut. Eine seltene Schönheit, sozusagen ein Reh im Wald der Großstadt. Es war ihrem eigenen unglaublich ähnlich. Die eleganten Klappscheinwerfer, die nach hinten in die Kotflügel versenkt wurden. Die für einen Porsche selbst damals schon ungewöhnliche Länge und Breite … einziger zum »Auto des Jahres« gewählter Sportwagen aller Zeiten, 1978 … dazu das wohlbekannte tiefe Schnurren des zweihundertvierzig PS starken Achtzylinders, sogar die Leichtmetall-Lochscheibenräder im Telefonwählscheibendesign …

Einen Wagen zu sehen, der ihrem eigenen dermaßen ähnelte, erschien ihr einerseits als gutes Omen, andererseits war es fast unerträglich schmerzhaft. Ihr Vater hätte seinen kleinen Liebling nie so lange unrepariert herumstehen lassen.

Die Fahrertür ging auf, und ihre Mutter stieg aus. Michelles Mund öffnete sich entgeistert, aber sie brachte kein Wort heraus.

Monika strahlte sie über das Wagendach hinweg an. Dann schlug sie die Tür zu und kam zu Michelle. »Ich dachte, du freust dich, wenn ich …?«, sagte sie unsicher.

Jetzt erst begriff Michelle, was sie sah, was geschehen sein musste. Sie sprang auf, umarmte ihre Mutter und drückte sie so fest, dass sie leise quiekte. »Danke, danke, danke, danke!«, murmelte sie. »Danke!«

»Ich wollte … weil du doch …«, sagte Monika. »Du warst so nett zu mir, als ich bei Raimund … und da dachte ich, du freust dich, wenn ich …« Sie nickte in Richtung des Wagens, Michelles einzigem Erbstück von ihrem Vater.

»Aber wie … wovon …?«

Das merkwürdige Gefühl des Schwebens wurde nicht besser durch den Anblick ihres Traumwagens.

»Ich hatte sowieso noch Kontovollmacht«, sagte Monika nüchtern. »Deshalb musste ich nicht auf den Erbschein warten.«

»Oh. Mann. Danke! Danke, danke, danke!«

Und wie ironisch, dass jetzt am Ende ausgerechnet Raimund die Reparatur des Autos der Tochter seiner Exlebensgefährtin bezahlt hatte, in dem deren erster Mann sich das Leben genommen hatte.

Oder war es vielleicht nicht Ironie, sondern ausgleichende Gerechtigkeit?

Michelle sank auf die Bank zurück und starrte verliebt ihr Auto an.

Monika setzte sich neben sie und drückte ihr den Schlüssel in die Hand. »War ein bisschen unheimlich, das Ding zu fahren«, gab sie zu. »Zu viele Erinnerungen an …«

Sie sprach Wolfgangs Namen nicht aus.

Michelle lächelte und drückte ihre Mutter an sich. »Danke«, sagte sie noch einmal. »Danke.«

Ein paar Minuten saßen sie einfach nur nebeneinander, und alles war gut.

Dann hielt ein Bentley am Straßenrand, und ein Mann im dunklen Anzug stieg aus. Michelle war geübt darin, Männer einzuschätzen. Und bei dem hier war auf den ersten Blick zu sehen, dass er Anwalt war. Einer von denen, die sich für unverwundbar hielten und davon ausgingen, dass ihnen die Welt zu Füßen liegen sollte.

Kleine Schwänze machten gute Advokaten.

109

Paul Hinnerken wurde langsam mutlos. Die Brüder waren nicht zu knacken. Sie hielten dicht und verlangten bloß nach ihrem Anwalt.

Auf den Vorwurf der Vergewaltigung hatten sie mit Schweigen reagiert. Die Information, dass ihr Opfer sie identifiziert hatte, führte zu spöttisch hochgezogenen Brauen. Hinnerken wusste auch, dass sie jetzt erst mit dem DNA-Test weiterkämen, wenn überhaupt. Die Ärztin hatte zwar Sperma sicherstellen können, aber die Auswertung würde einige Tage in Anspruch nehmen. Mindestens. Und für eine DNA-Probe der Verdächtigen, die zum Vergleich notwendig war, brauchten sie einen richterlichen Beschluss. Den würden sie zwar bestimmt bekommen – aber wann?

Und es würde nicht mehr lange dauern, dann stand der Anwalt auf der Matte. Dem es sicher ein Leichtes sein würde, Michelle als Zeugin zu diskreditieren. Schlechter Ruf gleich unglaubwürdig. Paul kannte das Spielchen zur Genüge. Er beschloss, die Taktik zu wechseln.

»Das sind Sie und Ihr Bruder«, sagte er und klatschte einen Fotoabzug auf den Tisch. Zwei Gestalten – vermutlich Männer – nachts in schwarzen Hoodies im dunklen Garten.

Die Kollegen in der Technik hatten alles gegeben, um die Gesichter aufzuhellen. Es war nicht auszuschließen, dass es sich bei den Männern auf dem Foto um die Männer in ihrem Gewahrsam handelte. Konnte sein, musste aber nicht.

Aber Hinnerken war sicher, dass sie es waren. Dazu kam das

Grinsen seines Gegenübers. Diese Typen waren Arschlöcher, die jede Gelegenheit nutzten, sich selbst die Hände schmutzig zu machen. Aber seine Erfahrung und Menschenkenntnis war noch lange kein Beweis.

Svenja biss sich einen Raum weiter an dem anderen Bruder die Zähne aus.

Der Mann ihm gegenüber betrachtete das Foto, zuckte dann mit den Achseln. »Könnte jeder sein«, brummte er.

Die Kapuzenjacke auf dem Foto trug ein undeutliches Wappenlogo auf der Brust. Genau wie die des Mannes, der vor Hinnerken saß.

Ihm blieben vielleicht noch fünf bis zehn Minuten, bis der Anwalt aufkreuzte.

Es klopfte an der Tür. Hinnerken winkte den Kollegen weg, ohne sich umzuschauen. Die Uhr tickte.

Aber es klopfte wieder, dringlicher.

Sein Gegenüber grinste schon fast.

Er stand auf und ging zur Tür. »Was?«

Draußen ein junger Kollege aus der Sitte, Handy in der Hand, blass. »Schmidt«, sagte er und hielt Hinnerken den Hörer hin. Schmidt leitete die Durchsuchung des Lagerhauses im Hafen, in dem Michelle … er wollte nicht daran denken.

»Ja?!«, bellte Hinnerken ungeduldig.

Schmidt fasste sich kurz. »Hat eine Weile gedauert. Aber wir haben einen versteckten Eingang gefunden. Der Grundriss passte nicht. Da fehlten zehn Meter. Und in denen sind Zellen drin. Mit Matratzen. Wir haben zwei junge Mädchen gefunden, einen Jungen. Das ist ein illegaler Puff, würde ich sagen. Mit Minderjährigen. Sie sind so verschüchtert, dass sie nicht mit uns reden. Wir haben schon Sozialarbeiter angefordert. Die Zellen befinden sich offiziell nicht im von den Inhaftierten gemieteten Teil. Aber ich bin sicher, es ist deren Werk.«

Die Aufzugtüren öffneten sich. Wiemann betrat den Flur.

»Ich kümmere mich darum«, sagte Hinnerken. »Danke.« Er reichte dem Kollegen das Handy.

Wiemann kam gelassen auf ihn zu. Der Anwalt und Hinnerken sahen einander in die Augen. Das Duell hatte begonnen.

»Ich fordere Sie auf, meine Mandanten unverzüglich freizulassen«, tönte Wiemann. »Außerdem hat ab sofort bei allen etwaigen weiteren Gesprächen anwaltlicher Beistand zugegen zu sein.«

Hinnerken legte die Arme über Kreuz und wartete einen Moment, bis der Anwalt zum Stillstand gekommen war. In seinem Kopf rasten die Gedanken, er versuchte die möglichen Verbindungen herzustellen, ohne es sich anmerken zu lassen.

»Aha«, sagte er daher kühl. Er beschloss, auf einen Überraschungsangriff zu setzen.

»Was wissen Sie über den Betrieb eines illegalen Bordellbetriebes in einem über Ihre Kanzlei vermittelten Gebäude auf dem Hafengelände?«, griff er Wiemann frontal an.

Es war nur ein Lidschlag, kaum zu sehen. Der Anwalt verschloss für den Bruchteil einer Sekunde die Augen vor der Wahrheit. Da merkte Hinnerken, dass sein Instinkt ihn nicht im Stich gelassen hatte. Der Anwalt steckte in der Sache mit drin. Hinnerken hatte den Hebel an der richtigen Stelle angesetzt. Nun musste er nur geduldig sein.

»Nichts«, entgegnete Wiemann geschmeidig. Dann leierte er professionell herunter: »Aber wenn Sie offizielle Ermittlungsergebnisse vorliegen haben, werden wir selbstverständlich zeitnah zu allen Fragen kooperativ Stellung nehmen. Bis dahin ersuche ich Sie jedoch erneut, unsere Mandanten freizulassen. Sie haben sich nichts zuschulden kommen lassen.«

Hinnerken lachte auf. »Das glauben Sie doch selber nicht«,

platzte er heraus. Dann wurde er wieder ernst. »Aber darum geht es ja auch nicht«, gab er zu. »Kommen Sie.«

Er öffnete die Tür zu dem Vernehmungszimmer, das er vor Kurzem verlassen hatte. Wiemann zögerte, dann trat er ein.

Milo und der Anwalt nickten einander zu.

Hinnerken kam nach, zog die Tür zu. Rückte dem Anwalt den Stuhl, den er eben benutzt hatte, auf die Seite des Mandanten. Er selbst blieb stehen. Den Gegner kleinmachen, emotional in die Defensive manövrieren.

Wegen des illegalen Bordells würden sie die beiden mit Sicherheit drankriegen. Es war nur eine Frage der Zeit. Er kannte die Kollegen – sie würden eines der Kinder schon zum Reden bringen.

Aber das nützte ihm jetzt nichts. Momentan blieben ihm nur Michelles Vergewaltigung und der Mord an Krämer. Er wollte Michelle schützen, wenn irgend möglich, und ihm war auch klar, dass der Anwalt es in der Sache am leichtesten hatte.

Waren sie voreilig gewesen?

Nein, entschied er, sie hatten handeln müssen – und schon allein die Entdeckung des Kinderpuffs rechtfertigte ihr Eingreifen! Aber wie konnte er Wiemann und seine Schützlinge effektiv in die Enge treiben?

»Wir haben Fotobeweise, dass Ihr Mandant sich in der Nacht von vergangenen Samstag auf Sonntag im Nachbargarten von Raimund Krämer befunden hat«, begann Hinnerken nun und schob dem Anwalt das Foto hin.

Der zog nur wortlos die gezupften Augenbrauen hoch, unterbrach aber nicht.

»Acht Minuten später ist ein scharfer Anstieg des Stromverbrauchs verzeichnet – dann sinkt der Verbrauch auf null. Die Sicherung ist herausgeflogen, weil jemand dem Hausherrn einen Föhn in die Wanne geworfen hat.«

Mittlerweile hörten Wiemann und Milo aufmerksam zu. Mehr nicht. Aber immerhin.

»Aber warum? Das ist die Frage. Warum sollte jemand das tun? Darauf hat Ingolf Teschke eine Antwort. Er behauptet, über Sie« – Hinnerken deutete direkt auf Wiemann – »Geld investiert zu haben. Ungewöhnlich lukrativ. Und natürlich an der Steuer vorbei. Das haben Sie ja schon einmal abgestritten. Er sagt, von diesem Geld würden unter anderem Sexfilme gedreht. Einmal war er sogar bei einem Dreh dabei, wohl als Belohnung und um ihn bei der Stange zu halten. Er hat zugegeben, danach Geschlechtsverkehr mit der Hauptdarstellerin gehabt zu haben. Davon mag man halten, was man will, aber es ist nicht strafbar – außer vielleicht als Steuerhinterziehung.«

Wiemann nickte langsam. Immerhin: Er wirkte auf Hinnerken nicht mehr ganz so großkotzig wie zuvor.

Der Anwalt schwieg, das war ein gutes Zeichen.

»Aber dann geschehen zwei sehr merkwürdige Dinge. Erstens erhält Ingolf Teschke eine DVD mit einem Werbetrailer für einen Film von einer Firma namens ›eXXXtrem geiiil‹. Ein ziemlich ekelhaftes Ding, in dem eine Frau brutal ermordet wird.« Er schüttelte unwillkürlich den Kopf. »Die gibt er weiter an seinen Freund Raimund Krämer, den er überredet hat, ebenfalls Geld in die Sache zu stecken.« Hinnerken sah Wiemann an. »Für mich hört sich das übrigens verdammt nach einem Schneeballsystem à la Harksen oder Madoff an. Wir werden sehen.«

»Ich verbitte mir jede …«, setzte Wiemann an.

»Sie hören jetzt erst mal weiter zu. Ich habe nämlich noch nicht mal angefangen, Vorwürfe zu erheben. Bislang spreche ich von Wirtschaftskriminalität, das ist mir persönlich, ehrlich gesagt, ziemlich egal. Darum können sich die Kollegen kümmern, wenn sie wollen. Aber was jetzt passiert, ist interessant. Teschke informiert – angeblich, ich weiß, ich weiß – Sie« – Blick auf Wiemann – »darüber, dass Krämer sein Geld wiederhaben will. Sie sagen – angeblich, geschenkt –, Sie sagen also angeblich, so läuft das nicht. Krämer hat gedroht, mit dem Filmchen zur Polizei zu gehen. Und Teschke hat sein Investment hinter Krämers Rücken aus den Geldern der gemeinsamen Firma zwischenfinanziert. Er fürchtet, wenn in der Sache ermittelt wird, fliegt er auf und verliert seinen Job. Aus lauter Angst kehrt er nach Einbruch der Dunkelheit zurück und stiehlt Krämer das Beweismaterial – die DVD.«

Hinnerken machte eine Pause, stützte die Hände auf den Tisch, sah die beiden Männer an. Milo Knezevic schaute gleichgültig und ungerührt. Wiemann hingegen wirkte immerhin leicht angeschlagen, seine Mundwinkel waren erkennbar verspannt.

»Aber das reichte nicht. Oder Sie wussten nichts davon. Für Sie war Krämer eine Zeitbombe. Der Snuff-Film. Das Bordell im Hafen. Die faulen Investments. Sie konnten ihn nicht einschätzen, aber Sie waren sicher nicht wild darauf, aufzufallen. Deswegen war es besser, ihn gleich auszuschalten. Und wer sein Geld mit Gewaltpornos und Prostitution Minderjähriger verdient, ist in so einer Situation dann auch nicht mehr zimperlich.«

Wiemanns Gesicht war nun wie eine Maske, er wäre ein ausgezeichneter Pokerspieler.

Hinnerken hatte zwar das Gefühl, richtigzuliegen, aber er bekam kein Feedback.

Seine einzige Chance bestand darin, Glück mit Chuzpe zu kombinieren.

»All das hätte vielleicht sogar geklappt, wäre da nicht Sarah gewesen.«

Wiemann sah Milo an. Milo sah Wiemann an.

Beide schienen den anderen fragen zu wollen, wovon der Polizist redete.

Diese erste Reaktion auf Hinnerkens Monolog war überhaupt nicht so, wie er erwartet hatte. Er zögerte kurz, aber ihm blieb nichts anderes übrig, als weiterzusprechen. Obwohl er auf einmal fürchtete, sich verrannt zu haben und gerade einen großen Fehler zu begehen.

»Der Film, über den Raimund Krämer sich so aufgeregt hat …«, fuhr er fort, »dafür brauchten sie eine Darstellerin. Die haben Sie auf offener Straße gekidnappt. Sarah Bakker.« Hinnerken sprach immer schneller, als würden etwaige Fehler in der Geschichte, die er vortrug, dann nicht auffallen. »Teschke hat uns die DVD des Films zur Verfügung gestellt, und es ist schon auf den ersten Blick klar, dass es sich um dieselbe junge Frau handeln könnte.«

Bei der Verwendung des Konjunktivs leuchtete das Gesicht des Anwalts instinktiv auf. *Könnte!*

»Ich rate Ihnen dringend, mit uns zu kooperieren – und wenn es die Möglichkeit noch gibt, uns mitzuteilen, wo wir Sarah finden können. Das wird auf jeden Fall strafmildernde Auswirkungen haben. Und …«

Wiemann hatte wieder zur Form zurückgefunden, auch sein Gesicht war nicht mehr blass. Irgendwo musste Hinnerken mit seinen Vermutungen und Mutmaßungen falsch abgebogen sein.

Aber wo?

»Ich denke, wir sollten dieses äußerst fantasievolle Gespräch an dieser Stelle beenden«, unterbrach ihn der Anwalt und strich sich selbstzufrieden über den Schlips. Darauf waren kleine runde Symbole zu sehen, möglicherweise Totenköpfe. Wie subversiv. »Ich darf Ihnen versichern, weder meine Mandanten noch ich haben Kenntnis vom Aufenthaltsort dieser … wie war noch der Name? Sarah …«

Hinnerken sagte nichts. *Lass ihn strampeln.*

Aber Wiemann blieb ruhig. Er war jetzt wieder in seinem Element. »Und soweit ich informiert bin, ist es auch nicht verboten, Vorschauen für Filme zu drehen, die es gar nicht gibt. Sofern Sie also nicht noch mehr Lach- und Sachgeschichten auf Lager haben, möchte ich Sie bitten, uns unverzüglich gehen zu lassen.«

»Nuuuuun«, sagte Hinnerken langgezogen, um Zeit zu schinden, während seine Gedanken sich überstürzten. Was sollte das heißen, eine Vorschau für einen Film, den es gar nicht gab? »Ich kann mich nicht erinnern, *Sie* hergebeten oder verhaftet zu haben. Und was Ihre Mandanten angeht, so ist das in diesem Land immer noch Sache der Richter.« Dann legte er nach. »Aber wo wir hier schon so gemütlich beisammensitzen, was soll das heißen: Den Film gibt es nicht?«

Er war versucht, noch mehr Fragen zu stellen. Ließ es aber und schuf Raum für die offensichtliche Eitelkeit seines Gegenübers.

Wiemann biss auch sofort an.

»Sie haben den Clip gesehen?«

Hinnerken nickte.

»Mehr gibt es nicht. Das mag für die Konsumenten enttäuschend sein. Aber illegal ist es nicht.«

Hinnerken runzelte die Stirn.

»Sie wissen, dass es einen kleinen, aber feinen Markt gibt für derartige Videos.« Wiemann hörte sich jetzt an, als würde ein gutmütiger Vater zum dreißigsten Mal erklären müssen, wie man sich die Schuhe zubindet.

Hinnerken nickte. Worauf wollte der Mann hinaus? Er hatte das Gefühl, vorsichtig sein zu müssen. Bloß nichts Falsches sagen, um diesen Schurken die Gelegenheit zu geben, ihren Hals aus der Schlinge zu ziehen.

»Was glauben Sie, müssen Sie dafür zahlen, dass ein Mädchen gefoltert wird? Gequält? Verletzt – oder eben sogar getötet?«

Hinnerken schnitt eine Grimasse. Wiemann hörte sich jetzt beinahe herausfordernd an. Das war entweder eine verdammt gute Farce, oder er wiegte sich wirklich in Sicherheit.

»Viel«, knurrte Hinnerken. »Zu viel.«

Der Anwalt nannte eine Zahl, für die andere Menschen in Urlaub fuhren. Mit der ganzen Familie. Fünf Sterne, all-inclusive.

Hinnerken schüttelte den Kopf. Wahnsinn.

»Angebot und Nachfrage«, dozierte Wiemann. »Die Produzenten gehen ein hohes Risiko ein. Entsprechend hoch sind die Preise. Da wäre es doch wohl als Schnäppchen anzusehen, wenn Sie einen derartigen Fetischfilm für nur zweihundertneunundneunzig Euro bestellen können. Oder?«

Hinnerken holte tief Luft. »Wenn Sie es sagen.«

»Aber wenn Sie das tun, wenn Sie einen Trailer sehen, der Ihnen gefällt, der Sie anmacht, der Ihre dunklen Lüste kitzelt – Gewalt, Blut, Tod – und der Film ist nur heute im Angebot, und Sie bestellen ihn, aber er kommt nie … und von Ihrer Kreditkarte oder Ihrem anonymen Bitcoins-Konto wurden einmalig lumpige zweihundertneunundneunzig Euro abgebucht … würden Sie dann wirklich zur Polizei gehen und Anzeige gegen unbekannt erstatten? Ich glaube kaum. Und die Webseiten, über die solche Transaktionen abgewickelt werden, sind auch nicht Amazon … ›Ware top, Verpackung okay, Postbote unfreundlich, drei Sterne.‹ Ha! Ja, es gibt Foren für diese Leute, aber es dauert ewig, bis sich News dort ausbreiten.« Mit stolz vorgerecktem Kinn saß er da.

Dann, als fiele es ihm jetzt erst ein, fügte er hinzu: »Ich meine, *wenn* jemand das machen würde, wäre es sicher erfolgreich. Und *falls* jemand Anzeige erstattet, müssten Sie auch ermitteln. Aber *bis* eine Beschwerde vorliegt, ist das natürlich alles nur ein Planspiel, ein Gedankenexperiment. Was wäre, wenn? Wäre es eigentlich verboten, einen Hammer-Trailer zu machen, bei dem jeder denkt, das Mädchen stirbt, obwohl nur eine Menge Ketchup verspritzt wird? Das ist meines Erachtens fast schon eine philosophische Frage. Denken Sie mal drüber nach.«

Sein Handy piepste. Er nahm es nicht einmal aus der Tasche. »Aber wie auch immer«, endete Wiemann, »ich denke, für heute ist unsere gemeinsame Zeit abgelaufen.«

Gerade als Hinnerken ihm energisch widersprechen wollte, klopfte es. Ein Bürobote mit einem versiegelten Umschlag. Ein eiliger Gerichtsbeschluss.

Hinnerken ahnte schon, was darin stand. Er riss den Umschlag auf, überflog die Zeilen.

Sah auf.

Wiemann grinste unverhohlen.

Hatte er mit seiner wilden Story nur Zeit geschunden und ihn hingehalten, bis die Aussetzung des Haftbefehls gegen Kaution kam? Oder stimmte die Geschichte?

»Diese Runde geht an Sie«, sagte Hinnerken. Es sollte wie eine Drohung klingen, aber der Anwalt erhob sich nur geschmeidig, streckte ihm die Hand hin und sagte eiskalt: »Sind Sie sicher, dass Sie überhaupt noch im Spiel sind?«

110

»Hammer. Er schaltet jetzt sogar besser. Das ist einfach der Hammer. Danke!«

Michelle war mit ihrer Mutter eine Testrunde um die Büroblöcke der City Nord gefahren. Jetzt näherten sie sich vom Brabandkanal kommend wieder ihrem Ausgangspunkt.

Eine fette schwarze Limousine blockierte die rechte Spur. Michelle wollte gerade nach links wechseln, als der Anwalt, den sie vorhin hatte kommen sehen, aus der Tür des Gebäudes trat, gefolgt von den beiden Männern, die sie vor wenigen Stunden noch …

Hart trat sie auf die Bremse, sodass Monika in den Sicherheitsgurt gepresst wurde.

Sie hatte es gewusst. Sie hatte gewusst, dass es so enden würde. Genau deswegen erstatteten Vergewaltigungsopfer keine Anzeige. Deswegen traute kein Mensch mehr der Polizei. Weil die Täter doch nur wieder freikamen – und natürlich als Allererstes dafür sorgten, dass mögliche Zeugen gegen sie zum Schweigen gebracht wurden.

Noch konnten sie nicht wissen, wer sie war. Aber Michelle war sicher: Wer so einen Wagen fuhr und solche Typen dermaßen schnell raus bekam – für den war es ein Kinderspiel, sie zu identifizieren. Wahrscheinlich stand sogar noch ihre Schuhgröße in der Polizeiakte. Sie dachte an Eikes Recherchen und bekam Gänsehaut.

Das passierte, wenn man sich von Emotionen leiten ließ. Sie war labil gewesen, als sie sich Paul anvertraut hatte.

Er hätte sie schützen sollen. Er hatte sie schützen wollen. Aber es war ihm nicht gelungen. Und jetzt war sie in Gefahr.

Monika sah erstaunt zu ihr herüber, sagte aber nichts.

Michelle wartete, bis alle drei in den Wagen gestiegen waren. Dann folgte sie dem Bentley.

Sie fuhren weder Richtung Hafen noch in die Innenstadt, wo ein derartiger Anwalt vermutlich sein Büro hatte, sondern nahmen Jahnring und Habichtstraße Richtung Barmbek. Roter Backstein. Dann kreuzten sie die Bramfelder, fuhren vorbei am Alten Teichweg, bogen schließlich in den Friedrich-Ebert-Damm ein. Merkwürdig! Aus dem Wohnviertel wieder ins Gewerbegebiet. Ein Autohändler nach dem anderen, VW, Mercedes, BMW, ein Kaufland, ein Kino. Vodafone, Ford, Mazda.

»Wo wollen die denn hin?«, murmelte Michelle. »Nach Berlin? Oder Richtung Ostsee, Dänemark?«

Der Bentley beschleunigte mit der Trägheit eines Panzerwagens.

Michelle schoss an dem Angeberauto vorbei, überholte noch einen weiteren Wagen, ordnete sich dann wieder rechts ein. Sie musste sich nur rechtzeitig vor dem Autobahnzubringer wieder zurückfallen lassen.

Monika hielt sich mit beiden Händen an ihrem Sitz fest.

»Was sind denn das für Leute?«, fragte sie schließlich. »Und warum fahren wir ihnen hinterher?«

Beinahe hätte Michelle ihre übliche Ausrede verwendet: Versicherungsangelegenheit, Betrugsfall. Aber dann überlegte sie es sich anders. Ihre Mutter hatte es nicht verdient, angelogen zu werden. Im Gegenteil. Sie hatte es verdient, die Wahrheit zu erfahren.

Außerdem wäre lügen viel zu aufwendig. Und die Chance, aufzufliegen, war zu groß.

»Die beiden Typen«, erklärte Michelle, ohne den Blick vom Rückspiegel zu lösen, »sind diejenigen, die Raimund den Föhn in die Wanne geschmissen haben. Aber irgendwie hat der Anwalt, in dessen Wagen sie da sitzen, es geschafft, sie rauszuholen. Vielleicht ganz, vielleicht auf Kaution, ich weiß es nicht. Aber ich bin sicher, die haben was vor.«

»Und was machen wir, wenn wir wissen, wo sie hinwollen?«, fragte Monika.

Michelle war überrascht, wie cool ihre Mutter blieb. Sie warf einen Blick zu ihr hinüber. Monikas Lippen waren aufeinandergepresst, ihr Blick klebte an dem schwarzen Bentley im rechten Außenspiegel.

111

Der Bentley fuhr am Einkaufszentrum Farmsen vorbei. Im Inneren des Wagens herrschte angespannte Stille. Der Himmel war jetzt dunkelgrau.

Was getan werden musste, war klar.

Den Plan für diesen Tag hatten sie schon vor Jahren beschlossen.

Es waren immer die Kleinigkeiten, die Riesen zu Fall brachten. Der dämliche Cutter hatte das Logo von »eXXXtrem geiiil« vor den Trailer geschnitten. Und niemand hatte die DVDs für die Investoren überprüft.

Wiemann wusste nicht, ob das Mädchen noch am Leben war. Vermutlich schon. Aber er wusste, wenn die Kollegen auf der anderen Seite des Gesetzes ihn und die Knezevices erst mal unter die Lupe nahmen, wäre alles aus. Der Kinderpuff im Hafen. Der Kerker-Livestream. Die Folterfilme.

Wenig Arbeit, gutes Geld.

Es war schon richtig gewesen, Krämer plattzumachen.

Aber wie waren die Bullen nun eigentlich auf sie gekommen? Wer war diese Sarah, von der dieser Kripo-Kotzbrocken geredet hatte?

Wiemann hatte sein Handy herausgezogen und blätterte durch seine E-Mails. In Wahrheit dachte er nach. Er war der Einzige der vier Wageninsassen, der eine Wahl hatte.

Der Fahrer würde den Nachmittag nicht überleben.

Milo und Miran würden die Nacht in dem Versteck verbringen, morgen unter neuem Namen nach Griechenland aufbrechen. Die Server wären ein paar Tage offline, damit musste man leben, dann würden sie sich dort einen neuen Standort suchen.

Er hatte stets behauptet, mit ihnen gemeinsam fliehen zu wollen, wenn es je so weit käme. Aber er hatte gelogen. Er wusste, er konnte ihnen nicht trauen.

Warum sollte er sein Leben an der Alster zurücklassen, um in einem zugigen Loch in Griechenland auf Millionen zu warten, die er hier schon längst hatte?

Er würde sich rausreden können. Als Anwalt wusch er seine Hände in Unschuld. Hatte von nichts gewusst!

Ihm war klar, sobald die Brüder begriffen, dass er nicht mitkam, war er ein toter Mann. Tatsächlich hatte er nie ernsthaft damit gerechnet, dass es wirklich so weit kommen würde. Dass er sich entscheiden müsste. Er, der Planer, der Drahtzieher, der Manipulator hatte den wichtigsten Schritt von allen nicht geplant: seinen eigenen Ausstieg.

Er hatte keine Waffe bei sich. Im Wagen waren sicher welche versteckt, aber er konnte schlecht danach fragen.

Was sollte er tun?

Sein Blick wanderte nach draußen. Menschen schoben sich über die Bürgersteige, drängten sich aneinander vorbei. Mütter mit Kinderwagen, Schüler mit ihren absurd riesigen Ranzen. Jeder nur ein Hindernis für die anderen.

Schließlich entschied er sich für die einfachste Lösung. Als er an der Ecke einen McDonalds entdeckte, sagte er: »Ich muss auf die Toilette.«

Der Fahrer nickte und setzte den Blinker.

Wiemann stieg aus und betrat das Fast-Food-Restaurant. Es roch nach Frittenfett und Reinigungsmitteln. Er ging geradewegs an den Toiletten vorbei, schlängelte sich durch die Küche zum Hinterausgang, ohne jemand anzusehen, und verließ so schnell es möglich war das Gebäude. Vorsichtig bahnte er sich den Weg zwischen Müllcontainern und Büschen hinter dem Haus, zwängte sich zwischen zwei Zaunpfählen hindurch auf das Nachbargrundstück, ging eine Auffahrt hinunter, bog nach rechts in die nächste Wohnstraße ein.

Sie würden sicher noch ein paar Minuten warten. Und selbst wenn sie jetzt schon misstrauisch wurden und nach ihm suchten, würden sie ihn nicht mehr finden.

Er setzte darauf, dass sie sich lieber selbst retten, als in die Stadt zurückkehren und sich an ihm rächen würden. Er ging weiter, im Zickzack immer weiter. Hauptsache weg.

112

Milo sah auf die Uhr. Dann schaute er seinen Bruder an.

Dass Wiemann einknickte, war immer ein Risiko gewesen.

Er stieg aus, durchquerte das Restaurant, öffnete die Tür zur Herrentoilette. Überprüfte die Kabinen. Alle leer.

Wütend riss er den Papierkorb aus der Verankerung und schleuderte ihn auf den Boden.

Dann kehrte er in den Wagen zurück. »Weiter«, herrschte er den Fahrer an. Seinem Bruder musste er nicht erst erklären, was geschehen war.

Er zog das Handy heraus und ging im Geiste seine Optionen durch. Dann schickte er eine SMS: »Jens Wiemann«, es folgten die Kanzlei- und die Privatadresse des Anwaltes sowie der Preis für die Erledigung der Aufgabe. Fünftausend Euro.

Senden. Erledigt.

Er lehnte sich zurück. In einer Dreiviertelstunde wären sie auf der Autobahn. In einem anderen Wagen, unter neuem Namen. Solange sie sich an die Geschwindigkeitsbegrenzung hielten, konnte ihnen nichts geschehen.

Die Server würden achtundvierzig Stunden offline sein, vielleicht länger. Ärgerlich, das kostete sie ein wenig Geld. Aber nicht zu ändern.

Morgen um diese Zeit waren sie bereits in Griechenland. Innerhalb der nächsten zwei Tage sollten sie eine neue Basis finden können.

Der Himmel zog zu, und ein kalter Wind begann zu wehen, als wollte die Stadt ihrerseits sie auch nicht mehr haben.

113

»Was wird das, eine Stadtrundfahrt?«, brummte Michelle. Wenn sie Sicherheitsabstand ließ, hatte sie Mühe, den Bentley nicht aus den Augen zu verlieren. Blieb sie zu nah dran, würde ihr Porsche früher oder später auffallen.

Sie wusste nicht, wo der Anwalt hin war. Aber im Zweifelsfall wollte sie lieber die Täter im Auge behalten als ihren Handlanger.

Die Bargteheider Straße lag bereits hinter ihnen, seit fünf Minuten fädelten sie sich durch immer schmaler werdende Wohnstraßen. Ein gewachsenes Viertel: Hier waren die Häuser von mittlerer Größe, die Auffahrten schon protziger, und für das Gartentor war schließlich richtig viel Geld da gewesen.

»Wo sind wir?«, fragte sie ihre Mutter. »Ich bin hier noch nie gewesen.«

»Rahlstedt«, entgegnete Monika ganz ruhig. »An der Grenze zu Farmsen.«

Dagegen versprühte Iserbrook, wo Monika mit Raimund gewohnt hatte, ja eine geradezu weltstädtische Lässigkeit. Hier standen die Häuser so dicht an dicht, wie die Bauvorschriften es zuließen, und die Rasenflächen glichen Kressebeeten. Aber immer: Hecke und Jägerzaun, ganz wichtig!

»Dein Vater und ich haben uns hier mal Wohnungen angeschaut. Aber dann ist daraus doch nichts geworden.«

Was? Davon hörte Michelle jetzt zum ersten Mal.

Die Wolken waren mittlerweile von einem dunklen Grau, die Luft feucht und schwer. »Weißt du, ob sie auch die Scheibenwischblätter getauscht haben?«, fragte Michelle. »Sonst kriegen wir gleich ein Problem.«

Monika zuckte mit den Schultern. »Ich habe nur angerufen und gefragt, ob du mit ihnen besprochen hättest, was an dem Wagen zu machen ist. Und die meinten, sie wüssten Bescheid.«

»Also nicht. Na dann. Hoffen wir, dass die nicht mehr weit …« Michelle bog nach rechts ab und zuckte zusammen. Der dicke schwarze Wagen parkte fünfzehn Meter vor ihnen am Straßenrand. Der Fahrer war ausgestiegen und öffnete gerade die hintere Tür.

Sie konnte nicht vor und nicht zurück. »Scheiße, was mache ich denn jetzt?«, rief sie.

Monika schaltete überraschend schnell. »Die kennen dich, oder?«

Michelle nickte.

»Aber nicht dein Auto?«

Sie schüttelte den Kopf.

»Dann duck dich!« Monika packte vom Beifahrersitz aus das Lenkrad.

Michelle tauchte ab. Sie spürte, wie der Wagen nach links zog, um an dem Bentley vorbeizufahren. Hoffentlich gab sie nicht zu viel oder zu wenig Gas. In welchem Gang fuhren sie eigentlich?

»Gleich haben wir's«, sagte ihre Mutter. Dann, einen Atemzug und eine gefühlte Ewigkeit später: »So. Kannst hochkommen.«

Michelle schoss in die Senkrechte, packte das Lenkrad. Sie musste sich zwingen, sich nicht umzudrehen. »Wir parken um die Ecke«, sagte sie, und ihre Mutter nickte.

Sie stoppte hinter einem Minivan. Sprang aus dem Wagen, lief zurück zur Ecke. Ihre Mutter kam hinter ihr her.

Vorsichtig spähten sie in Richtung des Bentleys. Wie ein dicker Käfer hockte der Wagen fünfzig Meter von ihnen entfernt vor einer ungebremst wuchernden Thujenhecke am Straßenrand. Eine ältere Frau mit einem ungeduldigen Kleinkind an einer Leine kam ihnen eilig entgegen. Sonst war niemand zu sehen, keine Regung.

Das angesagte Gewitter schien unmittelbar bevorzustehen, und selbst die Vögel waren verstummt.

Saß der Fahrer noch im Wagen? Michelle konnte es nicht sicher sagen, aber sie hatte den Eindruck, dass der Frontsitz leer war.

Da hörte sie aus der Ferne einen Knall. Den ersten Blitz? Oder …

Erschrocken sah sie ihre Mutter an.

»Mich kennen sie nicht«, sagte die auf einmal. »Ich seh mir das mal an.« Ohne eine Antwort abzuwarten, marschierte sie los.

Michelle wollte nach ihr greifen, sie zurückziehen, sie beschützen. Und gleichzeitig war ihr klar, dass sie wissen mussten, was die Männer dort machten. War es Zeit, Paul um Hilfe zu rufen?

Sie öffnete die Nachrichten-App ihres Handys und rief schon die Sendemöglichkeit des eigenen Standortes auf.

Monika nickte der Frau mit dem Kind freundlich zu. Die nickte zurück. So machte man das offenbar in den Vororten. Ihre Mutter kannte sich aus.

Michelle sah zu, wie sie an dem Bentley vorbeiging, sich dann theatralisch vor die Stirn schlug, zum Himmel schaute und umkehrte. Michelle hielt den Atem an.

Unglaublich. Monika konnte also auch ganz anders.

»Das ist ein Baugrundstück«, berichtete Monika. »Da steht ein verfallenes altes Haus drauf. Fenster besprüht, Absperrband, der Rasen kniehoch. Das gibt's in diesen Gegenden häufiger. Die Erben können sich nicht einigen, der Preis ist zu hoch … alles verwildert. Den Nachbarn ist das ein Dorn im Auge, aber man kann nichts machen.«

»Und?«, fragte Michelle. »Vielleicht sind sie ja auch im Haus gegenüber und haben vor dem nur geparkt.«

»Glaub ich nicht. Gegenüber konnte ich in die Küche gucken, da war eine junge Frau am Kochen. Könnte doch sein, dass sie sich absichtlich so ein Haus ausgesucht haben, damit niemand genau hinguckt. Ist eine gute Tarnung, denke ich.«

Wo ihre Mutter recht hatte, hatte sie recht.

»Und jetzt?«

Monika packte sie am Arm. »Jetzt sehen wir uns das mal genauer an. Man kann bei diesen eingewachsenen Gärten immer irgendwie hintendurch reinschleichen. Bei uns sind auch mal Jugendliche durchgelaufen, die zu irgendeiner Party wollten. In den Hecken sind Lücken, die Zäune sind runtergetreten, weil man sich mal den Trennschleifer geliehen hat … das ist kein Problem!«

Michelle zögerte nur einen Moment. Dann schickte sie Paul eine Nachricht mit ihrem Standort und einem Foto des Bentleys am Straßenrand, schaltete das Handy auf stumm und folgte ihrer Mutter.

Die ging ungerührt, als wäre es ganz selbstverständlich, die erste Auffahrt hinunter, querte dann auf halber Höhe des Grundstücks in den Nachbargarten, der mittig durch eine Reihe kleiner kugelförmiger Buchsbäume von einem zweiten Haus auf dem hinteren Teil des Grundstücks abgegrenzt wurde. Hinter einigen ungepflegten Rhododendren trafen sie auf einen Maschendrahtzaun. Monika warf einen Blick zum Haus und folgte dann dem Zaun bis zur Grundstücksgrenze, wo sich ein Komposthaufen befand. Sie sah sich nach Michelle um und zeigte auf die Einfriedung des Komposts. Dann hielt sie sich auch schon an einem der Zaunpfosten fest, stellte einen Fuß auf die Umzäunung, zog sich hoch, hob das freie Bein darüber und ließ sich bei den Nachbarn ins Gemüsebeet sinken.

Michelle folgte ihr.

Nun waren zwischen ihnen und dem Abbruchhaus noch ein oder zwei Grundstücke. *Hoffentlich hat niemand hier einen Wachhund*, dachte sie.

Monika ging weiter, diesmal geduckt und dicht an der Hauswand entlang. Ein erster kalter Tropfen traf Michelle in den Nacken, sie zuckte zusammen.

»Da!«, flüsterte Monika, als sie die Zweige der dicht gewachsenen Buchenhecke auseinanderbog. Michelle drängte sich neben sie.

Tatsächlich. Sie hätte das Haus, das vor ihnen lag, keines zweiten Blickes gewürdigt. Gelbe Backsteine, grauer Mörtel, braune Fensterrahmen. Die Scheiben selbst verdreckt, das Innere verloren im Dunkel. Das Gras stand hoch und hatte begonnen, die kleine überdachte Terrasse, die sich hinter dem Haus befand, zu erobern. Auf der Terrasse standen ein weißer Gartentisch und ein einzelner Plastikstuhl. Auf dem Tisch war ein Aschenbecher zu sehen. Daneben lag ein etwas über faustgroßer würfelförmiger Stein.

Mehrere Gehwegplatten lehnten an der Hauswand. Der Boden unter einer riesenhaften Tanne war voll brauner vertrockneter Nadeln.

Zwischen Terrasse und Tanne befanden sich direkt über dem Erdreich zwei flache vergitterte Rechtecke von vielleicht zwanzig Zentimetern Höhe und sechzig Zentimetern Breite. Vermutlich Kellerfenster.

An der Seite des Hauses führte ein dickes silbernes Rohr, das deutlich neuer aussah als der Rest des Baus, bis zum Dachgiebel. Rechts und links des Rohres im ersten Stock schmutzige Fenster in verzogenen Holzrahmen.

Michelle hörte Regentropfen auf die Terrassenüberdachung platschen. Andere landeten auf ihrem Rücken.

Monika war ein paar Meter zur Seite gegangen und hatte einen schmalen Durchlass in der Hecke gefunden.

Michelles Handy vibrierte, sie wollte danach greifen, aber Monika hatte sich schon durch das Loch auf das andere Grundstück geschoben. Sie ließ es stecken. Jetzt nicht.

Sie folgte ihrer Mutter. Michelle konnte selbst kaum glauben, dass sie unbemerkt geblieben waren. Vororte waren gruselig. Bei ihr zu Hause konnte man selbst im größten Sturm um Mitternacht nicht Zigaretten holen gehen, ohne fünf anderen Leuten zu begegnen, die auch dringend irgendwas zu erledigen hatten. Mit zwei, drei großen Schritten huschten sie in den Schutz der Tanne.

Auf einmal erschütterte ein Donnerschlag die Welt, dann brach der Regen auf sie herunter. Michelle trat einen Schritt näher an den Stamm der Tanne heran. War es sicherer, in einem Gewitter unter einem Baum zu stehen? Oder eben nicht? Sie wusste es nicht, und es war im Grunde ja auch egal, weil sie hier nicht ausharren wollten, bis das Unwetter sich verzogen hatte.

Monika sah sich noch suchend um, da sprintete Michelle bereits los. Es waren keine zehn Meter von der Tanne bis zur Terrasse, aber sie war bis auf die Haut durchnässt, als sie dort ankam. Dennoch stürzte sie nicht unter das Dach, sondern presste sich an die Hausecke und schob vorsichtig den Kopf vor, um nicht entdeckt zu werden.

Die Terrasse war immer noch leer. Und durch die Scheibe der Tür konnte sie in ein ebenso verlassenes Wohnzimmer sehen. Abgetretenes Parkett, das sich offenbar an einigen Stellen gelöst hatte, sodass man grauen Estrich sah. Die Tapeten rollten sich an zwei Stellen von den Wänden.

Die Wohnzimmertür ins Innere des Hauses stand auf.

Ein Lichtschein drang aus den Tiefen hervor. Brannte etwa seit dem Auszug das Kellerlicht?

Oder war irgendwer im Haus?

Michelle streckte den Arm aus und versuchte vorsichtig, die Terrassentür nach innen aufzuschieben, wie es ihnen bei Sarah gelungen war.

Eine Bewegung im Hausflur. Ein Mann, der einen Gegenstand trug. Eine Kiste, einen Computer … dann noch jemand.

Was hatte es mit diesem Haus auf sich? Wurden hier die Pornos gedreht?

War es ein illegaler Vorstadtpuff?

Wurden hier Mädchen gefangen gehalten?

Vielleicht sogar Sarah?

Eine Welle der Panik überfiel Michelle. Wenn sie zu spät kamen, würde sie es sich nie verzeihen. Aber wenn sie aus Unachtsamkeit Lärm machten und entdeckt wurden, nützte es auch niemandem etwas.

Sie zwang sich zur Ruhe.

Die Terrasse war nur etwa fünf Meter breit wie das Wohnzimmer. Michelle wartete, bis im Inneren des Hauses niemand zu sehen war, dann schlich sie über die Platten. Aus dem Augenwinkel bemerkte sie, dass ihre Mutter ihr folgte. Die Haare klebten ihr klatschnass am Kopf.

Michelle streckte einen Arm hinter sich, die Handfläche in Richtung ihrer Mutter: »Bleib lieber zurück.« Doch die schüttelte entschlossen den Kopf und lief weiter. Scheinbar verlieh ihr das Adrenalin ungeahnten Mut. Mist. Aber jetzt war nicht der Moment für große Diskussionen.

Neben dem Wohnzimmer befand sich ein Arbeitszimmer. An den Wänden hingen noch Bücherregale.

Michelle stand in einem unkrautüberwucherten Blumenbeet und spähte durch die Scheibe. Niemand.

Weiter.

An der nächsten Ecke stutzte sie. Neben dem Haus befand sich ein einstöckiger Flachbau aus demselben gelben Klinker. Was war … ach so, die Garage!

Eine Holztür führte aus der Garage nach hinten in den Garten. Michelle legte die Hand auf die Klinke. Drückte sie so langsam sie konnte, damit sie nicht quietschte.

Die Tür war unverschlossen. Niemand hatte beim Auszug an sie gedacht. Warum auch?

Langsam schob Michelle die Tür auf. Sie öffnete sich nach innen, sodass sie nicht sehen konnte, was sie erwartete. Ihr Verstand sagte, dass es höchst unwahrscheinlich war, dass jemand in der Garage Wache hielt. Wenn die wirklich so weit gedacht hätten, wäre sicher die Tür abgeschlossen gewesen.

Trotzdem hatte sie Angst.

Sie reckte den Kopf vor. Draußen war es dunkel, drinnen war es noch dunkler. Ihr blieb nichts anderes übrig, als zu riskieren, die Garage zu betreten. Sie sah sich nach einer Waffe um. Ein Spaten lehnte auf der anderen Seite neben der Tür. Besser als nichts. Sie griff danach, aber der morsche Quergriff löste sich, und der Spaten fiel klappernd um.

Michelle blieb reglos stehen. Außer dem Rauschen des Regens war nichts zu hören.

Sie wischte die Tropfen, die ihr über das Gesicht rannen, zur Seite und betrat vorsichtig, Schritt für Schritt, die Garage.

Nichts. Nicht mal ein Mäuserascheln.

Monika folgte ihr immer noch.

Und jetzt?

Michelle schloss für einen Moment die Augen, damit ihre Pupillen sich weiteten. Dann sah sie sich um. Auf dem Boden mehrere undefinierbare Flecke. An der Wand ein Regalbrett, auf dem einige Dosen und Flaschen standen. In einer Ecke ein offener Umzugskarton. Steckdosen. Abdrücke von Haushaltsgeräten: Waschmaschine, Trockner.

Es gab ein Garagentor nach vorn zur Straße hin – und eine Tür ins Haus. Sie schien nachträglich eingebaut worden zu sein. Die Wand um den Türrahmen herum war schlampig verputzt und nicht gestrichen.

Michelle ging so leise sie konnte zur Tür. Blieb stehen und drehte den Kopf zur Seite, um besser hören zu können. Sie war nicht sicher, ob sie es sich einbildete, aber sie glaubte, im Inneren des Hauses leise Geräusche wahrzunehmen. Ein Rascheln oder Schaben, als würde etwas über den Boden geschoben. Dann ein Klacken.

Unter der Tür drang schwacher Lichtschein hindurch.

114

»Blaulicht!«, befahl Paul. »Und Sirene!«

Er gab Vollgas. Schlingernd schoss sein Wagen auf die Hindenburgstraße. Der BMW hinter ihm hupte panisch.

»Leck mich.«

Svenja Meißen klappte das Handschuhfach auf, zog das mobile Blaulicht heraus, ließ ihre Scheibe heruntersurren und klebte es aufs Dach. Mit der Fernbedienung schaltete sie Licht und Sirene ein. Paul beschleunigte weiter, drängte sich zwischen die Wagen vor ihm.

Das Quietschen von Metall auf Metall, der linke Kotflügel schrammte auf ganzer Länge an einem dicken Geländewagen entlang. Die Mutter am Steuer starrte entsetzt zu ihm herüber.

Pech gehabt. Warum musste sie ihre Gören auch in einer solchen Angeberschleuder zum Kindergarten kutschieren?

»Mach Platz, verdammt noch mal!«, knurrte Paul.

Meißen, an sich eine gute und ruhige Beifahrerin, hielt sich an Armaturenbrett und Türgriff fest. »Was machst du denn, willst du uns umbringen?«, rief sie.

Paul rammte seinen Opel mit Wucht in den zu kleinen Abstand zwischen den beiden Autos vor ihnen. Motoren heulten auf. Die Ampel sprang auf Rot. Er gab Vollgas, sie steckten fest, die Reifen drehten durch, der Geruch verbrannten Gummis drang in den Wagen, dazu das unendliche Heulen der Sirene, das Zucken des Blaulichts. Das Auto links von ihnen gab ebenfalls Gas, ruckte ein Stück nach vorn und zur Seite, und sie lösten sich aus der Falle, sie waren frei, schossen geradewegs auf die Kreuzung.

Von rechts kamen ungebremst ein PKW und ein Lieferwagen, erst im letzten Moment gelang es Paul, eine Kollision zu vermeiden, indem er die Handbremse hochriss. Ihr Wagen drehte sich schliddernd, dann bekam er ihn wieder unter Kontrolle, sie rasten nach links, Richtung Barmbek, holperten über die Kante des Gehwegs. Vor ihnen tauchte ein Stahlbügel auf, dann berührten wieder alle vier Reifen Asphalt, und Paul beschleunigte gnadenlos.

Er hatte jeden Bezug zur Realität verloren, er hätte die Wut und die Angst und die Entschlossenheit nicht erklären können, die er empfand, aber er wusste, er würde es sich niemals verzeihen, wenn … niemals, niemals würde er sich noch im Spiegel ansehen können, wenn er nicht jetzt seinen verdammten Job machte und Michelle zu Hilfe eilte, sie rettete, aus der Gefahr befreite.

Sein rechtes Bein begann zu zittern, weil er zu fest auf das Gaspedal trat. Sein Blick huschte über die Straße, die Gegenfahrbahn, sie überquerten auf dem Jahnring die S1, näherten sich dem Rübenkamp, schossen darüber hinweg, zwischen zwei Autos hindurch, die Gesichter der Fahrer Fratzen der Angst, dann die Lauensteinstraße entlang, über die Brücke, vor ihnen teilte sich nun der Verkehr wie das Meer, sie hatten freie Fahrt, die Tachonadel erreichte neunzig, dann hundert, schließlich flogen sie mit Autobahngeschwindigkeit über die Kreuzung Habichtstraße/Bramfelder, die Nordschleswiger hinunter, vorbei am Alten Teichweg. Er hatte eine grobe Vorstellung davon, wo sie hinmussten, rief nun aber Meißen zu: »Ich brauch das Navi! Gib die Adresse ein!«

In einem Augenblick der Unaufmerksamkeit verzog er das Lenkrad, geriet beinahe in den Gegenverkehr, seine Beifahrerin schrie, er sah, wie sie den Mund aufriss, noch bevor er sie hörte. Er übersteuerte die Gegenbewegung, fing den schlingernden Wagen dann aber doch ab – wenigstens regnete es nicht, die Fahrbahn war trocken –, da kam ein LKW von rechts aus dem Dulsberg, der Laster hupte, Paul hupte, und dann waren sie auch schon aneinander vorbei, nichts passiert, weiter.

Er warf einen Blick auf die Uhr. Sie waren zu langsam, sie kamen zu spät, seine Arme begannen zu zittern. Meißen tippte panisch auf dem Navi herum, dann suchte das Gerät die Adresse und befahl: »Biegen Sie die nächste links ab.«

Paul fuhr zu schnell, er konnte die Kurve nicht weit genug nehmen, er trat auf die Bremse, verlor die Kontrolle über seinen Wagen, packte das Steuer fester, riss es bis zum Anschlag herum, sah die Tankstelle an der Ecke immer näher kommen und trat aufs Gas. Im letzten Moment griffen die Reifen wieder, der Wagen fuhr über den Fußweg, mähte zwei, drei Fahrräder um, die vor einer Bäckerei standen, eine Mutter riss ihr Kind zur Seite, ein metallisches Reißen war zu hören, dann war der Wagen wieder frei, er beschleunigte erneut, und Paul hoffte, dass der Tank nicht beschädigt war, denn sonst …

115

Was tun? Wenn sie die Klinke drückte, würde man es von der Innenseite sehen können.

Monika und sie waren unbewaffnet. Wann Paul und vielleicht noch weitere Polizisten eintreffen würden, wusste sie nicht.

Aber vielleicht wurde Sarah hier gefangen gehalten. Vielleicht hatten sie den Film noch nicht gedreht – vielleicht waren sie jetzt auf der Flucht, wollten aber ihre Beute mitnehmen und das Projekt anderswo zu Ende bringen. Es war unwahrscheinlich, aber nicht undenkbar.

»Bleib hier«, flüsterte sie ihrer Mutter zu. »Ich sehe nach, was los ist. Nur ganz kurz«, fügte sie schnell hinzu, als ihre Mutter erschrocken den Kopf schüttelte. »Wenn ich in zwei Minuten nicht zurück bin, schleich dich raus in den Garten, dann auf die Straße. Ich habe Paul gesimst, wo wir sind. Er müsste bald da sein!«

Sie legte ihre flache Hand auf das Holz der Tür, als könnte sie mit der Hand sehen oder hören.

Langsam, lautlos drückte Michelle die Klinke.

Vorsichtig öffneten sie die Tür Millimeter für Millimeter. Immer deutlicher waren Geräusche zu hören. Atem. Schritte. Irgendwelche Gegenstände wurden bewegt.

Sie betrat einen Flur, von dem nach rechts das Arbeitszimmer abging, dahinter das Wohnzimmer, dessen Tür offen stand. Links eine Tür, auf der ein vergilbter Aufkleber verkündete: WC. Dahinter eine Wand mit Löchern für Bilderrahmen. Gegenüber der Wohnzimmertür eine Öffnung nach links. Von dort kamen Licht und die Geräusche. Vermutlich befand sich von ihnen aus gesehen vorn links die Küche mit Fenster zur Straße, davor die Eingangstür, von der wiederum direkt das Treppenhaus abging.

Michelle bemerkte aus dem Augenwinkel eine Bewegung. Ihre Schultern verkrampften sich. Zum Fliehen war es zu spät ... Aber es war nur ihre Mutter. Sie war nicht in der Garage geblieben, sondern hinter ihr hergekommen.

Michelle starrte Monika wütend an und zuckte mit dem Kopf ruckartig in Richtung Garage.

Monika schüttelte nur den Kopf.

Auch das noch.

Egal. Es war jetzt nicht mehr zu ändern.

Sie schlichen durch den Flur. Sand knirschte leise unter ihren Sohlen.

Inzwischen war deutlich zu hören, wie Schritte eine Treppe hoch- und runtergingen, hoch und runter. Immer, wenn sie oben ankamen, wurde ausatmend etwas abgestellt.

Die Männer arbeiteten zügig, aber nicht hastig.

Michelle hatte genug gesehen. Sie beschloss, den Rückzug anzutreten. Draußen, in Sicherheit, wollte sie noch einmal Paul anrufen. Und wenn sie ihn nicht erreichte, dann würde sie eben den Notruf wählen. Irgendwas tun, verdammt. Sonst waren diese Typen über alle Berge.

Mit einem hektischen Handwedeln bedeutete sie Monika, zurückzugehen.

Doch dann entfernten sich die Schritte, und Michelle reckte den Kopf vor. Nur ein kleines bisschen.

Im Hausflur standen acht eigenartig geformte Computer. In einer Plastikkiste daneben lagen allerhand farbige Kabel. Sie entdeckte nur einen Monitor. In der Kiste lag eine Tastatur.

Beine in einer schwarzen Hose ragten aus der Küchentür. Schwarze Schuhe an den Füßen. Dort lag jemand auf dem Boden. Reglos. Tot.

Michelle erstarrte. Auf einmal begriff sie, was sie sah. Die Brüder hatten ihren Fahrer umgebracht. Und in diesem Haus hatten sie etliche Rechner betrieben, die möglicherweise online gewesen waren. Die wollten sie jetzt mitnehmen.

Befand sich im Keller ein Studio? Eine Folterkammer?

Auf einmal bemerkte sie, wie still es geworden war. Die Schritte kehrten nicht zurück.

Das war ihre Chance. Sie zögerte, wagte sich dann aber doch noch zwei Schritte weiter vor. Schaute die Kellertreppe hinunter. Von der Decke hing eine nackte zwanzig-Watt-Birne.

Sollte sie …?

Viel zu gefährlich!

Aber sie konnte die Kellertür zuschlagen und abschließen! Die Flucht behindern, verzögern, bis Paul endlich kam.

Sie streckte sich schon, um herauszufinden, ob in der Tür ein Schlüssel steckte. Da fiel ihr noch etwas auf. An der Wand neben der Kellertür hing ein kleiner Flachbildmonitor. Er zeigte … *Ach du Scheiße.*

Er zeigte im Weitwinkel einen Kellerraum. Den sie kannte. Aus den Videos von Asmussen. Oder vielleicht sah er auch nur so ähnlich aus. Ein Keller ist ein Keller.

Jedenfalls saß in dem Raum eine junge Frau. Sie trug einen BH und einen Slip, ihre Füße waren nackt. Um ihren Hals war ein eiserner Ring geschlossen, der mit einer Kette an der Wand befestigt war. Um die Fußknöchel trug sie ebenfalls Eisenringe, die mit einer Kette verbunden waren. In einer Ecke des Raumes lag ein Haufen Stroh. Davor standen zwei leere Metallschüsseln.

Auf einmal schaltete das Bild um. Michelle zuckte zusammen. Aber sie war sicher, sich nicht bewegt, nichts berührt zu haben.

Der Monitor zeigte dieselbe Szene, nur aus einem anderen Blickwinkel. Diese Kamera schien näher dran an der jungen Frau zu sein. Sie hockte auf dem Boden, den Blick geradeaus gerichtete, und schwankte mit dem Oberkörper vor und zurück, vor und zurück. Die Arme hingen schlaff zu Boden.

Michelle starrte gebannt auf den kleinen Bildschirm.

Wieder wechselte die Perspektive. Diesmal war die andere Seite der Zelle zu sehen. Eine geschlossene Tür. In der Ecke davor ein Eimer.

Dann verschwand das Bild, der Monitor zeigte nur noch ein buntes Flimmern, als hätte jemand den Antennenstecker gezogen.

Hatte Michelle gerade Sarah gesehen? Sie war nicht sicher. Aber selbst wenn nicht …

Wann kam Paul, verdammt noch mal?

Sie zog ihr Handy aus der Tasche. Es war nass, das Display schwarz.

Nur einen Augenblick hatte sie nicht aufgepasst, da packte sie auf einmal jemand mit eisernem Griff. Michelle schrie und trat verzweifelt nach dem Angreifer, aber der brummte nur ärgerlich, drehte sie um und nahm sie in den Schwitzkasten, den Unterarm quer über ihrem Hals. Der Geruch, sie kannte seinen Körpergeruch …

Eine ruckartige Bewegung, dann bohrte sich etwas auf Höhe ihrer Nieren in ihren unteren Rücken. Zu hart für einen Penis.

Sie gurgelte, riss mit beiden Händen am rechten Arm des Mannes, mit dem er sie festhielt und an sich drückte, aber sie hatte keine Chance.

Sie hoffte nur, dass wenigstens Monika …

Aus dem Augenwinkel sah sie, wie der zweite Bruder die Treppe hochhinkte. Im selben Moment hörte sie ein Krachen, Splittern. Jemand rief: »Polizei! Legen Sie ganz langsam die Waffe auf den Boden und nehmen Sie die Hände hoch!«

Der Druck auf ihre Luftröhre verstärkte sich.

116

Geräusche.

Sie drangen durch einen Nebel an ihr Hirn. Geräusche, die sonst nicht zu hören waren. Schritte. Ein dumpfer Schlag. Benommen flatterten ihre Augenlider in die Höhe.

Sie wollte nichts sehen. Sie wollte nichts fühlen. Sie saß hier ganz allein und wollte sterben.

Was war das? Musste sie sich fürchten? Durfte sie hoffen?

Sie wusste nicht einmal mehr ihren Namen. Nicht, woher sie kam. Ihre Träume, Hoffnungen, Vergangenheit – alles ausgelöscht.

Isolationshaft.

Sie erinnerte sich, irgendwann in diesen Keller gesperrt worden zu sein. Von wem? Warum? Wann? Sie wusste es nicht. Wenn sie es einmal gewusst hatte, dann war es längst begraben unter dem Trümmerhaufen ihrer Seele.

Wünschte sie sich überhaupt noch, wieder frei zu sein? Nie würde sie vergessen können. Außerhalb dieser vier Wände wäre ihre Erinnerung ihr Gefängnis – unausbrechlich.

Glänzende Kameraaugen starrten sie aus den Ecken an.

Anfangs hatte sie sich gefragt, wer ihr zuschaute. Irgendwann hatte sie es begriffen: die ganze Welt. Jeder, der zahlte. Jeder, der diese Gewalt geschehen ließ, war auch ihr Peiniger. Sie saßen vor ihren Bildschirmen irgendwo da draußen und geilten sich an ihrem Leid auf.

Macht.

Das Gefühl von Macht.

Wahrscheinlich redeten sie sich ein, sie würde dafür bezahlt, das Ganze sei abgesprochen, sie sei eine gute Schauspielerin …

Es ging noch nicht einmal um Sex. Niemand hatte sie auch nur angerührt. Sie saß hier Tag und Nacht, sie war nicht nackt, sie bekam regelmäßig zu essen, sie war allein, sie verlor den Verstand, sie ging die Wände hoch, sie schrie, sie weinte, sie wollte mit den Fäusten gegen die Tür trommeln, aber die Kette war nicht lang genug, sie weinte, sie weinte, sie zog sich nackt aus und präsentierte sich der Welt, sie streckte ihre Scham vor, fickt mich doch wenigstens, sie rief um Hilfe, aber vielleicht schaute auch niemand zu, vielleicht war es alles nur der perverse Spaß eines Einzelnen, vielleicht waren die Fliegenaugen an der Wand tot und kalt und niemand würde je kommen, sie zu holen. Und vielleicht war es auch gut so, sie hatte lange darüber nachgedacht, sie war schlimmer als Dreck, war es nicht wert, zu leben. Wenn sie es nicht verdient hätte, wäre sie nicht hier, würde sie nicht leiden, es war besser, wenn sie starb.

Auf einmal hörte sie noch ein Geräusch, einen leisen Schrei, jemand war in Gefahr, und sie rollte sich auf dem kalten Betonboden zusammen und weinte, weinte, weinte.

117

Paul Hinnerken duckte sich unter das Vordach und lauschte, so gut es ging.

Der Regen prasselte zu Boden.

Er wusste nicht, was ihn in dem Haus erwartete. Wenn er zu früh kam, brachte er alle in Gefahr. Kam er zu spät, konnte er nicht mehr helfen.

Er hasste diese Situationen.

Hinnerken hatte seine Dienstwaffe gezogen, eine Walther P99Q, presste sie an den Oberschenkel.

Wartete.

Dann ein Knall, gefolgt von einem gedämpften Schrei. Oder vielleicht war es auch andersherum gewesen, so dicht folgten die Geräusche aufeinander.

Er bohrte den Lauf seiner Dienstwaffe auf Höhe des Schließriegels in den Spalt zwischen Türblatt und Rahmen, stemmte sich mit aller Kraft dagegen, um den Rückstoß abzufangen – und kippte nach vorn, als die Tür sich unverhofft nach innen öffnete.

Dort drinnen musste etwas Unerwartetes geschehen sein, die Lage hatte sich verändert – wahrscheinlich war Meißen durch ein Fenster oder eine Hintertür eingestiegen – und jemand drückte die Klinke, wollte zur Haustür raus.

Vermutlich mit einer Waffe in der Hand.

Hinnerken warf sich mit der Schulter voran gegen die Tür, traf einen Widerstand, jemand stolperte, dann war er halb im Haus und versuchte, sich einen Überblick zu verschaffen.

Er sah den Rücken eines Mannes, der jemand in den Armen zu halten schien. Er musste es gewesen sein, der die Tür geöffnet hatte. Über seine Schulter konnte er Meißen sehen, die mit erhobener Waffe in einem Türrahmen stand. Neben ihr führte ein Flur nach rechts, dort war noch jemand. Wer?

Direkt rechts des Mannes vor ihm führte eine Treppe in die Tiefe. Dort stand ein zweiter Mann – der Bruder mit dem Hinkebein. Mirans Ausdruck kippte ins Höhnische, und statt abzutauchen und in Deckung zu gehen, was Hinnerken instinktiv erwartete, kam er einen Schritt höher. Das war der Moment, in dem er begriff, dass der Kerl eine Waffe trug.

Er duckte sich hinter Milos Rücken. Rief: »Die Waffen weg und Hände hoch!«

Michelle hatte ihm eine Nachricht mit der Adresse geschickt, also war sie es vielleicht, die Miran und Milo in ihre Gewalt gebracht hatten. Aber warum war sie im Haus? Hatten die Männer sie auf der Straße gesehen, erkannt, gekidnappt?

Sie hatte ihm vertraut. Und er hatte diese beiden Schweinehunde laufen lassen müssen.

Und wer war da noch? Der Fahrer, ein weiterer Komplize, eine Gefangene?

Wo war der Anwalt?

Aus der Tür links ragten Füße, fiel ihm jetzt erst auf. Füße in schwarzen Schuhen.

»Eine Bewegung, und ich bring sie um«, rief der Mann, der ihm den Rücken zuwandte, laut.

Damit waren die Fronten klar. Und die Vorgehensweise auch. Lieber die Täter frei laufen lassen, als das Leben von Unschuldigen zu gefährden. Es war logisch, es war richtig, aber er war so wütend, dass er am liebsten auf den breiten Rücken vor sich gezielt und so lange abgedrückt hätte, bis sein Magazin leer war.

Niemand rührte sich. Niemand sagte etwas. Alle versuchten, sich in Raum und Zeit zu orientieren.

Paul hörte Meißen bemüht ruhig sagen: »Lassen Sie sie laufen. Dann können wir über alles reden. Ich bin sicher, wir werden eine Lösung finden. Aber Sie verbessern Ihre Lage entscheidend, wenn Sie keine Gewalt anwenden.«

Er überlegte, ob der finale Rettungsschuss zu rechtfertigen war. Von hinten in den Kopf. Er würde die Geisel auf keinen Fall gefährden. Michelle. Die Frage war nur, ob der andere Bruder ebenfalls bewaffnet war – und wie er reagieren würde.

Nicht schießen. Im Zweifelsfall nicht schießen, hatte sein Ausbilder immer wieder gesagt.

Nicht schießen.

Nicht schießen.

»Nehmen Sie mich!«, rief auf einmal eine Frauenstimme. »Lassen Sie Michelle frei und nehmen Sie mich.«

Wer war das, er kannte die Stimme, ach du mein Gott, das war die Mutter, Monika, Michelles Mutter, Krämers ehemalige Lebensgefährtin. Was machte die denn hier?

»Weg! Zurück! Bleiben Sie stehen!«, befahl der Mann vor ihm streng. Dann lauter: »Zurück, habe ich gesagt! Sie sollen …«

Als Schattenspiel auf der linken Wand nahm Paul eine hastige Bewegung wahr. »Nein, das …«, hörte er seine Kollegin rufen, da löste sich ein Schuss. Er fragte sich, ob er aus seiner Waffe stammte, aber er hielt die P99Q in der Rechten, sein Zeigefinger war nicht verkrampft, es konnte nicht sein, jemand anders musste geschossen haben. Auf den ersten Schuss folgte eine entsetzliche erwartungsvolle Pause.

Hinnerken wusste, was geschehen würde. Egal, ob einer der Täter oder Meißen geschossen hatte. Die Zeit zerbrach in Tausendstelsekunden, und doch wusste er, er würde nicht schnell genug sein, nur wenn er … und in diesem Moment richtete er sich auch schon auf, riss die rechte Hand in die Höhe, zögerte nicht mehr, war nur noch Tier, Beschützer, Retter. Er riss die Pistole hoch, kickte die Tür ganz zur Seite, zielte auf den Hinterkopf des Mannes, der vor ihm stand, der gerade herumwirbelte. Hinnerken blieb keine Gelegenheit mehr, seine Position zu verändern, er drückte ab, er schloss die Augen, oder war es umgekehrt? Er sah nicht, was er tat, er tat nicht, was er sah. Der halbe Kopf flog weg, etwas Feuchtes klatschte ihm in das Gesicht, lief über seine Wange. Er wusste, es war Blut oder Hirn, er wusste, er hatte einen Menschen getötet, er wusste, hinter dem Mann stand noch einer, er wusste, der hatte eine Pistole. Er versuchte, sich zu strecken, reckte den Arm noch höher, wollte über die Schulter des kopflosen Mannes zielen, der vor ihm stand, da prallte etwas gegen seine Brust, ließ ihn zurücktaumeln. Er fing sie auf, und über allem lag Meißens Schreien: »Lassen Sie los! Lassen Sie los! Lassen Sie …«

Und dann noch ein Schuss. Und noch einer. Und noch einer.

118

Stille. Oder Taubheit. Schwer zu sagen.

Michelle schaute auf. Sie sah in Pauls Augen.

Regen fiel auf ihr Gesicht.

In ihren Ohren rauschte es. Mehr war nicht zu hören. Seine Lippen bewegten sich. Der Ton war verzögert, verzerrt, aber sie wusste auch so, was er fragte, deswegen antworte sie: »Ja, okay.«

Auf einmal dachte sie wieder an ihre Mutter. Monika war plötzlich aus dem Flur gesprungen und hatte die Hand der Polizistin gepackt. Michelle hatte zuerst nicht verstanden, was das sollte, die Polizistin war doch auf ihrer Seite, aber dann hatte ihre Mutter abgedrückt.

Sie schaute an sich herunter. Sie stand auf eigenen Beinen.

Auf ihrem Shirt waren irgendwelche komischen Flecken.

Auf Pauls Gesicht auch.

Michelle wandte sich um. Paul ließ sie los, schob sie beiseite, trat an ihr vorbei. Hob seine dicke schwarze Pistole und schaute in den Flur.

Sie zwängte sich neben ihn. Verdreht im Eingang lag ein Kerl mit einem halben Kopf. Monikas Werk.

Geschieht dir recht, Arschloch!

Der andere lag auf der Treppe. Sein Kopf war noch dran, aber in der Mitte war ein ziemlich großes Loch. Der Oberkörper … so viel Blut!

Sie erinnerte sich. Nach dem ersten Knall folgte ein zweiter – lauter, näher. Sie wurde zur Seite geschleudert. Und dann kamen noch mehr Schüsse … Schüsse … Schüsse.

Monika stand einfach da, ließ die Arme hängen, starrte die beiden Männer an.

Neben ihr die Polizistin, Pauls Kollegin Meißen. Gott sei Dank waren sie rechtzeitig gekommen.

Sie war am Leben. Ihre Mutter … Monika war zäh. Hatte ihre Mutter ihr das Leben gerettet? War es besser, dass die beiden Schweine tot waren, statt vor Gericht zu kommen?

Auf perverse Weise erschien es ihr irgendwie sogar gerecht, dass Monika die Mörder ihres Ex zur Strecke gebracht hatte.

Einander widersprechende Gedanken schossen durch ihren Kopf, und auf einmal kehrte ihr Gehör zurück, und sie vernahm aus dem Innersten des Hauses ein Heulen, ein Jaulen, ein elendes Wimmern, als würde dort ein Werwolf gefangen gehalten.

Das Mädchen! Das arme Mädchen im Keller!

Sie packte Pauls Hand und stieg einfach über die Leichen hinweg, zog ihn hinter sich her. Schnell!

119

»Ist es wirklich okay, wenn ich dich hier allein lasse?«, fragte Michelle.

Monika nickte. Sie saß im Bademantel auf dem Sofa und hielt einen Teebecher in der Hand. Mit Schuss.

Michelle konnte es kaum fassen, dass ihre Mutter so cool blieb. Vor ein paar Stunden hatte sie einen Mann erschossen. Um sie zu retten. Um sich zu rächen. Die Grenzen verflossen im Regen.

Die Ambulanz, eine weitere Vernehmung, dann hatte ein netter Streifenpolizist Michelle und Monika zurück zu ihrem Wagen gefahren. Sie hatte ihn auf keinen Fall über Nacht in Rahlstedt stehen lassen wollen, nachdem sie ihn endlich wiederhatte, auch wenn sie dafür noch mal quer durch die Stadt nach Hause musste.

Auch sie hatte endlich geduscht, sich den Schmutz und das Blut und den Dreck von der Haut und aus den Haaren geschrubbt. Es war spät, aber noch nicht zu spät.

»Ich hab gute Gesellschaft«, sagte Monika und klopfte auf einen Stapel Fotoalben auf der Ablage neben dem Sofa. Das Schränkchen, das Paul ihnen hergefahren hatte. Vor ein paar Tagen. Vor einer kleinen Ewigkeit.

»Es wird mir guttun, in Ruhe von der Vergangenheit Abschied zu nehmen«, sagte sie. »Mach dir keine Sorgen um mich.«

Die Fische im Aquarium hinter ihr schwammen ruhig kreuz und quer. Der Kater saß daneben und starrte das Treiben an.

Fast schien es mehr Monikas als Michelles Wohnung zu sein. Sie hatte hier immer nur geschlafen. Ihre Mutter lebte hier.

»Okay. Dann bis später. Aber ... bleib nicht extra auf, in Ordnung?«

Monika schüttelte den Kopf. Sie stand auf, kam zu Michelle, nahm sie in die Arme, hielt sie einen Moment lang einfach nur fest. »Ich finde ihn wirklich sehr nett.«

Michelle seufzte. »Ich auch«, gab sie zu. »Ich auch.« Das machte die Sache ja so schwierig für sie. Vielleicht sollte sie doch lieber hierbleiben. Oder zur Arbeit gehen.

Aber andererseits ... Sie konnte deutlich spüren, bei wem sie nach diesem entsetzlichen Tag sein wollte.

Sogar die Fahrt selbst tat ihr gut. Die Dankbarkeit, die Liebe, die sie für ihre Mutter empfand, weil sie ihren 928 hatte reparieren lassen, das war ein Zauber, den nur Eltern bewirken konnten. Wie damals, als sie sich so sehr ein ganz bestimmtes Kleid für ihre Einschulung wünschte – und Monika hatte es nachgenäht.

Es hatte aufgehört zu regnen, doch die Luft war kühl. Michelle fuhr mit offenen Fenstern, die Stadt roch nach Wasser.

Bei Paul entdeckte sie eine Tanzurkunde im Flur. Dachte zurück an einen tollen Abend, den sie einmal mit ihm im *Nouar* verbracht hatte. Als sie noch nicht gewusst hatte, dass er Polizist war. Damals war er bloß ihr Lieblingskunde gewesen. Und Fleur noch am Leben. So viel war seither geschehen.

Daneben das Foto einer feurigen Frau mit üppigen schwarzen Locken. Er ließ sie das Bild in Ruhe betrachten. »Deine ...?«

Paul nickte. »Meine Exfrau. Geschieden. Sie ist zurück in Spanien.«

Aus dem Wohnzimmer rief eine gepresste Stimme: »*El amor entra por la cocina.*«

»Ich hab einen Vogel«, erklärte Paul.

»Das weiß ich doch schon lange«, sagte Michelle und trat einen Schritt näher an ihn heran.

Er lächelte.

Sie lächelte.

Gleich würden sie sich zum ersten Mal … »Ich hab einen Rotwein aufgemacht«, sagte Paul stattdessen und entfernte sich. In der Küche sprang ein grellweißes Neonlicht an. Er trug die Flasche und zwei Gläser ins Wohnzimmer und löschte hinter sich das Licht.

Sie folgte ihm.

Er stellte den Wein auf einem Couchtisch ab. Ikea, eindeutig. Michelle lächelte.

Sie sah sich um. Regale, Fernseher, Bücher, ein großes abstraktes Gemälde mit bunten Farbflächen. Auf dem einen Ende des Esstischs lagen Briefe und ein Aktenordner. Eine Junggesellenwohnung.

»Ach, da ist es ja«, sagte sie und deutete mit einem Lächeln auf die halbhohen Billy-Regale.

»Bitte.« Sie nahm Platz. Er setzte sich neben sie.

Schenkte Wein ein.

Michelles Handy klingelte. Sie zögerte, dann zog sie es heraus. Vielleicht war doch etwas mit Monika.

»Gabriel«, stand im Display.

Das Mädchen im Keller war leider doch nicht Sarah gewesen. Deswegen hatte sie ihn auch noch gar nicht angerufen.

Deswegen, und weil sie nicht wusste, wie sie Sarah nun jemals finden sollten. Wenn es überhaupt möglich war.

Paul hatte ihr erzählt, der Anwalt hätte behauptet, es gäbe gar keinen Snuff-Film. Nur einen Trailer, in dem nichts richtig zu erkennen war. Typen, die den sahen und daraufhin den Film bestellten, würden nicht zur Polizei gehen oder sich bei ihrer Kreditkartenfirma beschweren, wenn sie keine Ware bekamen.

Sie fragte sich, ob sie auf so eine Vorschau auch mit Eike gestoßen war. Oder ob es den Film wirklich gab.

Die beiden Knezevic-Brüder hatten noch andere Geschäfte am Laufen. Legale Pornos, illegale Bordelle … und das Leid des Mädchens im Keller in Rahlstedt war für Abonnenten wohl live ins Internet gestreamt worden.

Lauter kleine perverse Nischen.

Michelle dachte an die ganzen Seiten im Deep Web, die Eike ihr gezeigt hatte. Die Welt dort draußen war der reine Horror.

»Hi«, sagte sie. Wappnete sich gegen eine neue Welle der Trauer und Sorge.

Doch Gabriel platzte heraus: »Ich wollte es dir sofort sagen, damit du weißt, es ist alles in Ordnung! Sarah ist wieder da! Ich habe sie … du wirst es kaum glauben. Ich bin zu Ikea gefahren, ich wollte die Schranktür austauschen, weißt du, in meiner Küche. Die so schief hängt. Und wer läuft mir in die Arme?! Ich hätte sie ohrfeigen können. Sie sieht gut aus, entspannt.«

Michelle traute ihren Ohren kaum.

»Sie war mit ihrem Freund – sie hat einen Freund, dessen Eltern haben ein Edelsanatorium in der Schweiz. Und der hat sich solche Sorgen um sie gemacht, dass er sie einfach ins Auto geladen und dorthin verfrachtet hat. Ich weiß nicht, ob ich ihn dafür hassen oder lieben soll … aber er wusste ja nichts von mir. Konnte also nicht Bescheid sagen. Jedenfalls ist Sarah jetzt wieder da, und sie ist clean, und sie will mit ihm zusammenziehen, und am liebsten würde sie in dem Sanatorium als Rezeptionistin arbeiten, aber er ist bei einer Softwarefirma in Hamburg, er kennt aber wohl jede Menge Ärzte über seine Eltern, deswegen meint sie, er würde wohl was finden können für sie, und sie klang wirklich glücklich.« Er holte Luft. »Ich fahre gleich zu ihr, ich freu mich so, dass es ihr gut geht, du glaubst es nicht, ich freue mich wirklich wahnsinnig, aber ich wollte es dir auf jeden Fall sofort sagen, weil du … na ja, du warst wirklich immer für mich da, und dafür wollte ich mich bedanken. Ich melde mich auch bald wieder bei dir, versprochen, diesmal wirklich, aber jetzt muss ich los, ich kann es noch gar nicht glauben, es ist wie ein Wunder!«

Unfassbar. Es war alles vergebens gewesen, Gabriels Schwester war gar nicht in Gefahr gewesen – im Gegenteil. Sie hätten gar nicht nach ihr suchen müssen. Sie hätte nicht ins *eXXXtrem* gehen und dort Milo Knezevic treffen müssen. Sie hätte nicht …

Im selben Moment sah sie das Bild des Mädchens aus dem Keller vor sich, diese zarte unsichere Gestalt, die es nicht hatte glauben können, wider jede Hoffnung doch freizukommen. Zu überleben.

Und sie sah Monika vor sich, die ein Kapitel ihres Lebens selbst hatte beenden können, aus eigener Kraft. Denn Raimunds Testament bewies, dass er es doch zu würdigen gewusst hatte, dass sie seine Launen ertrug. Und nur, weil Michelle versucht hatte, Sarah zu finden, war es möglich gewesen, dass Monika Raimunds Tod gerächt hatte.

War das Leben wirklich so? Oder hoffte sie es nur?

»Grüß Sarah von mir«, sagte Michelle eilig, aber ob Gabriel es noch hörte, wusste sie nicht.

Sie war sicher, er würde sich nicht von sich aus bei ihr melden. Aber das war okay. Sie passte nicht in seine Welt, er nicht in ihre. Und er war sowieso einer von den Typen, denen man alles verzieh.

»Quien no se arriesga, no gana«, behauptete der Beo.

Paul saß neben ihr, ein Fels in der Brandung.

Michelle lächelte. »›Wer nicht wagt, der nicht gewinnt‹ – oder?«, fragte sie. Ihr Schulspanisch war lange her.

Paul nickte.

Sie sah ihm lange in die Augen, dann schaltete sie ihr Handy aus und legte es beiseite.